U0812040

帝凰

大结局

天下归元 著

百花洲文艺出版社

DI
HUANG
帝凰
大结局
天下归元
著
百花洲文艺出版社
BAIHUAZHOU LITERATURE AND ART PUBLISHING HOUSE

目录

卷二·六国卷

卷二

六国卷

第六十三章

追寻

萧玦于马上回首。

方才那一刻，涌动的人群之中，隐约间似有一丝细微的呼唤，穿越重重喧嚷的阻隔，突然响在了耳侧。

那声音如此熟悉，以至于他立即惊喜回首，期盼着目光回转那一刻的嫣然花开。

然而他失望了，举目望去，千万张陌生的脸孔，千篇一律的漠然神情，人人都在匆匆前行，向着自己要去的方向，而身后暮色渐合，长河般的街道灯光点起，一盏盏街灯星光般次第亮开，五色迷离花影如潮的繁华天衢之上，人流如河流，却载不动思念的沉重的小舟。

这是他治下的国土、他治下的子民，然而万千人海里，他却一不小心便失去了她的踪迹。

萧玦不死心地用目光扫过每一张脸庞，甚至每个人的身形，希冀能寻找到某个相似的轮廓。

他目光掠过街边一座寒碜却干净的小酒铺，黝黯屋角坐着一对男女，男子一抬头，碰上了他的眼神，微笑着举起杯，向他姿态随意、坦然地一举。

这位，想必是个沦落天涯的羁旅之人吧，看见陌生人寻觅的目光，也愿意举杯相邀，萧玦向来对他人的好意感受鲜明，是以纵然一怀烦乱，也很客气地点了点头，随即移开目光。

那被男子隐在身后、只露出半张脸的女客，他直觉自己不方便看——想必是那位羁旅之客的红尘伴侣吧。

他勒缰马上，仰首向天，玉黄的月色洒上他的脸，长眉英逸，纠结成锁。

刚才那一声呼唤，到底响在耳侧，还是只是因为焦心担忧太过，出现幻觉，抑或是长歌在某个遥远的地方，于内心深处对他进行呼唤？

萧玦的一声叹息，散在三月带着紫云英甜香气味的春夜和风里。

秦长歌的一声叹息，深深藏在自己的肚子里。

她已经完全失去了胃口，却硬逼着自己看起来很感兴趣地将一碗面吃了个干净。

男子托腮看着她，神情宠溺，当真如在看自己即将过门的小妾，在她吃完后，居然还伸手用自己的衣袖帮她拭净嘴角沾上的一点儿酱油，姿态极其温存。

秦长歌盯着他穿的样式分外简单舒服、看起来也不甚显眼、质地却只有王公贵族才能看出那绝顶不凡的长袍，拈拈那弄脏了的袖角，道："我不会洗衣服。"

"放心，不要你洗。"男子随随便便道，"这衣服明日便扔了，我的衣服从不过夜的。"

秦长歌眨眨眼，一时难以找出合适的表情来表达自己的膜拜或鄙视，这件衣服抵得上西梁百姓半年伙食费呢，你居然穿一天就扔，你好奢侈……国师大人。

既然这衣服注定明日就要被抛弃，还不如今日便好生利用了，秦长歌笑眯眯一把抓过他的袖子，擦了擦手，擦了擦嘴。

白渊的袖子立时惨不忍睹，状如抹布。

秦长歌手一撒，微笑看着不动声色的白渊，道："既然我是你的妾，我也要求一样的待遇，你在哪里买的衣服？我也要求每日一件。"

她想着白渊每日要换一件衣服，自然不可能自己背着偌大的衣服包来西梁，多半要在成衣店买衣，西梁最高档的成衣店，自然还是凰盟衡记开的，只要自己和他进店，有的是办法让凰盟知道她是谁。

白渊却仿佛没听见她的话，只是斜斜倚在椅子上，仰头看着小店外明灭的星辰，眼睛里波光流溢，风吹起他宽大的袍，姿态轻逸，明明他只是坐在黑暗的小店厅堂下，也如置身月下树梢，苍茫原野，一曲清音里冷看繁华更替，世事荣枯。

他长眉微敛淡淡出神的表情，令人觉得深凉而怆然，如明月照上苍山背后的雪。

然而只是一瞬间，他已经微笑转首如常看着秦长歌，道："好，一日一件，现在我带你去换衣服。"

他站起身，牵起秦长歌的手，步出小店，一路逆着人潮而行，渐渐转过天衢大街，走过东安西府，往城东方向而去。

城东是善督营驻军地，这是拱卫京畿重地的皇牌军，军营占地广阔，附近很少有住家，军营外有郢都城内最大的湖——玉梭湖，以形如玉梭而得名，原先是皇家御苑，后来萧玦不欲惊扰练军，才弃用了此地的行宫。

秦长歌看着远处的湖，内心里盘算，难道白渊窃用行宫？那他的胆子也太大了点儿吧，何况附近还有数十万驻军，这不是自寻死路吗？

秦长歌自然是很希望白渊自寻死路的，但是怎么看，东燕的国师大人也不像会做傻事的那种人啊。

玉梭湖前有座小山，名字很方便地叫玉梭山，山势不算险峻，胜在精巧，白渊牵着秦长歌的手，一路向山而行，直至爬上山顶。

玉梭山上，月光皎皎，两人向着那轮月亮而行，衣袂飘飘，长草悠悠，行走在久无人迹的山间小道，很快便被草尖的露水湿了衣角，一路上行，草越发茂盛，不知名的野花星星点点地开着，衣角上的露水便沾了几分素净的香气。

白渊行步看起来似乎不甚快，却转眼间便到了山顶，连秦长歌都没多用力气，只觉得身子轻盈，飘然欲飞，心中暗自估量着他的武功，将自己知道的高手都拿来比一比。她觉得楚非欢全盛时期只怕都稍逊他一筹，水镜尘练成剑法不知能否和他齐肩，玉自熙遇上他不会死，但要赢很难，班晏或许可以平手？真要赢他，只有素玄了。

至于自己和萧玦，一个因为前世绝世武功并没有能使自己免于杀身之祸，今生练武便越发注重逃命和暗杀自救之术，走了斜路，以至于难臻绝顶；一个可惜地被家中最初的那些二流武师教坏了根基，学习绝顶武学的时间太迟，若不是因为自身根骨太好又勤练不辍，硬生生挤入高手行列，现在也不过是个二流功夫皇帝罢了。

秦长歌在这里出神地评判天下武学高手，不知不觉地已经站在了山巅，无意中远远一看，隔湖不远军营处，灯火与漫天星光交相辉映，隐约可见火把移动，那是夜巡的士兵。秦长歌心里突然一颤，暗道我西梁驻军重地，竟在此处被此人一览无余，这里虽然离军营尚远，等闲人看不清布置，但是以白渊的目力，咱们的驻京部队的军事机密，还不早被他看光了？

正在她思考如何补救这个漏洞时，忽听白渊笑道：“乘清风骑月色，蹑云霞采星光，一跃万仞之高，听取风声猎猎，人生最得意处，莫过享受这般坠落之美，如花，你喜欢不？”

“啥？”

秦长歌还没反应过来，已经被白渊一把拉住手，跳下！

风声猎猎，急速从耳边掠过，头发在飞速下降中被扯直拉开，再“呼”的一下展开如黑缎，飞扬在青翠的山崖间。

巨大的风声里，平滑如镜、碧绿如玉的玉梭湖在旋转着飞速接近，如一面硕大的天地之镜，等待着两人悍然撞入，再沉落到底。

刹那间秦长歌脑子里只有一个想法——如花不喜欢坠落，如花喜欢把你打落。

白渊突然抬了抬手。

一线浅金淡碧的光芒从他掌中飞出，“啪”的一声打在崖壁的一株斜斜逸出的树上，白渊就势一拽，两人迅猛的降落之势霎时一顿。

就这么一顿，白渊已经半空抬腿，如同走在实地一般，携着秦长歌“一步步”地走到那棵树上。

树后，有一条石缝，看起来小得不足以让婴儿进入，白渊伸手，将石缝一撑。

生满青苔的石缝竟然被他撑开，现出足可容纳一人进入的山洞，秦长歌愕然地盯着这个洞，这才发现这个洞两侧根本不是石崖，而是用木板涂了灰黑色漆，还故意雕弄出许多褶皱，做成了山崖的模样，甚至还种了些青苔在上面，在一片灰黑苍绿的山崖间，实在看不出什么特别来。

其实看出来也没用，这个石洞在山崖半腰，上下几成直角，要想进来，先要跳崖，这世上有几个人肯没事玩没有任何保护措施的蹦极，就为钻进一个很难找到的洞？

这个洞，是原先就有的还是白渊新辟的？

秦长歌揣着一肚子疑问，被白渊不容退避地轻轻推进洞里，进洞就是阶梯，一路向下，蜿蜒了不知多久，前方突然出现光明之处。

是一间寻常房屋大小的石室，布置得极为奢华，朱幌金灯，纱帘翠幕，石室中有两张石榻，一张锦褥丝被，上悬夜明珠，一张堆满了各式衣服，全是质料高贵的长袍。

秦长歌前行几步，突然住了脚。

脚下，一碧晶莹，水波粼粼，竟然仿佛玉梭湖水。

可这里明明是石室，哪来的湖水？如果是湖水，为什么又不湿鞋？

仔细一看，才发现原来地面中央，有一处地方竟然不是石块，而是透明的巨大水晶，这水晶打磨得极为精细，看得见地下波光荡漾的深碧湖水，人行走其上，竟如在水中行。

这里果然是玉梭湖底。

秦长歌突然想起前世某著名武侠小说里某著名武侠人物的奇遇，依稀也有湖底石室的经历，可是人家最终学得绝世武功，而自己呢？好像可没那般好运气。

这石室华贵富艳，锦被翻红韵味旖旎，万一某人淫心大发，直接要今晚提前过洞房，怎么办？

秦长歌欢喜地奔着堆满衣服的那个石榻而去，娇笑着说：“我睡这张床。”

白渊斜倚石壁，微笑道：“那是我的衣服，你要睡在我的衣服堆里？”

他一伸手，抓过秦长歌，神情温柔地道：“来，如花，如此神妙之地，良辰美景不可辜负，既然我迟早要娶你做妾，不如今日咱们便在此地洞房吧。”

“她还在郢都。”太师府里楚非欢平静地看着萧玦，“陛下，你们的人都没有消息吗？”

“没有，真是一群废物！”萧玦焦灼地在地上转来转去，才一天工夫便已微见精神憔悴，眼睛下方出现淡淡青黑，今天已经有十个前来回事的大臣被他赶出了门，脚下嵌金砖的地面都似快要被他一直未停的步子磨薄。

包子跪在锦椅上，双手合十喃喃自语，萧玦凑近了去听，却是“神啊，我家臭娘一不杀生二不害人三不抢人东西四不放火投毒……最最老实良善品德高尚……请一定要佑她这样的好人平安……算了，我都不好意思说了，重来……我家娘虽然杀生害人抢东西放火投毒，奸诈狡猾人品恶劣，其实不算太坏……真的……”

萧玦不忍卒听地伸手点了儿子的睡穴——求求你安静点儿，上天若真有知，像你这么个祷告法，九天神佛立刻就会一个雷劈下来。

有种人，真是不说话比说话要令人有幸福感。

楚非欢小心地将包子抱上床盖好被子，道：“陛下，不要以为他不担心长歌，他只是看你焦灼，自己也有点儿慌，用胡言乱语来纾解紧张罢了。”

萧玦叹息一声，在儿子床边坐下，抚了抚他嫩红的小脸，道：“我知道……只是我不能不担心，中川的那批人已经被俘虏，祁衡也已经找到，但是谁也不知道长歌的那辆马车去了何处，只知道被一个武功极其非凡的人抢走了马车，楚先生，你知道的，这天下武功高强人士，除了素玄，其余都算是我们的敌人，长歌落在强敌之手，这叫我如何放得下心！”

楚非欢颔首：“中川‘潜狐’，潜伏郢都多年，如果是郢都的武林高手，他们应该认得出，既然不知道，那就应该是西梁之外，他国人士。”

“难道是水镜尘？”萧玦霍然转身。

“不能确定，”楚非欢轻轻皱眉，灯影下他看起来似乎憔悴得比萧玦更厉害些，脸色苍白得毫无血色，在堆积如山的凰盟各类信息中继续翻阅，楚非欢慢慢道，“无论是谁，我可以确定的是，他还没有离开，陛下，我们如果找不到他们，就得另想办法了。”

“你的意思，引出他们？”萧玦反应极快。

“嗯，选择一个时机，抛出一个诱饵，引蛇出洞。”楚非欢目光转向沉睡的包子，嘴角露出一丝怜悯的笑意。

“陛下，溶儿的六岁生日快到了。”

第六十四章 斗春

石室内，花纹繁复的翠玉小鼎中燃起瑞脑香，这是六国间奉为珍品的名香，据说，有助眠安神补脑壮阳的功效。尤其是最后一种功效，使之身价百倍，素来为六国豪族所倾慕。

秦长歌人在白渊臂弯，手抵着他胸膛，白渊身上混合柏叶和松针的疏淡香气一阵阵传来，他俯视秦长歌的表情春风无限，眼神却平静如脚下凝玉一般的湖水。

这个男人……他心里想的到底是什么？秦长歌素来很擅长洞察人心，然而对着白渊，只觉得如同面对流动的风、翻卷的云，变幻不定，踪迹难寻，他的亲昵带着淡漠，他的温柔深藏阴冷，他揽人入怀的姿势无比温存，怀抱却空漠寂然，仿佛那只是一座空城。

这个权倾天下、只手遮天、等于拥有整个东燕国度的男人，他为何还会寂寞？

青玉贝壳状油灯里灯火黝黯，映得石室内影影绰绰，气氛迷离，相拥的男女，以一种暧昧的姿势，各自揣着各自的心事。

黑暗里秦长歌眸子闪闪发亮，在白渊微笑着将她揽得更紧时并不抗拒，甚至还向他很羞涩地笑了笑，随即很忸怩地低低道：“人家……今晚不成。”

“唔？”

“那个……那个……”秦长歌眼波流动，欲语还休。

白渊眼神一闪，笑道：“这么巧？哦，不对，这么不巧？”

“你不信吗？”秦长歌坦然将手一张，“那么，你来检查吧。”

白渊愕然……这是女子说的话？天下竟有这般厚颜的女子？

秦长歌面不改色道：“反正咱们迟早要洞房，反正迟早我都是你的人，早被你看迟被你看都一样，我这人不喜欢被人误会。夫君，良人，如果你不怕撞红忌讳的话，你尽管来吧。”

她娇笑着扑入白渊怀中。

白渊一伸手扶住她的肩，他的神情已经恢复了正常，微笑着看秦长歌，道：“既如此，也不必急在一时，我纳妾本来便不当同寻常人家纳妾，这山地湖底野合，终究委屈了你，还是等回国，八抬大轿风光娶你过门，给你一个不下于正室的洞房花烛吧。”

秦长歌嫣然道：“那是夫君爱重妾身，妾身谢了……对了，至今不知夫君大名，着实失礼，还有，你我既有姻缘之约，那么到底回哪国，夫君可否告知？”

“我名……陈渊，至于回国，是回东燕。”

“陈？耳东之陈，还是成败之成？”秦长歌抬头笑问。

那满眼月光意象无限的双眸，突然光芒一敛又盛，宛如沧海之上，突起长风，掀起碧浪千顷，遮住了那光华明灿的月色，却是一起又灭，瞬间浪静风平，而明月如故。

他淡淡道：“陈姓是我东燕大姓，你夫君我尤其是此族灵魂人物，你记住了，将来回国，可不能太失身份。”

秦长歌极其乖巧地应了，白渊牵着她的手迈向石榻，笑道：“床只有一张，纵然不行夫妻之礼，同榻而眠却是不能免，来吧。”

秦长歌温柔委婉地谦让道：“夫君先请，妾身睡在床边便可以了，有什么端茶倒水的事，也方便伺候。”

“你真是可人儿，”白渊手一伸，双臂张开，“来。”

秦长歌怔了怔，白渊挑眉对她望了望，又对自己衣服示意。

秦长歌这才想起白渊国师大人是在等她这个“小妾”服侍宽衣。

啊……睿懿级别的宽衣待遇，白渊你一定会折寿！

不过秦长歌对于占便宜的事其实没多大抗拒，反正脱的是他的衣服又不是自己的。

啧啧……身材真好，多么精美多么细致多么优美多么流畅的线条啊……

秦长歌毫不客气地帮白渊剥衣服，羞羞答答却又不肯停手，一直脱到只剩亵衣，犹自打算继续。

反倒是白渊在自己被剥光前，似笑非笑地挡住了她的手。

他躺下前，衣袖一拂灭了油灯，手指一弹，一直开着的石室的门，立即缓缓合拢，听那门移动的声音就知石门相当沉重。

黑暗而寂静的石室内，同床而卧的男女，各自安睡，鼻息沉静，一副好梦沉酣的模样。

谁的梦里，都有谁？

夜半。

沉寂的黑暗里，秦长歌睁眼。

满额头慢慢沁出细密的汗水。

……不行。

试了大半夜，无论如何都不能解开被锁的穴道，白渊的手法极其古怪，锁脉的力道深入内腑，气劲阴寒，秦长歌左冲右突，都无法冲开。

黑暗中她目光闪闪，一直安静垂在自己身侧的手掌静静摊开。

手掌白净光洁，没有任何饰物，秦长歌慢慢地伸右手，抵近自己的左手掌根之处。

她屏住气息，手指一挑，掌根处突然起了一层皮肤状的薄膜，那薄膜望之极似人手皮肤，上面居然还隐约可以看见掌心纹路，秦长歌慢慢将薄膜揭起。

地下水晶透出的蓝色水光照得石室一阵幽蓝，光线看起来有几分阴森。阴森的蓝光里女子在自己的手上揭起一层皮。

着实有几分诡异。

秦长歌极慢极慢地揭着，生怕薄膜和皮肤分离时发出的“哧哧”声响会惊醒白渊。

白渊一直斜对着她，睡相甚是安详。

秦长歌已经揭到了第二根手指。

白渊突然翻了个身。

秦长歌立即缩手，但也只来得及缩回正在揭那层假皮的右手，左手却好巧不巧地被白渊压在身下。

白渊连眼都没睁，一把抓过她的左手，压在自己颈项下，很舒服地调整了一下姿势，以她的手为枕，继续大睡。

秦长歌扯了扯嘴角，拉了拉自己的左手，拉不动。

黑暗中，秦长歌悲愤地对闭目大睡的东燕国师大人，比了个中指。

第二天，秦长歌揉着被压得毫无知觉的左臂，对一夜好睡显得分外神清气爽的国师大人媚笑："您睡得可好？"

白渊很温柔地答她："你手臂太细了，枕起来不舒服，下次不要塞到我颈下。"

……

当日白渊也没有出去，石室中有许多干粮，还有一些书，白渊看书吃干粮，秦长歌吃干粮看书。

因为悲愤，秦长歌吃得很多，有进就有出，秦长歌很快要求解决生理问题。

原以为白渊一定会带她出去解手，不想那人将一面石壁一推，现出一间小石室，里面居然有石马桶。

马桶做得极其阔大，从桶口到桶底高度非凡，基本上如果小解，那绝对是有飞流直下三千尺的惊人效果。

秦长歌很忌讳那马桶不知道被谁用过，不肯坐在上面，便爬上马桶，蹲在上面，这样直线距离实在有点儿惊悚。为了避免小解声音过大令白渊怀疑天降暴雨，秦长歌开始大声唱小曲。

唱完小曲出来，秦长歌问白渊："这个满了怎么办？"

国师大人理所当然地回答："你去倒。"

秦长歌既辛酸又鼓舞——虽然沦落到去倒马桶实在是此生最为悲惨的时刻，但是倒马桶终究是要出去的吧！

结果等当晚她去倒马桶时，白渊将石门一开，带着秦长歌沿密道向上走了几步，突然推开一处隐蔽的石门，道："就倒这里。"

秦长歌探头一看——居然又是个坑洞，大约连通着外面，马桶倒在坑里很快消失，那坑小得很，人实在没法子过去，就算过得去秦长歌也不想去钻，沦落到倒马桶的境地已经够惨，再去钻粪道，这辈子她也不想活了。

第二晚，秦长歌“脚气犯了”，悄悄地“蹭痒”。

蹭了没几下，白渊长腿一抬，大剌剌地架在了她腿上。

秦长歌怨毒地抬头，看着架在自己身上的那双修长的腿，很想操刀将之割下，再撒上自己的所有毒药，腌成东燕国师版金华火腿。

可惜刀子和毒药，都被火腿的主人没收了……

第三晚，秦长歌说要给国师大人按摩，国师大人很乐意地接受了，秦长歌很温柔地要他趴下，准备给他全套“马杀鸡”，国师大人很听话地趴下了，秦长歌的纤纤玉手正要按上他的肩，国师大人突然手一伸，在床头一拉。

“哗啦”一声，床头石壁分开，出现和地面一样的水晶石，水晶透明，将两人照得纤毫毕现。

秦长歌对着水晶怔然半晌，国师大人懒懒地用鼻音催促，秦长歌只好捋袖子——按摩。

水晶光色盈盈，映出疏狂秀逸的男子和清丽娇俏的女子，男子俯身而卧，而女子婉娈倾身其上，素指如拨弦，在男子身上起落挥弹，如奏花间清词一曲，着实美如画卷，唯一不和谐的就是，女子眼神好像也太怨毒了一些。

三日时光弹指而过，三日时光漫长如龟爬而过。

前者是对白渊而言，后者自然是指倒霉的秦长歌。

这三日内，白天黑夜，她用尽手段，耍遍花招，以所有人类能想出来的彪悍暗杀阴毒技巧试图将白渊放倒，试图接近石门机关，可惜对方兵来将挡，水来土掩，有意无意间，将她的招数全部化为无形，将她死活堵在了自己面前。

两人都心知肚明，两人都若无其事，两人不停玩着试探与被试探的把戏，两人到最后竟然生出点儿惺惺相惜的味道。

他惊异于她的机巧多变，永远玩不完的古怪奇特花招；她惊异于他的连消带打，永远不曾松懈的警惕之心。

他思考着她的身份，并在各国知名女子之间搜索却一无所获；她思索着他的出身，想着这个人很多流传于六国间的传说。

号称有“龙阳”之好，不爱美人却爱娈童的白渊国师，为什么对她起了兴趣？看他的样子，是真的打算收了她。

这人是个“双刀”还只是需要一个障眼法？

他则渐渐充满兴味地看着她，想着她是谁，那天天衢大街暗流汹涌，这几日城门封闭，是不是在找她？

想着那日长街之上，那个驻马回首的英锐男子，他回首的那一刻目光深情期盼无限，仰起下颏时失落重重写上眉端。

那样风神超拔的男子，天生的人中龙凤，他认得他胯下的黑驹，正是产自东燕边界青玛神山下勒格草原的骊马，号称马中飞电，超影逾辉，是万中无一的绝世名驹，等闲人一生中欲得一见而不可得，更别提拥有。

能骑这样的马，非王公贵族不可，这个高贵男子，是她的爱人吗？

能拥有这样爱人的女子，又会是怎样的超凡脱俗？

白渊的目光落在静静看书的秦长歌脸上，这个女子，静默而观的姿态宛如帝王据于龙案之上，正在阅批天下奏章，言行举止之间，天生的雍容高华，居于人上，偏生雍容里自有一种洒脱睥睨、悍然无畏之态，吞云霞吐虹霓，一转目间都是天地灵气所钟的滟滟之光。

很像……那个人。

若非容颜实在不是一个人，几乎自己都要以为她就是睿懿。

何止容颜，年龄、骨骼、功底，都和睿懿天差地别，实在搭不上号，不然他真的要欢喜地以为，自己踏破铁鞋无觅处，得来全不费工夫。

可惜……她不是。

白渊的目光渐渐沉静，沉静里生出决然。

第四日。

一大早便有人敲门。

秦长歌霍然抬头，以为自己听错了——敲门？

白渊却已施施然去开门，他的身子半掩在门后，挡住了秦长歌的目光，只看见他微微点头，随即道：“去吧。”

秦长歌却根本没看门，她紧紧盯着地上的那一大块水晶，那里映出了来客的半边影子，看起来是个普通的个子高高的男人，身后斜斜露出长刀的刀鞘，秦长歌觉得那刀鞘的式样，看起来有点儿眼熟。

男子离去，白渊回转身，微笑看着她，道：“想不想出去透透气？”

秦长歌挑起一边眉毛，询问地看着他。

“西梁太子的六岁大寿到了，西梁国决定以举办‘斗春节’的方式，为太子庆生，另外，据说在海外养伤的睿懿皇后伤势大好，也已回国，准备参加爱子的生日庆典。”

白渊的笑容若有深意。

“西梁皇帝大赦天下，举国欢庆，睿懿皇后凤驾回归，这般百年难遇之盛事，你我怎能错过？”

斗春节——已废的赵王萧琛首创的节日，是当年郢都的春日盛事，萧琛事发，去年的斗春节便没有举行，今年的四月初三是萧太子的寿辰，据说萧太子听说了这个节日，在陛下询问当如何庆祝之时，提出要举办西梁有史以来最隆重的斗春节以兹庆祝。

而睿懿皇后思念爱子，也从海外仙岛归国。

郢都百姓这几日疯魔般地守在各处城门，狗仔队般守候皇后凤驾，期待能够第一眼见着名动天下的神后。当然，他们失望了，抵抗着春夜寒气哆哆嗦嗦守了很多夜，除了遇见几只半夜叫春游荡的野猫和城墙根儿下掏阴沟的老鼠外，啥也没遇见。

但是，希望落空不代表人们的想象力被扼杀，正如绯闻可以编造般，皇后归来自然也可以凭空诞生。郢都各处的茶楼酒肆里，到处都有无数版本的皇后驾临场景，有人拍桌子打板凳说亲眼看见陛下摆出全副皇后銮驾，从正阳门迎进皇后，凤辇娥冠，红妆十里，皇后在珠帘影里露出半张脸庞——啊呀呀呀美如天人！隔壁我家翠花和她比起来，本来水嫩的小脸蛋顿时就成了屎壳郎……

翠花从隔壁奔出来，悲愤地一把揪住这口沫横飞的屎壳郎之夫，回家整治去了。

还有人嗤之以鼻，说皇后不爱奢华，什么全副銮驾都是胡扯，要说看见，咱家那天去城东探亲，亲戚住长宁门外，那天戒备特别森严，我便留了心眼儿……哎呀，你们猜我看见了什么？

他招招手，众人神神秘秘地凑上来。

“看见陛下黑衣黑马，带着御林军守候在城门口，天蒙蒙亮的时候，突然有十八匹马飞驰而来，每一匹都雪白雪白的，一根杂毛都没有，最前面的那匹尤其神骏，白毛金蹬，漂亮得一塌糊涂……”

有人恶狠狠地拍他脑袋：“你能不能说正题！”

那人被拍得一缩，立即道："马上那女子戴着面纱，姿态那个美好哟……她一看见陛下，当时就从马上飞扑过去了，哎呀……乳燕投林小鸟依人，雪白的面纱在风中飞舞，仙女一般，看得我那个心痒痒哦……陛下一把接住，两人紧紧拥抱在一起……"

"哗……"

"真美……"有人目光发直地感叹。

"离乱夫妻终于团聚，真好。"某人双手捧心，眼泪在眼眶里打转。

"破镜重圆，有情人终成眷属。"某女双目荡漾，眼带桃花地瞟着一个俊秀少年，少年落荒而逃。

……

秦长歌用筷子理了理自己手背上的鸡皮疙瘩。

用酒杯压了压竖起来的汗毛。

白渊若有所思地托腮，道："最后这种说法还比较靠谱。"

秦长歌正色道："夫君，斗春节是西梁士子唯一有机会接触西梁名媛的机会，你是要去讨正室的吗？"

"唔，"白渊漫然道，"未为不可。"

此时听得前方一阵喧哗，随即有御林军远远驰来清道，一路关防，这处俪山脚下的小酒肆立时安静了许多。

两人齐齐抬眼看去，便见远处皇家仪仗正一路而来，最前方的御辇上，小小的萧太子正探出头来，很有风范地向四周山呼舞拜的百姓挥手。姿态拉风，表情虚荣。

秦长歌眯起眼睛，觉得儿子这几天好像没瘦，居然还胖了些，顿时在肚子里悲愤地大骂：回去扣你零食！

白渊轻笑道："听说西梁太子十分……与众不同。"

秦长歌笑嘻嘻道："是啊，据说皇后被奸人所害，太子流落民间，自小在市井长大，因此很是随和的。"

白渊似笑非笑地瞟她一眼，突然抬手点了她哑穴，随即道："走吧。"

觞山之顶，一处阔大的草地上，早已围了一处处的锦幄，粉紫莹蓝，嫣红翠绿，鹅黄雪白，如一朵朵硕大的斑斓的花，盛开在嫩绿的绒毯般的草地上。

今年斗春节因为规格不同，排场比往年更盛，参与人数也达到了历史之最，一大早草地就几乎被占满了，偌大的山顶，除了明黄锦帐围起的皇家高台，其余地方都挤满了前来瞻仰西梁皇室风采，顺便求得佳人青睐的士子。

按规矩，登俪山素来只能走水路，兰舟由皇室宫务府掌管，所有参与的士子都得向宫务府属下太监先索取花球，白渊携着秦长歌自去取花球，那帐篷里太监满头大汗地忙着分发花球，人多得需要排队，秦长歌目光一扫，突然心中一震。

帐篷最里面，不急不忙折花球的蓝衣男子，容貌普通，一双眼睛却明若秋水。

不是戴了面具的楚非欢是谁！

她只是这一侧首，白渊立即发觉，微笑俯首看她，一伸手揽住她的肩，挡住了她的视线，将她带到帐外。

秦长歌连和楚非欢目光接触的机会都没有。

秦长歌只能暗暗叹气，也不费心思想着通知楚非欢了，她知道今日这斗春节绝不仅仅是给溶儿庆生，萧玦和非欢的意思，定是想引蛇出洞，因为揣摩不出敌人到底来自何方、动机为何，为了增加吸引力，萧玦不仅把自己和儿子拿出来做饵，连睿懿都派上用场了。

而白渊来到这里，到底是因为他们中的谁，现在还不知道，但是秦长歌可以肯定，以这位心思缜密的国师大人的行事风格，他绝不会毫无仗恃地孤身前来俪山。

双方都各怀心思，也不知道谁将计就了谁的计，一场争斗，文斗武斗，只怕都在所难免。

白渊在展开花球看题，秦长歌也懒得看，她知道白渊绝不会将题目交给自己做的——否则楚非欢立即便可知道自己是谁。

白渊只瞄了一眼题目，立即大笔一挥答了递给太监，秦长歌瞅了一眼，发现那联句做得不好不坏，毫无突出显眼之处，太监果然只是散漫地看了一眼，随即挥挥手命令开船。

兰舟结彩带，乘风破浪而行，精巧的舟头剖开碧蓝水面泛起雪白弧线，七彩锦带在风中翻飞，白渊立于船头，宽大的淡金衣袍衣袂飘飘，他容颜虽然化得普通，然而天生的好身材好气质，风华怎想掩盖也难以遮住，澄阔江天，轻舟碧浪，飞袖流云，衣带当风，俪山山巅，远眺踏舟而来士子的各家仕女，纷纷将目光转了过来。

而皇家锦帐之内，镶龙飞凤的高台之上，萧玦正步出帐外，目光牵念而寻觅地，望向俪水诸舟。

第六十五章

天网

白渊突然回身，温柔俯身问秦长歌：“可冷？”

秦长歌有气无力地摇摇头——冷，心冷，你真无聊。

今天白渊终于开恩，不再给秦长歌化如花妆，直接用了个面具给她套上，扮成小厮模样，面具做得极为精致，难以辨别，国师大人犹自不肯罢休，剽悍地给她系上一个由一节节小木块串成的腰带，外面罩上袍子，那腰带奇粗无比，秦长歌纤纤细腰立时成了上下一般粗的水桶腰。

人的曲线，腰部是最为明显的地方，腰部曲线一旦改变，会在第一时间造成错误的判断。

这位国师大人，看来不仅写得好文章，治得好国家，还做得好木匠。

轻轻摸了摸她的木腰带，白渊笑容深邃，淡淡道：“系好它，不要想着动它，否则，你一定会后悔。”

秦长歌低头看看那玩意儿，手指在木块上抚过，露出一丝苦笑。

两人上岸，直上山顶，白渊脚步也不停，直接走向一处彩丝帷幕，那处帷幕尤其与别处不同，别人因为今日皇室驾临，为表尊重肃穆之意，都是单色锦帐，虽然华丽却凝重，也不招眼，这处帷幕却是整个淮南烟华锦制成，浅银底色上大朵大朵的妖红曼陀罗，有如花伞倒垂的曼陀罗花心，俱以金线绣成，笔直的曼陀罗花茎，则镶了水玉，风过帷幕，烟华锦幽光流水，曼陀罗妖艳摇曳，金线水玉华彩四射，璀璨艳丽得逼人眼目，四周彩帐锦幄，顿时黯然失色。

彩帐内更见奢华，雪白的白虎皮地毡一铺到底，玉几金瓶，锦屏古琴，几后琴前，坐着轻衣美人。

见白渊进来，美人轻抬娥眉，脸上喜色一闪而过，然而看见他手中还亲密地揽着一个人，顿时神色一黯，敛眉站起，盈盈施礼。

秦长歌欣赏地打量着那雪肤樱唇冰肌玉骨的女子，在心中大赞：娇弱！优雅！精致！高贵！女人味！这才叫美人！

突然想起当年无聊人士将她和东燕女王柳挽岚并称“绝巅双姝”，品评两人容貌气质时曾说过，西梁皇后清丽超拔，以委婉手腕行王霸之事，气韵如神山之上，修罗王者兰；东燕女王娇弱柔美，依绝世奇才而成圣明女主，风华如天池之中，天女临波莲。

眼前这个女子，倒有点儿符合传说中那临波之莲般的女主形容。

当然，这位绝不会是柳挽岚本尊，据说白渊对柳女王向来呵护得很，怎么可能任她远来敌国，置身危险之中。

秦长歌很有兴味地注视着白渊的神情，刚才，他看见女子的那一刻，眼神空幻中微生欣喜，像是透过她的绝世容颜，看见了另外一些他珍惜已久的东西，然而这种神情一闪即逝，再看向那女子时，他已经恢复了原先的平静随意。

他微笑着在那女子身边坐下，笑道：“取了什么花？”

美人指了指案几上的一朵蔷薇。

斗春节有取花为诗的规矩，仕女们在皇族大帐内各取鲜花一朵，以此为号，递出帐外的香笺都附此花，并冠以仕女之姓，比如取了蔷薇的姚姓女子，便称之为“姚薇”，这也是谨防闺名外泄之意，毕竟来应节的，多半是西梁的大家闺秀。

秦长歌看了看附笺，上书一个“云”字，便知道此女子姓云。

此时各家淑媛多半到场，俪山顶也满满的都是人，金锣三响，却是司礼太监宣布盛会开始，开头照例文绉绉的官样宣诰，也不知是哪位老翰林做的四平八稳辞藻华丽的制式文章，随即说明此次皇族与民同乐，诸与会淑媛士子无须拘束，稍后帝后太子会亲自下场观词应题，诸位当尽展长才云云。

立时有人摩拳擦掌，指望着自己的诗词文章一朝为帝后选中，立可青云直上鱼跃龙门，这可是比应科举还要简单风雅的好事儿，还有人开始认真思考，今日据说是为太子爷庆生？太子爷的喜好最大吧？写个什么诗，讨太子爷欢心，不也一样能飞黄腾达？

于是淑媛们花笺传递，士子们笔墨添香，各处欢声笑语不断，白渊却不急不忙，斜倚着锦儿，把玩掌中那朵娇艳的蔷薇，忽然一笑，轻轻将花于指尖碾碎。

花是斗春节的入场券，失了花，便无法参与，面对两人惊愕的表情，白渊漫不经心地道：“别人做什么，咱们一定要跟着做？青蝶，我说，你写。”

那名叫青蝶的女子轻声应了，听得白渊想也不想，曼声吟哦：“宝霓衣，薰香笼，浓淡参差间绿丛。且由行云逐飞羽，尽此娇花散轻红，生成锦刺千万枝，只为不折轻薄中。”另附一张较小的纸笺，上书：“何必天香色？只敬诗风流，猜中小女子所取之花者，当可为帐中佳客，词赋唱和，不亦乐乎？”随即手一挥，道：“传出去吧。”

随侍的侍女把诗挂了出去，没有附上花的香笺着实显眼，立时涌来一大批文人墨客，对着这个别开生面的诗谜摇头晃脑地猜，此花到底为何花。

更有人对着那张小笺目放异光——这句子风雅中蕴含轻浮之态，有儇薄挑逗之意，非等闲闺秀手笔，却不知帐中女子又是何等出身？

秦长歌看着帐外盛况，心里明白白渊这是故意要招人眼目，引起西梁皇室注意，从而走近他的帐幕，只是不知道他的目标到底是谁。

她的手指扣在掌心，亦在等待萧玦、非欢等人的到来。

“喂，我那臭娘，今天确实来了吗？”包子今天已经把这个问题问了十遍。

萧玦只管听着侍卫不断地回报，从第五遍开始，他的耐心已经被儿子消磨殆尽，根本懒得理他。

楚非欢却向来对包子有耐心，从堆积如山的凰盟各式信息中抬起头来，抚了抚包子的大头，笑道：“你娘来了，虽然我还不知道她到底在哪里，但我感觉，她就在附近。”

他顺手帮包子理平半天工夫已经皱成一团的小锦袍，摇头道：“溶儿，你这袍子真漂亮。”

“漂亮吧？”包子立即抛开忧心忡忡，得意地咧嘴笑起来，还模特似的转了个身炫他的彪悍长袍，肥球般的小身子一旋间，万紫千红的小袍子散开来，看得人一阵眼花。

萧玦瞪着那袍子，看了半晌还是捂着脑袋转过头去——算了，眼不见为净。

那哪叫袍子？那叫豹子。

比豹子还花哨。

深红的锦缎上，绣了大大小小的花朵，足有几百朵，桃花、樱花、梨花、杏花、蔷薇、凤仙、云英、桐花、梅花、菊花、迎春……红的绿的黄的紫的白的蓝的一堆堆的颜色，领口上还彪悍地绣了一排字，“路边的野花不要，踩”！

衣裳下摆绣着：“名花虽有主，我来松松土！”

楚非欢原本没在意这乱七八糟的绣字，此时看见不由得倒吸一口气，喃喃道："溶儿，你这衣服也太出格了些，外间很多西梁百姓，看见了有失国体，能换一件不？"

"不能，"包子摇头，悍然道，"走牛B的路，让SB去说吧！"

转头看见干爹无语的表情，包子连忙笑嘻嘻地摸摸他以示安慰："干爹，你不知道，这衣服是我特地定做的，就是要这么漂亮，油条儿和我说了，但凡谁看见这么漂亮的衣服却一点儿都不惊讶、不想撞墙，那一定是我娘。"

……

萧玦和楚非欢对望一眼，萧玦转头，对御帐角落怯怯坐着的那名女子道："走吧。"

皱眉看看那女子怯生生站起的姿态，萧玦怒道："腰直些！眼光抬起来，微笑！你为什么连微笑都不会？"

那女子被他突如其来的怒气吓得后退一步，纤细的手紧紧抓住身后的锦帐，一张酷似前世睿懿的娇颜上，眼泪已经在眼眶里打转，萧玦立即喝道："不许哭！眼睛哭肿了怎么出去？"

女子惊吓更甚，却硬生生把眼泪逼了回去，苍白着一张脸，不住抖着嘴唇，楚非欢示意包子去安慰安慰那女子，皱眉看着萧玦，道："陛下，你若吓着这位姑娘，等下更演不好戏。"

萧玦吸一口气，悻悻不语，他何尝不知道这个道理，然而几日遍寻不获长歌，他已经快要被内心的担忧和焦虑逼疯，每夜辗转反侧难以入眠，一闭眼，当年的长乐妖火便逼近眼前，妖火里宫阙崩塌，长歌凄然而死，或者便是长歌于满地淋漓鲜血里拼命向他伸手，自己努力去够却怎么也够不着，眼看着指尖相距只有丝毫距离时，长歌便在眼前突然被黑洞卷入，而他于惊叫中大汗淋漓地醒来，却只看见龙章宫寂寥空旷的穹顶和飘摇欲灭的灯火。

失去过，所以更加害怕失去。

想起那些噩梦，他有些失神，突然转首问楚非欢："楚先生，我记得当年出事时你有进长乐宫，你能不能告诉我，长歌……是怎么死的？"

楚非欢神色一黯，目中有苦痛之色，半晌道："您没问过？"

萧玦苦笑："她不肯说。"

楚非欢震惊，随即仰首长叹了口气，良久道："别问了，不知道比知道幸福，她这是好意，你我……都成全她吧。"

萧玦却决然道："朕终究会知道！朕终究会血债血偿！"

楚非欢深深地看他一眼，苦笑了下，道："先找回她再说。"

金锣三响，锦帐轻分，帝后自帷幕后相偕而出，等候已久的西梁士子们立时山呼拜倒，高台之上龙袍金冠的萧玦挥挥手示意平身，携着他身边紫衣珠冠，以半幅绡纱遮住容颜的女子缓缓而下。

西梁士子们激动了——啊啊啊，皇后归来，西梁帝后相隔五年后再次携手出现在天下之前的盛事，居然给咱们有幸先睹，几辈子修不来的福气啊。

人群蜂拥而来，却被关防森严的御林军给死死挡住。

今日萧玦有备而来，御林军三千随侍上山，善督营则一路布防至山下，俪水水道所有船只都被军队接管，山上许多装扮成百姓的人，其实也是朝廷中人。

原本玉自熙在西营练兵，也有自动请缨说护驾关防，萧玦碍于京师防卫不能被抽空，没有抽调他的军队。

天罗地网，誓要入网者有去无回。

高台之下，雍容高贵的帝后言笑晏晏，相偕而行，时不时停在某处锦帐前点评诗词，穿得花蝴蝶般的小太子则四处乱窜，所到之处人仰马翻，每到一处锦帐，帐中女子便隔幕而拜，太子爷年纪小，百无禁忌，往往便在太监护卫下直接奔进去，抱住人家姑娘便嚷一阵好美好美、好香好香，蹭完了、便宜占完了还转上一圈给小姐们炫耀他的生日长袍，再在人家发乱钗横、口红被吃光的狼狈状态下光荣退场。

每退场一次，包子都会失去刚才的欢快之态，有点儿悻悻的样子，油条儿赶紧一边递上锦帕，让太子爷把脸上那些各个品种的口红脂粉给擦干净，一边怜悯地看着主子的脸，想着主子今天看来约莫要吃一斤的猪油脂了。

包子擦干净口红，振作精神继续下一个锦帐的欢快，一副打不死、拉不退、你踢他他还反踢回去的悍然劲儿。

大半数的锦帐都转过了，每次出来包子都垂头丧气，扮成太监的内廷高手则对萧玦和楚非欢轻轻摇头。

萧玦神色不动，只是缓缓而行，楚非欢则已将目光投向那分外华艳、帐外士子也特别多些的曼陀罗彩帐。

和萧玦目光一碰，萧玦立即携着假皇后向那帐幕行去。

御林军、善督营高手、内廷高手供奉立时各司其职，有意无意隔开无关人士，缩小包围圈。

帐幕内，云青蝶不急不忙戴起面罩，白渊则轻笑着揽过秦长歌，俯首在她耳边道："好戏就要开场，你开心否？"

秦长歌笑眯眯地看着他，指了指天边一排飞过的大雁道："夫君，你看这雁，飞得多壮观啊。"

白渊怔了怔，想了想才自以为了解地道："你是在羡慕这雁的自由？"

秦长歌笑盈盈摇头，道："你看，春天来了，大雁正向北飞，一会儿排成B字形，一会儿排成T字形，多么BT的人生啊……"

白渊望了她半晌，突然一笑，道："如果不是……我还真的……怪可惜了的。"

秦长歌嫣然地答："如果不是……我也真的……怪可惜了的。"

云青蝶听着两人天马行空的对话，一副想要晕倒的表情，秦长歌和白渊的眼底，却都出现彼此了然惺惺相惜的扼腕神情。

他们原本应该是同一类人，是心灵最易契合的人，是茫茫人海中最该成为灵魂知己的人，却因为彼此身份立场的对立，不得不各自站在一方，彼此无所不用其极地对抗。

锦帐外西梁重重围困向着白渊；锦帐内秦长歌的腰带里，有足可在一霎时令她死一千次的好东西。

秦长歌刚才已经想通了，白渊有恃无恐单身上山，确实有倚仗，这个倚仗，就是她。

白渊应该已经确定，只要有她在手，便可抵千军围护。

至于白渊要对付的，自然是西梁帝后。

这两年，养精蓄锐时机成熟的西梁开始了并吞天下的霸业，连攻连克，诸国战栗不安，而攻下北魏部分国土和南闵后，西梁国土已经对东燕形成了半包围势态，东燕国力原本就弱，若非白渊就任国师之后励精图治，稳住了那一方河山，东燕早就被北魏吞并了。饶是如此，将来第一强国西梁如果挥师东进，东燕一定也是独木难支，据说东燕已经私下联络北魏朝廷，欲求共盟。

秦长歌猜测，那位去北魏寻求共盟的使者，想必是国师大人自己，然而他不知为何，顺便转道到了郢都。

斗春节上，锦帐烂漫，帐内帐外，杀机却一触即发。

帐外，萧玦看着那香笺，朗声一笑道："茎生密刺，叶如飞羽，这明明是蔷薇。"

底下顿时一片赞叹之声，萧玦又是一笑，目光如剑般一转，光华灼灼中他手一摊，道："拿笔来！"

士子们齐声哗然，对锦帐中人的好运道艳羡不已，陛下要亲笔应和了！这是谁家姑娘？这下岂不要成贵妃娘娘了！

有人悄悄睨那个立于陛下身侧、一直含笑未语的神秘皇后，一脸看好戏的神情。

萧玦笑道："既然猜出何花，自当有诗句奉上以敬佳人，只是朕素来是个武夫，于文章一道笔力薄弱，如此，献丑了。"

他想也不想，于镶金线玉版纸上潇洒挥毫，一挥而就。

太监上前，将纸卷展开。

"剪却五湖为锦履，裁将四海作绢衣，莫弃此姝无国色，独隽天下第一枝！"

诗殊不工整，似乎也将帐中女子抬得甚高，然而气魄宏大，真真帝王手笔，众人忙不迭赞好，又纷纷艳羡地看着锦帐，想着那个被帝王品鉴为"独隽天下"的女子，可真是福分非凡。

也有人疑惑，陛下不是还没见过帐中人吗，怎么就知道她"无国色"？怎么就赞誉到了这等地步？

楚非欢却若有深意地看了萧玦一眼，知道他借诗寄情，此花指的是长歌，愿以五湖为她锦履，四海做她绢衣，虽无国色，天下第一，这是倾尽全心来赞长歌了。

锦帐内，白渊看了一眼递进来的纸卷，微微一笑，在秦长歌耳边道："萧玦可真看重你，独隽天下第一枝的话都出来了，不过，我觉得你也确实当得起，你确实不错……赵莫言，赵太师。"

秦长歌眼波流转，嫣然道："承蒙夸奖，白渊，白国师。"

白渊目光若有所憾地看着她，道："没想到，纵横西梁名动天下的杀头太师，西梁攻伐他国的一力推动者，各国名列暗杀榜名单第一的强绝人物，竟然是个女子，这个秘密，大约我是最早发现的吧？"

秦长歌笑道："过奖过奖，想不到惊才绝艳、曾以单人之力力挽狂澜的东燕国师，以治国修身爱娈童名扬天下的白渊白大人，竟然不算个纯种断袖，还记得要娶老婆，这个秘密，大约我也是最早发现的吧？"

白渊哈哈一笑，道："娈童要玩，老婆也要娶，人生苦短，为什么要死守着那些规矩过一辈子？为什么我就不能男人女人的滋味都尝尝？"

他微笑着手指一叩，"咔哒"一声里他道："这里有十八节木块，每个木块里都各有一种不同的杀手，木块是递进的，后一个撞上前一个，连续触动引发，这些机关中有的是针对你的，有的是针对靠近你身边的人的，这样你就没空使坏了……嗯……我很欣赏你，这世上值得我欣赏的人不多了，杀一个少一个，余下的人生也许会很无趣，所以我不想主动杀你……马上，他们进来后，我将一个个触动机关，赵太师，能不能在短暂的时间内自救并救人，就看你自己了。”

他微笑着拍拍她的肩，道：“如果你能在我下山前解决完这十八道机关，你就能活……赵莫言，我对你真好，我给你这个机会，很可能会害了我自己呢。”

秦长歌对他露齿一笑，道：“人生是很不好玩的，但是既然活着，便不妨恶狠狠地玩它个几场。”

白渊大笑道：“好！”一转目示意云青蝶，那女子立即娇声道：“民女青蝶，恭请圣安！”

帐外静了静，随即有人影飞快散开，日光照上锦帐，将几条颀长的身影，映在嫣红曼陀罗花上，最前面那条身影，伸手掀帘。

一线明光透入。

光线刚刚到达秦长歌眼睛，白渊手指一弹，飞快一抽，从木块中抽出一根金线，随即，木块“咔”一响。

响声里云青蝶扑向萧玦，手一伸，十指青芒闪烁如鬼爪，风声厉厉如啸！

白渊则抓着她的手直扑“皇后”，扬声大笑。

“现在，开始！”

第六十六章

狂追

“咔哒”一声轻响，却如震雷般响在秦长歌耳底。

第一块木块，缓缓推移，现出青黑色针尖，秦长歌立即伸指，却没有试图将长针弹回去，而是重重弹在木块中端，与此同时秦长歌腰身一扭，角度一转。

“啪”的一声木块断开，针被这断裂力道一激，原本刺向秦长歌腰间肌肤的方向立时改道，“唰唰”交错着向两边飞出去，而此时秦长歌已经扭转方位，侧面正向着白渊和云青蝶。

用来钳制她的毒针，反而攻向了那两人。

白渊笑赞：“好！不过，情理之中！”他这句话说完，毒针已经突然消失在空中，而他的手，已经抓上了“皇后”的面纱。

护卫们纷纷涌上保护帝后，萧玦一掌击退正在避让毒针的云青蝶，低喝：“护卫太子和……皇后先走！”

大内侍卫统领夏侯绝抢先奔上，一把抱起拼命大叫的包子奔了出去。

善督营迅速奔前，将无关百姓远远隔开。

而楚非欢却已无声无息地滑了过来。

他人在半途，腰后已经流水般掣出一柄奇形长剑，形状如细长飞鱼，鱼嘴处排列无数细密利齿，精光灿烂，楚非欢长剑一展，剑光向着秦长歌腰间木块，剑尾处竟然突然弹出同样的一个鱼嘴状刃锋，寒光冷曜，直向白渊！

白渊一笑，左手一抡，淡金浅碧光芒亮起，撞上楚非欢飞鱼剑，白光与金光一交，光彩大盛，金色光芒顿如无数利剑般迸射开去，正正向着攻杀而来的护卫，惊叫声里护卫们纷纷栽倒。白渊停也不停，掌中淡金雾气猛然大涨，直直向着那惶然站立已经吓得不知躲避的假皇后，萧玦立即大步迎上扬眉抬掌，“轰”的一声两人掌力对上，萧玦“噔噔噔”退后三步，却已趁着后退之势，一把将假皇后拉开扔出。

白渊身姿凝定，懒懒一笑道：“果然是个假货！”突然拽着秦长歌猛力前冲，手指一划，锦幄“哧”的一声裂成两半，白渊一抬腿，已在帐外。

与此同时，楚非欢身姿在半空中一个毫无窒碍的流转，宛如蛟龙在深海之中畅游般灵活轻捷，飞鱼剑利光再闪，锲而不舍再次跟来。

秦长歌却斜身一避，大喝：“非欢让开！”

“咔哒”一声，第二块木块已经启动。

秦长歌手指一触，已经明白这个木块里的玩意儿是什么，她霍然反身一撕身后锦帐，扯下一大块厚实的布料，“唰”的一下抖开挡在自己腰前！

“砰！”

一股黑色毒水瞬间激射而出，“哗啦啦”打在锦缎曼陀罗花图案上，那硕大花朵立时现出焦黑之色，抽搐颤抖四分五裂，被毒水腐蚀得不住收缩，很快烂出一个大洞。

大洞里露出楚非欢素来沉静此刻却微生焦灼的眉宇。

秦长歌隔着那个洞对他坦然一笑，做了个“安心”的手势。

毒水将所有人都逼得退了一退，白渊一声长啸，直直冲着里三层外三层的包围圈而去，寻常大内高手如何是他的对手？何况又不能发射暗器飞箭，白渊淡金色的手有如天神之掌无坚不摧，撕裂、折断、挖心、扼喉，转瞬之间已经连杀数十人，杀出一个血豁口，白渊拽着秦长歌就往山下奔。

人群中突然传来女子凄声悲呼：“大人！”

白渊和秦长歌齐齐回首，前者目光冷静，后者目光中有着淡淡的怜悯。

云青蝶欲杀萧玦而不得，陷入重围，厮杀得气喘吁吁、发乱钗横，无意中一眼看见白渊欲待下山，肝胆欲裂中尖呼求救。

白渊回首，目光掠过她的容颜。

那一瞬间他的神色既苍凉又厌恶。

忽然一掌击向了已经快要被人群淹没的云青蝶。

掌风阴寒，所到之处却形成回旋气流，那些围攻云青蝶的护卫立时被一一带倒栽飞出去，随即掌力生出粘劲，带向云青蝶的腰，陷入包围的云青蝶大喜回身，娇呼：“我就知道大人不会放弃我——”

她的欢喜呼声突然终结。

对面，白渊很温存地对她一笑，掌力一收又放，淡金衣袖飞卷出一片雪色霞彩，竟然卷起云青蝶的身子，猛然向飞奔而来的萧玦砸去！

大笑道：“此女有毒，敬请陛下爱怜！”

他脚程极快，行动起来便如飞卷的淡金旋风，一语未毕人已掠出好远，而此时云青蝶才刚刚落下。

萧玦愤然迎上，不肯为此美女炮弹所阻，然而听到这女子身上有毒的护卫，哪里肯让陛下冒险？纷纷不顾一切狂扑而上，将萧玦阻在身后，长刀利剑如林般齐齐刺出，刹那间血花飞溅。

身在半空的云青蝶躲避不得，一声惨呼，已被万剑穿身，鲜血如泉，飞起老高。

这个可怜的女子，在最惊喜的时刻跌落云端，被所爱的人送入地狱。

护卫们松了一口气，暗道原来对方诈敌，这女子身上哪来的毒物嘛。

此时鲜血方从半空中“扑啦啦”落下来，阳光下竟然呈深紫色，星星点点溅了御前护卫一脸。

那些护卫随意地抹了抹，突然觉得不对，而身边的同伴无意中与他们一对望，都骇然惨叫起来。

他们的脸皮在那一抹间，已经被抹掉了下来，露出淋漓的血肉，而他们自己还没有察觉，还在抹着那血，将一张脸抹得脸皮一块块掉落。

阳光下，看见自己同伴浑然不觉抹掉自己的脸皮，那感觉着实骇人，有些胆子小的侍卫，眼睛一闭就晕了过去。

其余人惊呼着纷纷退开。

惊呼声里那些中毒的侍卫方怔了怔，看了看自己鲜血淋漓的手，随即脸色大变惨呼着倒下去，捂着脸在地上打滚儿，只是瞬息之间，脸上便只剩下森森白骨。

侍卫们何曾见过这等狠厉的阴招？震惊之下都愕然立在当场。

忽觉头顶上带着金光的黑影一闪，衣袍猎猎中一人踩着他们脑袋飞掠而过，转眼间如江河直泻奔向山下——暴怒的萧玦杀气腾腾地追了下去。

“呼”的一声又是灰影一卷，脑袋再次被踩，这回奔下的是夏侯绝，他将太子交给善督营保护好便急急赶来，人尚在半空中已经一声大喝：“前方堵截！”

一批批埋伏好的御林军自道旁奔出阻拦，刀枪剑戟铿然齐鸣，黑色铁甲在阳光下闪着乌青的光。

白渊只拖着秦长歌疾奔，头也不回飒然前行，全身都笼罩着淡金浅碧的光华，以单人之力悍然穿越铁甲之军，从山顶看下去，便如一支金碧色的箭，带着呼啸的风声和强悍的去势，穿裂黑色的铁鳞巨蛇，所经之处，狠狠剖开长蛇背脊，带出左右纷飞的鲜艳的大片大片的血花。

而金碧长箭之后，紧缀着水蓝色流波尾羽般的轻盈身影，飞光蹑电一步不离，水蓝色影子之后，是黑色闪电直飚而下，如一道狂暴的飓风，不管面前任何山石阻碍道路崎岖，见山踢山，遇沟跨沟，在苍翠山路间画出一条丝毫不肯迂回的直线，长追而来。

“咔哒咔哒咔哒！”

白渊丝毫不给秦长歌暗害自己以及和楚非欢、萧玦相互通气的机会，他刚刚冲到半山腰，秦长歌腰间木块已经连响过了十声。

第三关是四散弹射的蛇形铁匕，第四关是短小细密、见血封喉的微型劲弩，很难想象那么小的木块里怎么能设置下劲弩这种装置的，第五关是弹簧珠，大珠撞小珠，小珠蹦出更小的珠，烟花般地笼罩秦长歌全身，第六关居然是一只铁鸟，“扑啦啦”飞出来，恶狠狠地就啄秦长歌眼珠，还会自己闪避，一条铁线连着它的翅膀，双翼扑飞快得令人无法辨别，秦长歌眼疾手快剪断铁线，那鸟居然内部还有机关设置，弹飞向后面楚非欢、萧玦，楚非欢避开了，萧玦则恶狠狠地将铁鸟踩在了尘埃里。

第七关是像秦长歌前世烟花棒一般的东西，在木块内部震动，并不出现，却一阵比一阵沉重地撞击着秦长歌内腑，存心要把她撞出内伤，秦长歌怕它会最终爆裂，在自己腰上搞出个洞，一狠心咬破手指，鲜血滴入木块之中，将整个木块浸湿，那东西果然偃旗息鼓。

第八关、第九关、第十、十一、十二、十三关……一关比一关奇特，一关比一关恶毒，秦长歌在白渊的控制下腾挪闪避，间不容发都一一或使计解决或闪避开去，有的机关直接冲着后面两人，好在楚非欢和萧玦都不是弱手，两人心急如焚却都不曾乱了方寸，也极其惊险地一避再避，堪堪逃过并不曾减慢速度。

飘飞如羽，流光似电，楚非欢死死缀着前方白渊，面色凝重地注视着他的背影。此人武功智计，足惊天下，竟是三人这许多年来前所未遇的超强之敌，只凭一人独创千军，是为勇；单手控制秦长歌，一条木腰带便令杀招手段层出不穷的秦长歌疲于应付，是为智；一路攻杀血海翻腾还带着一个人，真气始终不曾减弱一分，那淡金浅碧的雾气一直在他身侧缭绕不散，内力深厚令人震惊，是为能——东燕国师，当真名下无虚！

而长歌，靠她的超强应变和绝世聪慧，险险避过这许多关，然而下一关，再下一关，又会是什么近在咫尺的危险，在等着她？

楚非欢咬紧下唇，身形如碧水东流，倾泻在烟尘滚滚的山路上。

厉啸遏云，狂飙如风，萧玦的怒火已经快要将自己给烧着了，白渊这个混蛋！居然阴狠到了这种地步，他们原以为白渊此来，挟制长歌是必然的，但必定也有相关布置，有人手接应，所以将军力布在了整个俪山山顶总控全山，又制定出阵法，对方无论怎么接应，无论人多人少，都有相应的阵势来应付。本是万无一失的对策，不想白渊居然胆大狂妄到了这个地步，什么人也不带，什么接应也不要，只在长歌身上下功夫，一条血路杀下山，竟是无人可谓一合之敌。

萧玦怄得想吐血，早知道就把所有人全放在那锦帐前，用人海战术来阻碍他前进的脚步，他就是一人踢一脚，也会被活活累死！

眼看着秦长歌腰间那层出不穷的绝杀机关不断生出杀手，萧玦急得恨不得自己生出四条腿。每次木块里飞出新东西，他的心便吊到嗓子眼儿，每次长歌险之又险地避过，他便吐出一口长气，十几关过来，狂奔中尚自还要分心担忧的萧玦，几乎急出了心脏病。

他只恨自己起步慢了一点儿，被美女人体炮弹那一阻，拉开的距离难以追近，心急之下，萧玦突然厉啸一声，凝聚全部真气发力直追，身子顿如一条黑龙般滚滚而过天际。

楚非欢却立即回首，半空中运气大喝，声音清朗："陛下！此獠辱我国体，掳我太师，狂妄之心，天下共愤！臣等必为陛下擒之于玉阶之前，请陛下休逞一时意气！"

萧玦一怔，立时明白楚非欢这是在提醒他，秦长歌现在的公开身份不过是西梁太师，他萧玦对一个臣子再爱重，也不当去这般疯狂拼命，自己着急担心太过，会令白渊警觉秦长歌的真实身份。他立即大声道："朕登基多年，还未曾遇见如此丧心病狂之贼子，伤我西梁勇士百姓，掳我西梁柱国重臣，辱朕竟至于斯！一国之君，又怎可见治下臣民生生为人所杀戮而袖手旁观？是可忍孰不可忍！"

兵士们听得萧玦这一声，齐齐大喊："主忧臣辱！主辱臣死！杀了他！"越发奋勇而前，拼杀而上。

此时已到半山之下，白渊哈哈一笑，道："不过多死几个人罢了！"手挥目送，一群人鲜血狂喷着飞出去，然而士兵们被萧玦一番话激起热血，比先前更加狂猛地涌上来，用刀剑、用身体，层层叠叠地挡在白渊面前。

白渊箭一般的去势，因这般的悍不畏死，略阻了一阻。

只这一阻，楚非欢已经驰了近来。

而此时秦长歌正忙于对付第十四关。

第十四关，飞箭，很小很小的金色飞箭，箭尾缀着圆珠状黑色物体，既不向里射也不向外打，而是"啪"的一下从木块中弹出，直射正在低头寻找破解之法的秦长歌双眼！

秦长歌霍然仰头，一个超级大力的铁板桥，飞箭"呼"的一下从她面门掠了过去，正迎上紧追其后伸手努力够她手的楚非欢。楚非欢偏身一让，抓住箭尾一带，入手突然觉得不好，前面秦长歌已经大声喊："那珠子是霹雳弹！"

话音未落爆炸声起，轰然一声，身后腾起漫天黑色烟尘，小小的一颗珠子爆发力竟然巨大无比，生生将地面炸出一个坑，激起的黄土黑烟整整遮蔽了半边山路。

秦长歌的话被生生堵在了喉咙里，惊得浑身一颤，一时竟然不敢回头，只敢悄然低头用眼角搜寻，一低头看见后方，楚非欢被阳光投射的长长的影子还在，始终浅浅地覆盖在她的背影上，不离不弃。

而更远一点儿，穷追不舍的萧玦的怒啸之声已经响起。

秦长歌安心地舒了一口气，她虽然没看见他们俩是怎么避过那霹雳珠的，想来不曾上当，此时也来不及多想，下一声"咔哒"声催魂般响起。

这回是什么？

这回秦长歌不敢低头也不敢转头，眼角余光却突然觑见淡淡一股黄色烟雾从木块缝中泄出。

那烟雾极其浓密，纵使秦长歌在急速奔行，烟雾依旧凝而不散，一条黄色细线，在极速奔行的两人身后长长逸出，宛如女子身后斜飞的飘带。

这黄烟是冲着追来的人施放的，提气急追的人，一口真气流转不休，万万不能屏住呼吸，黄烟当面，就是逼他们屏息放慢速度，再也追不上两人。

然而秦长歌最是知道楚非欢和萧玦的，这两人虽然性子不同，但是逢上她的事，那是百死不回，一定会不管不顾追上来的。

秦长歌怒道："白渊你到底是要杀我还是要杀救我的人？"

白渊掌挥袖卷，一路不停攻杀而下，此时正将一个侍卫单手捉了来，顶在自己膝盖上，轻轻一拗。

"咔嚓"一声令人毛骨悚然的脆响，那人的腰被他轻描淡写地生生折断，惨号声里白渊轻笑道："都杀。"

他顺手将那个被他一折两半的人抛出去，砸倒了扑上来的五个人。

秦长歌冷笑，突然极快地用牙齿撕下自己左手那一层假皮，左手背上粘着一块小小的方形膏药状物体，脱下的仿真人皮手套的五个指尖，隐约也塞了些东西，秦长歌从拇指指尖里拈出一个做成手指尖形状的小瓶子，用手指"啪"的一下捏碎。

一滴浅红色的厚重液体从碎裂的瓶子中滴出，正落在木块泄出黄烟的圆形裂缝中，瞬间将裂缝堵死，并立即在空气中凝固成石状。

秦长歌动作极快，而白渊一手对敌，一手总控着她腰间的机关，抽不出手来阻止，却也不甚愤怒，悠然道："南闵的赤火神乳你这里也有？拿来堵洞太可惜了，那晚你就是想用这个杀了我吧？"

"我这里好东西多着呢。"秦长歌对他温柔一笑，"想不想都试试？"

“你试不了的，”白渊回眸对她一笑，“只要我运起了我的护身罡气，等闲物件根本不可能靠近我身侧，否则你早就想办法用上了。”

此时木块轻响，第十六块被启动，这回整块木块裂开一道大缝，飘出许多雪花般细小的轻羽，悠悠缓缓，却又无处不在，吹也吹不散，扑也扑不灭，明明只是小小的木块，却大片大片地无穷无尽地冒出来，一部分直扑秦长歌脸面，一部分几乎以肉眼难以看见的形式散在空气中。

秦长歌心中一凛——这是什么东西?

白渊的机关向来不会给她思考对策的时间，秦长歌若非反应超疾、应变强悍，在第一关就已死掉，此时也什么都来不及想，“啪”的一声将薄膜手套向自己脸上一贴!

随即转头，单手高高扬起，示意楚非欢看她的脸。

此时那雪色飞絮已经散开，四处飞落，飞向喊杀而来的士兵的口中和鼻子中，拼杀中的人哪里在意这个，继续举刀向前，然而那东西一入口鼻之中，立即飞速膨胀变大，瞬间涨成白白硬硬的一大团，死死堵塞住了口鼻!

那些人立即拼命去掏，可是哪里掏得出来?那涨起的一团似乎粘在了咽喉里，越掏越深，还在不断涨大，仿佛一条白色大蛇，堵在了咽喉口鼻之中。

不过须臾之间，凡是被白絮粘上的士兵，都窒息而死!

秦长歌心中一凛，知道自己又蒙对了，转头去看那两个，却见楚非欢撕下衣袖，紧紧缚住口鼻，已经拼命赶上来的萧玦，则毫不顾惜地运起真气，身侧起了淡淡的白色光华，那些飞絮丝毫不能靠近。

飞絮散得无边无垠，刚才的凝乳已经用完，无法堵住木块，不住有士兵窒息倒下，仅仅死在这个无形杀手下的西梁军士，就已经超过先前白渊一路杀下死亡人数的总和。

萧玦眼见不好，担心身后赶来的士兵中招，想着他们追也是跟在人家屁股后面傻撵，何必白白送死，一挥手示意军队停止追赶，只夏侯绝带着内廷高手们，一路护驾追了下来。

这般阻了阻，楚非欢原本能够够上秦长歌的手，立时又离了丈许距离，而第十七关，已经开启。

金光耀目，刺得所有人眼睛一闭。

木块里爬出个活物来。

柔软、金黄、肥胖，看起来全然无害。

秦长歌眼角一瞄，心中大惊——金蚕！

这是奇毒奇寒之蛊，据说百毒不侵的神话遇见这东西也是白搭，平日里休眠毫无可怕之处，一旦被召唤，所经之处，除宿主之外，所有人都会被冻僵，骨裂而死。

白渊微笑，突然发出几个古怪的音节。

金蚕昂起头，似在认真凝听。

秦长歌知道这东西立即就要被召唤，“唰”地左手一抬，将手背上的那块膏药般的东西往金蚕面前一递。

金蚕慢吞吞低头嗅了嗅。

秦长歌趁它嗅那东西的时候，连连回首，示意楚非欢和萧玦立即离开。

楚非欢笑了笑，萧玦黑了黑脸。

没人理她。

秦长歌无奈回首，看见金蚕已经对那块“千虫膏”表示了不感兴趣，正懒洋洋地昂起首，将尾巴微微翘起。

一股森然寒气立即扑面而来，透骨彻髓，冷得像一把冰刀恶狠狠割上每一寸肌肤，还像热身堕入冰窟里。

秦长歌眉毛上立即结了冰霜。

然后手指也僵硬了，腰也麻木了，腿也僵了。

血液似乎也不再奔流，在血管里慢慢地凝结成冰。

眼前迅速凝上一层冰花，什么都看不清楚，秦长歌知道下一秒自己就要被冻死。

那东西还在翘尾巴，秦长歌拼命地眨眼睛，睫毛上的霜花立时“扑哧哧”掉下来，砸在金蚕身上，被它喜滋滋地吃掉。

秦长歌知道它再翘一下尾巴，自己的小命就得玩完，然而金蚕这东西是绝对不能碰的，《毒物谱》上这东西排名第二，向来尾下无活口。

把冰花眨掉的秦长歌，没看金蚕，只盯着丝毫没有受影响的白渊，终于看清金蚕翘尾巴的时候，同时张嘴，嘴中有一道鲜红的细线，在白渊身上一粘又收。

秦长歌想了想，从牙齿缝里“咝”的一声，随即一脸阴狠与悲壮地慢慢抬起已经骨节僵硬的手，一点儿一点儿地挪向金蚕。

金蚕毫不在意地瞅着她，再次欲抬起屁股。

同时嘴里红线一闪。

秦长歌的手，立即飞快地递了出去，一把抓住那根红色细线狠狠一拽，也不管那东西是金蚕的舌头还是肠子，闭上眼睛往嘴里一扔！

管它呢！吃错毒死，不吃冻死，差不多！

白渊愕然回首。

身后萧玦发出哀鸣。

楚非欢突然对萧玦使了个眼色，两人手掌相叠，汇起一股气流，飘向前方。

秦长歌不知道身后身前的动静，她只在全神对付那玩意儿。

她觉得自己突然吞下了一个火炉。

一道火线，迅速地从喉间延伸而下，所经之处燃起熊熊烈火，那些积年冰霜、万年冰雪摧枯拉朽般地在狂猛烈焰的卷掠之下倾毁消失，瞬间潺潺融化成温泉，缓缓流过全身。

受损的经脉血管被这般温暖柔和地抚摸，渐渐修复了那些细小的伤口，某些被锁的经脉有如破冰化冻，阴寒之气被一点点抽丝般地驱除，随即，某处积痼细微地一动，积冰碎开。

秦长歌霍然睁眼，目光大亮。

此刻她全身暖洋洋，舒服得恨不得现在就飞升，当然，前提是拒绝去想刚才自己吃下的那个东西。

哈哈一笑，秦长歌对终于出现愕然神色的白渊笑道："终于可以请你尝尝我的手段了！"

她手指一招，薄膜手套指尖里突然飞出零星碎点，呼啸着打向白渊的眼睛。

白渊也对她一笑，道："不，你们都来不及了。"

第六十七章

春水

撒手，一退。

白渊突然放开了一直对秦长歌的钳制，金光一掠，瞬间飘出数丈。

"轰！"

比先前那小霹雳弹更为巨大的爆炸声，更为浓密的黄色烟尘！

烟雾升腾，惨呼声起，红色的火光和黑色的硝烟交织成浓重的烟幕，烟幕里，密集围攻而来的人影狂呼着栽倒，满地七零八落的残肢断臂四散分飞，恐怖地砸落在惊慌四散开来的官兵脸上，顿时又一阵撕心裂肺的惊呼。

爆炸的中心，正是秦长歌刚才站立的地方。

那些被炸飞的残肢断臂，有没有秦长歌、楚非欢、萧玦的？

任谁做下了这等事，都会回头看一看自己造成的后果，白渊却头也不回地一卷衣袖，平平漂移了出去。

前方，山脚，一泊水平如镜，俪水静谧，悠悠等候。

迈过俪水，西梁再无可以阻拦他的地方。

他单身上山，再于万军围困高手追逼中杀出血路，一路不停直抵山脚，天下已很难有第二人能做到。

白渊脸上浮现出一抹淡淡的讥诮的笑意。

她死了吧？

这个奇特的、洒脱的、雍容里偏又生有几分邪气的非凡女子，终究逃脱不了这一条步步是杀招的"修罗带"，终究过不完第十八关。

最后一关，并不是第十八个木块。

他手中一直掌控着的、牵着腰带的那根金线，也并不是机关的总控线。那只是根引线而已，等待着被困人万一能够连过十七关，在最后一关，令人避无可避地猝然引爆。

十八个木块，并不全是木块，整个腰带很多部分，包括第十八节，都只是包着木皮，内里满满装填着火药和威力十足的霹雳弹。

火药内部，以金属丝拴着拉环，金属丝猛力抽开，摩擦撞击出的火花点燃引信，腰带在被困人身上爆炸，无法闪躲，尸骨无存。

最简单、最直接、最有效的杀人方法。

这才是最后的杀招——根本不给你任何反应时间的杀招。

她那时尚自从金蚕噬身之危中摆脱，如何能够来得及解下腰带？

总之，死定了。

白渊微微昂首，随手一拂袖将数名士兵甩跌出去，他疏狂秀逸，眉宇间有些淡淡的解脱和怅然意味，眉间轻皱的弧度便如眼前俪水因风微起的涟漪。

来去匆匆这一场，阴错阳差，总算得偿所愿，那些有趣的人，不想杀却不得不杀。

真是无奈啊……

“叹什么气？等我死了你再叹不迟！”

声音未至，一道锐风已直袭他后脑！

来者语声带笑，声音在偷袭之后，出手在讲话之先，这风格，明明就是那个阴毒卑鄙的女人。

白渊的目光，竟然亮了亮。

不过他依旧没有回头，这个时候回头是很浪费时间的，白渊立即提气轻啸，衣袖一卷，一把卷起两个士兵，抓住他们脑袋“砰”地一撞，脑浆迸溅里两人哼都没哼一声便立即毙命，白渊一手将一个士兵反手扔向追来的秦长歌，自己拖着另一具尸体直扑俪水。

俪水无舟，所有舟船都被大军看管，白渊除非杀进军中抢舟——那是不可能的。

要想在三大高手围攻下凭真气一口气横渡俪水，那也是不可能的。

白渊却一副好整以暇的模样，毫不着急，也根本没有往那个方向去，他只是拖着尸体赶到岸边，也不知道他到底要这尸体做什么。

蓝影一闪，黑影一晃，楚非欢和萧玦齐齐赶到，飞鱼剑和雪亮长刀，一个寒光冷锐，一个怒涛似雪，罩遍白渊全身上下所有大穴。

白渊拂袖一退，已经落入湖中浅水之处，立在浅水里一块稍稍露出水面的石头上，衣袂飘飘里扬眉笑道：“你三人居然没事，佩服！”

秦长歌飞鸟般翩然而来，在他身前立定，抱臂笑吟吟道：“我猜到你根本没打算让我活，最后一关一定是炸药，果然不错，可惜第十七关你不该放了金蚕，那东西好巧不巧地帮我打通了你用来锁我经脉的阴寒气劲，本来还需要点儿时间恢复的，正好陛下他们合力击出的一掌，打在我后心期门穴，将最后一点儿阻滞化去，功力恢复的刹那正是你抽引线时，我立即缩骨逃脱，当你腰带爆炸时，已经炸空了。”

白渊一直抓着那具尸体，左手按在尸体前心，颔首微笑而听，并无愤怒失望之色，轻瞄了一眼目光沉静的楚非欢和面有怒色的萧玦，悠然道：“看起来几位打算车轮战。”

秦长歌挑挑眉，毫不脸红地笑道：“车轮战是看得起你，国师大人，你应该觉得幸福才是。”

楚非欢突然道：“世间两大神山，碧落、青玛，碧落有千绝，青玛却一直颇为神秘，相传青玛也有世外门派存在，武功高绝，行踪无定，不知道阁下在青玛可有故交？”

白渊目光一闪，笑了笑道：“阁下何人？”

楚非欢淡淡道：“无名小卒。”

白渊目光在他的飞鱼剑上掠过，又转目看了秦长歌和萧玦一眼，突然抬手将手中尸体往水里一扔，身子一仰，“唰”的一下向后倒飞。

如苍鹰掠过千顷水波，羽翅之尖带起猎猎的风。

“呼”的一声，萧玦立即涉水追了过去，长剑横抡，抡起满月般的光华，剑尖所向，劈起滔天巨浪，直扑白渊。

白渊一脚踩上浪头，顺着巨浪飘然一滑，竟然不是滑向直扑而来的萧玦，淡金浅碧掌力一现，直袭秦长歌。

秦长歌手掌一翻，中指指环上突然生出一对尖刺，直扎白渊腕脉。

白渊这招却是虚招，还未到秦长歌身前，他霍然一转，单掌拍向楚非欢，右脚踢起一块浅滩石，风声激烈，砸向萧玦。

楚非欢横剑割裂掌风，萧玦长剑一劈，巨石粉碎，三人都在化解白渊攻势，白渊却已趁着这一刻飘然后退。

他一掠便到了水中央，手一伸提起刚才他扔到水里的尸体，那具尸体一拎出水，秦长歌倒吸一口长气，道：“人舟。”

尸体薄而透明，鼓鼓胀胀，因为吃饱了水膨胀了许多，浮在水上晃晃悠悠如小船。

“好狠的人，”秦长歌啧啧摇头，“他刚才抓着那人，用内功摧毁了他的内脏，往水里扔的时候，内脏碎片流出，水灌进来，人便浮起，于是他便有了现成的人舟……这个白渊！”

四面士兵眼看着白渊顺手在岸边折了一节树枝，微笑尊贵地踏上那狰狞人舟，树枝一摆人便荡了开去，还雍容地向岸上诸人招了招手，一时面面相觑，个个面无人色。

萧玦手一挥，厉声道：“放舟！朕亲自去追！”

夏侯绝早已令人放舟，却死死阻住萧玦，不肯令他涉险，急急道：“陛下……此人凶残……”

“混账！”萧玦一脚将他踢开，“朕是从死人堆里爬出来的！”

他大步冲前，一伸手却抓回了秦长歌：“你别去！”

“陛下！”秦长歌笑吟吟地道，“臣也是从死人堆里爬出来的！”

萧玦怔了一怔，忍不住一笑，突然仰头朗声道：“好吧！一起！生一起，死一起，杀人追敌，自然也是一起！”

一跃而上舟头，萧玦道：“白渊，今日若不将你打落这俪水，朕有何面目再见我西梁军民？”

远处“人舟”上，白渊笑而不语。

秦长歌突然返身向山上看去，一路上御林军和善督营在收拾残局，迅速将死难士兵尸体收敛，空出山路，供解除警戒的淑媛士子下山，远远看见桃红柳绿的各式车轿迤逦下山，在山道上拖曳出一道斑斓的彩线。

隔这么远，看不见是谁家的轿子，秦长歌附耳对萧玦低语几句，萧玦颔首，招手令夏侯绝过来，对他说了几句话，夏侯绝领命，令副统领匆匆而去。

秦长歌皱皱眉，本想问他为何自己不去，但想着萧玦亲身涉险，作为御前侍卫统领，他在场护驾是责无旁贷之事，当下也没说什么，便腾身而起，三步两步赶上前方已经荡开的船。

此时白渊已经到了湖中心，以他的真力，划个人舟反而比萧玦的大舟来得快，萧玦看得焦躁，一脚踢开侍卫船夫，自己亲自操桨。

秦长歌却发现，楚非欢突然不见了。

秦长歌一低头，看见水波粼粼，舟下一道白线分水劈浪，迅捷无伦直行向前，速度竟比自己在岸上施展轻功还快上几分，离国皇族神蛟后代的说法，看来还真有几分可信。

此时夏侯绝带领内廷高手的座船，和水军船只都已就位，将一条俪水封锁得密不透风，下山的士子淑媛，都改从山道离开，山道离俪水尚有一段距离，中间隔着一处泥潭，生着些浮草，寻常人难以渡过，泥潭过去是一片芦苇荡，草木葳蕤，那里船是过不去的，为了防止白渊从那里逃脱，另有一队侍卫守在岸上。

白渊驱着那人舟，果然往那芦苇荡而去。

此时已近湖中央，白渊真气使足，去势如箭，那一条白线却如风行水上，划开凌厉流畅的线条，转瞬追上。

随即，那鼓胀的尸体突然瘪了下去。

白渊飞起，半空中淡金浅碧光芒一闪，一双手悍然分波，大力一甩！

蓝影破水而起，如一条灵活的鱼，随着那一甩之势飞过他头顶，飞鱼剑冷光一亮，直直插向白渊天灵。

白渊悬空一个滚翻，一脚将快要沉落的尸体踢起，连水带尸，扑头盖脸向楚非欢袭去。

楚非欢避过，却不防白渊的手突然穿过那尸体胸膛，攫向他心口。

船上秦长歌神色方自一变，楚非欢脚一滑，水面对他竟如地面，他滑过水面，身子一倒，竟然如同身下是实地一般，平平贴倒在水面。

这般神奇水性，白渊也不由动容，笑道："好水性！"一转身再次扑来，两人斗在一处，碧波翻涌，晶墙横矗，水浪滔天中淡金人影和水蓝人影穿梭来去，前者姿态高妙，后者身形灵动，招式精妙，出手如风，着实美如画卷。

秦长歌和萧玦自知水性不佳，只得命令船只紧紧跟随，看着两人对战，秦长歌皱眉道："白渊一直在向芦苇荡那个方向移动。"

萧玦冷笑道："去又如何？不会给他靠近那里的机会。"

手一伸，萧玦喝道："弩来！"

平金重铁的"神风腰引弩"很快被两名士兵抬上，萧玦单手取过，九石重，需要力士用脚踩着才能拉开的强弩被萧玦轻松用腰力拉开，十枚涂满火油的火箭送上，萧玦搭箭上弦，大喝："着！"

劲弩开，火箭驰，曳着深红火焰尾羽的长箭在空中划出惊艳的弧线，却根本没有射向任何人，只在缠斗的两人上空掠过。

火箭准确地落于芦苇荡中，有的跌落水洼之中，大部分却立即将那些芦苇燃烧起来。

萧玦立于舟上，对着芦苇荡火箭连发，他膂力非凡，寻常人拉开这弓后最起码要歇息半个时辰才能使用胳臂，他却连发连射十分轻松，芦苇荡迅速燃起大火，劈劈啪啪的燃烧声中，芦苇渐渐烧尽，现出隐藏在荡中的小船，那些火焰落入小船，将船也烧了起来。

不用想也知道这船一定是白渊隐藏在这里的退路了。

白渊半空中回首，微微变色。

船上萧玦一声长笑，声遏行云，痛快地将劲弩一摆，道："再来！"

又是十箭，这回是普通铁箭。

十箭连环，紧衔而出，后面一个追上前面一个，前面一个再追上再前面一个，半空中叮当之声不绝，最前面那支箭转眼间就到了白渊咽喉。

白渊衣袖一拂降下三尺，可三尺之下楚非欢的飞鱼剑寒光森森，突然平平直扫，荡起一阵华丽的弧光。

白渊立即斜斜飞出去，可后面九支箭突然四下一分，分袭他天灵、咽喉、心口、双臂、双腿、双膝。

来势凶猛，箭尾擦撞之间迸绽出绚丽火花。

天罗地网一般的群箭，水面之上无可凭借的地形，眼看白渊注定要避无可避。

白渊忽然身子一折，瞬间将自己柔若无骨般折成两折，两折之间飞箭从他身上身下呼啸而过，而白渊的身子在箭过的刹那柔软地展开，弹指间"呼"的一声掠过水面，直直飘向前方不远处的一艘军船。

半空中他一声清啸，四面都起回荡之声，楚非欢身形依旧如飞鱼般穿越水面直追而去，却有冷箭，倏忽而来！

箭来自所有人的背后，直袭楚非欢后心。

萧玦、秦长歌霍然回首，秦长歌大喝："非欢小心！"掌中黑丝冷芒一闪，已经打落数枚暗箭。

对方似也用连弩发射，箭势准确狠厉，在水中的楚非欢全身都被笼罩。

楚非欢突然消失在了水面。

箭入水中，激起波澜。

秦长歌紧紧盯着水面，发现没有红色漾起，不禁松了口气，和萧玦齐齐回首寻找刚才出箭的人，然而身后密密麻麻都是水军的小型舟舶和内廷侍卫的船，这么多人，又是从背后射出，到哪里去寻？

萧玦想起刚才那箭是从他们背后射来的，脸色一变，将秦长歌往自己面前一拉，用自己的后背对着刚才那个方向，想了想又觉得拉着秦长歌挡在自己面前好像也不对，又将秦长歌往自己左边一拉，秦长歌被他拉来拉去，看他一副想不出怎么放置才妥当的样子，不禁又好气又好笑，悄悄一拍他的手道："拉什么拉！咱们后面有那么多侍卫挡着，射也射不到的。"

萧玦"哦"了一声，却不肯放开她的手，宽大黑底绣金袖子好遮挡，萧玦紧紧攥着她手指，用自己指腹轻轻抚摸，低低道：“长歌，这几天可把我担心得……”

秦长歌却眼睛眨也不眨地注视着水面，突然惊声道：“非欢怎么现在还没冒头？”

萧玦一怔，这才发现自刚才楚非欢沉入水下后好像是没探出头，而那一方水域突然出现许多大大小小的旋涡，水泡不住咕噜噜地翻滚，就像有很多人在水底大战一般。

萧玦一挥手，跟在他船上的水师副将立即带着几个士兵跳下水游过去。

秦长歌和萧玦虽然会水性，但是要想在水底长时间打架那还是不能的，两人只能令船驶近，一面下令前方舟舶拦截渡水而来想要抢船的白渊，一面向刚才楚非欢失去踪影的水域靠近。

“哗啦”一声，一个湿淋淋的人头冒了出来，却是刚才那个水师副将，他抹了把脸上的水，大声道：“底下有人！不止一个！臣插不进——”

他话说到一半，身后突然蹿出一条淡淡的黑色影子，宛如一条黑灰色的巨型鲤鱼般鬼魅出现，手间幽光一闪，一把锋利的小插子在他颈后一抹！

血光暴射，染红湖面！

随即仿佛有人从水下一拽，副将露出来的头立即沉没。

所有人齐齐大惊！

萧玦和秦长歌飞扑向船头，看着那一方被血染红的湖面，血色越来越红、越来越浓，而刚才那几个士兵根本没有冒头，想必已经死在湖底。

自己的水师副将当面被杀死，令萧玦暴怒如狂，他抬腿就要跨过船头。

夏侯绝扑上来，死死拉住了他。

他拉得住萧玦却没能顾及得上秦长歌，秦长歌在看见副将沉没萧玦被拉住的那刻已经无声无息掠下船舷，跳入水中。

她是顺着船舷滑下的，入水几乎没有声音，在入水的那一刻，她齿间已经含了一柄小匕首。

她一下水，就看见前方水下，四个穿了水靠的身影正在围攻楚非欢。

只是那么一眼，秦长歌就看出楚非欢并非不敌，只是对方战术纠缠，且水性出奇精熟，对楚非欢采取“黏”字诀，一沾就走，不住骚扰，却绝不允许他前行一步，显然是要为白渊争取时间。

四人身上的水靠都涂了一层油，在水中辗转腾挪，灵活无比，死死缠住楚非欢，秦长歌无声游近，四人一发现，立即分出一个人游向她。

这几人以为是刚才的士兵之流，出手并不在意，一对精光闪闪的分水刺毫无花哨地直直扎来。

秦长歌脚一蹬不退反进，趁着那水的冲力，与那人分水刺迎上的刹那猛一斜身避过，冲到对方身后，两人背向而立，那人游鱼般一滑便待转身，秦长歌一甩手黑丝出手，勒住那人咽喉，一伸手接住口中吐出的匕首反手一划。

鲜血立时腾腾如雾，散在碧蓝的湖水里，将水下染成了一片红色的帷幕！

那三人骇然转首，这才知道来了个杀神，一时犹豫着不知道是分开对敌还是合力围攻，无论分出哪两个对付楚非欢或秦长歌，落单的那个都一定会死，三人水底目光交接，都打算不分开。

秦长歌却并不给他们合力来围攻自己和楚非欢的机会，她来就是为了分别击破的，手指一弹，两粒钢丸直直打向一个黑衣人的鼻孔，狠狠将对方鼻子堵个正着，那人鼻子被堵，条件反射地立即张嘴，秦长歌扑过去，一刀从他口中插入，从咽喉插出！

又是一阵血色弥漫！

紧接着又是两团血雾涌起，连死两个同伴，心慌意乱准备逃生的剩下的两个黑衣人因为斗志大失，瞬间被楚非欢解决。

尸体沉落，秦长歌这才看见不远处一处水藻绊着的还有两具着黑衣的尸体，看来原先还不止这四人。

松了一口气的秦长歌，水下待了这一刻也觉得憋闷，双脚一蹬欲要上浮，忽看见蓝影一闪，楚非欢已经游近来。

他一伸手已经揽她在怀，随即，一双冰凉的唇轻轻压上她的唇。

秦长歌脑中“轰”的一声，再也没想到非欢突然有此举动，惊愕之下胸中气息散尽，几欲窒息。

却突觉暖流涌入肺腑，缓缓流经奇经八脉，胸腔窒闷感立即消失，混沌的意识一醒，立即明白非欢在渡气，脸红了一红，有心想让开，非欢却紧紧抱住她不肯撒手。

他的姿态温柔而坚定，仿佛等待这一刻已经很久，是以再不愿放手。

碧水之中，相拥的男女，青衣蓝衫缓缓纠缠在一起，彼此的黑发在流动的水中轻轻拂动，楚非欢密密的长睫覆盖在秦长歌脸颊之上，水流冰冷而相接的唇却温暖如春。

他伸手，攥住秦长歌冰凉的手掌，用指尖在秦长歌手心轻轻写：

“我多么害怕再次失去你。”

秦长歌震了震。

楚非欢继续慢慢写：

“真的太害怕，所以原谅我，我只想有一刻拥你在怀的真实感受。”

秦长歌身子突然软了下去……有些最简单的理由，从来最能撞入人的心灵深处。

是自己的错，不听他的劝告而致落入敌手，失去联系的这些天里，对非欢，只怕又是一场五年前的噩梦重来，他必将自责没有跟她去祁衡那里，他必将恐惧五年前的悲剧重演，他又是怎生背负这日日夜夜的自责和恐惧，去不眠不休地寻找她的？

他，他们，这许久她都在辜负，辜负到如今，从最初的冷若深水到如今的心如乱麻，那些剪不断理还乱的复杂思绪，她用尽自己的智慧头脑也无法理清。

破十八道生死关易，破心深处魔障难。

秦长歌一声叹息溶化在彼此口唇中，溶化在静谧湖水里。

……自己是个混蛋，一个自大、无知、自以为是、不懂珍惜自己也不懂爱惜他人的混蛋。

她闭起眼，反抱住了非欢。

在他背上，轻轻写：

“从此以后，我会珍重。”

楚非欢睁开眼，他的目光比这湛蓝清澈的俪湖湖水还要晶莹剔透几分，而写在这般清亮眸瞳里的，有月色，星光，一江春水，万古深情。

他突然移开了自己的唇，轻轻放开她，对她很满足地一笑，随即将她推出水面。

“哗啦”一声，秦长歌破水而出。

第一眼，看见被夏侯绝死死拽住，无限焦灼地趴在船边，看见她出现目光大亮的萧玦。

第二眼，看见对面，白渊一脚蹬上一艘军船，一挥手士兵们纷纷栽倒。

突然红光一闪，船舱舱门“砰”的一声被撞开，一道烈火般的妖艳旋风刹那卷出，风声漫卷，杀气凛冽向白渊当头罩下！

第六十八章

花狐

那人红衣妖艳，身材修长曼妙，远看去有女子的媚和男子的秀，交织成中性的妖魅。

只是今日衣袍尤其宽大些，似一面红色飞扬大旗，在深黑色舟船之上猎猎飞舞。

他出现得突然，招式也极其狠毒，门未开而银光至，依稀是上次在炽焰帮和任清珈拼斗时，从红灯底部抽出来的那根银链，长而雪亮，人还在门边，银链已经当头罩下。

立足未稳的白渊一声冷笑，淡金光芒一现又隐，攥住链子，瞬间银链前端已经化为银粉。

白渊漫不经心地笑着，欲待甩开已成废物的银链，银链受那一甩忽然一震，中端处一个火红物事，呼啸而出！

“砰”的一声打在白渊胸口！

距离极近，来势极猛，任谁也难闪避！

何况玉自熙冲出来极快、极突然，白渊本来就没来得及站稳。

红光一闪，白渊倒下！

玉自熙立即无声无息地上前，火色衣袖中伸出白玉般的手掌，一掌按在白渊前心！

白渊仰天喷出一口鲜血，断线风筝般从船头坠落，落入水中。

玉自熙毫不犹豫跟着一跃入水，追逐不休。

两人这一战几在瞬息之间，链出、掌起、中掌、落水，只是眼帘开启闭合之间，战局已定，白渊已经中掌落船。

白渊落水的地方，已经靠近岸边，旁边就是那个长满浮草的泥潭，楚非欢箭似的游了过去，还未走近就见水底波流翻涌，隐约有红色液体一团团冒出，楚非欢沉入水底，便见玉自熙得意地转身，对他扬了扬手，手里拖着一具尸体。

那尸首修长，一身淡金衣袍，依稀正是白渊，只是从脸至颈，都被玉自熙霸道暗器烧得面目全非，难以辨认。

楚非欢怔了怔——白渊死了？

这个单身冲破万军杀伤无数，挟持秦长歌一路下山，险些一举杀掉他三人的绝代强人，就这么轻易死了？

虽说白渊在水中和自己大战一场，没有任何凭借，单凭一口真气长渡大湖，那么坚持到船上那一刹定然真气最弱，还没缓过来，那个时候无论谁把握准了时机，都有可能将他一举击溃，玉自熙杀他的手段，也精准凶猛，合情合理，然而楚非欢仍然有些茫然——这个自己生平所遇的绝世高手，自己追逐一路从山上战到水下的强敌，竟然死了。

他缓缓下沉，仔细看了那尸体几眼，身形轮廓，确是白渊无疑。

玉自熙打了个手势，示意自己水性不好，得先走了，遂微笑着拽着尸体上浮，楚非欢犹自在水底思索，他向来待在水中和待在陆地是一个样儿，遂慢慢在水底散步，忽然看见前方晶莹光芒一闪。

楚非欢过去，捡起那物，才发觉是一个小小晶坠，做成水晶瓶形状，瓶中隐隐雪点如絮，望去有如天降大雪，覆盖山河。

楚非欢将那晶坠捡起，抬头看了看，头顶是军舟铁黑色的船底。

他思索片刻，将晶坠揣入怀中。

秦长歌、萧玦、夏侯绝和水上万军，一直紧张地注视白渊和玉自熙落水的地方。

当水面“哗啦”一声涌起水晶墙，玉自熙容颜如新莲盛开水上，身后拖着淡金衣袍的尸首出现时，万军欢声雷动。

萧玦和秦长歌对视一眼，秦长歌慢慢笑了笑，自己走到船舷边去挤头发里的水。

萧玦跨前一步，朗声道：“多谢静安王灭此凶獠，扬我军威！”

玉自熙黑发散在水中，浸了水的眉目越发鲜艳华美，笑吟吟道：“此臣分内之责也，不敢当陛下相谢。”

他拖了白渊尸首回船，请示该当如何处理，萧玦注视那尸首半晌，感慨道：“此人一代枭雄，在他国也是身居高位，身后之躯，不当侮辱，厚葬了吧。”

随即又道：“方才追捕白渊之时，身后有冷箭射来，水下也有埋伏，只怕这周围还有东燕余孽——夏侯。”

夏侯绝上前领命，萧玦道：“善督营今日不要撤离，好生将周围仔细查探了，但有动静及时回报。”

夏侯领命而去，萧玦微笑挽住玉自熙，道：“回舱换件衣服，等下随朕进宫，朕隔几日亲自设宴给你庆功，并有赏赐予你。”

玉自熙眨眨眼：“陛下，既然要庆功，为何还要隔几日呢？臣今天正好想喝酒，便以宫中佳酿，作为给臣的赏赐吧。”

他微笑地对周围军士挥挥手，高声道：“凶獠授首，诸位今日都辛苦了，等本王领了陛下恩赐回来，当携宫酿，与诸将士同醉。”

四下立时一片欢腾之声，萧玦怔了怔，随即道：“你既有兴致，自然当得。”

当下玉自熙自去舱中换衣服，此时楚非欢也已上船，和秦长歌目光相交，楚非欢极轻地摇了摇头。

夏侯绝有些疑惑地看着秦长歌，萧玦笑道：“那是赵太师，被贼子暗害改装了，也难怪你不认得。”

夏侯绝恍然道：“原来陛下先前那句掳我柱国重臣是指太师，当时臣还疑惑呢，此贼当真丧心病狂，其罪百死莫赎。”

随即命人收敛白渊尸体，搜查这一带水域，等候回报的时辰内，秦长歌过去翻了翻白渊尸体，见自己的东西都揣在他怀里，一一取出收好，回舱将太师面具找出戴回。

不多时一路路军队都回报，没有发现任何人踪，萧玦不死心，道：“再搜。”

一直待到晚间，依然一无所获，秦长歌和萧玦对视一眼，又看了看斜倚船栏一直笑盈盈地在唱小曲的玉自熙，眼看着天色已暗，萧玦只好命令回銮。

当下一路上岸回程，在俪山山道下上车时，秦长歌问赶来的御前侍卫副统领：“各家淑媛们可都护送好了？”

对方恭谨应是，秦长歌看他一眼，道：“可有异常？”

对方摇头，秦长歌皱眉，回首看他一眼，道：“再想想。”

副统领偷偷抹了把汗，赶紧苦思，半晌道：“真的没有什么，只是静安王府襄郡主的轿子，曾经半路停下过，郡主说轿中闷气，要透风。”

秦长歌欲待掀轿帘的手顿了顿：“哦？出来过？”

“出来过，一刻钟工夫又回去了，属下亲眼见着郡主在下人服侍下上轿的。”

"从头至尾，郡主都在？"

"都在，轿子敞着帘子，一直隐约可见郡主身影。"

秦长歌微微沉吟，道："郡主今日穿的是什么颜色衣服？"

副统领思索了下，道："是黄衣。"

秦长歌怔了怔，点头道："你辛苦了，下去吧。"顿了顿，她又道，"周围方圆几十里，以及京郊通往外城的通道，你们从现在开始，留心给我搜。"

看着副统领领命而去，秦长歌抬首，注视前方已经烧尽的芦苇荡，长舒了一口气。

一路回城，秦长歌将萧玦赶回宫里，叫他专心请玉自熙吃饭，萧玦一开始不肯，说请玉自熙她也该在场，秦长歌立即扶着脑袋嚷嚷这几天被白渊虐待，精神不好需要补觉，萧玦只好悻悻放手。

包子自然黏着娘跟着回太师府，书房里秦长歌抱着包子，仔细地看了楚非欢递上的晶坠，皱眉道："似是女子之物。"想了想又道，"非欢，咱们也不必绕弯子，现在大家都对那具尸首有怀疑，但是我刚才问了，玉自熙今天过来接妹妹，在俪水岸边等候，半路上了船，一直在舱内休息，也没有离开过，而他下水到你赶去，几乎是须臾间的事，你到的时候，白渊已经成为尸体，假如死的那个不是白渊，那么他人是被谁接应走的？能这么长时间潜伏水下的又是什么人？假设是襄郡主，襄郡主又是怎么脱身赶到水下的？假设白渊被救走，那么他在哪里？偌大俪湖，几百艘水军舟舶，我下了命令一一仔细地搜，但是，没有结果。"

她顺手蘸了包子正在啃的豆沙包的豆沙开始画图："你看，那条船的位置，白渊落水的位置，你遇见玉自熙的位置，以你的水性，你当时离那船不远，可以说几乎刹那间你就到了那里，是不是？"

楚非欢颔首，灯光下他容颜雪白得甚至有点儿透明，精致得令人心惊，声音也沉凉如玉："我遇见他的位置，就在白渊落水的地方，我到得很快，他没有任何时间来做手脚。"

"问题就在这里，"秦长歌皱眉道，"你知道的，我一直有命凰盟属下跟踪玉自熙，从没发现过他和谁往来，这次也是一样，玉自熙是骑马过来的，襄郡主只带了几个侍女，十八护卫在俪水对岸就停了下来没动过，俪山今日封锁得苍蝇也不能多带一只，那么能做这偷梁换柱的事，只有玉自熙本人，顶多再加个襄郡主，但这两人，都一直出现在众人视线里，谁也没有很多的时间去水里等候接应，而且两人分在两地，无人传递信息，怎么能够配合得天衣无缝、时辰恰到好处？他们是怎么做到的？我想了一路也没想出来……难道我真的疑心错了？”

楚非欢轻轻一笑，拍拍她的头道：“想不出来就不要想，何必折腾自己的脑袋？这几天过得不舒服吧？早点儿歇息。”

秦长歌往后一仰，看向对面的方向，悠悠道：“你说……白渊会不会大隐隐于市，就在对面呢？”想了想又道，“不会，玉自熙了解我，这种把戏他不会在我面前玩，今天最无奈的就是他‘亲手杀敌’，万军所见，咱们不好动作，可惜今日去监视下山人群的是章副统领，要是夏侯绝，他心细，也许就能发现些端倪。”

微微一叹，秦长歌道：“凰盟已经全部出动了，阿玦也命令隐卫配合善督营全城内外搜捕，如果白渊没死，我得把他堵在郢都境内，这种人，留着终究是祸患。”

包子突然在老娘怀里蹭了蹭，不耐烦地道：“说完没有？说完给我挠痒痒，我今天过敏了。”

“过什么敏？”秦长歌怔了怔，扳起儿子脸蛋看看，发现果然下巴周围生了一点点小水包。

楚非欢忍不住一笑，将包子白日里吃粉的壮举说给秦长歌听，秦长歌开怀一笑，道：“叫你乱蹭，那些胭脂水粉混在脸上，不过敏才怪。”

包子抱着老娘的脖子，乐滋滋道：“幸亏你没那坏习惯，你脸上就没那些可怕的东西，最香了——对吧干爹。”

他突然回头问楚非欢，立时两人都怔了怔，楚非欢的脸立刻泛出微红，秦长歌想起水底那一吻，立刻不停干咳，讪讪道：“整天胡话！去睡觉！”

赶走那个眼神诡秘表情无耻的小混蛋，秦长歌和楚非欢一时都不敢眼神相对，秦长歌胡乱扯过一张纸，写了几个字道：“非欢，劳烦你查查这个家族的下落……”

楚非欢目光落在纸上，愕然道：“他？”

夜深了，起了点儿风，将东安大街贵族集聚地的各处高楼门户下的气死风灯，都吹得晃晃飘摇，灯影迷乱。

远处隐隐有夜市繁华喧嚣的声响，携着午夜长街上脂粉香花香食物香，被风一阵阵吹向城池的各个角落，到了这高墙深院格外肃穆的门楼前，已经逐渐轻微，化为嘈嘈切切的私语，反衬得这条街分外安静。

秦长歌蹲在对面静安王府石狮子头上，在王府家丁战战兢兢地举着的灯下，无聊地嗑着瓜子。

地上很快积了一堆瓜子皮。

这都半夜了，玉自熙的酒还没喝完？

前方宽阔青石长街深处，突然出现两点闪烁的红灯。

红灯至，八抬大轿落地，王冠锦袍的玉自熙似笑非笑地从轿中跨出，上挑的媚惑眼角风情如春梦，染了醺意的眉梢鬓角，风致愈长。

他看见秦长歌毫不意外，慢悠悠地踱过来，在秦长歌掌中抓了一把瓜子，倚着石狮子慢慢地嗑，笑道："你这瓜子不好，下次我叫人从我华州庄园带几盒好吃的给你，包你吃了打嘴巴也不肯丢。"

秦长歌瞟一瞟他，道："王爷也太小气了，就给几盒瓜子？"

"那你要什么？要我这个人吗？"玉自熙浅笑着俯低身子，脸几乎凑到她唇边，衣襟本就大敞的外袍因为这个动作又向下坠了坠，雪色隐隐闪现，秦长歌只要眼睛一溜，大抵就可以把这个妖艳王爷给看光了。

秦长歌的眼睛也老实不客气地溜了溜，将脑袋微微一低擦过那家伙故意凑过来的唇，扒着他衣服向里张了张，笑道："王爷皮相是真好，可惜却看不出里面那颗心到底是什么颜色？"

"自然和你一般颜色，"玉自熙扶住她的肩，轻笑，"那你要什么？"

"找你喝酒，"秦长歌拍拍身后的酒壶，"王爷的后花园，不介意借出来赏月看花吧？当然，如果藏着美人，在下也就不煞风景了。"

"喝酒吗？"玉自熙眯眼的神情越发像一只妖狐，"我盼着和你把酒言欢，已经很久了。"

静安王府的后花园，向来在郢都百姓脑海里有很多想象，比如有人说里面全是狗屎——宰相御史将军尚书们的排泄物；有人说全是镜子，因为自恋而美貌的静安王每天都要对着镜子问：全西梁谁最美？有人说是草，全是草，因为王爷太美貌，花看见王爷，全都羞死了。

然而当秦长歌第一次跨进静安王府的后花园时，却没看见以上猜想中的任何物体。

冰雪。

漫天漫地的冰雪。

没有亭台楼阁、花草树木、假山岩石，没有所有王府宅邸都会有的雕甍插檐精巧装饰，没有一切符合玉自熙精致妖媚气质的设计和建筑。

这里只是一片皑皑的白，和仿造的粗犷的假山，假山做得全无秀致之风，就是一个个的土山包，而且所有地面和假山上，全都覆盖着积雪，甚至还凝结着冰晶，在清冷的月色下，闪耀着森凉的寒光。

秦长歌怔在那里，一刹那间心中隆隆地滚过两个字："赤河。"

这里的布局、景致、感觉，仿佛正是极地冰圈之内的赤河。

可是四月仲春，一年里最明媚的季节，哪来的冰雪？

秦长歌缓缓走近，明明那些洁白的山水并没有散发寒意，她的心底却幽幽生出微凉的怆然之感。

仔细一看，才发觉那些冰晶都是水晶，那些积雪都是碎银。

一个森冷的、价值万金的后花园。

秦长歌立在这个人工赤河冰圈之内，一片白茫茫的大地真干净，心思突然沉静空灵，一点灵机触现，突然摸到了那个神秘人的万千心思的一点。

冰圈，果然是赤河冰圈。

自她重生以来，甚至，好像在她前世死亡之前，玉自熙对于冰圈就特别在意，这仿佛是很久以来玉自熙生命中的一个谶言，他忌讳避开却又无时无刻不将之铭记，以至于他从未对任何人开启的后花园，竟然是一个具体而微的冰圈。

他为什么念念不忘冰圈？铭记到在自己家里，也要一模一样照搬一个？

回身，看着倚在园门口的玉自熙，他的神情空茫遥远，微带哀伤，却在她回首的那一刻瞬间收拾干净。

秦长歌看着他的眼睛，试探地向园中仿造冰圈中心的那一处冰层走了一步，玉自熙果然立即道："别去那里，那是空的。"

他过来牵着她的手，走到一处小山包坐下，秦长歌取出酒来，晃了晃，问："赤河烈火酿，可敢喝？"

玉自熙笑笑，一伸手取过秦长歌手中的两个酒壶，扔了另一个给她，道："经过我的手的酒，可敢喝？"

秦长歌露齿一笑："那就看谁能毒死谁吧……花狐狸。"

最后三个字，她说得极轻极轻。

对面玉自熙正在拔酒壶塞子的手忽然轻轻一震，随即若无其事地将塞子拔起，仿佛根本没听见她那个突如其来的称呼，举起酒壶对她一让，仰头便喝。

秦长歌慢慢将壶就口，冰凉的酒液入口，激得人浑身一颤，下腹时却一路灼热地烧下去，仿佛一条火线腾腾地烧遍全身，或是一团烈火“砰”的一声在内腑深处炸开，将人眩晕而热烈地抛上云端。

燃烧的灼热里她却在森然地想，他为什么装作没听见？

花狐狸……花狐狸。

当年还不是皇后的秦长歌，和也不是静安王的玉自熙，在一起出生入死浴血打江山的过程中，从未给对方一个好称呼。

他称她母蝎子，她唤他花狐狸。

他说她一肚子坏水，手段百出，毒辣无情，是个谁碰谁死的母蝎子。

她说他男生女相阴柔奸狡，笑里藏刀杀人如麻，男人比女人还美，男人比女人穿得还妖艳，生生的笑面花狐狸。

那时她十六岁，他十七岁。

他是秦长歌辅佐萧玦之后，唯一一个由萧玦自己带来的死党，秦长歌记得那日清晨踏过石板桥的霜，小城之外溪水边，萧玦突然驻马，扬鞭指着前方，笑道：“长歌，带你认识一个人。”

溪水里，阳光下，濯足的红衣少年一回首，那一刻水波不流，阳光静止，秋风里吹散浮动的魅香。

永生里美如彩蝶蹁跹的容颜。

他是萧玦的朋友，却连萧玦也不知道他的来历，只在某日踏青之时，遇见了，契合了，喜欢了，他便目光发亮将他引为知己，他懒懒散散，从此也将就算他是朋友；他说要去从军和他告别，他却说打仗好玩自己也去混混；他以为这么懒、这么桀骜的人迟早受不了森严军规会跑掉，他却陪着他从小兵到副将到大将，直到成为他的开国重臣；他对他说自己爱上了长歌，他出了会儿神，然后鄙视地说早就知道了，还说女人这东西，是最麻烦的东西，永远不要遇见的好。

他一生如流云、如烈火、如飘摇不定的风，从来都不像肯拘于一地的人物，却一直将这云这火这风系在了西梁皇室周遭。

这些都是萧玦说给秦长歌听的，还曾开玩笑地说，是不是他也喜欢长歌，所以才甘为驱策，当时秦长歌就长声一笑，说胡扯，玉自熙这个人，如果真喜欢谁，那不管你是上司还是朋友，绝对会不客气地动手就抢。

不是恋人，却是一起杀人闯天下拼出来的交情，那一声“花狐狸”，普天之下除了萧玦、自己和他，再无人知晓。

……

秦长歌慢慢举起酒壶，看着身前人波光明灭的眼眸。

十余年风霜血火，八千里转战烟尘，那些幽州、赤河、云州、平州、定阳、德州……那些血流成河的战场生涯，那些一声声带着笑谑和讥刺的花狐狸，我不相信你会忘记。

玉自熙。

为什么你装作没听见？

第六十九章

苦乐自当

后花园银装素裹，“积雪”皑皑，一片肃杀清冷里，两个只着单衣的人脚踩水晶柱，醉卧白银堆，在最奢侈的地方喝着最不值钱的烈酒。

“喂，王爷，”秦长歌醉醺醺地一晃酒壶，敲了敲玉自熙的脑袋，“你醉了吗？”

玉自熙手搭在额头，懒洋洋地躺在地上：“醉了。”

秦长歌伸出双手，在他眼前晃：“哪个是左手，哪个是右手？”

玉自熙懒懒掀开眼皮看了看，答：“左手旁边是右手，右手旁边是左手。”

“嘿，果然醉了。”秦长歌凑近他，“你妹妹呢？”

“她的闺房在花园月洞门过去右拐过那个镜池，旁边那栋小楼就是，你爬窗的时候轻点儿。”

“为什么我要爬窗？难道你不去给我开门？”

“为什么我要给你开门？我又不是龟公。”

“你和她住一起？”

“我喜欢独睡。”

“喜欢裸睡不？”

“喜欢和女人一起裸睡。”

“哪个女人？”

“美人。”

“他在哪里？”

四周气氛突然一静，明明没有风，地下一些银粉却在无声自舞。

半晌，玉自熙放开搭在眼睛上的手，微微扯起一边嘴角，定定地看着秦长歌，道：“谁？”

“得了吧，”秦长歌笑起来，将酒壶一抛，道，“咱们别玩了，我都玩腻了，你也别装醉，我也别套话，直接点儿，成不？”

玉自熙无声笑一笑，坐起身，他头顶一株银树上，永不离身的红灯艳光流动，映得他眼波醺然欲醉，然而那点儿朦胧的粉色底，透出的依然是薄冰般的冷与凉。

“他走了。”

秦长歌冷笑着看他：“玉自熙，你可知道你在通敌叛国？”

玉自熙莞尔，偏头看她：“赵太师，你可知道，如果没有证据，你就是在构陷朝廷重臣？”

“是吗？”秦长歌悠悠笑，“阁下的赤甲护卫很有名。”

“嗯？”

“阁下赤甲护卫用的兵器，也和一般护卫不一样，他们的刀柄上，有一道弯钩，这个设计大约是为了不让长刀轻易脱手，我记得你的护卫们都有一个规矩，人可亡，剑不可脱手，哪怕为此断腕，也不放弃。”

当初上林山下，赤甲护卫金梧，就曾在楚非欢抢刀时宁可断臂，也不愿放开刀柄。

玉自熙神色不动，道：“那又如何？”

“玉梭湖底洞中，斗春节那日，有人前来给白渊通风报信，当时他的影子映在地面上，身后背着的长刀的刀柄，我觉得很眼熟，俪水之上看见你，我立即想起，那是你赤甲护卫独有的长刀。”

秦长歌微笑托腮看着玉自熙：“这算不算证据？”

“算什么？”玉自熙斜睨她一眼，“一个影子？你用一个影子来告倒我？”

“告你？不，我没兴趣为这破事告上朝堂。”秦长歌一笑，“证实你通敌又如何？削爵？你根本不在乎这劳什子王位；下狱？什么样的监狱可以关住你？砍你脑袋？我还要考虑西梁的军心哪！”

“你明白就好，”玉自熙温柔地拍拍她的脸，“当一个人什么都不介意的时候，他就没有了死穴，你怎么对付，都是白费力气。”

“你有死穴，”秦长歌冷笑，盯着玉自熙微微变色的脸，“只是这死穴被人抢先拿住了，轮不到我而已。”

默然半晌，轻轻一笑，玉自熙目中有浅浅的矛盾之色，道：“我知道你想知道白渊的下落，但是，我不想告诉你，告诉你是害了你，我现在……不想你死。”

他将秦长歌没喝完的酒拿过来，灌了一气，道：“我只明白和你说，白渊不是一个人，而我也不是他最终的救星，我只是第一站，第一站你明不明白？我只管最初的那一救，至于后面，从西梁到东燕那漫长的逃亡路，自有人一站站地接应安排，而且每一站互相都不知道是谁，也不知道下一步去哪里，所以你要问我，我确实不知道。”

“你只管把他送到俪山之外，郢都京郊？”秦长歌若有所思，“能在这般天罗地网中将人送出去，非等闲之辈可以为之，你没看到你的接应人？”

“你很贪心，”玉自熙白她一眼，“下面你是不是还要问我和白渊到底是什么关系，我在这个事件中到底扮演了什么角色，我到底怎么偷梁换柱、怎么把人送出去、谁和我联络等等？我为什么要告诉你？你不是很聪明的吗？自己去想吧。”

“我现在只在想一个问题，”秦长歌甜蜜地对着他笑，“你怎么突然肯和我说这个的？难道真是因为我送的酒比较合你意？”

玉自熙水汪汪的眼睛瞟她一眼，笑道：“我突然看你很顺眼，成不？”

“成，”秦长歌起身，冷笑道，“我看你是觉得看我的尸体比较顺眼，你不会不知道，白渊是西梁大敌，我们迟早要和东燕一战，除掉白渊就是除掉柳挽岚最重要的臂膀，而只要他活着，以他的超卓能力，将来会增加很多变数，你放虎归山，助纣为虐，将事态复杂化，置西梁将士于越发艰难竭蹶之中，你还觉得你是在帮我？”

“乖，你生起气来真可爱。”玉自熙根本不生气，只是眉开眼笑地看着她，“别和我说大道理，本王最不爱听这个，本王想做什么便做什么，如果本王觉得，相较之下，白渊回国，比你去追杀白渊对你更安全，那么你就只能失去他的下落，任他安全回到东燕。”

他再次懒懒地躺下去，玩着身边的水晶花说：“当然，如果你一定要去追，也由得你，人如果自己找死，那是谁也不必拦的。”

“找死？”秦长歌斜睨他，“我身后有西梁大军，我自身武学也不算弱，我还有武功高强的朋友，我去追白渊，会是找死？什么人强大到视整个西梁于无物？还是静安王你自从改穿女装后，胆气就没了？看见只毛毛虫也会被吓哭，看见只蟑螂也要尖叫？”

“随便你怎么激将，总之并不是你想的这般简单，我觉得今晚我已经说得太多了。”玉自熙抓起一把银粉，在指间飘飘扬扬地撒，媚笑道，“我的好心只限于今晚，下次就没这好事了，当然，如果你觉得这不是好心，同样也不关我的事。”

他躺着不动，伸手一引，道：“好走，不送。”

秦长歌注视他半晌，扯了扯嘴角，顺手从树上掰下一根银条，道：“我现在心疼我的酒了，这个抵我的酒钱。”说完便抓着银条扬长而去。

她踢踏的脚步带起银雾腾腾，漫天飞扬里宛如大雪突降，雾气里玉自熙缓缓睁开眼，水波般荡漾的目光比那雪雾更飘摇朦胧几分。

明明没有寒气，他的声音却字字如冰珠凝结在空气中。

“……人在爱欲中，独来独往，独生独死，苦乐自当，无有代者。”

乾元五年五月末，潜伏在西梁的中川“潜狐”组织，因为一次暗杀绑架行动的暴露，遭到西梁官方和地下势力的合力扫荡，全军覆灭，“潜狐”组织首脑为求保命，献上自己多年来从事间谍密探工作，暗中积攒下的中川朝局的百官档案和衡京兵力布防图。六月末，西梁以中川狼子野心为由，提马南下，逼近衡京。七月初，中川成王北堂吟上表北堂啸，称先鸣王殿下遗孤北堂繁尚在人世，请求归入皇室宗室金册，北堂啸大怒，欲将北堂吟削爵下狱，并下令追杀“妄图冒充皇兄遗孤之奸贼”，不料旨意竟被诸臣联名抗遵，认为是“乱命”，百官长跪隆德门外请求大王收回成命，更有好事求名之徒接连上表，暗指北堂啸当年夺兄所爱并鸩杀兄长的旧事，北堂啸被气得险些中风，回宫大发雷霆，却被内臣梅唯一番相劝，附耳说了几句话，第二日便改了旨意，令北堂繁认祖归宗。

据说归宗之时，宗庙之内，北堂啸假惺惺抚摸北堂繁的背悲泣，要其不要偏信市井流言，孤王寻找兄长遗孤已久，如今天可怜见，你我叔侄终于团圆。北堂繁也连连叩首，神情恳切，称多年来飘零在外，常有家国之思，对叔王更是满心孺慕之情，如今终得回归中川王室，满心感激，无有他想，只愿此生随侍叔王身侧，鞍前马后执鞭坠镫，便此心足矣！

叔侄俩言辞恳切，表情生动，执手相看泪眼那一霎哀婉凄切，北堂啸老泪纵横地张开臂膀的姿态，比大戏还要好看，据说宗庙外跪候的礼官提起袖子频频拭泪，为这亲人久别重逢的感人一幕而涕泣不已。

而那些父丧母死，经年流浪，忍辱隐藏；那些夺人所爱，杀兄废妻，追杀亲侄，拒不相认，仿佛从来没发生过。

当日北堂啸便封北堂繁为德王，并授上元大将军之职，北堂大王十分殷切地抓着新任德王的手道：“侄儿啊，叔叔老了，如今国事也筹措不来了，西梁大军压境，我中川风雨飘摇，危在旦夕，想我中川小国如何能够抵挡大国雄兵，叔叔近日急得寝不安枕，可巧你回来了，年富力强，英姿勃发，风采不逊我兄当年……真是老天有眼，叔叔便把我中川举国上下，齐皆托付于你！”

北堂繁几番推辞，称不敢当此大任，北堂大王坚持此命，并设盛宴给大将军接风，并提前庆功，宴席上诸臣谀辞潮涌，皆称大将军王风采非凡，定能旗开得胜马到成功，想西梁不过区区孤军，怎抵得我国全民作战，兵精将勇？敌酋授首，万军覆灭，当真只是大将军动动手的事情，一番吹捧，新任大将军飘飘然，当即立下军令状，以自己性命担保，必将于三日之内退敌。

当时北堂大王连声赞好，抚着大将军的背，称我侄果然深有乃父之风！北堂一族得此佳儿，当真幸事！只要你能打退西梁大军，孤的王位，就是你的！

据说当夜大将军喝得醉醺醺地回府后，中川王宫又开了第二次小型宴会，至于这次宴会的庆祝主题到底是什么，那就不得而知了。

随即，西梁大军压境，要求北堂啸亲自去西梁大营对主帅就“潜狐”事件做出解释，并献城十二座以示赔罪，中川国小兵微，总共也就十一座城池，哪来的十二座？北堂啸被逼得团团乱转，再次在朝堂之上信誓旦旦：大将军繁若能退兵，保我王国安全无虞，孤愿退位以让，北堂繁当即领了令箭，出城应战去了。

他出城“送死”，王宫里已经开始商量，如果一定要割城池的话可不可以讨价还价，以割几座为最低限度，献上多少珠宝金银以求免祸，一群内臣为这个数字吵了大半夜。天亮的时候听见外间喧嚷，还以为西梁大军终究打进王城，吓得魂飞魄散四处找地方躲藏，结果在凳子底、桌子底、床底纷纷被士兵拉出，随即北堂繁被众人喜气洋洋地接了进来，称西梁已经退兵。

北堂啸哪里肯相信，亲自上城楼去看，结果发现西梁军果然退出十里，撤去了对衡京的包围圈。

据说是英明的德王爷，不顾个人生死安危，单身夜闯敌营，一番滔滔高论，“感化”敌军主将，自愿退兵。

当然，这番话除了啥也不懂的百姓，是没有几个人相信的，但是无论如何，兵退了，是大家眼见的事实。

眼前危机一解，北堂啸大松一口气，对北堂繁倍加赞誉，金银赏赐源源不断，早先的王位承继却只字不提。

他不提，却自有人记得，第二日北堂繁便王袍加身，直上金銮殿，“接叔叔王位也”。

北堂啸当时起床，赤脚奔出大殿，看见跟着北堂繁前来接任王位的大臣，足足占了朝廷重臣的十中之九，这一惊手脚冰凉，才明白大势已去。

当日北堂繁就在中川临光殿接中川王位，奉北堂啸为太上王，迁宫嘉德殿，随即大赦全国，减免赋税，撤去因为西梁大军压境都临时征召的新军，修表上书西梁皇帝，愿永为治下臣属之国，忠心不替。

西梁朝廷回复来得很快，正式承认北堂繁中川王位，并赞其“深承中川先王鸣之膜烈，龙资凤表，堪为人主”。

此旨传遍中川朝廷，众皆凛然，西梁虎视天下，雄心勃勃，有志在天下一统之心。谁都觉得中川这个小国，迟早都会被揣入西梁囊中，不想竟会对这个突然冒出来的北堂鸣遗孤，在中川无根无基的北堂繁如此青眼相加。

只有几个重臣心中有数，立于玉阶之下，斜着眼睛看宝座之上神色平静的年轻的王，想起数月前各自在家中接到的一封神秘文书，文书上以温柔而彪悍的语气，一一点明了他们从政以来的所有利害关系、私下家财、阴私把柄，并非常客气地提醒他们，中川之主到底应该是谁，不妨把眼睛擦亮点儿看清楚，如果看不清楚，自然有人帮你擦，信末署名，西梁，赵。

赵，哪个赵？重臣们掂着那信，看着自己家里一夜之间所有能坐的凳子都插满了刀，再对着衡京之外一直按兵不动好像在等待什么的西梁军营看了看，瞬间恍然大悟。

原来那个飘零他国的遗孤，找到了强硬绝伦的后台啊……

随着北堂繁王位坐稳，众臣俯首，西梁大军果然开始缓缓退军，好像来这一场，就是为了护持北堂繁从容登位一般。

再两个月后，秦长歌接到了返京的单绍带来的北堂繁的亲笔书信。

将信一字字读了，秦长歌淡淡一笑，递给楚非欢，怅然道：“一番操持，总算尘埃落定，祁繁啊祁繁，那般高处，可曾觉得不胜寒？”

“容兄逝去，祁兄一生，永远有一处空寒了，”楚非欢轻轻摩挲着那信纸，“纵然身居高位，富有一国，然彩云终散，知己难逢。”

秦长歌微微叹息：“是的，我终究觉得亏负了他……”

“亏负他的是我，却是你去帮我偿还，”楚非欢长眉一扬，“本来拿下中川送给他，是最省力的事，但你不希望他被国人所骂，背负着勾引外敌这个名声去做他的王，你的苦心，我知，祁繁自然也知。”

“非欢，”秦长歌抬眼，语声轻柔，“你为我付出了多少，我没有算过，所以你也别算那么清楚好吗？我们之间，本就不必计较那许多。”

楚非欢微微动容，注目她半晌，突然道：“长歌……”

“嗯？”

“如果你……”

“报——太师！”

太师府护卫的声音突如其来响在静寂的夜里，打断了楚非欢欲待出口的询问。

两人齐齐转过目光。

对上秦长歌有些不豫的目光，护卫有点儿惊慌，磕了一个头还没说话，他身后跌跌撞撞赶来的宫中太监已经扑跪上来，惶然磕头道：“太太太……师……”

“慢慢说，急什么？”秦长歌看着他的神情，心中突然一慌，皱眉问，“怎么了？”

“陛下被刺！”

第七十章

成长

下弦月如弯钩，勾在雕龙飞檐的皇城之巅，月下的皇宫，静谧肃穆地矗立着，庞大的黑影沉猛地笼罩着整个安静的郢都。

这寂静却突然被马蹄声踏碎，向来夜半深闭的深红宫门次第而开，数骑如踏云蹑月飞驰而来，转眼卷过层层高阔的宫门。

飞马而来的，自然是秦长歌。

她连衣服都没来得及换，穿着家常便鞋就上了马，极速的奔驰中，没来得及系腰带的长袍被九月初秋的寒凉夜风吹得啪啪直响，鼓荡如一面飞扬的旗。

两刻钟的路，她只用了一刻钟便奔入龙章宫。

龙章宫灯火稀疏，老于海扎着手在殿门口转圈子，秦长歌不及和他打招呼，步伐如风一路直进，珠帘在她身后翻卷荡漾出丁零当啷的交击声响和闪烁的珠光。

珠帘细碎之声未歇，她人已经卷进后殿。

“阿玦，你没事吧——”

声音戛然而止，秦长歌站定在后殿门口，瞪着那个斜倚龙榻正好端端看奏章的俊朗男子，正满面笑意目光闪亮地抬起头来。

“嘁！”

秦长歌恶狠狠地对装死皇帝拇指朝下，然后转身，拔腿就走。

身子突然被人拉住。

秦长歌头也不回：“萧玦你无聊不无聊？”

身后一声叹息，随即，温暖的怀抱猛然沉沉罩上。

背后的萧玦，用一个环抱的姿势，抱紧了秦长歌，甚至无赖地用双手紧紧扣住她的腰，两人都衣衫单薄，隔着本就软滑的布料，彼此都能感受到对方衣下温热的肌肤。萧玦灼热的呼吸拂在秦长歌耳侧，吹得她心底突然起了阵回旋的风。

恍惚间想起那年凤仪宫断桥雪地上，身后这人大醉后也曾这般紧紧抱住她，一声声地问：“你为什么还不回来？”

他等待了多久？五年，一千六百多个写满期盼的日日夜夜，二十个春夏秋冬季节轮回，那些日子，用记忆的小刀割下去，碎成千片，每一片都仍是一个完整、都能托出一颗永远饱满鲜润的深爱之心。

秦长歌闭上眼，心底缠缠绵绵，尽是纠结难以理清的心事。

萧玦抱着她，似是贪恋这般亲昵的距离和踏实的感受，他的颈项往前凑了凑，一动之间，秦长歌突然隐隐嗅见一点儿淡淡的药味。

心中一惊，立即回首，秦长歌道：“你——”

一回首，正迎上萧玦的脸。

唇瓣擦过他微热的脸颊。

如电光掠过黑色丝绸般的苍穹，惊起战栗。

萧玦的好闻的松木香立时氤氲而来，明明是清爽明朗的气息，不知怎么，却如佳酿般生出了熏然的魅惑，如那内殿沉沉帘幕里博山香炉里的五华香，一丝一缕地绕了上来。

萧玦的肌肤比平日微热，动作却比平日温柔，温柔里却有分不容拒绝的决然，他微一用力，已经将秦长歌拉倒在身后的榻上。

锦褥松软，一倒入便如陷入一个五色迷离的梦，梦境里男子俯身而向，一声声唤着思念已久的名字。

“长歌……”

前生戎马两心结，今生难见花前月，刻骨相思是一把逆风燃烧的火炬，一日日反噬着迎风而奔的他，疼痛而燥热，只期盼肌肤如雪的冰凉。

他翻身，贴近那个梦境。

爱如梦境，梦境里女子的眼神，却渐渐由先前的迷蒙转为清醒，那双深明清亮的眼眸里的黑色雾气渐渐散去，情爱刹那如万千空花，换得灵台寂灭。

秦长歌的手，缓缓伸出，抵在了他胸前，阻止他更进一步的探索。

萧玦僵了僵，苦笑了下，半晌道：“长歌……让我抱着睡一下，有点儿累……”

秦长歌的手顿了顿，指尖缓缓一移，触着了萧玦前胸某处，那里包扎得微厚，秦长歌皱眉道：“你真的受伤了？是谁？”萧玦却没回答，只是一侧身睡在她身侧，揽紧了她。

秦长歌也没继续问下去，只是轻轻“嗯”了一声。

她的回应散在偌大的内殿空间里，听起来轻而远。

五华香沉郁厚重的烟气在明黄飞龙幔帐间缭绕着腾舞的弧度，错金长窗上窗纸光影变幻，由深黑慢慢转为浅白。

这一夜秦长歌始终没有闭眼，睁大眼目光炯炯，将重生两年来的诸般种种都在心底仔细梳理了一遍。

这一夜身边的萧玦居然一直睡得很安静，呼吸听来很平稳。秦长歌轻轻偏过头，细细看他睡梦中依然微微皱着的眉，隐约想起当年那很多个相拥而眠的日子，萧玦也是这般睡在她身侧。他沉睡时一向安静如同孩童，全无平日里凌厉飒爽之气，只是那时眉目舒展，梦中也神情愉悦，全不似现今这般，纠结深锁的眉峰。

他遇上了什么事？这般郁郁不欢？

秦长歌极慢极慢地伸出手，轻轻点了萧玦睡穴，然后小心地推开他死死扒住自己臂膀的手，从他怀里溜了出去，穿了软鞋无声出殿。

老于海忠心耿耿在殿外打瞌睡，自从上次赵王萧琛图谋暗害国母事件案发之后，龙章宫有太监暗中和王族勾连的事也被扯出，老于海费了很大一番劲将龙章宫太监都梳理了一遍，自己更是不顾年纪老大，亲自守在萧玦身侧。

秦长歌问了问情形，老于海颤巍巍道："陛下昨日去了安平宫，回来后就郁郁不乐，午后瑶妃娘娘求见，陛下原本说不见，后来又召见了，没说几句话，就听见瑶妃娘娘的哭声，然后陛下命老奴请娘娘出去，娘娘不肯走，拼命抓着陛下衣襟哭泣。老奴去请时，娘娘突然将老奴推开，从怀里拿出一把剪子就插了陛下一刀……是老奴不好，老奴一急就去挡了，陛下不想伤着老奴，先把老奴挥开才会被刺伤的。"说完连连磕头请罪。

"起来吧，你忠心为主何罪之有？陛下功力深厚，这点儿伤无妨，你就不必自责了。"秦长歌皱眉听了之后，问，"瑶妃娘娘哭泣时，说了什么话？"

"娘娘就反反复复说陛下狠心。"

"狠心？"秦长歌若有所思地重复了一句，挥手令于海下去，转身回殿解开萧玦穴道，坐在床边抱膝看着他，萧玦缓缓睁开眼，第一眼看见她，无奈地一笑，"你真狠心。"

"你真无聊，"秦长歌微笑看他，"一点儿皮肉伤，偏要叫太监做出这个样子，吓得我。"

"吓到你了吗？"萧玦目光一亮喜不自胜，"看来你还是有点点担心我的。"

秦长歌一笑，萧玦坐起身来，轻轻揽住她道："我哪舍得你担心？只是当时情形混乱，老于海自责得要自杀，我还得拦着，偏偏以你的太师身份，按照朝规我这'被刺'的事是第一个要通知你的，传报太监不知道事情轻重，光顾着被'皇帝被刺'这事儿惊吓了，倒带累你慌张一场。"

"不过，"他突然哈哈一笑，深黑眸瞳越发光芒璀璨，"后来我想起来了，却也不想打发人去通知你没事，我就想着，如果还能看见长歌为我着急一次，这辈子也不枉了。"

"什么傻话，"秦长歌掩住他嘴，"这辈子长远着呢，何况我哪有你说得这么漠不关心？"

萧玦一低头，就势在她掌心吻了吻，笑道：“好香好香。”

秦长歌轻轻一拍他的颊，佯怒：“流氓流氓！”

她浅笑薄嗔眼波流动，神情如一朵开得正好的蔷薇花香醉人，萧玦看得有些发怔，喃喃道：“不知长歌之美者，无目也。”

“我倒觉得你眼光不好，”秦长歌笑嗔，“为了我这根小草，却想放弃整个花园，还差点儿给蜂儿蜇了，你好亏。”

萧玦怔一怔，苦笑道：“你知道了？老于海告诉你的？”

“他哪有这个胆子，”秦长歌似笑非笑地偏头看他，“瑶妃说你狠心，哭成那样，还彻底绝望地动手，说明被刺激了，按说这么久，你冷落后宫已成习惯，不会没事闹成那样，那只能是你赶人家滚蛋了。”

萧玦一挥袖，掸尘灰的姿势般痛快干脆：“我很早就想遣散后宫了——自从你回来后。”

秦长歌摇摇头，叹息道：“何必呢……”

“有必要。”突然探进来的漂亮大头自然是萧包子的，大眼睛转啊转，包子笑嘻嘻道，“他要追你，当然得先把小老婆打发掉，不然我第一个不答应。”

萧玦长眉一扬，怒视这个从来都胳膊肘向外拐的臭小子：“你不答应？你不答应有用吗？”

“有用！”包子一向不怕老子只怕娘，一句不让地针锋相对，“我娘上辈子待的那个地方，一个男人只能有一个老婆，像你这种有了很多小老婆的怪叔叔，是根本没有竞争力的，哪有我干爹好？出身高贵，用情专一，还是个童男子……”

“萧溶！”皇帝大人再也忍无可忍，怒喝，“你从哪里学来的这些下流话！”

包子扮了个鬼脸，腿一滑，以肉球能够达到的最快速度拔腿就溜，留下秦长歌和萧玦面面相觑，半晌，秦长歌叹气忏悔：“好吧，是我的错，我说给他听的那些睡前故事，好像涵盖范围太广了些。”

她看看天色道：“今日早朝时辰已过，我先前让老于海去传旨说你欠安不朝，好好休息吧，我先回府了。”

刚刚移步突然被萧玦拉住，秦长歌回身，愕然看见萧玦的脸色竟然微微有些发红，躲避着她探询的目光，半晌才期期艾艾道：“那个……长歌……那个……”

“啥？”

“……你是不是嫌弃我那个……”

秦长歌怔了怔，看着他尴尬脸色又想了想，才恍然这可怜老爹说是不睬儿子，还是对他的胡言乱语上心了。他大约是想起来自己此时还是黄花女子，他却早已不是处男，怕她是因为觉得吃亏所以才拒绝？

秦长歌一时又好气又好笑，却也实在难以开口解释，难道说“不，你是不是处男没关系，反正你的童贞还是献给我的嘛”？

那也太寒碜我们的皇帝大人了。

秦长歌只好摸摸鼻子向外走，当没听见。

一出宫门就看见前方两个人鬼鬼祟祟探头探脑，秦长歌勒住马，笑道：“我数三声，你不出来我就没收风满楼——三！”

“咻”的一声，包子神兵天降般出现在她马前。

秦长歌微微俯身，巧笑倩兮地看着包子：“太子爷，早上好啊，您今天的书念完了吗？贾师父说你学业精进，知识面越发丰富，他快教不了你了，建议给您增加老师，臣今日瞧着也觉得太子爷真的进步神速，可喜可贺，现在臣就给你找师父去。”

说罢一挥马鞭，轻巧绕过包子便待扬长而去，包子立即一个飞扑，谄媚地扑上她的马头，“太师……”

秦长歌打了个寒战，包子立即转头命令油条儿：“太师冷！去，把我的紫貂大氅给拿来！”

油条儿立即颠颠领命而去，秦长歌斜睨着包子的媚相，笑道：“你的大氅？我拿来做围巾？”

伸手一把提起肉球，往自己马鞍上一扔，低低道：“你想做什么，老实说吧！”

包子立即蹭进她怀里，呢呢喃喃道：“念了几天书了，带我出去散散心，听说老爹把幽州军和京防军换防，将天下兵马交给你节制，你抽调了一批精锐练军，干爹亲自帮你练兵，你得带我去看看。”

“想去京郊大营？”秦长歌笑吟吟地看他，“那是军事重地，不是军人不可以进入，你去可以，但得去做个小兵，从底层做起，不许带油条儿，我就同意你去。”

“咱国都监过了，还怕当个兵？”包子嗤之以鼻，“成！”

“那好，”秦长歌拍拍儿子的大头，“先跟我去个地方。”

“哪里？”

“去看看你的好叔叔。”

安平宫位于城西南，原先是元献帝的行宫，后来成为元朝囚禁犯事皇室宗亲的地方，西梁建国后，萧玦素来是简朴不爱铺张，原先元朝一切建筑都只是简单修葺便原样使用，安平宫也是如此。

最爱奢靡的元末帝，连个废宫也修得颇为华丽，占地广阔，高墙连绵，只是因为久未修葺，宫墙根的青砖有的剥脱掉了红漆，斑驳的砖缝里生出长草，在九月初秋的风中飘摇，显出了几分繁华落尽的凄凉。

在守宫主管太监的小心引导下，秦长歌携着包子，踏着同样长满萋萋野草的砖道进入安平宫，一路景致衰败，虽然当初的荣华还残留几分气象，但是假山是倾颓的，花朵是蔫败的，满地的草胡乱倒伏，池塘干了大半，塘上观风亭栏杆也坏了，远远望去如同失去牙齿的空洞的嘴。

世事如棋，棋局中每个棋子都不能操控自己的走向，都只能被动接受自己的结局，如同昔日繁盛的安平宫不能阻止自己的没落，如同盛极一时的赵王萧琛不能挽救自己的败局。

英杰下场凄凉，便如红颜无奈老去一般令人怆然感慨。如果这一幕看在那曾经情意深挚的兄弟眼中，又会是怎样的疼痛感受？

秦长歌突然明白了萧玦昨日的心情，心底升起淡淡的疼痛。

在卷起满地乱草的风中停住脚步，秦长歌远望着前方那一角飞檐，吩咐那太监：“你下去吧，我自己去找他。”

太监不敢多话地退下了，虽知道于规矩不合，但这两人一个是当朝太子，一个是权倾天下炙手可热的太师，谁敢阻拦？

自进入安平宫就一直很安静、不知道在想什么的包子突然牵牵秦长歌衣角，严肃地道：“娘，问你一个问题。”

秦长歌蹲下身，看着儿子清澈的眼睛，心底有隐隐的预感，平静地道：“你问。”

“我想起我的祁叔叔和容叔叔了。”包子抿着嘴，不看老娘，只看着前方枯干的荷塘，“你告诉我，他们去了哪里？”

秦长歌深吸一口气，淡淡一笑，等儿子这一问已经等了很久，原以为他早就该问的，不想这小子看似莽撞彪悍，却有城府，或者他根本就是在害怕什么，居然一直没问。直到今天，在安平宫衰败凄凉的景色面前，那小子被牵动情绪，终于问出了口。

秦长歌也曾经想过很多次万一儿子问起该怎么回答，然而今日真正听到这个问题，她突然决定说实话。

“你祁叔叔回中川当王了，将来你去中川，还可以见到他，你容叔叔……”秦长歌顿了顿，轻轻道，“去了。”

“死了？”包子问得很平静。

“嗯。”

包子扭过头去，半晌，轻轻拔了根草，在指间绕了绕，编了个很丑的蚱蜢。

“你看，”他将蚱蜢递给秦长歌，“我小时候总爱在大街上找娘，找了回去祁叔叔、容叔叔再给人家赔礼把人家给送回去，我以为他们要骂我，但他们都不骂，祁叔叔做他那个恐怖的糖给我吃，容叔叔就给我编蚱蜢，他编得比我还丑。”

他对着秦长歌绽开一个梦幻般的大大笑容，道：“那糖难吃，那蚱蜢一玩就散，真可恶。”

秦长歌定定地看着他，半晌将手一伸，轻轻道：“儿子，想哭就哭吧。”

“哇！”

包子猛地扑进老娘怀里，将脑袋拼命地向她怀里扎，声音“呜呜噜噜”地传出来，断断续续含混不清。

“……可是我再也……再也玩不到了……”

秦长歌抱住儿子，轻轻拍着他小小的背脊，低低在他耳边道：“溶儿，我们的一生里，永远都在经历离别，这是所有人都必须接受的现实，而你，你是将来西梁的甚至是天下的大帝，你所要面对的残酷事实，会比普通人更多……我的孩子……哭吧，哭吧，但愿哭完这一场，此生里你便再不惧面对任何森凉的命运……”

“我可不可以……不要当这个皇帝……去换永远的不要……离别？”

“这不是选择题，人生里有无数选择题，唯独生死不是。”秦长歌给儿子拭泪，“那些陪着你长大的人，那些曾经将你抱在怀中的人，那些爱过你的人，他们终有一日要离开，不过是早与迟的问题，我们唯一能做的，就是学会接受，并让自己过得更好，帮那些未能将生命之途来得及过完的人，活出双倍的精彩来。”

“对不起。”她靠在不住抽泣的包子耳边，轻轻道，“我很抱歉，我是个不合格的娘，我让你一岁就失去母亲，四岁之前靠在大街上找娘来弥补心里的空缺；

我没能给你圆满的幸福的双亲俱在的童年，你会说话时，最先会叫的不是爹娘，却是叔叔；我没能保护好你等同亲人的叔叔，甚至故意让你过早地知道人生的残酷和离别的无奈，我始终在打碎你的琉璃世界，却不能给你提供幸福无忧的童年……溶儿，对不起。”

包子深深埋在她怀里，伸出小小手臂，将她努力地抱了个满怀，抽噎道：“不……你来得很及时，你让我找到了亲娘，你给我最大的自由，你没逼着我留在冠棠宫傻兮兮地做木头太子，你让太子去做掌柜，你让掌柜满地疯跑去开分店做广告，你让我知道我该知道的，你让我得到我想得到的……没有人比你更好。”

秦长歌吸了吸气，抬头望天，突然觉得自己也要号啕大哭了。

此生重来，颠沛流离，艰险不断，时时觉得疲累，时时难忍伤心，然而今日此刻，忽觉走这一遭终究一切不枉。

她轻声叹息着，抱紧了怀里小小的身体，只觉得这一刻时光静好，却已什么都不必再言。

她不愿说话，却有人不愿成全这对母子宁静交心的一刻。

那一大一小的温情相拥，在落魄心寒的人眼中，如此刺目。

“真感人啊……西梁尊贵的太师大人，哦，不，尊贵的皇后，你想哭的时候，有没有想起，你曾亲手造成了多少人的生死离别，那时你怎么没哭？”

那声音极其讥诮，带着淡淡的漠然和轻蔑。

“你这样的人，也会因为离别而想流泪？你，配？”

第七十一章

软禁

声音就在身后，秦长歌却仿若未闻，只细致地给儿子擦干净眼泪，才缓缓起身，回首看着身后的人。

她的眼睛突然睁大。

眼前的人，瘦得宛如弦月一弯，天水之碧的长袍着于他身，宛如挂着飘摇旗帜的细树，空空荡荡地在风里飞舞，露出袖口和领口的肌肤都苍白得如同一层薄膜，隐约看见肌肤下淡青色的脉络。唯有一双眼睛，却如有烈火在其中不停燃烧，灼热执着，似想将天地间一切物事，都烧个干净。

秦长歌怔怔地看着他……萧琛，这是萧琛？这是那个水碧樱红、挑灯踏歌的诗酒风流的尊贵王爷？是那个意态闲雅、清贵灵韵的皇弟萧琛？是那个任何时候都如清泉、如流水、如月光、如佳词般的空灵男子？

清泉将涸，佳词已残，所有的美好传说都已逝去，只剩下迥然不同于往日的怨毒的幽火，在日复一日地燃烧。

秦长歌目光缓缓下移，仔细打量了萧琛全身，他衣着依旧精致干净，气质清洁，但是谁知道是不是因为萧玦昨日来过，看守他的太监刚给他换的？

不过从昨日萧玦只是伤心却没有愤怒来看，安平宫人应该不至于虐待萧琛，毕竟这位王爷名声和雅宽厚，是著名的贤王，很得民心。

秦长歌讥嘲地笑了一下，这世事当真是不公啊，一代贤王身陷囹圄，自己这个阴毒狠辣的坏人却春风得意，真真叫人想起来就切齿痛恨呢。

生生把一个绝世美男，折腾成了这般形销骨立，宛如幽魂。

情爱和仇恨，多么可怕的东西。

她微笑着，抬了抬手，道：“王爷，别来无恙？”

“别叫我王爷，”萧琛漠然道，“蒙你所赐，赵王这个封号已经不存在了。”

“哦，抱歉，我忘记了，不过无论如何，你还是陛下的亲弟，血缘之情，是谁也抹杀不掉的。”秦长歌牵着儿子，闲闲擦着僵立的萧琛的肩，迈入萧琛所倚的那个残破的亭子，顺手折了荷塘里半残的荷叶垫在满是尘灰的栏杆上。

身后，萧琛被她那句话刺激得一颤，手指痉挛地抓住栏杆，定定看了她半晌，冷笑道：“皇后，今日你是来示威的吗？你们夫妻前后来看我，是想告诉我，你们要再次大婚了吗？”

他把“再次”那两个字咬得很重，语气里满是讽刺。

秦长歌托着腮，抬眼瞅着萧琛，根本不理他刚才的那句话，只是缓缓道：“萧琛，我发觉，你是最快接受我还没死这个事实的人。”

“那又怎样？”

“不怎么样，我只是由此确定了一件事。”秦长歌盯着萧琛眼睛，“事发之时，你根本没有进入长乐宫。”

萧琛一震，默然不语。

“你如果进了长乐宫，你亲眼看到了某些事实，你便不可能这么快便接受‘皇后未死’这个信息。”秦长歌步步紧逼，“萧琛，你没有动手，你是在为谁做替罪羊？”

沉默。

极度的寂静，听得见身后花圃里一朵花被风吹落一片花瓣的声音。

良久，萧琛极慢极慢地道：“没有谁可以逼我做替罪羊。”

“当然，”秦长歌接得飞快，“你自愿的。”

萧琛抬起眼，古怪地瞅了一眼秦长歌，再次拒绝答话。

秦长歌的神色，却一点点地黯然下去，她抬手，拈起被风吹过来的一片落叶，慢慢在掌心捻碎了。

听得对面萧琛低低道：“你这个阴毒的女人，你在击败我之后，犹自不忘再施暗算，太陛天牢里，哥哥和我对饮时，那酒你玩了什么花招？”

秦长歌瞟着他，冷冷道：“你拒绝回答我，我为什么要回答你？”

“不用你回答，我知道。”萧琛冷然道，“毒在银针上，试酒的银针，是你给于海的对不对？你……”他一字字道，“你、好、狠。”

语气怨毒。

“谢谢夸奖，不胜荣幸。”秦长歌不为所动，连坐的姿势都没换过，“萧琛，你去喝泼在地下的那酒了？是不是？你喝过，所以知道那酒根本没毒？”

这个问题是不用等待回答的，萧琛的神情已经说明了一切，秦长歌面色平静，心里却隐隐有些微凉，想起那夜烛火飘摇的太陛天牢内，萧玦带着被弟弟背叛了的伤痛匆匆而去，而一片黑暗里万念俱灰的萧琛爬到地下，试图喝那“毒酒”以自尽。这一幕兄弟决绝，这一场逼到死角的斩情之计，虽说是萧琛咎由自取，然而终究是悲凉而疼痛的。

秦长歌苦笑了一下，站起身，觉得自己这一趟何必过来？水至清则无鱼，人至察则无徒。有些事，何必非要搞得这般清楚？揣着个明白装糊涂，说不定人生还过得幸福些。

虽然萧琛什么也没说，但对于秦长歌来说，想知道的，不想知道的，都已明白了。

他那般讥诮的笑容，是想等着看自己同样被打落尘埃的那一日吧？

微微仰首，望着南归的雁，秦长歌清晰而缓慢地道：“萧琛，你我都是聪明人，你能做的，我未必做不到，别笑得太早。”

“我有什么好笑的？”萧琛目光里的幽火似可燎原，“人生修短，苦乐贫富，到头来都是一抔黄土，纵赢得了一时，终赢不了一世，大家都好自为之吧。”

他讥讽地笑着，伸手一引，姿态依旧有几分当初的优雅气度：“请，不送。”

秦长歌深深看他一眼，本想让他迁出安平宫的打算也懒得再提，牵着儿子走了。

包子乖巧地跟着她，却在擦身而过的时候突然回首道：“听说你害过我娘？”

萧琛看着他，淡淡道：“太子殿下，欢迎你在将来登位时，赐我一杯鸩酒来替你娘报仇。”

包子嗤之以鼻：“我娘的仇她自己负责，我管这事做什么？我还没说完，听说你对父皇很好。”

萧琛神色突然晦暗下来，默然不语，半晌又冷笑了一下。

包子道：“上一辈的恩怨，我娘说过和小辈无关，无论如何你是我叔叔，我好像从未拜见过你。”

他微微弯腰，道：“皇叔。”

萧琛微微一震，看向眼前孩子的目光里，苍凉的意味更重了几分，半晌喃喃道：“但愿你更似你父皇，不要像你母后……”

包子却已转过身去，随着仿佛什么都没听见的秦长歌离开。

只留下一地盘旋枯黄落叶里，残破长亭中那个长久伫立的孤独的人影。

出了安平宫，秦长歌直接把儿子送到了京郊大营，楚非欢对包子要来做个小兵的提议毫无异义，并立即给了包子一个下马威，将准备粘上他膝盖的包子给捋了下来。

包子对此表示十分抗议，扒着干爹的膝盖死活不肯放手，楚非欢很平静地告诉他，作为一个大营中最低等的小兵，时时爬上总军师的膝盖是非常荒谬的。当然，如果是太子殿下爬那还是合理的，那么，太子殿下，请你回冠棠宫，换了太子衣冠再来爬在下的膝盖吧。

包子只好悻悻地爬下干爹膝盖，悲催地发现，自己上了老娘的当，当兵的牺牲，着实也太大了点儿。

可是男人说话驷马难追，答应了的事要想赖账，恐怕老娘会有一万种办法来整治他。包子无奈，只得换上大了好几码的最小号士兵装束，抓了个最小号的细如筷子的长矛去站岗了。

秦长歌和楚非欢一副理都不理的样子把他踢出大帐，转手就对虚空处点了点头，黑影闪了几闪，太子爷永不离身的凰盟护卫和内廷护卫都跟了出去。

苦头要给他吃，安全更要保护好，这个多事之秋，秦长歌绝不敢拿儿子的安危冒险。包子现在无论在哪里，明里暗里的护卫足足有一个连。

大帐里只留下两人，楚非欢给秦长歌斟了杯茶，淡淡问："陛下没事吧？"

"嗯。"秦长歌掉开眼，不接触楚非欢目光，低头专心喝茶。

楚非欢抬眉，目光如水在她微红的脸颊上拂过，眼神微微一痛，随即平静地道："我见你昨夜未归，也没有信来，便知道不会有事。"

秦长歌脸上腾腾地发起烧来，再次含混地"唔"了一声，几乎将脸埋进了茶盏里。

心里乱糟糟不知道是什么滋味，非欢和自己同时接到萧玦被刺的消息，非欢却没有跟去，他是不是已经预料到萧玦不会有事，所以给自己留了和萧玦单独相处的机会？

自己一夜未归，非欢心里会怎么想？

秦长歌的手指在茶盏外沿毫无意识地画圈圈，想着和非欢这两年来的种种经历，非欢对她，先是拒绝，不愿拖累她，然后又因为某个原因，试图对她追求，并希冀和她归隐山林。待她身体和武功复原后，按说他当可完全抛开最初的顾虑，全心追逐，然而他的神情举动，虽然真诚依旧此心不移，却又多了几分若即若离，有时候甚至觉得他充满了隐隐的苦痛和矛盾……

秦长歌这里沉吟半晌百转千回，楚非欢却沉静如旧，只道："既然那边没事，这里正好有事等你处理。"

秦长歌愕然抬头，问："有新军情？"

"不是，"楚非欢道，"昨夜你走了之后，来了个女子在大营外探头探脑，被当作奸细抓了进来，属下报来我去处理，那女子说是文昌公主近侍，叫绮陌。"

秦长歌怔了怔道："我认识，她怎么会到这里来找我？"

楚非欢道："我也很奇怪，她却不肯和我说清来此的事由，只说请你去上林一趟，便走了。我本想派人进宫通知你，但是夜间宫门非军情不能开启，只好等你回来，你既然回了，就去一趟吧，我瞧她神情有些怪异不安的样子，怕是确实有事。"

秦长歌皱眉道："前几天萧玦还和我说，文正廷回京做户部尚书，有一次无意中遇见文昌，很是仰慕。他问过皇姐意思，也是愿意的，正商量着要给她操办，难道文昌要大婚了，找我去做参谋？”她哈哈一笑道，“新娘综合征？”

楚非欢深深看她一眼，突然道：“陛下有无和你商量你正式回宫的事宜？”

秦长歌被问得一怔，楚非欢看着她的神情，苦涩一笑道：“那日斗春节，放出睿懿皇后回归的消息，是我和他商定的计划，这一风声传出，皇后不回归也得回归，差的只是时间罢了，是不是？”

秦长歌怔怔看着他道：“非欢，你明知……你还……”

“没有什么比你的安全更重要，只要对你有利的事，我都会去做，至于那后果是否对我有利，我当时不会去想，事后也不会去后悔。”楚非欢淡淡道，“长歌，我一生别无他愿，只愿你幸福。”

他不去看秦长歌的神情，嘴角一抹笑意淡如春水涟漪：“我曾经拙于言语，什么都不愿和你说，只喜欢将心思都放在心底自己想，经历生死那一场，那些等待的日子里我无数次后悔，那许多话没来得及和你说，你就去了，却叫我到哪里再去剖心表明？那些日子里我一次次对自己发誓，如果还有机会，我绝不再漠然对你，我会和你分享一切。我要让你知道，再寒冷的日子始终会有人给你温暖关切，但是你只需要听着就好，听没听进去，应不应答，要不要，都在你自己。

“就如同今日这句话，我依然不要你回答，不要你担上心事，我只想让你知道。”

楚非欢轻轻凑近秦长歌耳边，语声低如极远海岸吹掠而来的清风。

“长歌，我曾多么希望，此生能娶你为新娘。”

“我曾多么希望，此生能娶你为新娘。”

“如果这辈子还能看见你为我着急一次，此生也不枉了。”

……

秦长歌骑在马上，晃晃悠悠往上林山去，突然在半空中将马鞭狠狠一抽，似乎想要将这两句魔咒般在脑海中盘旋不休的话给彻底抽飞。

她四周大批护卫被她突如其来的动作惊得浑身一颤，愕然望着莫名其妙发威的太师大人。

秦长歌“嘿”的一声，悻悻地将马鞭收回，决定暂时不去想这些烦恼事儿。她的智商，从来就不是为了这些情事而准备的。

前方上林庵在望，不远处是江太后“荣养凤体”的晟宁行宫，文昌喜欢上林清净，住在这里，也有监视江太后的意思。

秦长歌现在的身份，不比当初的小宫女明霜，到哪里都有几分警卫森严的意味。她的私人卫队足有三千人，个个都是千挑万选的骁勇精壮之士，自从她上次落入陷阱一事后，萧玦恨不得一片树叶落到秦长歌脑袋上，都要在三十丈外绞得粉碎。现在普天之下，要想单人独剑接近秦长歌身侧，门儿都没有。

刚到上林山脚，前方探马部队已经散开警戒，不多时隐隐有喧闹之声传来，隐约可见人影晃动，随即听见兵刃交击声响，秦长歌挑眉——这是皇家御苑，怎么会有杂人？居然还敢动手？

想起楚非欢转述的绮陌的奇怪举动，心底隐隐有些不安，策马上前几步，立即有人拦住，道：“太师大人，前方有敌，请莫涉险地！”

秦长歌只好哭笑不得地驻马，知道这些人都是得了萧玦命令，丢了她或者伤了她会掉脑袋，小心翼翼得恨不得用盾牌将她裹住，前方有敌没肃清，那是绝对不敢让她靠近的。秦长歌不想为难这些下属，只得在原地等候，抬头看着上林庵紧闭的山门，发现那里似乎也有人影晃动。

好在不多时前方喧闹渐止，前探护卫儿骑御风般驰来，将几个灰衣人重重向地下一扔，那几人都极其剽悍，从马上扔下的力道不轻，却一声呻吟也没有，秦长歌俯身瞄了一眼，立即道：“卸下巴！”

那几人猛地张嘴，可惜已经迟了一步，训练有素的侍卫“咔咔”连声按秦长歌的吩咐卸了那几人的下巴，从齿缝里掏出了毒药。

随即一通搜身，搜出一万两银票数张、离海明珠一袋，还有进京的通关路引等物。

那几人悍然怒视秦长歌，咬紧牙关一副“你想从我兄弟嘴里套出秘密，门儿都没有”的悍不畏死模样。

秦长歌笑嘻嘻地看看那几人眉目，撇撇嘴，扬了扬头示意。

立时有护卫上前，合上几人下巴，二话不说恶狠狠一通鞭子，那几人被打得满地乱滚，忍不住脏话粗话乱骂一通，秦长歌听了会儿，道：“仪州人氏。”

那几人立即如被雷击般地闭嘴，可惜已经迟了。

秦长歌拂拂衣袖，悠然笑道：“问案是很麻烦的，你们憋着气等我问，我偏不问，看，你们现在不是自己说了？仪州嘛，仪州能出得起十万白银和离海明珠的大户，可不多哦。”

她冷笑着，扬鞭一指上林庵门。

“给我把那些在上林庵周围鬼鬼祟祟的家伙，一个不漏地逮了！”

秦长歌在侍卫拥护下进上林庵的时候，一路都是被擒下的灰衣人。侍卫上前敲门，敲了半天山门，好久才小心地开了一线，探出个陌生婆子的脸，她没看见后面的大部队，只狐疑地瞅着敲门人，皱眉道：“什么人？不知道这是御苑重地吗？出去！”

秦长歌在后面眉毛一挑，终于明白绮陌为何会去找自己，看样子文昌被软禁了，大约对方也阻挡了去皇宫的路，所以绮陌找了机会去大营找自己。秦长歌的身份一直没有瞒过文昌，绮陌作为文昌的心腹，自然知道赵太师就是原先的明霜。

原先留给文昌的外廷侍卫，现在大约也被困住了吧？

好端端文昌为什么被软禁，连消息都送不出去，秦长歌现在还不得而知，但觉得多少怕和那晟宁行宫的老女人有点儿关系，秦长歌微微露出冷笑——江太后，你又要出什么幺蛾子？

那婆子还在絮絮叨叨地赶人，秦长歌上前，拨开侍卫，对着那婆子慢条斯理打量一番，道：“你是谁？面生啊。”

“我是文昌公主的侍应嬷嬷，”那婆子见她气度威势，倒也不敢放肆，只是仍然死死把住门，粗声粗气道，“公主不见外客，诸位请回吧！”

“还是我请你回姥姥家吧！”秦长歌对她露齿一笑，“啪”的一脚踢出去，将那婆子“砰”一声踢出丈外，直直滑出去了老远，跌在二门阶前“哎哟”呻吟着直不起腰。

黑色庵门撞击在墙壁上发出巨大声响，庵里立即涌出一堆男男女女，大多面孔陌生，秦长歌看也不看长驱直入，头也不回吩咐：“我点出来的人，你们不要动，其余人，都绑了！”

顺手将自己眼熟的、那些神情委屈、惊惶的原先文昌的忠心侍女嬷嬷都点了出来，其余人立即被如狼似虎的侍卫一齐绑翻，秦长歌看看四周，问：“公主和绮陌呢？”

有个嬷嬷立即一撇嘴，答：“那骚蹄子怕在和谁明铺暗盖被翻红浪呢，可怜公主被关在地下黑屋子里……”

“什么地下黑屋子？”秦长歌霍然转身，“谁关的？”

嬷嬷立即闭了嘴，胆怯地看了看那些捆在一边的人，嗫嚅着不敢言语，秦长歌注视着她，森然道：“我是西梁太师赵莫言，奉圣命前来解救公主，你若耽误了事体，我先拿你是问！”

嬷嬷吓得“扑通”一跪，连连磕头，秦长歌挥手命人都出去，俯身问：“黑屋子在哪里？公主可好？”

“……公主被关了有几天了，不过听说还活着，黑屋子在哪里老奴还不知道……原先跟随公主的几个侍女都死了，老奴不敢探问……不过外间绑着的那个嬷嬷是他们的人，他们应该知道。”

“他们是谁？”

嬷嬷伏首于地，颤声道：“奴才不清楚，只是……”

“嗯？”

“奴才隐约听说，公主是知道了不该知道的事，有人想杀她灭口。”

第七十二章

旧情

“灭口？”秦长歌眯起眼睛，看了看那嬷嬷，知道也问不出什么别的来，挥挥手命她下去，想着先前她说绮陌的那句话，微微挑眉，绮陌做什么了？这婆子说得这般难听？

正想着，门外有护卫通禀的声音，说抓到一对白日宣淫的男女。

秦长歌“嗯”了一声，回身便看见一对衣衫不整的男女被掼在阶下，男子是个胖大汉子，一身黑肉十分精壮。女子掩面哭泣，桃红鸳鸯肚兜遮掩不住香肩玉肌，看轮廓正是绮陌。

秦长歌皱皱眉，招手唤自己的侍卫头领过来，道：“拿我的手令，去人到善督营，通知章将军带五千军到晟宁行宫，就说听闻有贼子将对太后图谋不轨，前去护驾；另去一拨人到龙章宫，将此事报知陛下，其余人转过身去。”

众人依命行事，秦长歌又暗中做了个手势，隐身护卫的凰盟属下接令而去，秦长歌下阶，将自己的披风披在绮陌身上，看着女子身上斑斑点点淤青血痕，目光一软，轻轻道：“委屈你了，绮陌。”

绮陌震惊抬头，原以为自己这般模样被捉了来，一番羞辱必不可免，不想太师什么话也不用自己解释，直接温言抚慰，一时想起这段日子为了保全与营救公主，不得已委身事敌，受尽不明真相的嬷嬷侮辱。那些朝夕相伴的人还不如一个不甚熟悉的贵人体贴心意，不由悲从中来，泪如雨下。

秦长歌拍拍她的肩，道："你是忠仆，这段日子已经熬过去了，将来总有你的好日子……公主在哪里？"

绮陌擦干眼泪，道："奴婢知道，奴婢领太师去。"

经过那被捆绑的大胖汉子身边，绮陌忍不住停步，含泪狠狠咬唇，秦长歌袖手在她身后，淡淡道："此人由你处置，只需留活口给我问话就成。"

"啊！"

血光暴溅，绮陌恶狠狠地一脚将汉子的裆下踹爆了。

汉子满地乱滚地哀号，秦长歌看也不看，随绮陌匆匆而去。

经过厨房后面有一间不甚显眼的杂物房，绮陌小心地搬开杂物房上的柴火堆，露出一个黑黝黝的洞口，秦长歌皱眉道："我很少来后院，以前居然没有注意这里还有个暗室。"

绮陌道："上林庵是皇庵，虽然多少年来并没有皇室人员在此清修，但是年年都选宫女剃度了进庵，这些假尼姑天高皇帝远，又耐不得清规戒律，便和外边的人有了些风流事儿，这个地窖大抵就是当时挖出来的。"

说话间两人已经下去，有侍卫跟下，因为地窖太小，只能下来几个人，地窖一路挖得粗糙不平，转转折折，上面的光根本射不到地窖底处，地窖里隐约还残留着一些难闻的腌菜味道，再加上空气不流通，黑暗中满是浑浊腌臜的气息，令人闻之欲呕。

绮陌轻轻唤："公主……公主……"

没有人回答。

绮陌要点燃手中油灯，秦长歌一拦，问："公主在这里几天了？"

绮陌答："三四天了。"

"先别点灯，免得刺伤她眼睛。"秦长歌目力自然比绮陌好，直接向墙角一堆烂棉絮走去，一边问，"你没能下来过？"

"谁都没能下来过，"绮陌小心地摸索，"连我一开始都不知道公主在这里，只知道她突然不见了，然后我们就被看守起来，多了许多陌生人，后来我没办法才……”

她再次泫然欲泣，秦长歌拍拍她以示安慰，有侍卫想上前，秦长歌一拦，她怕久困黑暗中的人因为神志迷乱，会有衣衫不整的情形，文昌贵为长公主，无论如何要避讳，遂亲自上前，手中灌注了真力，掀开了那团一动不动的烂棉絮。

一双惊惶的眸子霍然抬起，伸手不见五指的黑暗里那眸子光亮得有些不正常，随着棉絮的拉开，蜷缩成一团的人体更快地向棉絮深处钻去，将自己裹成了厚厚的一大团。

秦长歌目中闪过一丝怒色。

养尊处优的文昌，多年来金尊玉贵，何曾受过什么苦楚？这些人竟想将她困在这暗无天日的地窖深处，活活被吓死饿死！

秦长歌叹息着，低低唤：“文昌……文昌……”伸手去扳那团人影的肩头。

手势将扳未扳。

惊变乍起！

寒光暴射，明彩灿烂，宛如漫天云霞一瞬间照亮混沌天地，棉絮里刹那间突然迸射出千万道夭矫霓虹，呼啸着笼罩了秦长歌全身！

秦长歌的手，还在棉絮一角上。

惊呼声里身后侍卫大力扑上。

“唰”一声棉絮被她大力一扯一抖，如铁板竖起，那华光“啪啪”地打在棉絮之上，发出沉闷的扑扑声响，穿裂薄絮，直射其后之人。

秦长歌却已抓着绮陌离开了原地。

几声闷哼，两个躲避不及的护卫“扑通”倒地，浑身被射出无数个透明窟窿，汩汩地冒出鲜血。

好强劲的暗器！

秦长歌冷笑一声，黑丝无声无息飞出指间，“唰”地缠上那个欲待逃窜的黑影的脖子。

手臂一振，直接将那人如巨锤一般抡了出去，“砰”地撞上了地窖的墙壁，轰然一声土墙碎裂，原来只是薄薄的一层，满地灰土和弥漫黄烟间，土墙夹层后一人缓缓抬起头来。

文昌。

绮陌惊魂未定地奔过去，大叫：“公主！”

秦长歌黑丝一收，将那人飞快牵回，顺手点了那人穴道，反手抛给身后侍卫，道："带出去！别让他死掉！好好审问！"

话音未落就听得上方洞口有喧哗之声，似乎有人在阻拦什么，随即一声闷响，一道黑影飞快地奔了过来，人还未到便一声急唤："皇姐！"

秦长歌挑挑眉，萧玦来得好快。

身侧掠过一阵风，萧玦已经冲过来，一步上前揽紧了尘灰满身不住颤抖、几日间已经瘦了一圈的文昌，低声道："姐姐，姐姐，没事，没事了……"

文昌缓缓抬起无神的眼睛，从轮廓和气息中感觉到是萧玦，浑身一阵大颤，蓦地紧紧抱住萧玦，号啕大哭。

"阿玦……她要杀你……她要装病诈你去请安然后杀你……我听见了……"

她的手指紧紧扣在萧玦臂上，指上青筋毕露，倾泻的眼泪很快湿透了萧玦黑金飞龙袍襟，她似用尽全身力气，想将这些日子里的惊惶害怕和恐惧委屈都拼命宣泄干净。

萧玦微红了眼眶，轻轻拍着姐姐的背脊，眼底却有怒火和杀机熊熊燃起。

秦长歌不去打扰那对相拥的姐弟，只将目光投向上林庵西北的晟宁行宫方向，露出一丝森然的笑意。

乾元五年九月十一日，阴雨之夜。

秋夜的雨无声清冷地一层层涂抹着大地，位居上林山西北的晟宁行宫的宫墙和御道在雨水的浸润下都泛出苍青色的微光，围绕在晟宁行宫四周栽种的柏树被带雨的风吹打得啪啪作响，那单调的声音，反为这寂静的夜增添了几分凄清。

雨中，黑暗之处，静静伫立着五千善督营军士，那么多人风吹雨淋，却连声咳嗽声都不闻，远远看去仿佛一排石翁仲。

两盏红灯笼在雨幕中飘摇而来，持灯者是两个小宫女，后面跟着晟宁宫总管太监，时已近亥时，他是去检查宫中各处的门户的。

老太监的目光在宫外那数千铁甲中逡巡一圈，目中微微露出忧色，他抬头看看天色，一点儿微光都没有的雨夜，令人越发心生压抑。

……风雨欲来啊……

这些兵，黄昏时过来，到现在不说话也不动，只将晟宁行宫死死包围，还不许他们去通报太后，老太监这种在宫里打滚了多年里的老人儿，哪里不知道其中利害？别说不敢通报，还得约束所有宫女太监，谨言慎行，生怕招惹了一点儿事便惹来杀身之祸。

只是……通报不通报，太后都会知道……这里上上下下都是人，有人出不来，有人进不去……今晚注定不会善罢甘休的，瑶妃娘娘和淑妃娘娘都在呢，现在出不去，急得像热锅上的蚂蚁似的……

老太监叹息着，正准备转身。

前方突然起了骚动。

马蹄声和车轮声迅速传来，隐隐出现大片队伍，最前面三十六金甲骑士如三十六道金色旋风飞驰而至。

老太监睁大眼睛——陛下驾临！

自从太后在此荣养，陛下从未来过，如今冒雨夤夜而至，总不会是心血来潮吧？

听惯了皇族波谲云诡腥风血雨秘史的老太监吓得手一软，灯笼落地破碎，迅速燃起小小的火头，在凄冷的雨夜里，生出一些诡异的热烈。

轰然一声，宫门开启，几乎没有容许任何人有任何反应，三十六金甲护卫风似的卷进来，左右一站，随后是御林军，将宫院宫道站得满满的，随即，长身玉立的西梁皇帝，快步匆匆迈步而进。

他身后跟着清瘦雍容的黄衣少年，姿态散漫，神情潇洒，眉目转动间却有睥睨之气，他温和的目色如明月一般一转，老太监便觉得自己的全身上下连内心的想法都被他看尽。

老太监膝盖一软，跪伏在阶边喃喃不知道自己在说什么。萧玦和秦长歌也根本没有多看一眼，他们匆匆行过晟宁行宫的长廊，在宫人的俯身请安声中快速行进，萧玦步伐如此快速，掠动长廊侧草地细密的绒草，那草俯伏于他黑底镏金边飞金龙的锦袍下，如同这江山这天下万民百官俯伏于他脚下。

他用最快的速度进入内殿，人还在廊外，一声“儿臣给太后请安”刚刚说完，不等人回答，便已冷然推开殿门。

殿内，三个女人同时抬头，两个惊惶，一个平静。

萧玦立于殿门前，目光缓缓从三人脸上扫过，先前勃发的怒气突然沉潜下来，淡淡道：“母后这里，今日倒是热闹。”

不待江太后回答，他便直接推门而进，理也不理上前怯声请安的瑶妃和淑妃，秦长歌跟随其后，江太后突然道：“皇帝，你越发没有规矩了，这个外臣，居然也带进后宫内殿？”

萧玦漠然道：“回母后，这是赵太师，现在领侍卫内大臣，按西梁律法，但凡后宫涉及谋逆案由，内侍卫大臣有权领皇命出入宫禁参与审理，不知道这个解释母后可满意？”

“谋逆？”江太后平静的声音也有了丝破碎，地下那两个女人也骇然抬头，惊异地看着江太后，瑶妃还不明所以，淑妃脸色已经一片死白。

萧玦冷笑着，大马金刀地往江太后对面一坐，一言不发。

江太后吸了口气，双手平平搁于膝上，抬头直视萧玦，慢声道：“皇帝，我江家一直都在你掌心任你摆弄，你想要废后就废后，想要弑母便弑母，你将江家赶尽杀绝，你将后妃亲族都削权，你当初专宠那狐媚子，如今遍朝野都是你荒淫断袖之声，这都由你，何须扯出这么个惊世骇俗的谋逆由头，来整治你的母后？”

“母后。”萧玦将这两个字咬得很重，他身子微倾地看着江太后，目光华光厉烈，似想将眼前这个雍容的女人看透一般，用力地看着她。

“既然您今夜想痛痛快快说话，朕也陪着您把话说个明白干净，说不准这也是咱们最后一次这般对谈了——朕倒觉得朕对江家，对您，仁至义尽，奈何您苦苦相逼，与其说朕要弑母，倒不如说您一直想弑子，那只金弩是怎么回事？文昌是怎么回事？文昌听到了您的秘密，您不敢杀文昌怕因此惊动了朕，就想活活困死、吓死她！您昨夜令人通报凤体欠安到龙章宫，若不是朕忙于国事，于海没敢打扰没有禀告朕，朕知道了前来看您，今日怕已经就是尸体一具了吧？母后，朕若驾崩，您打算立谁为帝呢？想来您一定不会垂顾您那六岁的皇孙的，那大抵您要垂帘？效仿前元高太后？”

萧玦每句话都自齿缝迸出，字字森冷，句句诛心，跪在地下的瑶妃脸色越听越白，最后身子一晃晕了过去，淑妃勉强撑住自己，伏在地下瑟瑟发抖。

江太后却冷然一拂袖，寒声道：“皇帝，你贵为天下之主，须知不可轻言轻纵，你说哀家谋逆刺驾，证据呢？”

萧玦倒被她问得一怔，他怀着一腔郁愤之气，怀着为姐姐讨公道的心匆匆而来，一时哪里想到搜集证据。

秦长歌不急不忙上前一步，从袖囊里掏出一袋离海明珠，微笑着捧在手心。

淑妃的脸色立即变了。

“这袋明珠，不知淑妃娘娘可认得？”秦长歌蹲下身，将那华光闪耀的珠子一颗颗倒在淑妃面前，笑得温柔。

“本宫……本宫怎么会认得什么明珠……”淑妃掉开眼睛，慌乱得不敢看那滴溜溜滚动的珠子，她对上江太后目中厉色，眼底慌乱的光芒渐渐收敛，沉了沉气道，“不过是一袋普通明珠，你叫本宫认？这是你对本宫的态度？”

“哦？那么是微臣失礼。”秦长歌微笑如故，淑妃见她道歉，胆气立壮，厉声道：“既知失礼，还不——”目光一转看见萧玦恶狠狠地看过来，说了一半的话顿时被吓得吞回了肚子里。

“娘娘不认得，微臣认得。”秦长歌笑意里没有一丝温暖，“这明珠成色极好，只有靠近海岸的仪州才有，因为从离海运过来的明珠，除了贡品外，会最先在仪州售卖，而这般颗颗浑圆的珠子，非豪族大户不能得，何况，这袋子……”她晃晃手中锦袋，“这袋子翻过来，里面的内衬是一种滑锦，也只有仪州才有这种布料……淑妃娘娘，我记得您就是仪州人氏？”

淑妃脸色死灰，半晌哧哧笑道：“这种东西仪州多得是，你不能因为本宫是仪州人，便栽此滔天罪名于本宫！”

“够了！”萧玦一声怒喝，淑妃浑身一颤，再不敢开口。

秦长歌嘴角扯起一抹冷笑，轻轻道：“淑妃娘娘，不用急，关于证据，只要我想问，都能问得出，您知道不？令尊一族在郢都的府邸，先前便已经被包围，你们那么大的家族，总会有一两个人嘴不紧的，放心。”

她直起身，冷然道：“不得不佩服诸位将消息封锁得如此好，若不是你们派去看守文昌的人不妥当，沉溺女色，使公主贴身宫女用自己身子换来出外的机会，通知了我，只怕陛下今日便要被晟宁行宫周围潜藏着的太尉大人的手下暗杀了吧？”

她一步跨出内殿，对着殿外静静等候着的善督营总管，做了个单手一劈的姿势！

齐整的脚步声立即响起，随即殿顶廊下花园桥下，所有可以藏人的地方都响起了厮杀之声！

到处都有喊杀声，到处都燃起火光，殿顶上逃与追的人群踩破屋瓦的碎裂之声不断传来，衣袂带风声和兵器交击声交织如网，罩下秋雨连绵的晟宁行宫。

那些响在头顶的铿然撞击声和人体跌落声里，燃着温暖炭火的华贵内殿内五个人却静寂无声。

都在沉默着对抗，沉默着聆听两方势力的碰撞，一方潜伏已久，一方蓄势而来，你死我活，没有容让。

良久，喊杀声渐渐寂灭，风里隐约飘摇而来呻吟声，远远听起来有些瘆人，善督营统领踩着积成洼的雨水大步而来，溅起纷飞的水花和血花，大声报告：“陛下，谋逆凶徒已平，计两千人，死三百一十七，伤八百二十，余者全部就擒！”

沉寂的空气越发寂静如死。

良久，座上，江太后却突然一声叹息，闭上双目。

淑妃却突然一声哀号，大力一扑，狂扑上端坐不动一直冷笑的萧玦膝盖上。

“陛下！饶我！一日夫妻百日恩！妾身是您这五年唯一临幸过的宫妃，您是爱我的！”

第七十三章 纠缠

“临幸？”

一句话如炸雷，炸得萧玦“嗖”地站起身来，直直将扒着他膝盖的淑妃撞翻在地。

“临幸？”他惊得连声音都有些变调，“淑妃！你疯了！你想朕饶你性命也不当用这种蠢法子！御前胡言，朕立刻可以赐你死罪！”

淑妃扬起脸，梨花带雨的精致妆容看来着实楚楚可怜，只是这份哀婉此刻实在难以打动帝王心，萧玦瞪着她的目光，直欲吃人。

人到了绝境也没什么太多顾忌，淑妃危难之际早已将当初的警告抛之云外，她哭泣着膝行几步，抱住萧玦双腿，“陛下……陛下……当初……”

“淑妃！”一直闭目不语的江太后突然出声，声音清冷如玉珠相撞，带着隐隐的寒意，“你急昏了！胡言乱语什么！”

一直负手而听的秦长歌突然闲闲拂了拂衣袖，淡淡道：“据说险急之境出真言，微臣倒想听听淑妃娘娘的肺腑之言。”

萧玦立即转首盯着她，目光里满是焦灼，若不是顾忌着江太后和张淑妃在场，只怕就要奔上来言明心迹，秦长歌对他笑了笑，完全是一种臣下对帝王的恭谨笑容。

萧玦心沉了沉，目光下移到张淑妃哭得不成模样的脸，恨不得一个兜心脚踢死她算了，然而现在越是这般长歌越会起疑，无奈之下冷笑道："当初什么？爱不爱你，有没有临幸过你朕自己不知道？你想找死，朕自然成全你，来人——"

"陛下！"张淑妃突然不哭了，扬起脸，紧紧盯着萧玦，清清楚楚道，"今夜之事，陛下要臣妾死，要臣妾一家满门抄斩，那都是陛下一句话的事，臣妾再蠢，也不会蠢到在这个时候撒谎，臣妾何敢于重罪之上，再领一份欺君之罪？陛下临幸臣妾是在五年前，天璧三年二月初九，皇后头七之日……"

"你放屁！"狂怒之下萧玦连粗口都爆了出来，"啪"的一声他手中的扶手已经彻底断裂粉碎，木屑纷纷扬扬落了淑妃一头，淑妃被刺得眼泪长流，不住咳嗽，却显然已经豁出去了，停也不停地继续道："当日陛下突然闯进臣妾的明央宫，陛下口口声声唤臣妾'卿卿'，还说臣妾比……比她好——"

萧玦满面通红、浑身发抖立于当地，愤怒得几乎难以言语，手指痉挛着张了又收、收了又张，每一张开必有东西被他外溢的真气逼得粉碎，不住激射在淑妃身上，淑妃狼狈地滚来滚去躲避，口中却一直未停。

她素来是个精明的女子，早已直觉自己出口那一句话后，陛下和赵太师之间情形怪异，今夜本就已是死局，不如破釜沉舟拼死而言，保不准还能换得一线生机，是以虽然对萧玦的冲天怒气害怕得神魂俱丧，仍然坚持着一句句说下去。

萧玦却已忍无可忍，气得七窍生烟，再让这个疯女子胡言乱语，长歌误会了怎么办？两载艰辛追逐路，好不容易换得她芳心微有松动，若是被这女人一句话给撬翻掉，他会被活活气死！

萧玦狂怒地一挥手，不能自控的真气"咣啷啷"将身边博古架上一个巨大的青玉瓶碰得粉碎，刺耳的碎裂声里他大喝："来人！拖出去——"

如狼似虎的侍卫早已等候在阶下，闻声冲入，也不敢看殿中诸人的神情，抓住淑妃就往外拖！

淑妃死死扒住地上的金砖，不顾双手保养精致的指甲通通折断，扬头大喊："陛下说臣妾哪里都好！"

"拉出去！"

"臣妾记得！陛下龙体之上，左下腹处，有豆大红痣一点！"

……

死般的寂静。

一瞬间满殿泥塑木雕。

刚才乱成一锅沸粥般的内殿突然沉静得连滴泪水掉落到地毯上的声音都能听得见。

江太后僵坐在宝座上，侍卫架着淑妃的胳膊呆怔在当地，萧玦抓着一块青玉碎片呆立当地。半晌，握得紧紧的指缝间，慢慢渗出鲜血来。

一滴滴，滴落在满地青色的玉光之上。

最镇定的大约只有秦长歌了，她突然笑了笑。

只是那笑容怎么看，都好像有点儿苍白。

她微笑着，突然对萧玦躬了躬腰，平静地道："陛下，这已经不是宫闱谋逆案，非臣下之人可以与闻，微臣请求告退回避。"

说完也不待萧玦回答便直起身，目光在紧紧盯着她的淑妃身上一转，对着萧玦扯了扯嘴角，步伐轻捷地转身。

袖子突然被人拉住。

秦长歌睫毛微垂，瞥过紧紧抓住自己衣袖的那只手，手上黑曜石浮雕金色飞龙，气势尊贵狂放，手的主人却似有些紧张般，指端都因用力过度显出苍白之色。

他掌心的鲜血本已止住，这般激动用力再次迸裂，鲜血很快濡湿了她的衣袖，湿湿凉凉，似是此刻心情。

她缓缓抬眼，直直对上那双深黑眼眸。

那是什么？怒海、巨浪、狂涛……重重叠叠、翻翻卷卷都是起伏的浪，卷着不解、迷惑、委屈、伤心、愤怒、疑问……甚至还有哀恳，一层层飞涌而来，一层盖过一层，一层高于一层，一层比一层更激烈、更汹涌，直欲将她淹没。

……

那是什么？她的眼底，烟云、飞雾、迷林……隐隐约约、来来去去都是飘荡的雾气，隐着思绪、隐着悲欢、隐着心意、隐着神情，如迷宫之墙隔于当面，一堵又一堵永无止境，他跌在这样的眼眸里，仿佛无意错入迷踪，走进蓬莱，隐隐听见远处梵音轻唱，重重烟树深处不见去路和来路，明知道想要寻找的人或事就在前方，但却云深不知处。

萧玦恍恍惚惚地想起，两年前翠微宫初遇明霜，她的眼底，隐约也有这般神情，只是现在看来，竟比那时更为遥远。

自己失去她了是吗？

只因为一个疯女子让人无法辩驳的指正，她便不相信我了是吗？

萧玦的指缝间鲜血流得更急。

秦长歌掉开目光，深吸一口气，轻轻扳开了他的手。

不，不是不相信你，只是这一刻我亦心乱如麻，只欲逃开这一霎的纠缠。

重生一路，风刀霜剑严相逼，我以为我走过了很多血火，下一步将是光明与烂漫，然而我突然嗅见命运严酷的气味，黑暗中有些铁青的轮廓在悄然显现。

那令我，不安。

秦长歌这一拂，已经带上了真力。

猝不及防心绪激动的萧玦竟被她拂得一个踉跄。

他扶住身后的沉香木椅，一扶一个血手印，却根本没有任何知觉般只是抬头看住秦长歌，目光中满是不解和伤痛。

秦长歌却已转开目光，匆匆步出。

她飞速下阶的背影越行越远，满地跪伏的侍卫只觉得一片黄色浮云在眼前一掠，转眼间她已走出宫门。

萧玦怔立当地，看着她的背影毫不留恋地消失在晟宁宫门处，只觉得心中一空并一痛，有什么怦然一撞，激得他似欲呕出血来。

身后有人怯怯问："陛下……"

萧玦霍然转身，目光隼厉如鹰，闪电般劈向淑妃。

淑妃捂着胸口，瘫软在地，终于什么话都说不出来了。

萧玦狠狠盯着她，目光如果可以杀人，淑妃早已死了一万次。

手指捏紧成拳，劲力的收缩导致骨节咯咯作响，萧玦努力控制自己一拳击飞她的冲动——此生从未这般恨过一个人，直欲将这个满嘴胡言的疯女人碎尸万段绞成肉泥，再狠狠在脚下一寸寸踩烂。

可是不能。

长歌离去前那一眼，明明已有疑虑，此时杀她，就成了自己心虚杀人灭口。

那许多剖明心迹的坚刚誓言也就成了不堪一击，一句话就可吹灭的笑话。

"拉下去！张家和何家涉嫌谋逆，全数打入天牢，给我好生搜捕党羽，一个也不许漏网！"

"是！"

“请太后在此好生荣养！拨三千京西驻军关防晟宁行宫，从今日起，所有未奉旨接近行宫三里之内者，杀！所有未奉旨踏出行宫一步者，杀！”

“……是！”

宝座上，一直身姿端凝的江太后，听见那两个杀气腾腾的“杀”字，身子终于微微一颤。

浅紫深锦金芙蓉衣袖底下的双手，死死绞扭在一起，无人知晓那细腻肌肤上，一片片青紫印痕。

……苦心筹谋，于劣境中费尽心思联络，好不容易说动了这两个因为深宫寂寥常来她这里礼佛的妃子。瑶妃不晓事，只用来做障眼法，淑妃却是一门心思想做太后，她让瑶妃去时时闹萧玦，使得他心烦意乱更加不愿理会后宫诸事，让张家在仪州重金买下杀手，暗中抽调张太尉忠诚旧部掌握的部分边军。万事俱备，只欠东风，不曾想身边有白眼狼，将消息递给了文昌，更不曾想看管文昌的人这么昏聩，为了女色误了她的大事……时也命也，当真是再强求不得的事……

似乎从那件事出奇地成功之后，便将所有的好运气用完，之后，便是步步嗟跌，不复再起。

从此后，晟宁行宫日升月落，再不会有什么不同了吧……

秦长歌在黑暗中疾驰。

身下宝马，来自青玛，最是矫健无伦，全力奔驰之下越发激发了来自辽阔草原的雄野之性，快如追光。

没有方向，没有目标，漫无目的一阵胡乱飞奔。

风从耳边飞速掠过，呼啸如冷笑，仿佛在嘲笑她这些年的不断追索，穷尽心思，说不准到头来是个“何苦来”？

何苦来，何苦要执着真相？何苦要将镜花水月的虚幻美丽打破，去鲜血淋漓地面对现实的青面獠牙？

萧玦……也许一切都不是你的错，可我不能阻止这一刻的心凉彻骨。

我亦伧俗，我亦凡人……会因为这红尘恩怨爱恋间的不如意而策马狂奔，如世间所有普通女子，不管不顾地放纵自己。

便……放纵一回吧！

秦长歌突然站起，在马背上稳稳直立。

好似多年前她立于马背之上，以追风神弩，灭杀了一个王朝的最后的皇帝，以一个血花四溅的定格，宣告了前元二百年国祚的消亡。

带着一抹虚幻的笑意，秦长歌稳如磐石地站在飞奔的马上，缓缓伸手，做了个拉弓射月的姿势。

“铮！”

仿佛是意念中的一声响，又仿佛不是。

秦长歌茫然抬头，这才发现自己一阵乱奔，竟然到了安平宫宫后的一处崖下。

而崖上，隐约有铮然琴音传来。

琴音隔得远，听不真切，但是清冷凄切，倒合了秦长歌现今心境几分。

秦长歌脚一顿，旗花火箭般直直在马背上拔身而起，脚尖连点几点，半空中衣袍展开如花，轻轻巧巧便到了崖中段。

那里有斜出的一株青松，宛如一把绿伞张在崖下。

秦长歌一个旋身，稳稳盘膝在松上坐了。

很好，既隐秘又安静，又可以免费听琴。

头顶丈许之地，不知是谁携琴高崖，萧然抚琴，伴孤松冷月露下长风，于拨弦间起落生平如飞雪的悲苦，一声声将所有的心事弹奏，再将那些不能出口的言语，零落萎谢在秋夜微雨后的高崖之巅？

那琴音如簌簌落雨、如渺渺烟云，徘徊婉转空灵虚幻里满是淡淡牵念和盈盈悲愁，仿佛是某年书房外盛开又凋落的花，某年亭台落雪间翩若惊鸿舞剑的人影，抑或是石板桥上那一层晶莹的霜，一生里再无人可以于其上留痕。

秦长歌静静听着，慢慢绽开一个微带苦涩的笑容，想起萧琛讥诮轻嘲的笑意……你在等着看谁的笑话？他的？我的？还是你自己的？到底谁是这命运之局里身不由己的棋子，在彼此碰撞厮杀里，腾起四海八荒的不灭硝烟？

我们的一生里，那些铭记的，留存的，不肯忘却的，到底是生命中的熙光还是谶言？

琴音深冷，如同在深海之底浸泡千年后再取出，于冰晶世界里弹奏，一奏一朵霜花，季节瞬间由秋便到了冬。

这秋夜冷雨，苔滑石凉，崖上寒风如许，萧琛那身子，夜夜这般孤身抚琴？他是要纾解内心郁结，还是根本就想慢性自杀？

秦长歌稳稳坐着，目光森然，一个人如果自己不想活，那么死了也未必不是解脱。

崖上，崖下，斯人抚琴，斯人听琴。

谁才是谁的知音？

谁听进对方心深处，看见彼此的结局？

捂起耳，闭上眼，做个耳聋目盲的痴儿，是不是比耳聪目明的精明人要幸福？

头顶那个伤心人，因为不能忘记，终究日日自苦。

而自己呢？因为不肯放弃，最终会揭动的，难道不止六国风云天下逐鹿，还有那些千丝万缕休戚相关的人们的命运？

琴音越来越轻，将近曲终，秦长歌的目光却越来越凉、越来越亮，仿佛突然生起了两簇蓝色的幽火，纤毫毕现地照见自己初初混乱的心意。

她目光缓缓拉开，罩向身下，那里是秋夜雨后，月下千里山河。

山河不变，亘古不老，人心又何必总如尘埃，随风摇摆？

突有“吱嘎”一声，在静夜里传出好远。

弦断，惊声。

崖上有推琴之声，不多时，一张由中川名师精心制作的价值千金的名琴，翻翻滚滚从崖上落下，摔在山下，发出嗡然声响。

有人于崖顶长声叹息，低语：

“人性最薄，情又如何，终究是破！”

“破！破！破！”

连呼三声，待到最后一句，其声已远。

崖空寂寂，月下秋风正凉，穿过孤松，拂起崖下女子黑发，女子一动不动，宛如石像稳稳端坐。

良久，风里响起她喃喃语声。

“萧琛，我终于明白了你。”

来时疾，去时缓。

下了崖的秦长歌信马由缰，缓缓而行，忽听见前方马蹄声疾，暴风骤雨般踢踏而起，听起来对方似有急若星火的事务，不由失笑，自言自语道：“倒像那家伙的德行……”

话未说完便见一匹神骏黑马长驰而来，马蹄踏破一街寂静，马上人金冠歪斜，神色焦急，英朗眉目满是郁愤之色，却不是倒霉的萧皇帝是谁？

秦长歌愕然地看着他，这人在自己身上放追踪器了？这是怎么找来的？

秦长歌咬了咬唇，觉得自己心里还是有点儿膈应，有点儿暂时不想看见这个让自己烦恼的人，当下装作没看见，拨马就走。

身后忽起衣袂带风之声，“呼”的一声自己的外袍衣袖的同一个部位今晚第二次被人狠狠拽住，萧玦的声音气恼急切地响起：“长歌，你听我解释！那女人一定是偷看了我洗澡！”

虽然满心郁郁，秦长歌听到最后一句也差点儿喷了，勉强按捺住自己，神色清淡地俯眼看着自己不成样子的袖子，又转头看了看马下那个弃马飞身而来、死死抓住她袖子的尊贵又无赖的家伙，淡淡道：“陛下，你很喜欢我的衣服？”

“什么？”

萧玦满心焦虑奔遍全城，好不容易神奇地碰见她，满心的焦灼瞬间化为欣喜，欣喜里又生出惴惴不安，正想好好地和长歌解释一番，不想她劈头一句问得莫名其妙，一时反应不过来便怔住了。

秦长歌再次很温柔地对他一笑，道：“看来陛下实在很喜欢我这件袍子。”

她突然快速地将外袍脱下，揉成一团迅速塞到萧玦手中，萧玦下意识地抓住，秦长歌对他露齿又是一笑，霍然扬鞭。

马立刻如箭般蹿了出去。

萧玦反应过来立即提气要追，不想那一吸气，外袍里突然腾起一股淡淡雾气，萧玦立即吸进许多，立时头一晕，“扑通”一声倒在地上。

惊呼声起，那些马匹不如陛下的坐骑神骏、现在才赶到的侍卫纷纷冲上去扶起萧玦，见他昏迷不醒，吓得六神无主，其中有走过江湖的武林中人出身的侍卫，仔细把了把萧玦的脉，道：“无妨，陛下只是中了最低级的迷药，睡一觉或者浇一盆冷水就好。”

侍卫们面面相觑，谁敢浇皇帝一盆冷水？没办法，只好把皇帝背回龙章宫睡觉算了。

人群散尽，街角转过秦长歌，扬着鞭子无声大笑，笑着笑着，嘴角的笑意渐渐淡去。

她怔怔地举着鞭子，突然忘记了自己为什么笑。

身后有人轻轻叹息，道：“长歌，不想笑不要勉强自己。”

秦长歌没有回头，站了半晌，身后也一片沉默，仿佛从来没有人说过话。

秦长歌突然向身后一靠，那里一片黑暗，她也从没有回头看过身后是什么，然而就那么毫无顾忌地靠了过去。

她并没有栽倒。

她靠在了那个永远在身后等待的温暖的胸膛。

将头轻轻搁上他的肩，秦长歌调整了个舒适的姿势，闭上眼，喃喃道："非欢，真好，我就知道你总是在的……"

楚非欢动了动，秦长歌伸手轻轻阻止，道："别动……别动……借我靠一靠，一下就好……"

楚非欢不动了，却伸手轻轻从背后揽住了她，低低道："我总是在你身后，我总愿意借肩膀给你依靠，只要你愿意，随时都可以。"

轻轻唏嘘，秦长歌闭目道："非欢，你其实可以不用理我，我只是个自私的女人，真的，自私，无耻。"

身后一声轻笑，隐约感觉到身下胸膛的微微震动，那里的那颗心，永远只为一个人跳动。

"长歌，你自私，心里却装着天下民生；你无耻，杀的却从来都是罪恶之人，如果世间伦理道德真的判你自私无耻，那么我愿跟随你成魔。"

缓缓睁眼，秦长歌长嘘一口气，道："我何德何能……"

"长歌，"楚非欢轻轻抚摸她头顶的柔滑黑发，"你累了，犹豫了，是吗？我能感觉到你的疲惫，你还记不记得，当初我曾和你说过的话？"

秦长歌转身，看着黑暗中他越发清澈明亮的眼睛。

"我曾和你说，愿不愿意和我一同退隐山林，过那笑傲烟霞、远离红尘的逍遥生活，如今，你可有答案给我？"

秦长歌沉默着，偏过脸看着远处的东燕方向。

"长歌，"楚非欢语调更慢，每一个字都仿佛是从内心深处挤出，"如果你希望能与你相偕归隐的人不是我，那么你为什么不和他说？以他的性子，皇位之尊，未必抵得上你回眸一笑。"

他低声叹息着，将难得神情茫然的女子轻拥在怀，姿势珍重得仿佛那是他一生中不可再得的珍宝。

"长歌，我只是希望你能远离这些纷扰仇恨，远离苦痛折磨，并没奢望你身边的那个人是我，只要你能摆脱这些挣扎，无论你和谁逍遥红尘，无论你选择什么方式离开我，我都乐意，为你祝福。”

第七十四章

赠礼

萧皇帝最近日子很难过。

太师府的墙头，以前很好爬的，以前有事没事他就爬爬，爬到某人房间偷窥一番，或者直接把人拐出来花前月下。虽然偷窥往往不成功，虽然花前月下总有人不太合作，可是不管怎么样，就爬墙这件事本身，还是很自由、很奔放的。

现在不同了，在某件令萧皇帝无比冤枉、无比悲催、无比不解的事件发生后的某日，萧皇帝再次重施故技准备翻墙的时候，一抬头，立即倒吸了一口冷气。

太师府高墙之上，一夜之间，栽满了密密麻麻的尖钉，钉子都是精铁做成，粗如手指，钉尖闪亮，在月色下光芒幽青——这种彪悍的颜色，皇帝大人用手指想也知道喂了毒。

萧玦从齿缝里发出“咝”的一声，不胜寒悚地望着太师府那一角高楼，那楼里住着的女人，用“最毒妇人心”来形容都嫌太客气了，生怕钉子挡不住他，居然还喂了毒！

好吧，墙爬不了，走正门可以吧？萧玦转到正门，发现往日到了夜间仍然车水马龙的太师府今日着实冷清，萧玦闷头向里奔，身后突然转出侍卫，伸臂一拦，“陛下！”

萧玦大怒，长歌拦我也罢了，你也敢拦？正要呵斥，侍卫战战兢兢用手一指，萧玦这才发现门楣上挂着好大的红黑两色灯笼——在西梁，这是府中有人出天花，其余人等务请回避的意思。

萧玦再次倒吸口气，眼睛瞪得溜圆——天花！这你也好意思说得出来！

你得了天花，溶儿怎么还在营中做小兵？你得了天花，楚非欢怎么还白天练兵晚上回府？你回避我阻拦我，你怎么不回避他？他和你住在一府朝夕相对我都捏着鼻子忍了，现在居然连墙都不给我爬，门上还挂了灯笼说天花！

萧玦伸手就想去抓灯笼，把那玩意儿在脚底踩碎，他的暗卫们立即一群群地涌出来，拼死拦着——不能啊不能啊，天花是什么东西？世人闻天花而色变，陛下竟然想用手去接触家有天花病人的府邸挂出来的东西，那是无论如何也不成的！

奔出来的侍卫在太师府门前挤成了一堆，哭天抢地拼死阻拦，萧玦硬生生被逼得后退，眼看四周已经有人探头出来看热闹，无可奈何只好停步，真恨自己怎么不是个暴君！谁拦我杀谁头！

可这般离去又实在心中不甘，自从那事之后，长歌托病不朝已经有段日子了，自己着实想念得紧，连觉都没能好生睡安稳过。如今太师府拒绝对自己开放，连天花这理由都扯了出来，这相思难熬的日子，到底还要过多久？

思前想后，手一伸，萧玦大喝："拿纸笔来！"

纸笔很快送来，萧皇帝趴在门口石狮上"唰唰"提笔几个大字，墨汁未干便毫不客气地贴在太师府大门上，随后退后一步，留恋地看了那角飞檐一眼，默不作声地转头就走。

他准备去京郊大营，走曲线救国路线，让儿子带他闯关。

门前人群散尽后，那张纸犹自在门上招摇，无人理会，周围住户害怕那"天花"二字，虽然好奇也不敢靠近。

良久，紧闭的太师府门突然微微启开一线，探出一只雪白的手，手形纤细，指尖极为灵巧地一拈，将纸飞快拈走。

风吹得纸角翻起，隐约看见上面龙飞凤舞的字迹。

"你便得天花，我也不管它，要得一起得，别把我落下！"

萧包子最近日子也很难过。

当兵和当太子，那个天壤之别，着实让包子悲愤得难以言述。

跑操日当午，汗滴身下土，谁知盘中餐，白菜碗中煮。

独蹲岗哨上，肚饥复长啸，苦楚人不知，明月来相照！

包子垂头丧气地抓着自己那个筷子粗的长矛站岗，胸前贴着张纸条，上书：此兵已死，有事烧纸。

长矛支着下巴，身体倾斜成四十五度，包子正在神游物外浮想联翩，烤猪、鹿舌、羊炙、火腿、各式点心正在他眼前呼啸飞旋，带着扑鼻的香气和诱惑的姿态娇笑着向自己扑来，包子在美梦中不胜欢欣地咧开嘴，正在考虑是先抓火腿好呢还是先抓烤猪好？

"咳咳。"

在包子久经挣扎，终于决定先享用烤猪，指尖已经触及那美味金黄油皮吱吱作响的猪腿时，一声不识时务不合时宜的干咳声响起。

"砰"的一下，美梦散了，烤猪飞了。

包子大怒抬头，嘴角一滴晶亮的口水颤颤落地，宛如萧太子和美食悲痛欲绝作别的悲泪。

"你打断老子的好事……"

"萧溶！"

一声怒喝及时阻止了萧包子接下来准备出口的足可以骂上三天三夜绝不重复的问候，睡得混混沌沌的包子愕然睁大眼，这才看清楚面前是他那怒发冲冠的皇帝老爹。

包子盯着老爹，想起他从宫中来，一定是吃饱了宫中的美食才出来的。哎哟我的玉米酥，哎哟我的翡翠羹，哎哟我的凤尾饴糖……悲从中来不可断绝，包子立即横矛一拦，中气十足大喝："来者通名！"

……

半晌，在儿子面前也吃了闭门羹的悲惨命运的萧皇帝，上下打量了"英姿飒爽"的儿子，目光尤其在他扣错扣子的上衣上多转了两圈，又看了看他踮脚的一个大木墩，阴恻恻地道："萧玦。"

"唔，"包子装模作样地掏掏耳朵，"没听过，哪个营头的？做哪门生意？拜山有拜山的规矩，柬帖呢？"

"扑通""扑通"，赶来迎接的军官们纷纷倒地。

"柬帖就是这个！""轰"的一下天地倒转，萧包子被老爹一把抓起，"啪"的一掌拍在他屁股上，一声脆响，"朕的龙掌印子，够不够？"

包子大怒，一把抱住老爹的腰就是恶狠狠一啃："不够！再送块烤龙肉！"

"咝"的一声倒吸气的声音山响。

萧玦被咬在腰肉软处，不觉得痛倒觉得痒，忍不住一笑，却听得那坏小子扒着自己胸口低声道："你揍我？我回去告诉我娘去，就说某家长因为某些生活不和谐，无故将自己的情绪发泄在儿童身上，导致了对儿童身心的摧残，造成了不良的心理后果……"

萧玦一低头，对上儿子满是威胁的眼眸，虽然听不太懂他满嘴的怪话，隐约也知道是要向长歌告状的意思，第一反应就是这小子反了天，欠扁！再想一想突然很悲哀地发现，好像无论谁在长歌面前说话都比自己有用有效果……呜呼！

压抑着满心悲愤和仰天长啸的冲动，萧玦“很温柔”地将儿子放下，低声在他耳边道：“儿子，今晚回家不？父皇带你一起回去好不好？叫你娘开一桌宴席给你好好补一补，瞧你都瘦了。”

“别啊，老爹，”包子将他一推，笑嘻嘻地看着萧玦那张神情古怪的脸，“我娘给我在主帐中存了好吃的，每隔三天可以去补充油水一次，如果我擅自回家，扣三次补充；如果我擅自带她不想看见的人回家，扣三十次补充；老爹，你算算，三十次啊，我三个月的零食啊，你就算开一桌宴席，补得了我的损失吗？”

萧玦默然，手指骨节“咔咔”直响，半晌低声恶狠狠道：“我天天带宴席来给你补充油水，你不用理你娘的零食。”

“我娘说了，只要我擅自收受贿赂，她立刻让风满楼在三天内倒闭。”包子摇摇手指，“老爹，宴席，我所欲也；风满楼，我所欲也，两者不可兼得，舍宴席而取风满楼也。”

萧玦将儿子往地上一放，大怒道：“爹，你所欲也；娘，你所欲也，二者但有龃龉，舍爹而取娘也！”

乾元五年那个无雪的寂寞的冬，就在某人团团乱转八方试探四面遭遇铜墙铁壁走投无路的悲惨状况下，缓缓度过了。

等到皇帝大人两眼无神地坐在龙章宫宝座上，掰手指算着长歌已经有三个月零十二天带两个时辰没有见他的时候，龙章宫的太监已经忙碌着爬梯子挂灯笼垂彩缎了。

萧玦茫然地看了半晌进进出出喜气洋洋的太监，又看了看装饰得分外喜庆富盛的龙章宫，这才醒觉，好像已经快到新年除夕了。

从腊月二十三开始，皇宫就进入了新年的庆祝期，一系列的封印、彩服、祭灶、掸宫、贴桃符、接神、拈香、踩岁……萧玦心不在焉地一一打发了，总觉得做什么事都提不起劲来。

今日，四更起床各殿敬香，按说敬完香后该到长寿宫行礼，和众妃共用早膳，可是长寿宫没了主人，后宫更因为瑶妃和淑妃的事，而令萧玦厌恶，上书房已经封印了，也没什么事可做，从四更到午时七八个时辰，皇帝大人就尽用来发呆了。

午后日光缓缓转过龙章宫，将一方红缎的艳光照进萧玦茫然的眼眸，他才阒然一醒。

今天是除夕啊！新年啊，万家团聚啊，难道朕还要和以前那么多年一般，待在空旷的龙章宫，和明月做伴，对影子敬酒，一个人醉倒金粉玉锦之中，再于大年初一的金鼓声中茫然醒来吗？

如果她不曾回来，一切休提，不过年年这般过罢了，她回来了，朕却还要继续待在龙章宫对着空冷的内殿喝冷酒，而她带着男人抱着儿子围成一桌，红烛高烧、喜乐融融地过年，朕只能满腹凄酸地想象，连她的热闹欢喜，也只能绕墙而闻？

是可忍孰不可忍，作为男人更不能忍，作为她曾经的男人，尤其不能忍。

萧玦“腾”的一下跳起来，立即飞马出宫，准备悍然迎接自己的第一百二十八次碰壁。

一路穿过热闹的天衢和西府大街，满街都是那些全家采买年货欢欢喜喜相携着回家过年的人们，穿红着绿，呼妻唤夫。萧玦纵然快步匆匆，也不自禁地停了马，出神地多望了几眼。

人间天伦，红尘温暖，自己什么时候才能彻底拥有？

萧玦在马上微微出了会儿神，忽觉马身晃动，却是嬉戏的孩童兴高采烈举着糖葫芦和鞭炮串儿飞奔过他的马侧。孩童的身后跟着连声呼唤生怕他跌倒的父母，父亲抢先追上，给儿子拍身上的灰，一脸嗔怪里透着宠溺，母亲则絮絮叨叨收拾着那小童不慎散落的玩具，平凡夫妻的脸上，洋溢着和乐满足的笑意。

萧玦怔怔看着，虽然这太平年月物阜民丰的盛世景象是他一手缔造，然而此刻西梁大帝毫无荣光满足之感，只觉得深深羡慕。

他怔了半晌，突然一跃下马，在路边的小摊子上开始买东西，可怜皇帝大人活到如今，要么就在打仗，要么就在当皇帝。少年时王府公子再不受宠也不至于亲自去采买，今日算是此生从未有过之新体验，所以摊子上逛了半天，也就和人家学，人家买糖葫芦他也要，人家买拨浪鼓他也拿，人家的鞭炮要千响的，他就要万响的，惹得摊主恶形恶状白他一眼骂：“哪来的傻帽儿！万响的鞭炮只有宫制，你有银子也买不着！”

萧玦摸摸鼻子，继续给长歌挑东西，这回犯了难，怎么看都觉得这些摊子上的东西太过粗劣，配不上独步天下的长歌，绢花俗艳，胭脂浓腻，玉钗金环样式老土，怎么拿得出手？

皇帝大人挤在一堆红男绿女间，在摊子上挑挑拣拣，花样儿几乎给他翻了个底朝天，小贩皱眉连连，萧玦根本看不见，只顾着专心挑选——唉，这辈子还没亲自买过东西送给长歌呢，这感觉，真奇特。

明明东西还没送出去，人家还不确定收不收，怎么自己光是在这里挑礼物，心里就这么愉悦呢？

萧玦抿着一丝舒展的笑意，终于在货摊底部挑着了一支钗儿，很普通的质地，钗头上整块的青玉做成一只展翅的雁，眼珠那里是一小块黑玛瑙，色泽深邃莹然生光，在满摊子的金凤玉桃间别有一种超拔韵致，尤其是那眼睛，令他想起长歌的眼眸，流动间无限光辉。

萧玦喜滋滋道：“就这个！”

小贩翻着白眼把东西递给他，付钱时又出现麻烦，萧皇帝没带银子。

小贩看他左掏右掏掏不出东西，脸色已经由青变黑，梆梆地敲着摊子，不耐烦道：“客人若是没有钱，可别摸坏了我的东西！”

萧玦讪讪地笑着，他自然知道买东西要付钱的，只是实在没那个习惯，有暗中跟随的侍卫要上前付银子，萧玦立即伸臂一拦——今天所有的礼物，他得自己亲手买。

想了想，“啪啪啪”地揪下袖口的金纽，手指一抹抹平上面的龙纹，递给了小贩。

小贩有些狐疑地接过来，反反复复在手中看，西梁国富，但也没到用黄金做货币的地步，底层百姓最多见过大锭银子，这样随手从衣服上揪下来一颗纽扣就是黄金，着实有些令人不相信。

萧玦却不耐烦和他啰唆，抓过一个金纽扣，轻轻一捏，纽扣立刻被捏成薄薄的金叶子，萧玦长眉斜挑，对小贩笑出一口白牙，“如何？”

小贩吓了一跳，生怕他用连金子都能捏扁的手去捏自己的脑袋，赶紧二话不说收了金叶子，萧玦哈哈一笑，抱着一堆东西上马往太师府去。

老远看见墙头青惨惨的钉子，萧玦叹了口气，将东西扎了个包袱在背上背了，准备爬墙，钉子就钉子，有毒就有毒，今天无论如何，也要在太师府过年！他就不相信，自己中毒了栽在她太师府，她还能不管不问？

真要不管，咱活得也就无趣了。

萧玦吸气，抬腿。

“吱呀”。

萧玦愕然转首，便见多日来紧闭的太师府大门缓缓开启，两行人提着灯笼出来，当先一人依稀认得是长歌的凰盟属下，太师府总管家，上前对萧玦深深一躬，道：“太师命小人在此等候已久，您请。”

萧玦睁大眼，有点儿对现在的场面适应不良，这几个月早已吃惯闭门羹，人家好声好气相迎反倒有点儿无措，怔了半晌才道：“迎我？”

管家平静的容颜里藏着一抹笑意，再次躬身，“太师吩咐，若见有人爬墙，务请从墙上拉下来，进府一聚。”

萧玦挑挑眉，回身看着那钉子高竖的墙头，痛快一笑，也不再问，跟着管家进了府。

进门时注意到那个所谓的天花灯已经不见了。

太师府里亦是张灯结彩，席面从正厅一直摆到院外，除了按例值守的各级属下，太师府下人和凰盟属下都已聚在院中吃酒，谑笑声直传到后院，气氛极为热烈轻松。

管家谦恭地引路，低声道：“太师在暖阁相候。”

萧玦听得心中一热，步伐越发快速，刚刚转过一道回廊，一道小小红影“嗖”的一下蹿出来，圆滚滚热辣辣往他怀里一扑。

“父皇！”

萧玦一伸手接个正着，还没来得及在穿得极其骚包妖艳的儿子脸上亲一口，就被那小子抢先用口水洗礼了他的脸，随即小手一伸，一把抓过那个偌大的包裹，得意扬扬大笑道：“压岁钱！压岁钱！”

萧玦赶紧把他放下地，带点儿炫耀地展开包袱道：“溶儿，看我给你买了什么？”

包子瞪大眼，将包袱里的东西好一阵拨弄，看着那些两岁时自己就玩腻了的泥娃娃、拨浪鼓、小风车、陶口哨，很有想笑的冲动，然而一抬头看见皇帝老爹一脸显摆期待的模样，眼珠转了转，扑上去便蹭，“好爹！你真好！我最喜欢这些了！”

油条儿一脸黑线地盯着自己那个正抱着泥娃娃做陶醉状，骗得老爹一脸满足傻笑的主子，在心里腹诽主子的无耻：“……昨天还说自己最讨厌泥娃娃来着……”

包子在老爹身上蹭啊蹭，将先前叔叔们在他脸上涂得乱七八糟的胭脂印儿全部在老爹袖子上擦干净才放开萧玦，不住推他，“去吧，去吧，我娘等你吃年饭呢。”

“我娘等你吃年饭。”

简简单单一句话，萧玦却觉得自己眼眶都差点儿湿了。

不仅是为数月以来长歌第一次不再给以拒绝和冷淡的面孔，传递出了原谅的信息，更为这句话所隐含的家的气息。

有多少年，没有人等我一起吃年饭？

萧玦轻轻摸了摸藏在怀中的钗，带着闪闪亮的满足笑意，去推暖阁的门。

门却突然自己开启，楚非欢端着酒杯飘然而出，一边开门一边对屋中人道：“我去给兄弟们敬酒，顺便带溶儿放鞭炮。”一转头和萧玦打了个照面，对他淡淡一笑，楚非欢道：“陛下，今日是个好日子，但愿好自珍惜。”再不回首地去了。

萧玦望着他清瘦秀逸的背影，心里不知道是嫉妒、是羡慕、是不解还是感激，在门口怔然了半晌，却听得屋内人轻笑道：“怎么？闭门羹吃惯了，新年大餐反倒消化不良了？”

萧玦的目光亮起来，如冬夜闪耀在天际的寒星，他一边跨进门去一边笑道：“长歌，你终于愿意见我……”

他突然怔住。

暖阁内，那个素日习惯一袭黄衫的男装少女，难得于这喜庆日子换了女装，长裙绯红浅白，绣着浅银花朵，色泽丽而不妖，于这喜庆日子更是一份令人欣悦的点缀，鸦鬓堆云，眉目婉约，转侧间光华流动如朝霞映雪，而长眉连娟微睇绵邈间，别有一分清丽素净，如带露芙蓉于风中摇曳生姿。

萧玦痴痴看着她，犹如看着一场最美的记忆、最华丽的传奇，抑或是看着自己失去已久的美妙梦境，于重逢的那一刻不胜欣喜，他的目光宛如浸了一天的琉璃明月，清亮湿润，满满的都倒映着斯人丽影。

良久，他才叹息般地轻轻道：“长歌，你不知道我想你想得有多苦……”

秦长歌似笑非笑地看着他，对他直接而洋溢爱恋的目光有些恼怒，恼怒里却也生出微微的欣喜……这个直心肠的热烈的人啊……叫人恼叫人恨，却更叫人无奈。

却见萧玦突然红着脸，在怀里一阵仔细地掏摸，摸出一支钗，轻轻塞到她掌心。

眉毛一挑，秦长歌一看便知道这不是宫制的精美玉钗，也不是凰盟由名师雕琢的饰品，多半是外面摊贩的普通货色，这家伙，君临四海富有天下，怎么这么小气？

却听对面男子讷讷道："长歌……这是我自己买的，选了好久，觉得这雁儿眼睛好生像你……一般的灵秀……你，喜不喜欢？"

你，喜不喜欢？

秦长歌的手颤了颤，忽然想起很多年前，某个春光烂漫的日子，那个飞扬跳脱的少年，在自己身边转来转去，趁自己不防赶紧给自己鬓上插上一朵玉簪花，笑嘻嘻地问："这是我刚采的，最美的一朵，我选了好久，你喜不喜欢，喜不喜欢？"

那时候自己怎么回答的？忘记了，大抵是忙于整理军情，胡乱打发了他吧。

事隔多年，沧海桑田，那个少年和自己，都已步上天下顶端，来了去，去了来。

往事早已成了一场烟云，所有人都沦为红尘一遭翻翻滚滚的过客，那些颠颠倒倒的心事磨折历遍，谁也不能保证自己的心境一如从前。

她早已有失去一切的准备。

可是世事如此悲凉却又如此幸运。

那个少年，她曾经的少年，立于高处多年心却依旧还在原地，依旧带着明亮如前的笑意，递过千挑万选最不值钱却也最珍贵的玉钗，诚恳中带点儿熟悉的羞赧，问，喜不喜欢？

秦长歌目光感慨万千，笑容却淡若春风，她轻轻握紧了掌中的钗，有点儿粗糙的玉质，沙沙地摩挲着掌心细腻的肌肤，摩挲着柔软悸动的心。

她微笑，轻轻答。

"喜欢。"

第七十五章

深吻

酒不醉人人自醉，色不迷人人自迷。

萧玦很快就醉了。

暖阁里明烛高烧，锦帐低垂，眼前风姿优雅的心爱女子笑意委婉，频频劝酒，萧玦恍惚地想起几个月来的寂寞焦灼，对比此刻的神仙意境，一时不知道现在是梦呢，还是当初是梦。

带着点儿醺然的笑容，他轻轻抓着秦长歌的衣袖，喃喃道：“长歌，你真好……”

“哦？”秦长歌挑起一边眉毛，神容平静地给他斟酒，“哪里好？”

萧玦的一句“哪里都好”下意识就要冲口而出，忽然一激灵，想起那日淑妃口中那句恶心的“陛下说臣妾哪里都好”。立时浑身出了一阵冷汗，赶紧改口：“你原谅我了，真好。”

秦长歌似笑非笑看他一眼，道：“陛下想起来自己的过错了？”

“没有！”萧玦立即接口，神情坚决，“都是淑妃胡扯，真的，长歌，我……”

“过去的事，不用再提了。”秦长歌轻轻打断他，“从太师府管家出门迎接你那一刻开始，阿玦，那事便过去了。”

萧玦怔了怔，他原以为见到长歌，自己要费很多唇舌才能解释清楚，不想长歌这般轻轻巧巧一句话便揭过，一时感激得恨不得狠狠抱住长歌转上几转才痛快。

喜悦之下又有几分庆幸，说实在的，自己口口声声说要解释，真要解释起来还真不知如何自辩，说什么偷看洗澡，自己都觉得是在胡扯，龙章宫向来是后宫妃子的禁地，妃子们想来，连外围宫墙还没看见就会被挡驾，到哪儿去看洗澡？这本就是萧玦自己都想不通、自己都觉得心虚的事儿，而对着长歌撒谎实在是件既愚蠢又不情愿的事，如今长歌轻描淡写地就免了这一层，萧玦几乎要含泪感激了。

忍不住连干三杯，将自己灌得又醉了几分。

朦胧中看见对面长歌笑吟吟地举杯，道：“来，为我们终于学会忘记，干杯！”

“干杯！”

萧玦已经醉了，摇荡的目光里，俱是那阿修罗莲般绽放在锦绣华堂里的晏晏笑意，暖阁里金炭炉中木炭燃烧炸出轻微的劈啪声响，听来也如喜庆的响鞭。

他忘情地伸手，抓住了秦长歌的手，将她微凉的手背靠在了自己火热的额头，呢喃道：“不……不是所有事都要忘记，长歌……关于你的一切，我从未忘记过。”

秦长歌深深凝视着他，欲言又止，最终将万千言语，都化作莞尔一笑。

这一笑对萧玦不啻于莫大鼓励，本就酒酣壮胆，伊人素来的冷面冷心今日又难得化为春水一泊，此时若再迟疑畏进，等于眼看着城池将破却弃城而去，那定然要终身扼腕。

萧玦从不想给自己机会后悔——再不犹豫地将秦长歌手一拉，紧紧将她揽在怀中。

他如此用力，仿佛要将那个久违的躯体，深深揉进自己的血肉心肺中，永远珍藏，永不献出。

如此火热的怀抱，带着无穷无尽的猛烈如火、此生不改的炽艳如初的深情和坚定，如火焰熊熊燃起，不留任何空隙不容任何逃避，那般直接而鲜明地闯进，执拗地要温暖那女子冰封很久的心。

又或是长空一剑，雷霆霹雳，用无数个难忘的刹那和回首，劈裂她内心深处寒冷的藩篱。

躯体相贴，近得听见彼此的心跳，那般热烈而稳定的跃动，一声声宛如出口无悔的誓言。

秦长歌的手，轻轻按在萧玦胸口。这个怀抱，不同于非欢的温柔博大、无限包容，不同于非欢的清冷遥远、似有若无，他如此执着鲜亮的存在，不容她看不见，不理会。

秦长歌微闭上眼，叹息着拥住了他，感受着掌下熟悉而坚实的肌肤，心境恍若隔世，这些年谁的心如此荒芜只待枯死？这些年谁最终成了谁的救赎？

眼前黑影淡淡，松针和柏叶的气息靠近，他俯下首，用唇寻找着她的香泽。

吻若春风，带着珍重和深爱，一一轻拂过洁白的额、挺直的鼻，缓缓下移，寻找着世间最醇美的源泉。

唇与唇的重叠，宛如闪电刹那相击，荡起华丽的弧光，五色灿烂里他欣喜无垠，心若炸成千片，每一片都冲上云端。

欣喜里生出无限的辛酸，竟似有想放声一哭的冲动，这许多年的日子汹涌而来，电光石火瞬间而过……天崩地裂的失去、火海中无法挽回的哀恸、三年的寂寥消沉、再遇后的若即若离……伐北魏、闯南闵、猗兰之毁里的生死相救，饕餮妖花中的紧紧相拥……那般烽烟跌宕种种，刀光里鲜血里他始终挽紧她的手，让她始终站在靠近他心脏的方向，却难以真正寻回她的心。五年，一千五百多个日夜，伤心过、失望过、后悔过、疲惫过却从不曾想过放弃……这一刻来得突然却又太迟、太艰辛，仿佛已等了三生，三生里我漫渡沧海，长久遍寻不着我的长歌。

直到此刻，直到此刻，终醉在你的笑窝里，此生里愿永远倾倒不需人扶出。

苍天，你终不负我！

深深叹息着，萧玦温柔辗转，吸吮着身下女子芬芳的唇，这多年相思，无限寂寥，都化为唇舌相触间珍重的力度，一寸寸虔诚膜拜。

“咻！”

火树银花于身后长窗外飞射而起，在高空中迸射盛开如雨的星光，照亮藏蓝苍穹，照亮暖阁里温暖而旖旎的一幕。

那里明烛高烧，沉香淡淡；那里黑衣的男子和绯衣的女子，相拥成美丽的弧度；那里女子轻轻踮脚的姿势，宛如一枝柔曼的柳，瞬间绿了三千里寂寥雪后的江南。

当夜，按例，大仪殿赐宴，陛下与百官同庆新春。

几乎所有官儿们都发现了，陛下龙颜甚喜，喜上眉梢，搔首弄姿，姿态万千。

已经饱受了数月青黑龙颜折磨，被朝堂上那沉沉的低气压压得很想自杀的官儿们痛快地舒了一口气，目光古怪而又心有灵犀地齐齐转向文官首座的赵太师。

你说这事儿怎么这般巧呢？赵太师生病不朝，陛下就好像到了更年期，霹雳蛋儿般一点就炸不点还炸，赵太师出现在新年赐宴，陛下立刻欢欣鼓舞得好像刚刚灭了北魏。

不对，灭北魏也没这么兴奋，瞧陛下那眉梢眼角，春意盎然，活像刚刚在龙床上和心爱妃子敦伦了一万次舒爽万分的模样。

啧啧……不是说皇后回归在行宫养病吗？不是说陛下夫妻恩爱多年此心不移吗？怎么皇后几年不在，陛下就转了性向，由红巾翠袖转向断袖分桃了？啧啧，丈夫丈夫，果然一丈之内才是夫哟。

官儿们挤眉弄眼，皇帝大人秋波暗送，太师大人自斟自饮，硬是能把四面八方色彩各异的眼光当成下酒菜，喝了个有滋有味。

她对面，红衣妖媚的静安王以酒杯轻掩容颜，杯后一双神光荡漾的凤目比那绝世美酒还醉人，一阵阵瞟向她。

秦长歌只当他眼睛抽筋。

玉自熙放跑了白渊，萧玦和秦长歌虽然没有为难他，但是在秦长歌的坚持下，诸般军务事宜也有意无意地不让玉自熙插手，好在玉自熙向来安于做个闲散王爷，人生里目前最大的乐趣也就是养狗泡妞去风满楼吃各国特色名菜，军队里自己有没有话语权，他看起来无所谓得很。

秦长歌曾和萧玦开玩笑，幸亏玉自熙没野心，不然现在西梁到底是谁在做皇帝还难说得很，玉自熙和萧玦同时投军，两人都是一步步从小兵做到统兵大将，战场上很多时候，玉自熙这个懒散无谓的人都将冲锋陷阵、出头露面的事儿丢给萧玦，自己干些轻松的，救救人啊清清场啊之类的活儿，所以升迁不及萧玦迅速，但是当年和萧玦同批从军的百战余生的士兵，后来多半成了西梁独当一面的统兵大将，至不济也是中层军官，而这些人中，很多人都曾被玉自熙顺手救过性命，论起军方人心，玉自熙可谓除了萧玦和秦长歌之外的第一人了。

可惜狐狸的心思，向来好像不在权欲政务，就好像他那流动的眼波，向来喜欢在秦长歌身上粘来粘去一样。

他在这里粘啊粘，御座上萧玦本也在粘啊粘，粘来粘去的难免交叉，萧玦很快发现玉自熙的不老实，立刻黑着脸开始用目光劈他，劈啊劈啊的降龙十八掌都使完了，玉自熙却根本不直接对上陛下龙目，只顾着笑眯眯托腮看着秦长歌。

官儿们何等精明，早已发现三大巨头间的波谲云诡，都小心地把屁股挪了又挪，离那两人远一点儿、再远一点儿，开玩笑，这都什么人啊，陛下就不必说了，天下之主，一言决万人生死；赵太师，文官之首，神奇崛起，行非常之事、杀非常之人，一步步踩着人头和鲜血前进，是有史以来最年轻的太师；静安王，武将之尊，从龙第一重臣，行事邪肆狂诞，却多年来根基不倾，麾下赤甲护卫号称皇朝第一护卫，这几个人有些什么古怪，谁敢凑热闹？

一片古怪气氛里，秦长歌慢条斯理地抬眼，看着那个什么事都不干、专门来盯人的玉自熙，笑了笑，用手在衣服上拈了拈，做了个将目光拈起的姿势，再把那“目光”往一旁的唾盆杂物盒里一扔。

有人忍不住“扑哧”一声笑，随即拼命掩住。

众人用金樽挡着脸，从酒杯缝里偷偷看静安王有没有被气疯。

玉自熙却毫不动气，在自己那盏随身不离的红灯下舒展地伸了个懒腰，突然笑眯眯地对秦长歌竖了竖中指。

……竖中指。

这回秦长歌黑线了，这家伙怎么可能知道竖中指是什么意思？想了想才明白，对，他还是不知道是什么意思，但是绝对知道不是好意思，所以特地做给我看。

她正要回敬，耳边突然听见一线凝音，细细道：“白渊已经回国了哦。”

秦长歌挑了挑眉，也传音道：“王爷听起来很开心。”

玉自熙眉目妖魅，轻轻敲着桌子，细细传音：“再多说一句，白渊在来西梁之前，好像就和北魏达成了某种协议。”

“是吗？王爷这下想必更高兴了，在下建议王爷，在今日宴席上撒一把毒药，将大家伙儿都毒死算完，你坐了龙椅，带着西梁投降东燕，哥儿俩好一家欢——多好。”秦长歌把玩着银筷，筷上银链在一片静寂中叮当作响。

两人手中都在制造声音，因为此刻出现了真空的寂静，在这种情况下传音很容易被感知到，于是百官们再次瞻仰了诡异的“静安王敲桌子，赵太师玩筷子，两人好像在以一种神奇的武功在决斗”的一幕。

“太师啊，你真冤了本王，怎么说本王也是西梁人不是？也是陛下从小玩到大的玩伴不是？”敲桌子，“咚咚咚”。

众官看向左方，玉王爷。

“哦，原来王爷还记得，在下还以为王爷改换门庭，投奔了东燕，做了白渊国师的后庭花哪！”玩筷子，“叮叮叮”。

众官扭头看右方，赵太师。

“东燕那冷地方，本王不感兴趣，本王还是爱我南人风流啊。”敲桌子，“咚咚咚”。

众官再左扭，看玉王爷。

“在下是真的不知道，王爷到底站在哪方，打的什么心思？”玩筷子，“叮叮叮”。

众官再右扭，看赵太师。

“我嘛……我也不知道我在做什么，也许前一刻是友，说不准下一刻就是敌了，你看这样的人生，是不是特别有意思？”敲桌子，“咚咚咚”。

左扭头……

“有意思，有意思，只是玩火者若自焚，想必就没什么意思了。”玩筷子，“叮叮叮”。

右扭头……

“砰！”

众官忽的一下齐齐扭头，看向上方砸碎了玉杯的萧皇帝。

“哎哟！”

某个颈椎不好的倒霉官儿，因为左扭扭右扭扭再突然中扭，动作过于频繁迅速，错筋了。

萧玦手一挥，倒霉官儿立即被“腾腾腾”地抬下去找太医正筋了，皇帝陛下谁也不看，只是皱眉盯着玉自熙，玉自熙对他媚然一笑，皇帝陛下险些又碎了一个杯子。

百官们在肚子里拼命抽气——啊啊啊今儿个赐宴长见识哪，再不是以往的枯燥喝酒对诗啦，这明明就是一出君臣争兔戏码，呃……赵太师是兔？有这么剽悍的兔子？那么玉王爷是兔？有这么妖艳的兔子？……不对不对，这两个杀神不可能是兔，气质太不符合，难道是陛下？啊呸啊呸，打嘴巴！！！

百官们一边拼命在肚子里打嘴巴，一边目光闪闪亮地对那三人瞅来瞅去——好看啊，比一百出大戏还好看！

不过很快，更好看的就出来了。

“当当当”，一阵锣鼓响，敲得着实没个章法，乱七八糟的鼓点里，玉阶屏风后突然蹿出个花滴滴的小人儿，扯着个旗子欢欢喜喜蹦跶出来，旗子和衣服是一个风格，花得惊天地泣鬼神惨不忍睹睹了想死，上面红艳艳八个大字：恭喜发财，红包拿来！

花滴滴的小人儿后面，跟着白袍子上面绣满大红包花样的黑皮肤小少年，背着个大大的麻袋，拖啊拖地跟在身后，不时很尽忠职守地提醒主子：“您慢点儿慢点儿，仔细步子，不对，这个是秧歌步……”

百官露出痛苦的神色。

无他，西梁国名动天下，人见人爱花见花开满城春色关不住一树梨花压海棠的萧太子，再次无视众人的悲催和切齿痛恨，华丽丽地驾临了。

驾临便驾临吧，为毛拖着那么大个麻袋呢？百官最近都得了麻袋恐惧症，看见麻袋就寒战。

最近，自从冠棠宫放寒假停课，太子爷闲了下来，突然迷恋上挨门挨户去视察各家官员府邸，美其名曰关心下属生活和身心健康，关心就关心呗，他每去必得拖个大麻袋，说空手上门不是君子所为，带点土特产给亲们尝尝，大臣们怎么好意思拿太子爷的土特产，而且据说这土特产是太子爷在京郊大营站岗时亲自刨出来的，真正的土里的特产，大臣们一想着太子爷亲手刨出来的土产，亲自送到自己府里，这个荣光啊、幸福啊，连连磕头就差没老泪纵横了，急急忙忙寻出自己府里所有的精致好东西，欲待供奉，却被太子爷肃然拒绝，称：“本太子是来看望老大人，感谢老大人勤政为民劳苦功高的，怎么好意思再收您东西？”

官儿们过意不去啊，再三再四跪请太子多少赏脸，太子才勉为其难重重叹气，道："收东西是万万不成的，父皇知道了要打我屁股的，这样吧，我那个油条儿的一个远方亲戚是风满楼的销售部经理，年前接了三千张消费券的推销任务，每张一百两，正在愁怎么推销呢，你们若是真想孝敬我……"

官儿们闻弦歌而知雅意啊，立即连连表态："太子爷不需为此烦恼，油条儿公公的事就是咱们的事，这什么……消费券，咱们认购！老臣认一百张！"

于是太子爷龙颜大悦，对"认购有功"的"忠臣"大加褒奖，末了被恭送出门奔下一家，官儿们抹一把汗，呼来全家，摆上香案，将那包麻袋小心翼翼捧出，解开一个袋子，里面又一个袋子，袋子里还有袋子，官儿们啧啧赞叹——包得这般紧密，一定是好东西！

一直解了十几个袋子，方现出小小的一包东西，捏在手里软软的，官儿们仔细打开。

一包蚯蚓。

……

在长达十天的时间里，共计有一百多位官儿收到了蚯蚓大礼，积极认购了三千张消费券，总价值白银三十万两，萧太子的"从土里刨出来的特产"，成为有史以来最值钱的蚯蚓。

今儿这个日子，彪悍无耻的萧太子再次拖出了麻袋，大臣们很有昏倒的冲动。

不想花滴滴的太子爷今日很上道，往皇帝老爹腿上一蹲，很拉风地宣布："本太子要送给诸位臣工没有见识过的实用礼品！以感谢诸位对我西梁朝廷的支持！本太子保证绝对实用，还是全西梁独一无二的好东西，诸位作为我亲自发展的VIP会员，一定会享受到尊荣贵宾待遇——至于收了我的礼是不是要给我个大红包，这个，随便啦，意思意思就好了，哦对了，我准备的红包是纸做的，放银子会破，诸位给金叶子或者银票就好了，谢谢。"

萧玦无奈地拍了他一屁股，低声骂："不许要钱！"

"我有要钱吗？我是先送礼耶，至于送礼回礼，不是天经地义？"包子眨着无辜的大眼睛，一脸奇怪地看着皇帝老爹。

萧玦语塞，想了半天道："你准备的是什么礼物？我隐约听说你给诸臣工送东西，问他们他们又不说，一个个一脸苦笑，你又搞什么花招？"

"哦，父皇，你要不要看看？"包子立即很殷勤地从麻袋里掏出个半透明玩意儿，套在手指上，"我觉得你迟早会用得着的。"

“这是什么？”萧玦皱眉盯着那软软的半透明的像是肠子的东西，直觉儿子不怀好意。

“这是保证我的太子地位固若金汤永远不会被突然冒出来的其他弟弟抢去的好东西。”包子一气不停地说完，得意地道，“我只听我娘说过一次哦，我就记得了，想了很久才做出来的，啊哈哈哈，试了好多动物的哦……”

他得意地嘎嘎笑着，从老爹膝盖上挪下来，一摇一晃地再次举着旗子蹦跶着下去送礼，留下可怜的皇帝大人，一脸严肃地继续沉思。

包子从小官儿先送起，当每个人手指上都套着个肠子一样的套子转来转去一脸沉思的时候，油条儿则在忙着收红包，金叶子很沉，银票子很轻，当然，价值都很可爱，包子收得一点儿也不手软，开什么玩笑，这是全天下头一份套套也，没和你们要专利费就不错了。

最后送到赵太师这里，赵太师自然是不用对着这东西思考是什么玩意儿的，赵太师很甜蜜地收下礼物，转手塞给太子爷一大把银票：“莫客气，莫客气，请笑纳，请笑纳。”

太子爷摸着厚厚的银票笑得见牙不见眼：“哎呀，您太客气了……”

展开一看，全部面值一两。

……

太子爷欢快的脚步终于在太师案前稍稍滞涩了一会儿，哀怨地瞪了老娘一眼，太子爷转向玉王爷。

这回太子爷又欢快了。

“王爷是我西梁第一重臣，一份礼物还不足以表达本太子的倾慕之心，本太子还为您另外准备了最适合您的年礼。”

“哦？”玉自熙眯眼看着包子，一大一小两只狐狸两两对望，劈里啪啦冒出火花。

包子眼睛眯得比玉自熙还细，慢慢地从麻袋里掏出两件东西。

缎质的，镶花边的，布料很少的，带很细的，上面俩圆的下面一小三角的。

“噗！”

秦长歌难得失态地喷出了口中的酒。

比、基、尼。

第七十六章

佳节

玉王爷自然是不会认得这个在现代高举性感旗帜、风靡不衰的代表性内衣的，他偏头盯着那玩意儿，用指尖拈起罩罩，满脸疑问：“这是什么？”

包子肃然答：“眼罩。”

“太大了吧？”玉自熙在眼睛上比了比，“脑袋都罩住一半了。”

“那是36D型号的眼罩，”包子神情还是很严肃，“王爷，你眼睛太小了，真可惜。”

“有吗？”玉自熙对着酒杯照了照，很满意地道，“世上还有比我更美的眼睛吗？36D型号是多大的？”

包子做了个怀抱江山的姿势，无限憧憬地道：“这么大。”

玉自熙愕然，喃喃道：“那还是人吗……”摇摇头，又拈起那个小三角，皱眉道，“独眼眼罩？”

“哦，不，”包子凑过来，殷勤地把三角裤往玉自熙嘴上套，“口罩。”

伸掌一挡，挡住包子贼兮兮的爪子，玉自熙盯着太子爷不怀好意的眼神，似笑非笑地道：“太子殿下，不劳费心，微臣会好好琢磨这东西到底该怎么使用的。”

“那就好，那就好，”包子直起身，手拢在袖子里退开一步，笑眯眯道，“这俩罩罩花了我很多心思呢，特意找最好的绣娘绣的，您瞧瞧这手工、这刺绣、这花边……哗，西梁，哦不，天下，天下独一无二啊，绝对配得上您天下第一美人的称号，美人就该配美罩，不是36D我不要！”

斜眼瞟着太子爷，玉自熙慢吞吞地道：“您费心了，这般瞧得起微臣，微臣该给您个多大的红包才合适呢？”

包子根本不觉得自己再要玉自熙红包着实有点儿无耻，笑嘻嘻地在麻袋里翻了翻之后说：“您看着办！您是西梁武官之首，您的身份在那里嘛……唔，我看看一品德威将军的红包，三千两！”

御座上萧玦以掌托额……生子如萧溶，做爹难光荣。

对面秦长歌满面微笑，心里却在盘算等会儿回去红包通通没收。

玉自熙笑吟吟道："好，承蒙太子爷瞧得起，微臣的礼，是当比其他臣子更重些。"

他向萧玦欠欠身，道："陛下，微臣给太子的年礼太重，请允许下属抬入殿中。"

包子一听"太重"眉开眼笑，萧玦无奈地点点头，秦长歌却开始微笑。

果见两个赤甲卫士抬着一个大锦盒上来，听那步声，礼物着实沉重，包子笑眯眯地欣赏礼物，心里却开始打小九九——这个狐狸王爷不可能送什么好东西的，这么重，难道是铜钱？铜钱也成啊，这么多铜钱，比老娘那个一两银票可值钱多了。

众官儿艳羡地看着玉自熙，还是王爷有钱啊，送礼都这么有排场，啧啧。

众目睽睽，期待礼物揭开，玉自熙好整以暇，慢慢地去开启锦盒，包子眯眼笑着，状似万分喜悦，却小心地后退一步。

锦盒开启。

哗然一声。

包子瞪大了眼，愕然。

一堆土、两堆土、三堆土……一共六堆土。

官儿们面面相觑，包子翻着白眼要抽筋……送土！

萧玦忍着笑，扬眉问玉自熙："玉卿送此奇礼，何意？"

"陛下，"玉自熙神色比包子先前赠送比基尼时还肃然、还神圣，"此乃六国之土也，为西梁碧落神山、北魏确商山、东燕青玛神山、中川衡山、南闵幽火泽、离海海岸六地之土，微臣令人踏遍天下，珍重寻来，特于此新春嘉日敬献太子，愿我西梁神威远扬，策马天下，将六国疆域之土归于一统，成四海终极之主！"

众臣哄然一声，立即齐齐赞好，大赞玉王爷心思灵巧会送东西，多么吉祥的礼物啊。

"好！"萧玦也"龙颜大悦"，拍案大赞，转向一脸哭丧垂头丧气的萧太子，"溶儿，静安王心怀天下，以六国之土敬献，实乃祥瑞嘉言，这个礼，你好生收了！"

包子目光茫然，喃喃道："怎么收……搬不动呀……"

"这个不难，"秦长歌及时接话，"太子殿下那个麻袋，把红包清空出来放土正合适，哦，红包没地方放？没关系，没关系，微臣替太子保管着，保准等下原物奉还，红包一个不少。”

红包是一个不少，里面的金叶子和银票子一定一个不留，别人不知道我还不知道你？哪怕交给油条儿都比交给你保管稳妥——包子哀怨地盯着秦长歌，摆摆手道：“谢太师好意，不过不用，油条儿，把你袍子脱了。”

可怜的凡是遇上倒霉事儿一定会先被拿来做挡箭牌的油条儿，更加哀怨地开始脱自己新做的长袍。

秦长歌笑眯眯地看着包子满头大汗地用油条儿的长袍和花旗子包“六国之土”，酒杯在指间悠然转啊转，想起前天凰盟监视玉自熙府邸的属下通报说，玉王爷命人在府中挖土，还不要花园的，要茅坑边、狗圈旁、污水渠侧、下人自栽的菜地里的各种土，当时不得其解，现在算是明白了，好土，好土啊，身为静安王府家狗很幸福，生为静安王府家土居然也这么幸福，茅坑土摇身一变，就成了青玛神山和碧落神山的神土，金灿灿，亮光光啊。

玉王爷满嘴胡言的本事，越发长进，令人膜拜啊。

玉自熙一抬眼，遇见她的目光，两人目光在半空中擦过，一个笑吟吟，一个盈盈笑，玉自熙比了个“咔嚓”的手势，秦长歌眉毛一挑，知道他的意思是：你再派人监视我，我就杀了他们。

秦长歌很温柔地看着他，目光上移到那盏红灯，撮唇做了个吹灭的姿势——你再捣乱我就踩烂你的灯！

铿铿铿铿，两人在半空中无声地过了几招，各自错开。

秦长歌突然有些好笑，想起很多年前，自己和玉狐狸就是这样对对碰的。多少年一个轮回，往事重来，竟有些微微恍惚，她不再是完全的睿懿，而玉自熙呢，他还是不是完全的当年的玉自熙？

秦长歌微微苦笑着，举起酒杯，敬了自己一杯，无论怎生跌宕、怎生艰难，乾元五年的最后一日，注定要不可挽留地过去了，而接下来的日子里，又会有多少血雨腥风，在等待着自己呢？

正月初七，“人庆节”。

正如内川大陆是平行空间，文化风俗上和秦长歌前世的古代颇有相通之处，这里也有女神造人的传说，传说女神创世，于第七天造出了人，是为人日。按例，这一日，女子戴人胜，人胜是一种头饰，又叫彩胜、华胜，剪彩纸为花，或者剪彩纸为人，高级点儿的就镂金箔，贴在器物屏风上，也有戴在头发上的，此外还有登高赋诗、男女诉情、放天灯的习俗。

秦长歌向来是个懒人，什么规矩礼节都不放在心上，既然封印不需上朝，她就天天睡到太阳晒屁股。她事先还吩咐了，谁打扰她的懒觉，必送打虫药。

正月初七，好太阳，漫天漫地铺得灿亮，遮得严密的碧影纹的窗纱也不能阻挡金光万丈，满屋明光里一对母子酣然高卧，睡眠质量好得令人发指。

包子一天睡宫内一天睡太师府，今天正好轮到太师府，阳光照上那娘儿俩时，包子还趴在老娘身上流口水呢。

可惜这世上注定有一种人，最爱扰人清梦，最爱闯人府邸。

尤其当天花灯也撤了，毒钉子也没了之后。

一大早府门便被“咚咚”敲响，接着急速的脚步声便如小型旋风般一路从外院卷到内院，不过一眨眼工夫，偌大的太师府就被某人长驱直入，直接奔向那角精致小楼，“梆梆梆”无比热烈地敲门：“长歌，长歌。”

秦长歌霍的一下扯过被子蒙住脑袋。

包子根本就听不见。

“长歌！长歌！”

可惜某个人的执拗和耐性，向来是你不崩溃我不罢休。

秦长歌呻吟一声，从暖暖的被子里挣扎着伸出手，先把犹自不肯睁眼死死赖在她身上的包子举起来，脸对着脸，懒洋洋道：“我真后悔太早原谅你爹。”

包子的口水晶莹透亮，如一道冰丝挂在自己下巴下，在半空中晃晃悠悠，以经典的美眸半睁的姿势，更懒洋洋地答：“就知道你心太软，活该。”

被骂活该的秦长歌立即手一松，“啪”的一声包子栽到了被子里。

包子“呜呜噜噜”假哭两声，挣扎着爬起来，骂道：“你自己更年期心情不爽，就来欺负我。”

“我更年期？哦，我更年期。”秦长歌拼命揉儿子刚刚睡醒因此显得更加粉嫩的脸蛋，笑嘻嘻道，“儿子，更年期的女人身体不好，脾气是很可怕的，你要照顾你更年期的娘，现在，你去开门，然后从今天开始，你负责给你提前过更年期的可怜的娘打水伺候。”

“啊……老娘，你怎么可能更年期呢？你明明还是少女，年轻漂亮，那些男人‘嗡嗡嗡’地围着你，你要更年期，全西梁女人都八十岁了。”包子谄媚地用小手摸老娘，不住啧啧赞叹，“瞧这腰，瞧这胸，瞧这身材……”

“瞧你这混蛋。”秦长歌“啪”地推了一把儿子，起身去开门，“我这么高尚正直，为何你这么无耻？”

包子撇撇嘴，咕哝：“你要高尚正直，全西梁女人都是圣女——刚才我的话全是假的，只有这句话是真的。”

秦长歌没听见儿子的腹诽，“啪”的一下打开了门，门外那个等得焦急的人正要推门，不防她突然一下开门，前倾的身子往前一冲，秦长歌早已避到门背后，心情很不好地不给他软玉温香抱满怀的机会，抬脚在某人尊贵的龙臀上一踢，将某人踢到了床上。

包子立刻抱着被子飞过去，恶狠狠往老爹龙头上一扑，哈哈大笑：“皇帝老爹，终于给我骑一回，爽！”

萧玦伸手一掀，将儿子掀倒，佯怒道：“你越来越无法无天了！”

“父皇，爹，”包子黏腻腻地缠上皇帝老爹的脖子，“人家孩子都骑爹脖子，唯独我从没有，你为何要做皇帝？很多事我想做却不可以做。”

萧玦怔了怔，想起那日集市上那将儿子背在脖子上乐呵呵回家的男子，那孩子抱着爹的脑袋笑得开心，转而想起溶儿一岁离开父母，回归后又是皇太子，自己碍于身份不能享受红尘幸福，他不也一样？据说他四岁前最爱在大街上认娘……

萧玦心酸了。

一心酸就心软了。

“来，儿子，爹今天让你骑一回，反正太师府也不怕人看见。”

包子立即乐呵呵地爬上来，胖爪子一挥：“驾！驾！”

秦长歌在一边微笑摇头，道：“你惯他，你惯他，总有一日你有苦头吃。”

“这还不是你害的？”萧玦含笑瞟过去，眼神居然有一丝委屈，“我这个正牌爹，最后才被他接受，在他心里的地位，不知道要排到哪里去。这小子到现在心还偏着别人，我不对他好点儿，保不准他哪天把你洗洗干净了给送出去。”

“胡扯什么。”秦长歌一笑，“今天这么早来做什么？”

“今天是人日嘛，你们女子要戴人胜的。”萧玦放下儿子，又在怀里摸。

秦长歌好气又好笑地看着他，自从上次送了个集市上买的钗她说喜欢之后，萧玦便认为是送东西的功劳，有事没事便在集市上淘些玩意儿巴巴地送来。据说他越买越熟练，越买越嘚瑟，经常挤在大妈媳妇堆里挑东西，眼光似飞梭，落手如雨点，甚至练成了还价高手，八文钱人家只能买一面镜子，他能买一面镜子还加两盒胭脂。

秦长歌初次听说直欲喷饭，喷完了仔细想想却又忍不住微笑，想着皇帝大人这般体验也是人生中难得之事，挑选礼物时那份愉悦心情只怕任是什么成功荣耀都不可替代，便由他好了。

所以最近太师大人收的礼物水准很低，但待遇很高，一堆乱七八糟的胭脂水粉花绸布小镜子，都用精致的沉香木盒子装着，盒子表面镶嵌的宝石每一块都比盒子里所有的东西价值加起来都高。

今天这家伙又玩什么把戏呢？是价值一个铜板的梳子呢，还是价值三个铜板的头油？

秦长歌噙着一抹笑意，看萧玦掏出一个人胜。

秦长歌瞪大眼睛，看着那个歪七扭八用彩纸剪出来还贴了金箔的人胜……这是什么造型？两头猪？不对，还有个圆的，猪玩球？不过这猪也瘦了点儿，耳朵也小了点儿，那么是两只兔？兔玩球？作为兔子，腿好像也太长了，两只鹿？鹿玩球？

正在拼命猜测，听得萧玦喜滋滋道："这是我和你……带着溶儿……"

秦长歌摇摇欲坠，包子直接昏倒。

晚上在太师府最高的小楼"扶风楼"用膳，秦长歌是个喜欢风物阔朗的人，楼造得几乎可以被评为郢都第一高楼，只是事务忙碌，平日少上高楼，当然也有安全问题的考虑因素，因为附近就有原先的郢都第一高楼——摘星楼，若是谁站在楼顶，操强弓劲弩，凭借无双膂力来上那么一箭，很有可能会射穿敬爱的太师大人。

而赵太师那么爱民，自然不会因为自己的安全问题而生生拆掉摘星楼的，所以平日不常去扶风楼，今日有登高的习俗，秦长歌又懒得出门，便在扶风开了一桌，也就四个人——她、萧玦、楚非欢、包子。

萧玦内心里是很希望"一家三口"聚餐的，但他知道在秦长歌心里，楚非欢的地位未必会比自己低，开口要她撇开楚非欢，保不准自己会先被赶走，有时候萧玦也会带有醋意地想，长歌对非欢到底是什么感觉？一个女人有没有可能同时爱上两个男人？扪心自问，换他是女人，对楚非欢这样沉默着永远在身后支持等候的男子，只怕也不忍心抗拒拒绝，这样想着，萧玦就越发有危机感，越有危机感，他就越有意无意地注意楚非欢……哎，他用什么眼神看长歌？长歌用什么眼神看他？

咦，楚非欢并不看她啊……

咦，长歌也不看他啊……

可是为什么长歌手指一动，楚非欢就知道长歌想喝水，很自然地递过水来，而长歌不用看，也知道楚非欢胃口好不好，心情好不好？

萧玦越看越郁闷，忽然觉得有两道目光粘在自己背上，转头看见宝贝儿子正转着一双骨碌碌的大眼睛笑嘻嘻地盯着他看，见他转头，立即伸出大拇指，先朝上，然后缓缓朝下。

萧玦愕然盯着他的大拇指，问：“什么意思？”

“这是鄙视的意思，”包子凑到他耳边，悄悄道：“老爹，你很衰。”

萧玦“啪”的一下把儿子捺回座位说：“吃你的，闭嘴！”

包子撇撇嘴，嘁，老爹情场失意就拿我出气，鄙视你。

萧玦黑着脸回头，忽然看见秦长歌鬓上那个“人胜”正在阳光下熠熠闪光，立时心情又好了几分。无论如何，长歌还是很珍视他的心意的嘛，自己亲手剪的人胜、亲手贴的金箔，花了一夜工夫才搞成，虽然看起来不是那么好看，她不也戴上了嘛。

萧玦摸了摸自己掌心，唔……昨夜剪刀在掌心戳了个洞，可别让长歌看见。

之所以以男儿之身动剪刀，是因为听老于海说，亲手剪了人胜送人，寓意深切祝福，可保戴人胜的女子一生美满，福泽绵长，萧玦想着自己万乘之尊，最具厚福的帝王天子，自己亲手剪出的东西，是不是比普通人更有福泽，更能护佑长歌一生平安？当即让老于海教他，老于海却犯了难，太监虽然下面没有了，但也算半个男人，男人哪里会这事儿？没法子，老于海悄悄找了最巧手的宫女，自己先学了，然后偷偷回来教给尊贵的皇帝大人，一个半男人整整忙活了一夜，才搞出这个“双鹿玩球”版人胜，可怜老于海学一次、教一次，导致皇帝大人戳了一个洞，自己戳了一对洞。

萧玦想起昨夜对着彻夜不熄的明烛，两个“贤惠”的大男人剪纸的时候，老于海很有经验地说，女人就是要哄的，再强势的女人都喜欢男人哄，哄着哄着就化为水了……唔，长歌，你什么时候能化为我怀里的水呢？

……

皇帝大人在那里浮想联翩，秦长歌却在不住地给楚非欢劝菜：“非欢，你吃得太少了，最近气色不好，是不是太劳累了？”

秦长歌的目光有些担忧地从楚非欢面上掠过，眉峰淡淡一蹙……非欢何止是气色不太好，简直近乎苍白，隐约又有点儿像当初重病时的气色，若不是自己有意无意间把过他的脉，觉得他真气如常，真的要以为他旧病复发了。

楚非欢轻轻举杯，酒杯后的目光缓缓在秦长歌鬓上的人胜一掠，随即转开，垂下眼睫，他将杯中酒一饮而尽，喝得略微急了些，鬓间竟隐隐沁出细汗来。

他本是敏感的人，感觉到长歌的目光一直不曾放松，干脆搁下酒杯，浅笑站起道："长歌，人庆节有放天灯的习俗，你准备了没有？"

秦长歌心不在焉地道："没有，要不，咱们去集市上去买？"

"不必了，我给你做了一个。"楚非欢微笑着从宽大的袖囊里掏出一个东西，秦长歌目光一亮凑过去看，见是小小的折叠起来的一个方块，一时看不出是灯，楚非欢不急不忙一一拆解装接，不多时掌心便神奇地出现了一个精巧的、可折叠的天灯。

淡紫的柔韧竹麻薄纸上，两面都有图，一面绘秋日碧湖，湖中芦苇飘飞，素衣的女子，如白鸟般飞掠而来，姿态轻盈；一面绘小桥流水，桃花斜逸，微笑的高贵女子，纤指间一朵迟桃娇艳如真。

灯上一排小字秀逸飞扬：人生若只如初见。

秦长歌心中一震，一时心底一暖又一冷，深深喜悦里忽生淡淡悲凉，仿佛看着一场绮丽的回忆如梦境般在眼前缓缓展现，然而心底又那般清楚地知道确实是梦，就那般欢喜着苍凉，却又不知道为何苍凉。

人生若只如初见，再向后走，谁也看不见是怎样颜色的命运在等候，那些写在记忆里的蔷薇色水晶帘，穿越过去，往往却会撞上人生的森凉的墙。

如初见，芙蓉面，与谁能，双飞燕？

秦长歌指尖轻轻抚过制作精美的灯面，似乎想用手指一笔笔绘下楚非欢亲笔所画的那两幅图，半晌才轻轻道："很美。"

楚非欢淡淡笑着，在灯笼底部装上横架，用铁丝仔细捆扎好沾满豆油的布团。

萧玦怔怔地看着那个精巧漂亮得令人赞叹的灯，再看看秦长歌头上那个惨不忍睹的人胜，脸色忽然黯了一黯，过来轻轻拉了秦长歌的手，道："长歌……"

秦长歌只对他回眸一笑，萧玦目光立即亮了亮。

楚非欢却仿佛什么都没看见，只是专心地将布团点燃，他修长的手珍爱地抚过灯面，突然淡淡一笑，手一松。

一点五彩光芒燃起，灯成五色，绚烂如霓虹，迅速飘摇上繁星明灭的夜空，飘飞间时而是白鸟蹁跹的女子，时而是桃花人面的嫣然，在丝绸般的深蓝夜空中幕幕流转，扶摇直上，渐渐消逝。

高楼扶风，群星如在手端，推窗便觉清风明月在怀，然而那一点摇曳的彩光，却不可追逐地飞远。

隐约听得底下人声欢噪、笑语连连，随即便见无数天灯飘浮而起，如地面上升起万点繁星，缓缓融入天空，与烂漫星光汇聚不分彼此，四人从高楼往下望，看见整个郢都大街小巷，都有人群出动，人们挤挤挨挨笑闹着，各自放飞了自己满载祝福祈求平安的天灯。

漫天彩灯如花开千树，七彩琉璃五色喧艳，而高处最先飞起的那盏，最先悠悠消逝在苍穹高处，云层之巅。

楚非欢仰首，秀丽身姿被月色星光剪影成清逸弧度，高楼上清风鼓荡，吹起他长发蓝衣，衣袂飘飘风神如仙，他出神地看着天灯飘远的方向，轻轻道："长歌，我唯愿这盏灯，放飞你人生里所有的寂寞、仇恨、无奈、悲苦，给你带来永生的幸运、喜悦、美满和幸福。"

第七十七章

困梦

秦长歌仰起头，出神地看着天灯消失的方向，眉宇间浮起淡淡的忧虑，她转目看了楚非欢一眼，他却避开了她的眼光。

秦长歌正想说什么，忽听见对面摘星楼上，传来一阵笛声。

笛声清亮悠扬，似天际奔泻的一段流泉，于城池的最高处缓缓散向浮云苍穹，笛声超拔浩然，闻声如见烟水蓬莱，如览沧海五湖，如履莽莽高山皑皑平原，却又如面对……无尽寥落怆然。

阔大，而又苍凉。

高楼上凝听的三人，齐齐动容。

秦长歌心紧了一紧，霍然回身，扑向扶风楼另一个角度，一掌击开窗，一眼看见摘星楼顶，窄窄飞檐之上，白衣男子正于清风明月之中，专注吹笛。

他身后是苍蓝浩瀚长空，身前是飘飞如星的天灯盏盏，他雪色袍角散在风中，悠悠如逝水。

遥遥看去，那人似也是一轮月，冷而远地浮在高空。

秦长歌怔怔看着他，无声无息中突然湿了眼眶。

上一次看见他，他抱着那女子的尸体，消失在南闵深翠山林之中，半生里笑傲江湖的意气风发，都化为那一刻难言的孤独。

一别将近一年，秦长歌几次去炽焰帮都说帮主未归，失落之余不禁想，素玄此生是不是从此流浪江湖，不再回归？自己这一生是不是注定见不着他了？不想这人庆之节，漫天彩灯之中，蓦然回首，忽见斯人。

“师父！”包子尖脆的欢呼打断了她的思绪，他站在凳子上拼命挥手，“师父！师父！”要不是隔着高楼，大抵他就要飞扑过去了。

笛声戛然而止，月色下素玄回首，一个淡淡的笑容。

秦长歌心中又是一冷，知道那个层云飞雪中朗声大笑的男子，真的已经死去了。

对面素玄突然站起身来，抬腿向前方虚空一跨。

底下一些隐约听见笛声抬头观看的人们一阵惊呼。

惊呼未毕，素玄已经稳稳站在了扶风楼上，连秦长歌都没能看清他到底用的什么身法，只觉得一载不见，素玄的功力似乎又更上一层楼。

他这一年，是不是就是用来心无旁骛地守坟练功？

素玄落地的第一眼，看的就是她，那一眼意味深长，却转瞬而逝。

他只是对秦长歌淡淡颔首，便和萧玦、楚非欢见礼，顺手抓过飞奔过来的包子，皱眉道：“武功练得着实没有进益，你这个懒小子。”

包子咧嘴傻笑，道：“等你回来教我啊。”

素玄深深看了一眼包子，道：“好，我教你，做了你这么久的师父，却没能好好教你武功，是我不对。”

包子愕然，随即垂头丧气，他本来是顺口说的，师父帮主那么忙，从来也没留下来教过自己，不想今日这么好说话的，哎呀，人家不过是客气话嘛，何必这般认真呢。

随即更悲催地听见素玄道：“赶日不如撞日，那就今天开始吧。”

……

包子"砰砰砰"地撞墙……我嘴那么快做什么？我还在放寒假呀……

秦长歌却有些怪异地看了素玄一眼，一别一年，他回来后不去炽焰帮打理事务，却先要来传溶儿武功，他为什么这么急？

然而这些疑问却已问不出口，自从灵徊死后，两人仿佛倒退回了初见的生疏，素玄刻意在两人之间隔下无可跨越的藩篱，秦长歌自然也不敢轻易越过。

当下她只好淡淡道："夜深了，既然素帮主今夜要授功，还请就在敝处下榻如何？"转目看了眼包子道："你今晚去和你师父睡。"

包子一脸悲惨，欲哭无泪地咬着手指点头。

下了楼，秦长歌命下人去安置客人居处，包子小碎步抢着先奔到秦长歌住的小楼，秦长歌把住门怒道："不是说爱武功的吗？怎么一动真格的就稀松了？"

包子含泪道："谁说不爱的，可也不能爱成那样，大半夜的过节的去学武，没说的，我知道你们这对没良心的爹娘肯定不会护着我，我是去找我的护膝、护腕、头盔、铁靴子的。"

秦长歌白他一眼："你当你师父是来和你摔跤的？"

包子撅着屁股在床底下翻，辛苦地拖出一个装满了乱七八糟东西的大箱子，一边乱翻一边答："我觉得他心情不好，心情不好肯定会摔我，他要不摔我我就跟你姓。"

"我才不稀罕你跟我姓，我的遗产可不打算让你继承。"秦长歌一眼看见儿子翻出来的那堆东西，再次怒道，"你这没长性的坏小子，你师父送你的好玩具，被你搞成这个样子！"

地下，金光熠熠、玉色璀璨的，正是当初素玄送给包子的魔方和九连环。

魔方被包子掰得已经开裂，九连环乱成一团，包子找出了自己想要的东西，抓着那两件东西想了想，大约想讨好师父，也揣在了怀里。

他揣九连环的时候，玉环尾端光影一晃，秦长歌一眼无意瞟过，突然道："且慢。"

秦长歌快步过去，拿过九连环，入手便是一怔，以前没有注意过这两件东西，不过是孩子玩具罢了，何况素玄送的，他一代大宗师，还会送假冒伪劣产品？然而此刻九连环拿在手中，秦长歌突然发现九连环重量不对。

不是不对，而是不均衡，两边重中间轻，按说既然是玉做的，怎么会有重量不一的状况出现？

秦长歌目光在玉环尾端停留了一会儿，那里，不知道什么时候突出了一小节黑色铁丝般的东西，有小指头粗，从一处玉环孔冒出来，玉孔边缘还有点儿黏浆状的东西，质地也宛如白玉，大约是包子这个暴力狂玩得太粗暴，生生将一处封好的玉环孔玩裂了，出现了这东西。

秦长歌盯着那截熟悉的黑色粗丝，抿着嘴，慢慢地将那黑丝从孔中拉出来，那东西非铁非铜，质地坚硬而又柔韧，套在指上也是一个圆圈。

秦长歌一一将玉环掂过，确定这九连环中，除了中间那个环，其余里面都有个这样的东西。

秦长歌闭了闭眼，摸了摸自己的头发，手将要触到自己发的时候，突然放开。

她怔怔地将那环在掌心握紧，握紧更握紧。

包子奇怪地瞪着老娘，她为什么看起来那么奇怪？那叫个什么表情？发生了什么事？

半晌后，秦长歌缓缓松手，睁眼一笑，平静地将那黑色粗丝塞了回去，顺手从自己房间暗壁内阁里取出一个小瓶，从中倒出一点儿白色溶液，将那玉环再次封好，和原先一模一样。

她手势快，包子没看清楚瓶子上的字，隐约只看见一个“碧”字。

将九连环恢复原状的秦长歌，神情也恢复如常，拍拍儿子的头，平静地道：“去吧，好好学，素玄肯教你武功，你这一生无论遇见什么都不怕了。”

包子点头去了，秦长歌慢慢踱到窗边，突然一弹指。

窗下立即无声无息地出现凰盟隐卫，躬身等候她的指示。

秦长歌却在出神，很久很久之后，当隐卫愕然抬头去看她的时候，她才缓缓地，对着客居的方向指了指。

隐卫领命而去，秦长歌独自站在黑暗中，灯烛不点，沉默肃然如雕像。

身后传来脚步声。

秦长歌并不回头，只是幽幽道：“我突然觉得累了。”

“累了那就歇息吧，”身后萧玦揽住她的肩，姿态轻得仿佛对待易碎的珍宝，“什么也别操心，有我呢。”

秦长歌无声地笑了笑，没有答话。

“长歌，我以后早点儿将皇位传给溶儿，然后陪着你五湖四海，逍遥天下好不好？”萧玦轻轻扶着她的肩，目光里满是憧憬，“我想着，给你报了仇，统一了天下，咱们也没别的事可做了，如今我看这两件事也就是一件事，听说北魏和东燕结成同盟蠢蠢欲动，大有攻我西梁边境之心，把这两国解决掉，大家的清净日子也就来了。”

他神往地望着远方，轻轻道：“咱们到处走走，累了就停下来，搭个茅屋住了，我砍柴你织布，不不不，要你织布，那太累着你，嗯……不如多带点儿钱，或者叫那小子在全国各地银号给我存银子，到哪里就去取用，咱们逍遥地花，心疼死他，你若觉得田园日子好玩，就找片有山有水的地方，开一片地种点儿菜，养点儿鸡鸭，新鲜菜下锅热炒，口味可比宫里的温火膳好多了，哈哈……”

秦长歌听着，浮出淡淡笑意。

青山绿水小茅屋，你打鱼来我种菜，真好。

他口中的平凡美丽日子，听起来如此真实，仿佛伸手就可以触摸得到，真要到了那一日，该是怎样的红尘幸福呢？

……真好。

这一夜秦长歌失眠了，辗转到半夜依旧目光炯炯，干脆起身打坐练功，忽听得窗棂咚咚声响，过去开了窗，先前派过去的隐卫低眉垂眼道：“主子，有点儿不对。”

秦长歌目光一凝：“怎么？”

“屋内有异光，属下不敢靠近，还请主子过去看看。”

“楚先生在那里吗？”

“在，而且也无异声，属下本不觉得有什么，不过想想还是来通报主子一声。”

秦长歌皱皱眉，无论如何，只要非欢在，想来不会有什么事，但想了想还是披衣而起，奔向素玄今日下榻的“韵华轩”，她轻功极好，府里又畅通无阻，赶到韵华轩只在刹那间，隔着院墙一看，灯火如常，哪有什么异光？

她身边护卫愕然道：“刚才明明看见的。”

秦长歌问：“什么样的光？”

侍卫想了想道：“也不甚明显，淡蓝色的，边缘上有点儿金光，远看去只是小小的圆形的一点，像是个小夜明珠的模样。”

秦长歌想了想，挥手示意护卫退下，自己大大方方地去敲门，开门的正是素玄，毫不意外地对她一笑，坦然一让。

秦长歌也非常坦然、光明地笑笑，擦身而过的时候突然低声道：“你最喜欢什么地方？你最痛恨什么地方？”

素玄默然，然而秦长歌就站在院门口，一脚门内一脚门外不肯走，无奈之下素玄只得道：“最喜欢某处深谷，最恨某处雪地。”

秦长歌很缓慢地笑了笑，道：“是吗，我和你相反呢。”

说完不待回答迈步而入，感觉到身后素玄并没有跟上来，他只是沉在黑暗里，目光重重地落在她背后。

秦长歌仰起头，看向北方，露出一丝微凉的笑。

打开门时，房间里一切如常，包子盘膝坐着练琅嬛秘笈上的内功，楚非欢微微俯身看着他。

秦长歌目光飞快在两人身上打了个转，没有发觉任何异常，楚非欢听见门声回首，他神情平静，可秦长歌突然觉得那一刻他眸子看起来特别黑而深，看着她时的目光似乎有些散，然而很快目中神光敛聚，对着她淡淡一笑道：“溶儿根骨很好，不过需要减重，不然轻功只怕难练。”

秦长歌忍不住一笑，答：“他一定会和你说，不吃肉，毋宁死。”

就势在楚非欢身侧坐了，手臂一搭椅背，那么巧就落在楚非欢腕侧，然而还没等她有所动作，楚非欢突然站起，擦着她的手指走了过去倒茶。

秦长歌的手指无力地搭在椅子上，忽然觉得今天的一切都像是一场梦，一场奇异的难以参详却写满神秘的梦，她困在梦里，别人在梦外清醒前行，不容她追赶。

无奈之下只好起身去搭溶儿的脉，除了气息似乎流转得特别顺畅之外，别的也没什么，素玄刚才在这里，一定有给他打通经脉，他气息通畅也是正常的。

秦长歌缓缓放开儿子的手，突然不想再试探，霍然回身，正迎上楚非欢递上的茶，秦长歌不接茶，抬头直视着他的眼睛，道：“非欢，你有什么事情瞒着我？”

烟气袅袅里楚非欢秀丽眉目水波般微微一动，然而那一动只是漾开了一丝平静的笑意，楚非欢目光坦然地看着她，轻轻道：“长歌，此生我从不愿意对你有所隐瞒。”

“不愿意不代表没有。”秦长歌毫不放松，突然伸手抓住了楚非欢的袖子，“非欢，不要隐瞒，不要，这许多年我们风雨共度直到如今，是生是死是好是坏都一起闯过，你根本没有理由突然抛开我不让我参与。”

她仰起脸，目光直直落进楚非欢瞳眸深处。

楚非欢静静地看着她，眼前，他所爱的女子，素来坚韧强势，智慧天纵，如今却第一次在目中露出哀恳的神情，而这哀恳，是因为担心他。

纵使她也许不能给他永生爱恋，也许不能和他共历红尘，也许不能全部给予身心。

可是，那又有什么关系？

他所爱的人，亦有关怀回应于他，已经足够。

人生至此，可谓无憾。

楚非欢微笑着，俯下身，唇如蝶翼，落于秦长歌微颤的长睫上。

他清淡如佛手柑的气息，如飘落的轻烟悠悠笼罩了女子明丽的容颜，夜风吹起他的发，丝绸般掠过秦长歌的肌肤，再掠起秦长歌的鬓发，那般缠绵地纠结在一起，悠然飘飞。

明月之下，满室辉光之上，秀丽男子珍重地吻过明艳女子的双眸。

秦长歌闭目，良久，眼角微微浸出湿意。

听到他淡淡道："重来这一世，你为我流过两次眼泪，我不舍，却也自私地满足，长歌，今生今世但愿你不要再为谁流泪。"

秦长歌没有睁眼，手指缓缓抚过他衣角，半晌道："那需要你给我承诺。"

沉默了半晌，隐约听得楚非欢似是笑了笑，道："我的承诺是，对你，我永不放弃。"

门声微响，他开门出去，秦长歌始终没有睁眼。

就这么先闭着吧。

体验这一刻，黑暗降临。

素玄在府中住了几日，深居简出，专心专意地教包子武功，包子被搞得神魂颠倒、五内俱焚，时时悲号、日日挠墙。太师府后院的那堵墙被他苦大仇深地挠掉了一层墙皮，并且随着他经脉打通、功力猛进，墙皮越发惨遭荼毒，以至于秦长歌不得不命令将墙壁加厚，比城墙还厚上一块砖，给你挠，你用力挠！

萧玦倒是乐得那小子被支开，整日没事就泡在太师府，从一大早耗到三更后回宫，恨不得在皇宫和太师府之间也造座飞桥，好让他和长歌"暗通款曲"。

正月十一这日，他来得更早，习惯性地直闯秦长歌闺房，也有点儿顺便偷香之意，不想还没来得及装模作样地敲门，门突然"吱呀"一声拉开，秦长歌衣着整齐、神清气爽地出现在门口，笑吟吟地盯着他看，道：“早啊，陛下。”

“早啊，长歌。”萧玦悻悻答，“你今日怎么起这般早？”

“昨夜我接到了边境军报，估计你今日来得一定早。”秦长歌行到楼下书房，那里挂着整幅内川大陆舆图，“北魏和东燕结成同盟，整合兵力号称百万，挥师北下，直压杜城百丈山，扬言要将北魏失去的国土全部夺回，并瓜分西梁，啧啧，多么豪气万丈的口号啊，激动得我一宿没睡着。”

“得了吧你，我看睡不着的是那个吹大气的。”萧玦顺手在舆图上标出黑红两色箭头，冷笑道，“百万雄师？胡扯！北魏剩余兵力满打满算不足三十万，东燕能凑出七十万？就算能凑出这么多，以白渊的性子，会以倾国之力为他人做嫁衣？糊弄谁呢。”

“陛下你一遇上战事就特别精明，”秦长歌笑，“微臣真是不胜欣喜。”

“你又讽刺我，”萧玦佯怒，一把扔下笔就来呵秦长歌痒，秦长歌素来怕痒，忍不住笑成一气，她身姿摇晃、轻盈娇俏，萧玦呵着呵着忽觉心猿意马，落手便忍不住有些不老实，秦长歌立即发觉，“啪”的一声打开他的狼爪，一闪身躲了开去，道：“别闹，严肃点儿，你也太不把人家两国讨伐大军当回事了，小心骄兵必败。”

“我早已在杜城部署兵力。”萧玦傲然一笑，手指一指杜城百丈山方向，“百丈山筑长围，那里山势险峻，‘断肠崖’尤其一线逼仄，有进无出，我特意命令他们在筑长围时将崖缝填埋了一半，更加成了羊肠道挤身崖，而那里是敌军必经之地，仅是那里，我就能叫他葬数万军！”

“战略重视，战术藐视，你倒深得毛太祖之精髓。”秦长歌微笑，“那么，我们先把眼前事儿解决了吧，比如……婚事。”

“啊！”萧玦大喜，“呼”的一下冲到秦长歌面前，“你愿意再做回我的皇后了？”

“你说什么呢，想到哪里去了？”秦长歌莞尔，“不是你昨天说要和我商量文昌公主下嫁的事吗？我说的是文昌的婚事啊。”

“哦……”萧玦宛如被抽了筋般，无限泄气地双肩一垮，怔怔地发了半天呆方懒懒道，“也就是那些事罢了……哦，对了，我差点儿忘记了。”

“嗯？”

“文昌下嫁，最近搬回宫休养并等待出阁，她和我说，明霜的父亲来找过女儿，文昌也不知道该怎么答复人家父亲，先把他安置了，现在还住在上林庵外的一处草堂里。”

秦长歌怔了怔，明霜死了，自己借用她的身体，却让她的身份也早早“死去”，如今她的亲属寻上门来，是残酷地告诉他女儿已死的真相，还是顶着明霜的这个皮囊去安慰下老人？

“你别用明霜的身份去。”萧玦猜出她心中所想，悻悻道，“我听文昌说，明霜父亲提起她在家乡是有未婚夫的，还指望明霜被放出宫回去完婚呢，你去了，万一给绑回去成婚可怎么办？”

“这世上谁绑得了我？”秦长歌一笑，“走，去看看。”

第七十八章

拆墙

秦长歌第一眼看见明霜父亲明宗华的时候，便怔了怔。

这人的脸，怎么看起来隐约有点儿眼熟？但她却又想不起来在什么地方见过。

她站在厅堂外，隔窗看见那个老者，拉着个男子，谦恭地对文昌道：“公主，听说宫女期满五年是可以出宫婚配的，霜儿在宫中也满五年了，可否请公主代为斡旋，将霜儿放归？”他指了指身边一个精壮少年，讷讷道，“他也等了五年了……”

文昌抬眼看了那给她请安的少年一眼，露出怜悯的眼色，掉开目光沉吟不语，她身边的嬷嬷却是个知情的，笑道：“明老爷，以往咱们听说过，您费了好大心思才将姑娘送进宫，如今怎么又急着想她出宫？”

“唉……”明宗华叹息，老脸上每条皱纹里都写满懊悔，“是我鬼迷心窍，想着攀龙附凤，现在看来，也没指望了，总不能耽误孩子一辈子。”

他苦笑着道：“当年霜儿出世抓周，有个游方道士上门求乞，拙荆心软，送了他些吃食银子，当时那道士吃完便指着门内道，你家新添小女，此身贵不可言，原是九霄莲华会，天女掌中花，赴此红尘，只为以身事主，后面又古古怪怪说了许多，我也不懂得，但是此身贵不可言却是明明白白的，自从那时便多了份妄想，谁知道士胡言……”

他叹息着不再说，屋外萧玦和秦长歌对望一眼，萧玦突然将秦长歌一拉，退到屋后，低低道：“换回去，换回去。”

秦长歌皱眉看他：“干吗？”

“你这个样子，”萧玦指着今日没有化装的秦长歌，忧心忡忡地道，“你去认了，明霜她爹一定会要你跟着回去成亲，我怎么办？”

“怎么办？凉拌！”秦长歌没好气，“是你自己不忍心，说还是以本来面目见她爹算了，现在又反悔，世上有你这样的赖皮皇帝？”

“是个男人都要在这事上赖皮，”萧玦振振有词，“我不知道他把那未婚夫也带来了，如今人就在面前，万一今晚就要你们洞房花烛怎么办？”

秦长歌忍不住一笑，却也皱起眉，如今确实是个两难的问题，灵魂上，明霜已死，身体上却依旧存在，这样如何向人家交代？

想起明宗华那句“此身贵不可言”，心知他定是理解错误，将“此身”理解为“此生”，道士冤枉啊，其实人家算得极准，明霜这个身子，现在可确实是贵不可言了。

照他那预言，可怜明霜，竟是生来就是为了借人家皮囊的。

“不然这样，”一直在苦苦思索的萧玦突然眼睛一亮，“他不是希望女儿攀龙附凤嘛，我就给他攀啊，我告诉他，我纳明霜为妃，这不皆大欢喜了？”

秦长歌皱眉，仔细打量了一下明宗华的气色，突然叹了口气，道：“好吧……大约这做别人女儿的日子，也不会久了，只是终究可怜了那个等待五年的未婚夫。”

萧玦立即眉开眼笑，道：“做我的妃子？”

秦长歌白他一眼说：“假冒的！明家老爹气色不佳，似有沉疴，我看日子不久了，我用了人家女儿身子，再用噩耗打击人家最后一段日子，也实在说不过去，只好从权……喂，我跟你说从权，你的手在干吗？”

秦长歌一把挥开某人揽上她腰的狼爪，手指一扬，指间“唰”地弹起五根明晃晃的针，温柔微笑，“五根，五种感觉，痒麻酸痛冷，要不要一起试试，还是轮番来？”

“敢要你就不怕你的手段，”萧玦毫不在意，“只要你舍得，尽管来。”

秦长歌愕然，半晌道：“一定是溶儿那个泼皮教你的。”

萧玦大笑着，得意万分地一把揽住她的腰，跨了进去，一边朗声道："朕的女人，如何能与他人成亲？"

厅中人闻声齐齐回首，看见阳光中俊朗黑衣男子拥着清丽女子大步而来，两人披一身金光宛如从画中走出，真真一对璧人。

认出萧玦的立即山呼万岁拜伏在地，明宗华和明霜的未婚夫还愣在那里，嬷嬷悄悄拽他们一把，斥道："陛下驾临，还不跪迎！"

那两人吓了一跳，傻傻地跪下去，明宗华部曹小官，从无资格觐见天颜，本就惶恐，眼角一觑看见揽在萧玦怀里的正是自己女儿，大惊之下便是大喜，眼前一黑几乎晕过去，赶紧掐自己手指，心道：我这是欢喜疯了……霜儿，霜儿她……

那少年却脸色惨白，跪在地下，死死盯着萧玦揽住秦长歌腰肢的手。

萧玦在明宗华面前停下，低首俯视他，道："你是明霜之父？"

明宗华深深叩首："去职罪臣明宗华，参见我主，我主万岁。"

他深深伏地，大气也不敢出，女儿当面，也不敢抬头多看一眼。

秦长歌偏头沉思，是不是要去给明宗华见礼？萧玦哪里愿意她对着别人下拜，何况他对这个明宗华并无好印象，这人这般热衷，百般打点将十余岁的女儿送进宫，就为了攀附皇家，生生枉送了女儿的性命，若不是长歌看见他没多久好活了一时心软，不如干脆告诉他女儿死掉算了。

萧玦紧紧牵着秦长歌的手不让她下拜，秦长歌只好将明宗华扶起来，还没来得及唤上一声，萧玦已经拉着她转身，今日难得有机会把秦长歌软玉温香抱满怀，那是一定要抱个够的。

手指在秦长歌掌心慢慢地蹭啊蹭，在她腰边慢慢地蹭啊蹭，萧玦笑容可掬并心不在焉地殷殷垂询受宠若惊的明宗华，自己都不记得自己胡乱说了什么，只觉得，长歌的手好滑，长歌的腰好细，长歌的身子……唔，想起那一点殷红了……雪地梅花啊……

秦长歌摆出一脸僵硬的笑，仪态万方地端坐君王侧，手指伸到身后，恶狠狠地掐住了萧玦的后背——掐死你这逮住机会狂吃豆腐的混蛋！

两人表现仪态雍容，背后指来掌往，文昌那个角度看得清楚，只是抿嘴微笑。

萧玦问了几句，末了笑道："起来吧，朕即将纳明霜为妃，从此后就是一家人了，不必拘束。"

明宗华狂喜失态，霍然抬头。

正面相对，秦长歌一眼看见他颔下的一个黑痣。

目光一闪，秦长歌突然想起来自己什么时候见过他的了。

当年，云州战役，那时自己还没正面出现在萧玦身侧，凰盟却已建立，当时萧玦屡立战功，很被同僚嫉妒，有人密谋暗害他，这信息却被凰盟属下截获，当时自己长夜驱驰前去报信。胯下的马却一时没来得及换良驹，在云州清风镇累毙。那时夜深买不到马，自己便去了当地一家大户偷马，谁料偷马时，被个小姑娘看见，那孩子却没有叫喊，看她一脸疲惫风尘，还去厨房拿了些糕点送了过来，自己当时顺手从怀里取出一串九玲珑送给了她。

那晚之后自己骑马闯门而出，身后那户人家被惊动，燃起火把来追偷马贼，火光里她扬鞭连连，将那些家丁打得四处逃窜。她大笑回首，看见追出来的中年家主颏下一颗鲜活的硕大黑痣，看见小小女娃抓着那个九玲珑怔怔看她，火光里容颜秀丽。

原来，那就是明霜。

原来世事轮回，流传成环，每一个缘结系下，都是为了多年后再解开。

当初自己疑惑过明霜一个小小宫女，怎么能赠九玲珑帮助锦云逃脱厄运，却原来那九玲珑本就是她自己送的。

秦长歌怔怔看着明宗华，忽然觉得天意森凉，心生寒栗。

明宗华此时却欣喜如狂，多年美梦终于成真，不枉了自己倾家荡产将女儿送进宫，可怜自己挪借银子赶进京来，身上盘缠都已剩下不多，也就外袍勉强像个样子，内衣都缝缝补补，也没钱置换。唉，女婿刘良家也是去职小官，不然……哦，不对，良儿如今，算不得女婿了。

他满面光彩地悄悄看着萧玦——那才是自己的女婿呢，帝王啊，西梁大帝啊，明霜真争气……稍后还是把良儿打发回去吧！

秦长歌注视着他的神情，目光闪过一丝嫌恶，萧玦却只顾沉浸在“今日便宜占得好足”的无限愉悦中，心满意足地在秦长歌再一次狠掐之下收手，对着明宗华淡淡关切几句，拽了秦长歌就走。

明宗华恭谨地退到一边，一句也不敢挽留，倒是秦长歌路过他身侧，突然问了句：“爹，云州现在，还是老样子吗？”

“回娘娘，”明宗华进入角色很快，一躬身就称呼上了，“云州这些年越发繁荣，这都是陛下英明爱民，云州黎庶有幸沐浴德辉之故。”

“哦，”秦长歌漫不经心道：“多年没回去了，现在记得的，也就长鼎关了，印象中那城墙是当年睿懿皇后在云州战役后监造的，糯米汁和黏土石灰浇合夯打，正门箭楼闸楼都极雄伟，仅雉堞就有近五千个，是边境一线数得着的坚固城墙呢。”

“……是，是……”明宗华诺诺连声，不住赞同，不知怎么，神情却有些异常。

秦长歌目光一转，微微诧异地看着明宗华：“爹，怎么，我说得不对吗？”心里有点儿担心，自己本来是突然想起，云州作为边境一线城池，位于原先的魏梁边境确商山脉尾端，军事位置极其险要，如果魏燕联军不走杜城，如果确商山脉有西梁不知道的小道可以直穿，那么最先对上联军的，很有可能便是云州，所以才有此一问。

别说明霜是官家小姐，大门不出二门不迈，连长鼎关都没去过，那可就穿帮了。

明宗华却只是抹汗，连连道：“不，没什么，长鼎关气象雄伟……那个雄伟……”

“什么气象雄伟！都拿去给刺史大人造房子了！”

少年的一句话石破天惊。

萧玦霍然转身：“你说什么？”

那少年一仰头，跪在地下有些愤恨、有些幸灾乐祸地看着萧玦，朗朗道：“陛下想必不知道吧？云州刺史马大人，是个最迷信堪舆风水紫薇术数之类东西的人，他三年前偶得一梦……”

“良儿！”

秦长歌目光冷然一瞥急急开口阻止刘良的明宗华，明宗华立即闭口，怔然半晌，悄悄抹了一把冷汗。

……这眼神……这是自己女儿吗？难道说做了皇帝妃子，这威严尊贵，也就不请自来了？

“你继续，”萧玦却已镇静下来，一回身往椅上一坐，“无论说什么，朕赦你无罪。谁挡你，谁有罪！”

明宗华腿一软，又跪了下来，刘良已经冷笑一声继续道：“三年前，马大人偶得一梦，梦见神人以九龙蟒袍相赠，醒来后请术士解梦，说他有帝王之份，唯独尚缺一份福气，须得以帝王砖建阳宅阴宅，必保万代基业，这个帝王砖，咱们云州可没有，马大人再大的胆子也不敢进京购买金砖，便有人献计，说云州长鼎关城墙是当年睿懿皇后亲自监制，也算帝王砖，不如截一段城墙来建宅，必定祥瑞。”

"嗯。"萧玦眼里黑云翻涌，面上神色却颇平静，示意他继续。

"马大人也不敢明目张胆地截城墙，当年皇后曾经在城墙建成后下令，云州城墙，必须年年加固，时时修补，以风雨不摧之天堑之墙，护我云州军民万世之宁，马大人偷偷派人夜里拆砖，为了不被人发现，特意选了城西不起眼的一角，拆一部分，就补一部分，马大人倒是关照补城墙须得用心，可惜上面命令一回事，下面办事又是一回事，那些官儿们，拿着下发的补墙银子去喝花酒，补墙的墙砖就弄些烂砖碎瓦代替，外面糊上青灰浆，看起来没什么问题，其实一推就倒……"

秦长歌静静听着，感觉到掌中萧玦的手指在微微发抖，知道他的愤怒已经到了爆发的边缘，轻轻捏了捏他的手，萧玦僵着身子，深吸一口气，冷冷道："你荒谬！马思锐是朝廷一品大员，吏部考功司年年报卓异的重臣，他敢行这大逆不道混账无伦之事？再说这般秘事，你一个弱冠少年，平头百姓，怎么会知道得这般清楚？"

他一拂袖，森然道："污蔑朝廷命官，是杀头的重罪！"

"草民何敢于驾前行荒诞之举，诬陷朝廷命官！"刘良毫不畏惧地仰起头，先是瞟了一眼秦长歌，随即咬牙道，"这事儿云州百姓本就知道，至今还有歌谣，草民背给陛下听——'长鼎关，万里墙，拆做马家屋内坑，盘龙卧虎睡三晚，皇帝明年我来当！'至于草民为什么连那个梦都那般清楚，因为草民父亲本就是长鼎关守城官，因不肯与诸同僚同流合污，被诬陷罢官，这其中肮脏事儿，草民的父亲最清楚！"

"刘良！仔细你的态度，这是御前！"明宗华一声怒喝，瞪着这个愣头青"前女婿"。

刘良轻蔑地瞟他一眼，也不理会，只"砰"地磕了一个头，大声道："陛下，草民无一字虚言，陛下不信可派人暗中至云州查探，便知究竟，草民若有虚假捏造之处，愿领杀身之罪。"

萧玦盯着他，刘良并不畏惧地迎上，目光灼亮，半晌，萧玦缓缓道："你如何对这城墙特别上心？"

"陛下，草民读过几日兵书，知道守城之重，莫过于城墙，云州城墙有了这一处缺失，等于云州全城都袒露敌前，万一有敌来犯，城破不过俄顷之间，其间利害，草民每次想起，都冷汗涔涔，辗转难安。"

萧玦赞赏地看了他一眼，点点头，道："看你是个书生，不想你还懂些兵法韬略，也颇有风骨，好，如此心性，何处不能挣扎个出身？"

他转首，目光和秦长歌一碰，转瞬间两人已经达成一致，萧玦道："明宗华，刘良，你们暂且留在京中，不得离开，朕自会派人照拂你们。”

两人磕头谢恩，刘良一个头磕得很重，抬起头来再次瞟秦长歌一眼，秦长歌只当没看见。

“今日之事，你们听见的、说过的，都必须立刻忘记，否则，”萧玦森然道，“朕不喜杀人，却也不惮于以血止谣！”

“奴才们不敢！”

萧玦站起，和面有忧色的文昌微微点头，然后和秦长歌一阵风般地走了。

两人直接回太师府，一路上萧玦一言不发，面色铁青，勉强控制着自己不失态，书房们一开启，他就冲了进去，紧攥着的掌心一开，“砰”一声积蓄已久的真力不受控制地外泄，“啪”的一下将地面数块坚硬的青石砖砸得粉碎。

秦长歌默不作声，一转身，拍拍手，凰盟属下应声出现，秦长歌低语了几句，那人领命而去。

回身看见萧玦正站在书房那个巨大舆图前，手臂在舆图上画出了一道弧线，秦长歌目光一缩，冷冷道：“如果我们都没猜错的话，所谓魏燕联军压上杜城百丈山是假的，他们的根本目标，是云州！”

“不错，”萧玦颔首，“云州是诸关中最接近内地的城池，越过云州，西梁的腹地就完全袒露在敌人眼前——这个马思锐，我要凌迟了他！”

“什么神人授蟒袍？保不准这是一个局，”秦长歌目光冷然，“有心人未雨绸缪，在很多年前，就布下的局。”

“杜城守将周知皓，是个老成守重的将领，现在定然已将全部兵力抽调，布置在了百丈山附近，单绍的大军还在路上，原计划大约三日后抵达杜城。现在看来，他们全部要扑空，而魏燕联军走确商山，虽然道路艰难、路途远，但是等到单绍和周知皓得到消息返身去追，那是一定追不上的。”

“现在只剩下一个办法了。”

两人对视一眼，齐声道：“用正在练军的二十万京郊换防边军，直奔云州！”

“长歌，我要走了。”萧玦返身就走，“我得立即命令上书房发军令，我要亲自率军，将那群挖我墙脚的混蛋给解决掉。”

“我和你一起去。”秦长歌一把拉住他，不待萧玦阻止，冷笑道，“北魏东燕联军倾巢而出，里面一定有咱们的老朋友，比如，白渊。”

“说不准很多被我们逼得乱跑的老熟人都在啊，”秦长歌漫然一笑，“这是最后一战，关系天下归属，他们怎么舍得不来？”

“那么，一起吧。”萧玦傲然一笑，“沧海风起，群雄毕集，逐鹿在野，看谁成王！”

乾元六年正月十五，上元佳节，十万烟火生，花市灯如昼，人影花影乱如潮的繁华迷离里，京郊外一支大军肃然无声拔营，在西梁最高层人物的亲自率领下，披星戴月起程。

向着，云州。

深冬凛冽寒风里，西梁皇权巅峰的那几个最优秀的人物，于黑暗中轻轻拨马，深深看向郢都太师府的方向。

天边星子闪烁，星光微闪里男子目光深情而女子若有怅然

此去，应敌，策马渡悬崖弯弓射胡月，人头做酒杯饮尽仇雠血。

月轮空，风力紧，英雄双鬓寒光染，不诉离别。

太师府中，那座精巧小楼里，某个再次被扔下的监国太子睡得正香，小小脸颊红艳喷薄，忽然喃喃翻了个身，道：“娘……”

半晌又嘟囔：“……唔……臭爹……胡子扎我……”

半晌又抱住被子，道：“干爹……师傅好坏。”

他喃喃着，甜蜜地翻了个身，再次拽着他出名的口水沉沉睡去。

不知道那几个被他唤着的没良心的人，此时正不舍凝望他这个方向，而他再次睡去的这一刻，他们叹息着转首，策马扬鞭，一步步背对他而去。

星月无声，光芒浅淡照进小轩窗，缠绵在被褥中的萧太子，露出世间再无忧虑事、人生完满莫过此的灿烂笑容。

第七十九章

诡镇

乾元六年正月二十一，冬日未已，大军在途。

“大约再过一天一夜，就可以赶到云州了。”萧玦扬了扬马鞭，指着前方。

秦长歌点点头，接过楚非欢默不作声递来的水喝了一口，道："咱们一路赶小道抄近路急行军，士兵们走得辛苦，如果到云州正好碰上联军，疲兵远行不得休整，那就是一场难打的硬仗。"

"难打也要打，"萧玦冷笑道，"他们何尝不是疲兵？"

萧玦转头看着秦长歌，满目怜爱，低低道："你很累了吧？这几天你几乎都没睡好。今晚又要睡在荒郊野外，委屈你了。"

"你怎么知道我没睡好？"秦长歌似笑非笑地看着他。

"这个……这个……"萧玦怎么好意思说自己每夜都会潜出大帐，看见长歌的帐篷灯火很久才灭，偷窥的人生是猥琐的，而猥琐是不能宣之于口的。

好在秦长歌了解萧玦就像了解自己的手指头，也不过一笑便罢，没人偷窥的女人是寂寞的，而且是羞于承认的。

楚非欢突然淡淡道："要下雨了。"

仿佛是给他的话做注解，立时"豁喇"一声巨响，黑云滚滚的天空中金蛇妖舞，明光裂空，一道巨大的闪电横贯长天，随即轰然巨雷如同打在头顶般，震得地面都似乎微微一晃。

秦长歌仰首，愕然道："这大冬天的，居然有雷？"

"大抵是春雷，"萧玦居然有心开玩笑，"帮我劈死几个拆墙的混蛋。"

楚非欢却面有忧色，皱眉看着黯沉天色，山雨欲来，四周寒气很重，若有雨，只怕还夹了雪，这里还是旷野山郊，一时要到哪里去扎营避雨？

"陛下！"跟随出征的禁宫统领姚彦宇飞奔而来，"马上要下雨了，这里不能停留，前方十里处有个小市镇，奴才侍奉銮驾先过去。"

萧玦"嗯"了一声，道："叫大家伙儿加快些。"

雷声一阵比一阵急，几人策马飞奔，行了不过五里，冷风忽起，随即雨点簌簌下落，雨声中有轻微的冰晶碎裂声，落在人肩上嚓嚓有声。

不仅是雨夹雪，还有冰雹，并且这冰雹个头还不小。

秦长歌暗骂一声，运起真气逼出体外，将冰雹驱散，扬鞭策马跑得更快。

这个时候不能再心疼自己的真气和体力，这大冬天的赶路又急，万一湿透受了风寒，那就是好大的麻烦。

姚彦宇浑身湿透，跟在萧玦身侧，在猛烈的风中努力地想扯起黄布桐油伞给萧玦遮盖，被萧玦一手劈开，大笑道："迎雹而上，雪中奔驰，人生最痛快事莫过于此，打什么劳什子的伞！”

他无遮无挡，一马当先，黑衣飞舞迎风而去，众人不由都跟随着加快脚步。

少顷到了前方小镇，却是个废镇，镇子很小，到处都是断墙残垣，大军只好驻在镇外。

萧玦的马蹄声在空旷的小镇上利落响起，惊起那些躲藏在破瓦烂墙间休憩的夜鸟，扑啦啦飞上天空，在那些枝条枯干狰狞的树上停了，偏头打量不请自来的夜客。

空气中有种极度的寂静，镇子外大军休整的声音听起来很遥远，冰雹簌簌落着，地面很快积了冰亮一层，又被马蹄压碎。

不知道哪里传来野兽长啸的声音，苍凉狂野，镇子上的夜鸟们再次被惊动，呼啦啦的一阵阵拍翅膀，却并不尖鸣，只是在昏暗的雪雾中不住盘旋，将掠翅的声音传得满镇都是。

秦长歌手笼在袖子中，仰头看着凄冷迷蒙的天色，喃喃道：“这个镇子，感觉阴气很重啊……”

身后，姚彦宇带领众侍卫，勉强找了个屋顶不漏雨，看起来是原先镇上大户的房子，命人仔细打扫，众人擦着檐下摇晃的残破的灯笼，卷着一身的碎雪冰晶奔进厅堂里，萧玦和秦长歌站在屋檐下，看看雪势不小气温降低，士兵们很多人都在瑟瑟发抖，便命火头军起火熬姜汤，分发下去，又不及休息，先去巡视大军，亲自察看扎营事宜，忙碌了一阵才回来。

刚踏进厅堂，忽听前方有人呵斥：“喂，你个死花子，滚一边去！”

三人回身，便见那座空屋的滴水檐下，蜷缩着个蓬头垢面的花子，正抱着腿埋着头发抖，侍卫想把他赶走，不住地踢他。

萧玦看了看，走过去，怒道：“你们踢人做什么？”

侍卫见他过来，急忙垂首道：“启禀主子，这个人死赖在这里，看样子还有点儿病，奴才们怕过了病气……咱们那么多人哪。”

萧玦听这话也有道理，但是这个天寒地冻的天气，将人向外赶那人也难活，当下皱眉道：“有病就隔开治，将人驱逐出去那不是要人性命？扶到后厢，叫大夫过来看。”

侍卫唯唯诺诺领命去了，萧玦回身看秦长歌若有所思的模样，笑道：“无妨，这人没有武功。”

秦长歌笑笑，道：“早些歇息吧。”

她看见侍卫匆匆抱起刚才那乞丐蹲过的稻草，突然目光一闪，道：“且慢。”

与此同时楚非欢也道：“慢。”

秦长歌向他一笑，戴起手套，伸手将侍卫捧来的稻草翻了翻，手突然一顿，随即慢慢抽出。

掌心里一点儿红色淤泥。

萧玦“咦”了一声，道：“血？”

“不是，”秦长歌欲待去闻，萧玦和楚非欢却齐齐一挡，两人仔细上前看了看那淤泥，又闻了闻，相视一眼，都在对方眼睛里看见疑问。

半晌楚非欢喃喃道：“好像就是泥土。”

“但是这附近哪有红色泥土？”萧玦皱眉。

两人抓着秦长歌的手套，一人抓一只，同时扔到一边，秦长歌不由失笑，摇头道：“我是纸扎的？面做的？这么小心干吗？”

“虽说这废镇荒郊，看起来没什么问题，但小心驶得万年船，”萧玦摇头，“这两年日子，我过怕了。”

“你也有怕的时候，”秦长歌一笑，当先在侍卫铺好的褥垫上睡下，道，“赶紧休息吧，雨一停还要赶路。”

三人各据一角闭目调息，自然而成三月贯月的阵法，秦长歌自然是被护在当中的那个。

夜半，人声沉寂，风雪未歇。

呼啸的风声里，镇子上那些没有关好的门，“砰砰”地发出撞击的声响，开、关、开、关……一声声单调而沉闷。

然而这单调的声音，却令人听出了悚然和肃杀，好似无数僵硬的尸体，正于地下缓缓推开棺盖，一步步走上没有月光的街道。

安静的破旧厅堂内，一簇火堆将熄未熄，红色火焰在黑色灰堆里明灭，如夜色眨着诡异的眼。

守护在一边的姚彦宇爬起来轻手轻脚地去添柴，想着这风雪之夜，难得在柴房里找到没有被打湿的枯枝，起了这堆火，不然大家都得冻着。

又想，楚先生他们真是细心，连柴火都亲自看过，不过事关陛下和太师安全，小心些自然最好。

这样想着的时候，他突然觉得哪里不对劲，但是一时却也想不出，偏头思索着，眼角却突然觑见地面上淡淡的影子。

姚彦宇吓了一跳，有敌人！

直觉要呼喊，突然发觉那影子好像只是自己的，不由失笑，这见鬼的镇子，阴气森森的，搞得自己疑神疑鬼的，连个影子也怕。

姚彦宇自嘲地摇摇头，继续添柴。

他的手突然顿住。

这影子……不对。

自己右手在添柴，地面上映出来的自然是相反的，为什么看起来还是在右边？

而且自己手已经停下来了，为什么那只手的影子，好像还在添柴？

姚彦宇惶然抬头，前方没人，对面没人，后面是陛下和太师他们，头顶屋梁一览无余，也没人！

这完全是个空荡荡的大户人家的正堂，甚至整个镇子都是空荡荡的！他担负着护卫陛下安全的职责，进镇之前，所有屋子都看过了，没人！

地下，那只手的影子，还在添柴，不仅如此，四周突然都多了很多影子，在“添柴”。

姚彦宇浑身的汗毛都立了起来。

有鬼！

他“噱”地站起，火焰被他这猛力一站带得光焰一收，姚彦宇突然觉得眼前一黑，恍惚间一阵轻雾扑来，“咕咚”一声往后便倒。

他栽落的声音惊动三人，三人齐齐睁眼。

秦长歌一睁眼，便看见一朵巨大的花向自己奔来。

是的，奔来。

没有腿，却摇曳生姿，款款而来，肥厚的叶片一卷，扇到脸上，自己呼吸便是一窒。

一窒间她也往后便栽！

身侧楚非欢一把扶住她，而扑出去看姚彦宇的萧玦半空扭身，满面震惊地一个跟头倒翻而回。

看在秦长歌眼里，却成了那花忽化鬼魅之形，露出森森利齿獠牙，扑向她的咽喉，欲待噬杀她！

脑中一急并一昏，秦长歌掌力排空而出，怒涛狂卷，直向萧玦！

萧玦人在半空，身形难避。

楚非欢突然拽着秦长歌一转，侧身一让。

“轰”的一声一面残墙被秦长歌拉偏了方向的掌力轰碎，土屑泥尘碎砖纷落，露出墙后横七竖八躺着的、原本假寐的护卫。

巨响声里秦长歌脑中的混乱因那声音短暂一清，心中一醒间秦长歌立即闭目，道：“我中毒了，幻象之毒，别靠近我，我也不能睁眼。”

萧玦大惊道：“那我和楚先生为什么没事？”

秦长歌清醒只在那一刻，哪里答得出话来，她闭目摇摇头，楚非欢扶她坐下，一边以真力助她驱毒，一边冷冷道：“咱们两个，好心办了坏事了。”

萧玦怔一怔，长眉一扬道：“难道你是指……”话音未落忽听身后一声低喘。

萧玦一低头，看见身前地面身影纷乱，风雪凄迷中半开的门前隐约响起脚步声，而身后的姚彦宇突然挣扎着爬起来，双目发直地扑向自己。

楚非欢低喝：“莫碰着他！”萧玦颔首，身子一错一抬腿就将他踢了出去，使的是巧劲，姚彦宇半空中一个筋斗稳稳落地，落地后茫然站了半晌，一抬头看见门檐上摇曳的一盏残破灯笼，突然像是看见了什么鬼魅般大吼一声，返身再次扑向萧玦。

萧玦怒骂一声：“混账！”手臂一抖再次将姚彦宇摔跌出去，楚非欢一扬衣袖，袖底一道白光激射，“啪”一声打掉了那个灯笼。

灯笼落地，风突然猛烈了几分，“砰”地撞开门，卷入雪沫和冰晶，“哗啦啦”地将火堆扑灭。

正堂立时沉入一片全然的黑暗。

黑暗中气息微微，人影蠕动，毁去半边的墙壁后，那些被毒倒的侍卫纷纷爬起，蹒跚而来。

楚非欢单膝跪在秦长歌身前，始终不离她身侧，低声道：“陛下……劳烦你相护了。”

萧玦点点头，横剑一掣，剑气雪亮，光华透射，耀得这黑暗厅堂都亮了一亮，那些中毒的侍卫都不禁退了一退，萧玦手摔脚踢，也不用兵器，将他们毫发无伤地都点了穴道摔了出去。

两人都知道此时不宜长啸唤阵外大军相助，因为敌人定然在自己入镇后布置了阵法阻住入镇的道路，普通士兵将领来了也是白白折耗，而这些人自然也不敢和大军对上，目标其实就在萧玦他们三人。

至于对方怎么埋伏在这无人小镇的，两人一时也猜不出，大军行军极其隐秘，为了赶时间，走的也多是荒郊野岭，敌人能算准他们落足此处，不露痕迹地布下埋伏，着实有本事。

甚至还没照面，就令长歌中毒，萧玦暗恨自己粗心，怎么就没亲自将全镇查看一番呢？

楚非欢的目光却在地面上一扫，看见那些卷进来的冰晶，大多进门的瞬间就融化，而有些却并无变化，骨碌碌滚入先前那柴堆，地面立时起了一层淡淡的烟气。

他顿时恍然，原来那些冰晶中有些是毒物，但本身却也无毒，正如他查看过的柴火也无毒一般，但是和那敌人早已布置好的“柴火”燃起的烟气一中和，立时就成了迷幻之毒，而时当雨雪，身上卷些碎冰，地上落些碎雪，当真是再平常不过的事，谁也不会注意的。

风吹着地下那残破灯笼悠悠乱滚，也滚出些白色颗粒——那些几可乱真的“冰晶”，竟是从那些残破的灯笼中泄出，落在众人肩上身上，再被带入厅堂的。

这种下毒的手段离奇，敌人心思的灵巧程度，着实到了惊人的地步。

楚非欢回首看了看后院——自己和萧玦离奇地没中毒，大约是拜那个乞丐所赐吧。

原以为那出现在无人废镇的乞丐，定然是个神秘敌人，自己三人都暗中吩咐属下注意。不想这诡异风雪之夜，敌非敌友非友，小心防备的人却是前来相救，那乞丐故意引起他三人注意，露出身下稻草，稻草里的红泥，其实是解药。

那东西大约闻一闻就可以解掉之后的迷幻毒，可惜自己和萧玦关心长歌太过，不肯让她去闻不明物事，反而害了她。

楚非欢转首去找刚才扔掉手套的地方，目光一扫间却发现手套不见了。

刚才明明就扔在附近，怎么会突然不见了？难道是被风吹走了？

楚非欢不死心，将身子再转了转，忽然看见一张旧柜子底部缝里，有白色柔软物事在微微晃动，好像正是那手套。

楚非欢心中一喜，立即伸手去拿那手套。

指尖触及柔软布料，楚非欢心中一松，将手套拿起，突觉手指一痛。

五指立缩，刹那间楚非欢反掌一抓，黑暗中一探一攫，一把拽住了一样东西往外狠狠一拉，低喝：“出来！”

“砰”一声有物体撞到柜子底部木板的声音，楚非欢目光厉色一闪，横臂一抡，轰然一声柜子粉碎，一个黑色物体被他从柜子底部一个洞中生生扯出。

楚非欢反手一甩，将那黑影狠狠地往地上一掼！

那影子却极柔韧，黑暗中恍如一道烟般变幻无形，身子将要接触地面时突然横弹而起，“呼”的一声仿佛一块布帛般从楚非欢头顶飞了过去。

楚非欢并不追，“唰”地拔出腰间飞鱼剑，毫不犹豫削去右手中指一块皮肉，鲜血涌出，楚非欢随手撕了一块衣襟包扎，紧紧勒住指根，又从怀里掏出一颗解毒丸吃了。

刚才那埋伏的一刺，不管有没有中毒，楚非欢都不想给别人机会放倒自己，否则萧玦一人群敌环伺，如何保护好长歌？

黑影飞出，一道轻烟般越过楚非欢，瞬间就到了萧玦头顶，萧玦冷笑一声，长剑一掣，剑光如瀑，毫不客气地一剑捅心！

对方轻笑一声，反手在腰间一按，一截秋水剑锋突然如白练般弹了出来，冷光熠熠，直袭萧玦双目。

一个凤凰点头，“唰”地避开软剑，萧玦双眉一扬，目中露出怒色，他已认出了那正是自己的剑，冷喝：“水镜尘！”

对方又是一笑，柔声道：“陛下的剑很好用，我很喜欢，我还很喜欢陛下的头颅，特意前来借用。”

“朕对你的头颅也很感兴趣。”萧玦对他森然一笑，“你考虑考虑，先借给我算了，然后我再借给你。”

“是我先开口的，凡事总有个先来后到吧？”水镜尘轻笑不停，掌中长剑夭矫变幻，光幕如画，或如佳人轻舞拨弦，或如女子陌上摘花，每一招都极尽美妙优雅，优雅中藏着无限杀机。

萧玦却是怒涛狂卷，大开大合，每一招都似穷尽自己的全部真力，每一招都像是最后拼命的一招，然而拼完这一次命之后他还能拼下一次，波浪迭起狂潮汹涌，绝无止歇。

两人身周都起了蒙蒙雾气，罡气剑气激得室内物件四下纷飞，楚非欢绝不离开秦长歌身边，看见一个椅子腿飞过来，顺手捞住，反手一掷风声猎猎直击向水镜尘背心。

他真力强劲、手法高妙，水镜尘也不敢托大不理，偏身一让笑道：“背后暗算，小人行径。”

“这话用来说阁下更合适些。”楚非欢冷然道，“外面灯笼里的那个，你为什么还不出来？”

外间，檐下，另外一盏灯笼悠悠摇晃着。

楚非欢淡淡道：“你在掌控外间阵法，阻挡赶来的护卫是不是？你不出来，我请你出来便是了！”

他手指一弹，一线灰色光芒飞射。

隐隐不知哪里传来冷哼声，灯笼里突然飞出黑色冷芒。

然而楚非欢的灰色光芒却不是打向灯笼，而是击向水镜尘。

水镜尘再次一让，让出空隙，而此时萧玦的剑势正好使到这个方向，剑光一闪，击飞灰光，“啪”的一声击到门上。

灰光碎开，腾起的烟尘竟然是黄色的，缓缓钻向灯笼。

那射空的黑色冷芒“当”的一声钉在一方案几上，瞬间消失。

“啪”的一声灯笼碎裂，一个红色人影悠然飘出，那身影骨架颇大，真的很难想象刚才是怎么塞进那个小小灯笼的。

那人身子柔软，似一匹华丽的锦缎，在门口的台阶上叠了几叠，忽然弹开，弹开的时候，天地间忽然罩下了一片彩芒。

那人坏坏一笑，立时雾气氤氲而起，七色迷离。

一直闭目调息的秦长歌突然睁开眼，道：“彩蛊！”

楚非欢大喜转头，正想问“你好了？”却见秦长歌再次飞快闭眼，急急道：“非欢，我们必须先把外面的阵破了，放凰盟属下出去，调大军包围这个镇子，否则咱们就只有困死在这里了。”

楚非欢犹豫了一下，道：“你现在……”

秦长歌闭着眼听水镜尘和萧玦打斗的风声，知道这家伙虽然武功稍逊水镜尘一筹，但是悍勇之力却也是个极好的补偿，当下微微放心，传音唤他：“喂，萧玦，退一退。”

萧皇帝打架时是从来不喜欢退却的，不过秦长歌的呼唤是唯一的例外，扬眉一笑“唰唰唰”连攻三招，逼得水镜尘后退一步，立时剑势一收，“腾”地蹿到秦长歌身侧，喜滋滋道：“你没事了？”

"余毒未去，我不敢睁眼。"秦长歌低低道，"他们没那么容易控制我，不过阿玦，阴离和水镜尘今晚竟然联合在一起，一定是想人不知鬼不觉在镇子里解决掉我们三人了，现在，我们只好先向外冲，我的凰盟护卫一定没那么容易被毒倒，只要和他们会合，解开镇子外的禁制，二十万大军一人一脚，踩也踩死他们！"

"但是你这个样子，我们不能丢下你！"

"谁让你丢下我的？谁丢下我我鄙视谁。"秦长歌一笑，"阿玦、非欢，是生是死我们一起冲，你们两个，做我的左右眼吧。"

第八十章

心魔

一手扶着一个，秦长歌站了起来，捏了捏左边那个，叹口气道："阿玦的爪子就是硬，手感略欠。"

捏了捏右边那个，眉开眼笑道："一摸就知道非欢出身比阿玦好，不像那个农民胚子。"

然后无奈地叹气，咕哝："要是还是前世，那帮腐女们一定又会大叫NPNP，啧啧，莫愁前路无知己，极品不会没人理，天下美男出我侧，不要说我心太色……"

那两人将她的咕哝听得个清楚，俱都毫不意外地一笑，都知道秦长歌这个人，愈是危险之境愈见颜色，这个时辰还有心情开玩笑，也就她了。

萧玦拍拍她的头，骂道："女登徒子。"

楚非欢则只是温柔地紧了紧她的手。

对面，水镜尘微笑圣洁，也不追击，只淡淡看着三人，突然道："陛下，不得不承认，你收买人心很有一套。"

萧玦冷笑睨他："哦？"

"不然你们今日会和他一样，连眼都不敢睁开。"水镜尘目光掠过屋后，做了个手势，不知道哪里传来"噌噌噌"的声音，好像有人远远地快速地穿过街面，接着兵刃相接声和闷哼声隐隐传来。

萧玦若有所悟地对屋后看了眼，犹豫道："那个乞丐……"

"贵人多忘事啊，跟随你身边那么久的旧人，居然也记不得了。"水镜尘漫然笑，"若是被他知道，不知道会不会觉得不值。"

萧玦怔了怔，秦长歌突然低声道："青杀？"

"太师大人好生厉害！"水镜尘轻轻鼓掌，"这么一个微末小人物居然都知道，青杀此生不枉了。"

"他是你的人？"萧玦冷冷看着他，"不可能。"

水镜尘微笑："陛下说不可能就不可能吧，说实在的，我也觉得真离奇，你有什么本事，能令他一再抗命拒绝杀你，最后不惜找机会自废武功，离开了这么久，还想办法回来救你？"

"你不会懂的，大圣人。"萧玦冷笑，"从猗兰崩塌那一刻开始，就注定了你这种人，永远不会懂得真正的性灵之善。"

一直没说话的阴离突然阴恻恻道："说那么多做什么？什么注定不注定，萧玦、赵莫言，你们今日注定会死，倒是真的。"

秦长歌忽然一偏头，大喊："班晏你——"

水镜尘一怔。

阴离一怔。

阴离甚至忍不住回头看了一眼。

黑、青、蓝三色流光飞射，同时闪掠向较远的阴离，极有默契地一伸手，青光长剑袭目，淡蓝飞鱼袭胸，秦长歌在楚非欢低声指示方位中，黑丝上缠阴离颈项，同时抬腿一脚恶狠狠直踹阴离命根！

一霎间阴离全身都被三大高手的杀机笼罩，天罗地网，无处可避。

轻微的"噗"的一声，阴离的身子突然软泥般瘫了下去，像一层泥皮欲待贴上地面，四个杀招齐齐落空。

可惜秦长歌脚尖踢出，人便突然滑了出去，依旧牵着两人的手，身子斜斜一滑送出丈许，腰间"啪"的一弹，弹出一截雪亮的剑锋，正向着阴离后心。

利刃风声里她微笑道："阴离，你这么丑，好意思压我？"

阴离只好退，这一退，便退在了飞鱼剑的剑锋上，楚非欢不知何时转到了他后退的方位，单手执剑，剑势却稳如泰山，飞鱼带着利齿的刃尖，寒光熠熠，正对喉心。

而另一个方向萧玦砰然一声，和赶上欲待救援的水镜尘拼了一掌，泥尘摇落里萧玦晃了晃，却是一步不让地护住身后的秦长歌，大笑道：“水圣人剑法超绝，内力也这般浑厚，真是可惜了。”

他回身一探，掌力暴涨，直直罩住阴离三大要穴。

三人本身就都是一流高手，再加上难得的默契配合，毫厘不差，三人偷袭联手，别说一般高手一招难挡，只怕素玄都要费一番功夫才能逃脱，擒下失神的阴离，当真只在须臾之间。

这本就是秦长歌的心理战术，阴离好武，资质却不甚佳，手下有班晏那样的绝世强人，怎么可能不心生忌讳？果然那一声“班晏”，惊得阴离回首，导致被擒。

阴离目光隼厉地盯着楚非欢，楚非欢根本不看他，手中剑紧了紧，剑气透喉，阴离根本说不出话来。

秦长歌已经带着暧昧的微笑，伸手到阴离怀里去摸，被萧玦一把拉开手，道：“我来寻解药。”

秦长歌笑了笑，道：“小心。”

萧玦戴起手套，从阴离怀里摸出一大堆瓶瓶罐罐，不由皱眉，现在哪有时辰一一慢慢试？

还没来得及细细寻找，长街上一声低啸，随即“砰砰砰”连声，从街头开始，长街上所有的地面突然一块块爆翻而起，仿若地下有金刚力士施无穷膂力，正移山倒海，汹汹而来！

而每块翻起的地面，都跃出一个身影，男着灰衣女着彩裳，轻功曼妙，有种诡异难言的姿态。

低啸由远而近，自那些柔曼男女头顶卷过，掠地飓风般刹那近前，人还未至，衣袖一挥，彩光冲天而起，夹杂着淡淡的腥气直向三人蹿来，如一条斑斓巨蛇，张开血腥大口扑面而至。

三人根本不避，楚非欢默不作声将阴离向前一顶，萧玦立即拉着秦长歌躲到超级挡箭牌阴离身后。

彩光一收，现出班晏窈窕身形，半边秀眉高挑，冷冷道：“卑鄙！”

秦长歌“唰”的一下从阴离身后探出脑袋，答：“难道你要我挟制了贵大祭司却不用他？和愚蠢比起来，我宁愿卑鄙。”

班晏窒了窒，她并不善言辞，半边鬼脸一抽搐，看了看阴离，却真的是不敢出手了。

水镜尘却如流泉般滑了过来。

他滑过来的时候还是空手，软剑系在腰带上，滑到一半，不知怎么手中突然出现了淡银色的剑状物，似有若无，光华内敛，仿佛真气凝化而成，他手指一动，那虚幻的“剑”突然扭曲流动，成了刀，再一动，成了枪，再一动，成了戟，变化万千，流动无定。

他手一扬，最后出现的“气戟”，直直捅向萧玦后心。

萧玦立刻将阴离拖来一挡，与此同时班晏一个翻身倒飞而起，“嚓”地掠过来，手中一道彩光铿然一架，怒道：“大祭司在他们手中！”

水镜尘微笑：“哦……抱歉，我忘记了。”

班晏哼一声，撤开兵器，谁知她手刚一挪开，水镜尘掌中气戟再次成为气枪，光芒暴涨，一枪搠向阴离！

“你！”班晏气得几乎吐血。

那一枪去势狠厉，好似不搠死阴离不罢休，却在半途突然折成两半，变化成了双节棍，前棍忽地一折，风声呼呼直击楚非欢面颊！

楚非欢却已在先前班晏架开水镜尘那一刻便滑了出去，那猛烈的棍风直直打在他身后，“哗啦”一声地面出现一个长形大坑。

此时秦长歌那边已经成了一个长蛇形，阴离被顶在最前，楚非欢其后，萧玦最后，秦长歌被护在中间。

四人踢开虚掩的大门冲出台阶，小镇上长街凄冷，风声呼啸，树梢上的夜鸟仍然在沉默地下望，各处残破的檐下挂着幽暗的灯笼，在风中有节奏地摇晃，那悠悠摇摆的姿态，令人看着有些发窒，混沌的黑暗里飞雪旋转着飘落，冰雹仍然夹杂在雪中不断坠落，簌簌声里有种憋闷的沉静。

每个人都觉得心里紧紧的，想说话都有些喘不上气。

长街上，从地底蹿出的彩蛊教等玄螭属下投鼠忌器，面面相觑，楚非欢一言不发，只是冷然将阴离向外顶了顶，诸人便只有后退。

外圈却突然出现了些素衣麻冠的男子，并不后退，僵僵地站立在那里，眼睛只看着水镜尘。

楚非欢冷笑道：“不用看，尽管攻击，你们谷主，一定是很希望阴大祭司趁乱被杀的，省得被我们挟制。”

班晏的脸色变了变，水镜尘已经悠然笑道：“很好的离间计，可惜我和大祭司早已捐弃前嫌，结为盟友，南闵国灭，我们之间已经没有利益纷争，却有了共同的敌人，任你怎生离间，都是没用的。”

楚非欢不理他，只是微微偏头，听秦长歌细语，随即在她掌心写字，随即握紧了她的手。

“是吗？”萧玦接口笑道，“谁说没有利益纷争？杀了朕，灭了西梁，地盘怎么分？这是不是得争？”

“陛下，天下传闻你英风磊落，仁厚天子，不想心思也如此诡诈。”水镜尘面带欣赏地看着萧玦，淡淡道，“只可惜我们都不是三尺幼童，利弊权衡，得失轻重，自有分寸，不劳赐教。”

他一弹手指，指中真气所化之枪突然又成了剑，光彩如虹一耀，他冷然道：“挡住他们！不许伤及祭司大人！”

轰然一声，内圈彩光花蝶般招展，外圈素衣流泉般奔泻，一阵眼花缭乱的走步，各走方位，长剑相交，铿然声响里，剑幕如墙，森然林立。

秦长歌突然仰头，长啸。

女子声音尖厉，啸声中又带了充沛真气，宛如一根极细的利线“嗞嗞”地割过平静沉滞的空气，“唰”的一下将夜的肌理悍然割开。

“砰砰砰砰”连响，整条长街上的纸灯笼都炸了开来，摇摇欲坠却未坠，仔细看去似有细线相连，而此时楚非欢清啸之声也已到了，新一轮摧毁中，细线纷纷断裂，灯笼坠地，“啪啪”连声中燃起黄绿色火焰，隐约火焰中还有蠕动的物体，挣扎着被烧灭。

水镜尘和班晏都面色一变，萧玦不待他们反应，一仰首厉啸干云，“扑啦啦”的那些树上沉默的夜鸟们，一部分无声诡异展翅飞向高空，另一部分却僵僵木木地栽落树梢。

哈哈一笑，萧玦再啸，这回啸声更加响亮清越，远远传开，不似先前，过分瘆人的安静，连声音也好像闷在皮鼓里出不去。

远处隐隐传来杂沓声响，号角声、马嘶声、整军声……外围阵法阵眼已破，萧玦的啸声传出镇外，惊动大军。

近处，原本被阵法所困的凰盟暗中护卫的属下，飞跃而来，一路和南闵中人短兵相接，兵器相交激发的火花，在暗夜中闪出一溜暗光，似不断眨动的眼睛。

现在局势成了诡异的五花肉形，最外圈，是赶来救驾却不得其门而入的二十万大军；次外圈，南闵人和阻拦大军的阵法；再次，凰盟属下；再次，又是南闵人；再次，相互对峙的秦长歌、萧玦、楚非欢和阴离、班晏、水镜尘。

双方纠缠在一起，看人数，自然西梁为众；看情势，双方各有弱处，单看谁抢得先机，谁就赢。

“蠹鸟阵控人气息，时辰越久越会为其所趁，所以你才不急着救人或杀我们，是不是啊水谷主？”萧玦不急不忙，斜睨着水镜尘，朗声一笑。

“劈破长空，冲裂天地，朗朗乾坤，明月如洗。”秦长歌手一引，一只眼睁一只眼闭，很滑稽地瞅着水镜尘，“你那灯笼和鸟做得以假乱真啊，看样子，以后要是做不成谷主了，做个小贩也是奇才啊。”

水镜尘毫不动气地微笑，道：“若是做了，还请太师赏光。”手一挥，两圈人马飞快转动，剑光和彩光交织闪动，看得人头晕。

楚非欢冷冷道：“儿郎们，结阵！”

外圈的凰盟属下训练有素，不过须臾之间，亦成日月经天阵法，反攻了彩蛊阵外的水家的属下，水镜尘扬眉看了看，轻轻“咦”了一声。

萧玦、秦长歌三人却已互视一眼，目光中同样一个字。

“闯！”

身形跃起，横跨长空，呼啸的风声里萧玦青光剑和楚非欢飞鱼剑都光芒暴涨，牢牢护住秦长歌，秦长歌则卑鄙地用黑丝拉紧阴离，顶在自己前方。

四面八方彩光如练，与飞舞的雪花、冰雹混杂一起，交织成瑰丽的光网，每隔五个人，光芒便越发艳丽，彩光跃动，不时射出细小彩珠，宛如雨落霓虹。

那些光网，罩到阴离身上，对他并无伤害，却如附骨之蛆，紧追着三人身形，空中不断有猎猎风声，交织得越来越密，阵法忽紧忽收，无论几人奔到什么地方，都随之移动，光网所落之处，便如利刃相割。

本来如果三人散开各自作战，那么只要攻开一个缺口，都有望闯关，现在秦长歌不能视物，萧玦和楚非欢一步也不敢离开，抓着阴离又妨碍了一只手的施展，是以一时左冲右突无法冲开，三人辗转腾挪的余地，越来越小。

“刺啦”一声，一道彩练鬼魅般地以一个诡异的角度出现在萧玦背后，绕过他，击向秦长歌背心。

萧玦青光剑立即横拍，将那彩练猛力拍飞，那练飞起时突然一荡，荡出小小的彩色珠子。

萧玦“啪”的一个铁板桥，跪地哧然一滑，滴溜溜的彩珠擦着他的左臂掠过，臂上衣袖被那东西轻轻一擦，突然现出丝缕，随即化成大洞，那洞还在不断扩大，毒性蔓延极快。

萧玦“唰”地扯下那截残破的袖子，扔到对面一个彩蛊教徒脸上，那人“啪”地向后便倒，倒下时脸上肌肉扭曲、五官碎裂，狰狞不成人形。

他一倒下，立即就有人无声无息地补上，缺口瞬间合拢。

萧玦“咝”地吸一口气，大笑道：“什么玩意儿！要逼得朕赤膊上阵吗？”

秦长歌摸摸他衣袖，闭目听风霍然拔刀，剑尖在阴离臂上掠过，带出一溜血珠，随即脚尖踢起一大块翻起的泥土，血珠入土，秦长歌喝道：“一人抓一把！”

萧玦和楚非欢齐齐伸手，各自抓了一把，同时先塞到她手中，才抓了自己那一把。

琉璃彩蛊，当初秦长歌对付蕴华就用过这一招，以带血之土破之，尤其阴离的血，彩蛊连阴离身子都不靠近，他的血一定极好用。

果然，接下来彩练光芒虽然还是极盛，但是到了近侧，却会自动一折避开，彩珠也不再飞出，萧玦和楚非欢对视一眼，齐齐往先前死了一个人的那个方向冲，无论如何，替补的肯定没有原来阵中那个熟练，要想打开缺口，只有从这里突破。

然而水镜尘和班晏见阵法失效，对望一眼，齐齐扑起，水镜尘身如流云，班晏步法鬼魅，一闪便进了阵中，水镜尘手指一抬，掌间流动的剑气突然飞射丈许，成了一柄超长的枪，直戳秦长歌咽喉。

萧玦和楚非欢立即齐齐来救。

水镜尘要的就是这个。

他微笑着，双手一分，身姿如梨花飘落，“长枪”突然变成两柄“短枪”，拉开扇形光幕，左右笼罩扑过来的楚非欢和萧玦，与此同时彩蛊阵光芒大涨，耀得人睁不开眼睛，彩光中班晏无声无息已经到了秦长歌上空，“泰山压顶”，毫无花哨却杀气凛然直拍秦长歌天灵。

楚非欢在秦长歌右手边，离班晏近些，一眼看见彩光里隐约探出一双雪白的手，按向秦长歌头顶，大惊之下也不管即将插向胸口的“短枪”，横掌上扬，硬接班晏掌力。

“短枪”袭胸。

萧玦一掌拍出，将枪尖震得歪了一歪，侧身的刹那由于角度的问题，他第一眼看见的是即将插入楚非欢胸口的“短枪”。

第二眼看见的是秦长歌霍然回首，无限震惊关怀焦虑担忧的神情。

她那眼色落入萧玦眼里，仿佛重锤击落，又或是刚才那一枪击中了自己，贯穿了胸膛，搠开一个大洞，有森凉森凉的风透进来。

电光石火间忽然掠过一个念头。

她是爱他的……是不是？

她那么害怕！

如果，如果没有楚非欢……

这么一个念头一闪而过，却像一堵墙突然横亘在了面前，阻拦了直觉会做出的动作。

本来来得及拨开那射向楚非欢的短枪的萧玦，手突然慢了一慢。

然而也是慢了那么一慢而已，下一瞬萧玦迷蒙的目色突然一醒，大喝一声，毫不犹豫地长剑横挥。

然而高手对决，一瞬便是生死。

掌力落，掌力迎，短枪射，如电光奔袭楚非欢心口。

灿亮的银色光芒，在脱离唯一可能造成威胁的拦截之后，以一往无前不容躲避的速度，射入。

萧玦目眦欲裂！

"楚兄！"

……

"短枪"射向楚非欢胸口。

秦长歌突然闭目横肩，全力对楚非欢一撞。

楚非欢被撞得身子一歪。

"短枪"呼啸着穿过他的肩，带出一溜血花，灿烂开放在漫天冰晶里。

而班晏的掌力，击空落地，轰然一声巨响，地面一层石块被齐齐整整地毁去。

一声大喝，萧玦猛扑过来，他目中闪着怒色，也不知道是恨着班晏还是自己，二话不说一掌便向阴离拍去。

他这一掌含怒而发，十足真力，竟是不打算再将阴离作为人质，定要将他立毙掌下！

班晏果然急了，横掌一抬，一道彩光横削过来，萧玦反手一转，恶狠狠将阴离一推！

班晏只好收手，再退，萧玦直推着阴离冲过来，青光剑在阴离身后舞出泼风般的杀气，完全是不顾一切的打法，班晏不敢回手，竟被逼得一退再退。

萧玦此时已经动了真怒——你攻我们必救，我便攻你必救，大家都有软肋，看谁杀了谁！不要以为我看不出你喜欢阴离！

水镜尘怎么可能容许这种情况出现，衣袖一拂手指一转，“长枪”又成“气剑”，无声无息紧追而来，直袭正在一边躲彩网，一边努力急急摸索着给楚非欢点穴止血的秦长歌。

楚非欢一抬头看见水镜尘的剑气，一把抱住秦长歌一个翻滚，腾空而起闪过那一剑，鲜血顿时又如红绸般飘洒在碎雪之中。

秦长歌恨然咬牙睁眼，一睁眼就觉得眼前狰狞，似有赤身妖魔扑面，只好再次闭眼，然而这一瞬间看见的景象令她心中突然灵光一闪。

冷笑着，秦长歌在楚非欢耳边说了一句话。

楚非欢怔了怔，随即点头，两人再次一个翻滚避过水镜尘的追杀，秦长歌五指一扬，数十道黑光闪过，楚非欢横剑一抡，那些黑光被击散得到处都是。

那些细长的黑光飞快地穿过彩练，消失在包围圈内。

彩蛊教徒看见黑光，都下意识地先护住自己的要害，不想那黑光在半空中“叮叮当当”一阵乱撞，突然改了方向，在他们身前一滑而过。

彩蛊教徒怔了怔，还没反应过来发生了什么事，突然觉得下身冰凉。

低头一看，裤带断裂，裤子突然掉落，露出残缺不全被阉割的下身。

“啊！”

彩蛊教徒齐齐发出一声惨叫，他们深以为恨、永生不愿露于人前的悲惨缺陷突然袒露人前，不啻于天崩地裂，何况还有秦长歌大声嘲笑：“哎呀，人妖！好多人妖！”

男人耻辱，莫过于此。

心魂俱丧羞辱万分下，这些人哪里还管什么阵法，哗然一声齐齐提着裤子作鸟兽散。

阵法离奇崩溃。

这下连水镜尘也怔住了。

而那厢，萧玦狂笑着，将满腔自弃的愤恨都化为手中剑招，再也不想管什么光明磊落君子不欺，招招都向阴离身上招呼。

插眼、掏心、扼喉、碎腑。

什么杀手残忍就来什么。

班晏武功本在萧玦之上，百招之内便可杀他，然而如今因为阴离招招受制，一个只管杀，一个拼命抢，不落下风也得落下风。

眼看萧玦杀招连绵不穷，完全是不杀阴离誓不罢休，班晏这么温吞性子也动了怒气，喝道："萧玦！枉你身为一国之主！竟干得出这种泼汉般无赖行径！"

"待君子当如君子，待小人当更小人！"萧玦狂笑，"朕不过以彼之道还施彼身而已，何错之有？"

"我是小人。"班晏一招拍开萧玦挖阴离眼的剑势，冷笑道，"不过你好像也未必从来都是君子吧？"

"是！"萧玦"呼"地又是一剑插向阴离咽喉，"朕终于知道朕非磊落君子，那就何妨做个真小人！"

班晏只好再次去挡。

秦长歌突然无声无息地蹿过来，笑道："那么多个人妖，不妨再多一个！"横剑向阴离下身插落。

班晏目光一厉，横袖一拦，袖如铁板，巨大真力狂涌而来，秦长歌却已飞快伸手在阴离面上一抹，笑道："九龙大补丸！"飞出黑丝将阴离往班晏面前一递，一把拉住萧玦退了开去。

萧玦一扭头，涩涩道："长歌我——"

秦长歌只是摇头，拉着他和楚非欢飞退。

水镜尘飞身追来，突然顿住脚步。

那边，黑丝送出，班晏下意识伸手去接阴离。

"轰！"

第八十一章

纤手

剧烈震响之中，漫天硝烟将起未起之际，隐约仿佛有雪白的手指，做出了一个捞取拂尽的姿势，随即狠狠一推。

地裂天崩，硝烟升腾。

爆炸范围并不算巨大，却极其凶猛集中，浓黑烟气夹杂着被激飞的碎雪黄土迸射而起，在半空中形成一团黄黑的矮云，然后“砰砰”砸落在地，洒了人一头一身。

地面因这凶猛无伦的一炸，不住战栗震动，仿佛有人在用巨锤，一锤锤拼命敲击，欲待敲开万顷厚土，挣扎而出。

硝烟未尽，秦长歌三人已经倒掠而出，秦长歌低声快速地说了几句话，萧玦立即横剑飞卷，光芒暴涨，倒走七星步，三转两转穿插入因为爆炸而分神散乱的水家阵势，抬手间“唰唰”几剑，便砍倒两人。

缺口一出，凰盟的日月经天大阵立即反攻，原本旗鼓相当的阵势，出现了势力倾斜的局面，不多时，阵势被毁。

水镜尘突然倒掠而起，手中剑气一掷，如飞龙夭矫，直贯萧玦天灵。

立即有分身出来的凰盟属下，拔剑迎上，十数道剑光灿然闪亮，夹击那道银光。

然而那却是虚招，银光击到中途突然掉转，水镜尘飘身而起，落于银光之上，飞雪中一个回首，眉目宛然地微笑，梨花淡淡，月光深深。

他脚踩“银剑”，御风而行，留一个玉树琼葩般的超逸背影，瞬间远去。

萧玦手一挥，凰盟属下一部分去追，一部分去镇口破阵。

萧玦无心去追他，先从阴离怀里搜出的那些瓶瓶罐罐里找出解药，给秦长歌嗅了。

他始终不敢看楚非欢，低着头递过宫中最好的金疮药。

楚非欢笑笑，接了，秦长歌过去，亲自给他包扎，楚非欢却只看着那爆炸的地方，脸色苍白而目光微凉。

前方硝烟未尽，地下隐约已经出现了一个深坑，坑中鲜血殷然，隐约有碎肉残肢，却一时辨不清是谁的。

秦长歌突然发出一声叹息，轻轻道：“其实我想杀的并不是你……”

楚非欢捂着肩，注视着那方地面，悠悠道：“以身相代，虽死无悔，恩耶？情耶？”

深坑里，一只形状优美的手，奇异地没有被鲜血和黄土所污，仍然保持着主人生前的洁白纤细，保持着一个捞取拂开的姿势，轻轻指向侧前方。

侧前方，灰土里，阴离蠕动着，挣扎着咳血起身。

来自中川、经过名匠改良过的、比霹雳弹更胜一筹的霹雳子，终于在首次使用中，便发挥了它无与伦比的威力，将当世顶尖高人，炸得几近覆没。

班晏死，阴离伤。

本来应该是倒过来的，班晏完全来得及退开，然而那一刻她选择了继续接下，其实就算接下，她也完全来得及松手，只要不管阴离死活就行。

然而她永远做不到不管。

她突然发现，秦长歌在阴离全身上下，都塞了那东西。

班晏的选择，毫无犹豫。

最后一刻，她飞快将所有霹雳子从阴离身上拂下，然后将他推出。

须臾之间，生死倒替。

谁在多年之前便拨动了命运的弦索，以一个苍凉的尾音，将生死相随的故事结束。

阴离伏倒尘埃，那一瞬间终究还是不够，班晏没来得及将最后一个粘在他腿上的霹雳子摘尽，他的左腿被炸断，鲜血浸透了地面那层混着雪色的黄土。

他却并不知道疼痛，只怔怔注视着那只至死还指向他的手，恍惚中想起很多年前，那个无名寨子里，遇见的那个因为触犯禁忌全家被诛、自己也被扔进毒虫谷里，日夜号哭将要死去的小女孩。

他当时就在谷中，借那遍天遍地的飞行毒虫，练教中的百毒大法，始终不得突破的功法令他心情烦躁。那女孩被扔进来时，就落在他身边不远处的草丛里，各种毒虫立即“嗡嗡”地飞去，寻那芬芳的人体的气味，孩子凄惨的哭声响彻天地，他连眼皮都未睁开。

哭声不知道是什么时候停止的，他没在意，他只关注自己的功法，然而一日夜后他终究未能突破，郁郁站起，转身就待离去，不想看见草丛微动，那孩子居然没死。

他冷然俯身，看着那孩子，她的脸已经被毒虫叮咬得尽毁，脸上结满疮疤和黑色瘤子，狰狞扭曲，宛如火灼，尽成焦炭，然而身子却毫发无损。她在落下时，本来没有衣物，她一边哭一边拼命搬开石头挖了个洞，将自己的大半身子埋进土里，又拔草遮盖了其余的部位。

他目中闪过激赏——这是个聪明的孩子，如果好好培养，必成大器。

何况，自己修炼的百毒大法，如果不能进益，那么反着练拔毒，拿她来试验倒是不错。

他带走了她，培养她成为忠心的属下。十数年里她创彩蛊教，一步步成为玄螭天使，为他主掌全宫应对来敌，为他出谋划策扩张势力，她向他献出全部，从无一刻背离。

十数年里他慢慢给她治伤脸，当一半容颜恢复时令他惊为天人。

忽然便起了私心，为什么要全部恢复她的容貌？这么一个倾国倾城又天生武学奇才的女子，一个比他迟练阴家武功很多年，却练得出类拔萃有所创新，甚至远超阴家武功最高的先祖的女子，她只是因为身世和容貌的悲惨，才留在了阴冷的他的身边，如果她光艳如常，她会令天下疯狂，那么到时，他又将置身何地？

他假借功力不够，放弃了继续治疗，她无一句怨言，只笑着说终于看见了自己原本应该长什么样子，此生不枉。

她盈盈拜谢他的大恩，他看着她，不知道惭愧。

玄螭事变，自己那时正在练九天玄极功，阴差阳错再次失败，若不是她三日三夜一步不退地守在幽火泽，宫中子弟怕已无存。

和西梁的界桥之会，他被西梁诈了一回，乱军中狼狈奔逃，若不是她迎出数百里悍然接应，他未必能全身而归。

他并没有真正救过她，她却还了他一生的忠诚，乃至生命。

阴离不住地咳着，咳出血沫，这许多年他只知道沉溺武学，习惯了她的存在，习惯到不知道去深想一切。然而此刻他突然觉得，自己的心已经没有了，大约在刚才那一炸中，便已被炸碎了。

只留下了一处巨大的空洞，穿过这午夜森凉的带着血和雪的风。

他看着那只手，那只手搁在坑侧，黄土飞雪中一个上扬的姿势，看似一个人扒在坑边，正想努力爬出坑来。

阴离忽然挣扎着，一点点蠕动过去。

身后拖出长长的一条血线。

萧玦探身动了动，秦长歌伸手一拦，三人默不作声地看着阴离一步步挪向深坑。

阴离的手，终于够到了坑边那手，他大喜地喃喃道："班晏，我来救你……"

伸手大力一拉。

落空的力道令阴离一跤栽倒，被震伤的内腑再一次鲜血狂喷。

那只雪色纤手落于阴离怀中。

阴离怔怔地看着那只断手，目光中满是怆然和不可置信。

……好像很多很多年前，某个黄昏，日光镀上明纱长窗，他匆匆进了她的闺房，欲待和她商量宫中的事务。

彼时她正在梳妆，半边长发垂落遮住鬼面，铜镜里只见云鬓香腮容色鲜妍，见他进来，回眸一笑，停在黑发边的纤手如雪。

那般惊心的白与艳，宛如碧池边一朵盛开的莲。

仿佛也只是一眨眼，那朵莲花便悠悠垂落枝头，萎谢在他的怀中。

阴离轻轻地抚摸那只手，抚摸那只记忆中自己从没有这般温情地触摸过的手。

很多年前他在毒虫谷漠然听她哭泣，很多年后爆炸那一刻他听见她对他低低道："离……"

只来得及说一个字。

是在唤自己的名字，还是在告诉他，从此，你我，离。

阴离低低地咳着，偏头将血沫咳进尘埃，他不愿有一丝血迹，沾染怀中那玉色柔荑。

他将那残手紧紧揣进怀里，挣扎着要跳进坑，将班晏的其余尸骸收殓。

秦长歌注视着他，无声地挥了挥手，立刻有凰盟属下意图去帮忙捡拾，却被阴离大力挥开，他什么人都不看，艰难地滚进坑内，脱下自己的外袍平摊在地上，枯瘦的手指在坑内一点儿一点儿摸索，每摸到一点儿骨殖，都小心地剔去泥土，放在袍上。

不知什么时候，雨停了，黑暗天空中只有雪花旋转飘落，落入那些黄土黑烟鲜血白骨中，瞬间消失不见。

冰雹小了些，细细地飞落，听起来像是环佩叮当的女子，莲步姗姗远去的步声。

长空下，飞雪里，数百人的注视中，曾经煊赫一时、总掌一国大权的南闵大祭司，旁若无人伏倒在冰凉污浊的泥坑之中，将那伴随了他半生的女子血肉，一一珍重收殓。

她在时，他不曾予他回顾；她去后，他方知心意几许，却为时已晚。

不过无妨，以后，我和你还有很长很长的日子，近乎永恒。

阴离沉默抿唇，将那血肉聚成一堆，放进怀中，仰首看着天际飞雪徘徊如女子轻舞，渐行渐远，而远处，夜鸟悲鸣，掠过空山。

然后撒手，坐在坑中，闭目，淡淡道：“埋吧。”

乾元六年正月十五，无名小镇风云再起，一场精心布置的针对西梁最高层决策人物的暗杀行动中，南闵两大势力捐弃前嫌，合力出动。设大阵、掘地道、布幻毒、重重布网，意图将西梁帝王暗杀于诡镇之中，却最终折戟沉沙，彩蛊教全军覆灭，水家伤亡过半，水镜尘于大军追逐中逃逸，玄螭宫天使班晏被炸死，大祭司阴离抱骨自断心脉而亡。

那一夜飞雪落冰，死伤无数，大军终于冲破阵法抢进镇中后，对未及逃逸的南闵人大开杀戒，横贯镇中的一条长街，堆满了尸体，鲜血融进薄冰，化成红色晶体，沾染上了士兵黑色长靴，一步一个血色脚印。

那一夜山风呼啸，飞雪呼啸，厮杀或奔逃的人们在呼啸，然而在镇中心，却有一块最为安静的地方，永久埋葬了曾经叱咤风云的一对男女。

南闵人视为神祇所在的玄螭宫，从此和那个国家一般不复存在，而南闵遗民心中曾经的精神领袖，默默无闻地葬在了这个连名字都没有的废镇。

古戍苍苍，大荒茫茫，从远山奔过来的风，将那些刀光剑影和生死枯荣都凛冽地卷了去，再惊破，所有写着谜题的梦境。

那一日，还有一段对话和一幅场景，永久地留在了血迹殷然的废墟上。

雪尽，日升，最初一道日光投射到并肩而立的两人身上。

“……对不起。”

“你有什么对不起我的？”

“我突然发现自己是个很卑鄙的人……很卑鄙。”

沉默。

良久以后，男子叹息着转身，欲待走开。

“那不过是你爱她的方式。”朝阳下，蓝衣男子回首，眼眸清透如玉，“还有什么，比知道有人会全心全意爱她，全心全意用一生来呵护她，更让我愉悦？”

他微笑着，脸色有些苍白，却不掩神采光芒四射。

“我很安慰。”

乾元六年正月十九，晴空万里。

山背后还是山，只有一条苍茫的古道向天际延伸，清晨的风吹过来，带着雪后初雾的寒意。

前方，越过那片渐生微绿的平原，云州在望。

秦长歌在马上仰起首，长长地舒口气。

此刻，魏燕联军和西梁军队，都在和时间赛跑，谁最先赶到云州，占据了有利地形以待对方的疲兵，谁就胜。

沧海舆图之上，两支强雄势力，一自青玛神山山脚下，穿蒙都草原，越确商山千里奔袭而来；一自天下第一帝都的心脏郢都，经平、齐、德、定、成州诸州远途行军迎上，然后在云州狠狠相遇，天下势力间的最后碰撞的巨响，注定将震动睿懿皇后家乡之城，并远远扩散，引起四海翻腾之怒。

谁的戟最先染上敌人的血，带着火花燃起攻城的炮声？

前方斥候已经来报，没有发现敌踪，将帅们疲惫焦灼了多日的神情，终于有了微微的纾解。

秦长歌安慰地笑着，转身看着楚非欢道："非欢，你伤势未愈，这么多天不眠不休地赶路，都瘦了一圈儿，今晚到了云州，无论如何你得先好好休息下。"

楚非欢淡淡一笑，道："无妨。"他出神地看着云州方向，眉间微蹙，秦长歌细心地观察着他的神情，小心地道："非欢，你觉得有什么不对吗？"

"哦……"楚非欢怔了一下才回过神来，展眉笑道，"长歌，我那点儿预知能力其实很有限，越是亲近熟悉的人才越灵验，而战场休咎这般大事，是难以预测的。"

"没事。"秦长歌抬头看着前方隐隐出现轮廓的城池，"我只是担心你太累了，至于打仗，风云莫测，要都给你推算出来，那还要咱们干吗？"

楚非欢淡淡一笑，突然头微微向萧玦的方向偏了偏，道："你去和陛下谈谈吧，他心绪不甚好。"

秦长歌默然，半晌道："你们不是谈过了吗？"

"长歌，你要明白，陛下只是太在乎你，"楚非欢偏头看她，"他一生光明磊落，诚厚不欺，那一霎的迟缓，于他是毕生耻辱，你如果不原谅，他更是永生都不愿原谅自己。"

"我没有不原谅他，你都原谅了，我为什么要坚持？何况他真的只是一刹那的心魔而已，人的一生中，谁都有被心魔所扰的时刻。"秦长歌缓缓把玩着手指上的缰绳，"只是……非欢，我最近好像心很乱，我甚至不知道我为什么会心乱。"

楚非欢转首，静静看着秦长歌，透明的风里，她亮若星辰的眸子宛如金刚钻，光芒闪耀，照得见大千世界故事种种，却当局者迷，看不清自己的去向和来路。

楚非欢无比珍重地看着她，眼底渐渐起了一层迷离的雾气，随即缓缓散去，他一笑清透如风，却只是拍了拍她的手，没有回答。

时间倒回到正月十八，夜。

无星无月，只有一层一层无比厚重的云，叠加在远处深黑的天际，前几日下了一场雪，沉沉地压在树枝上，时不时听见"咔嚓"一声，一些细弱的枝条被压断。

三面环山的云州城，安静地沉睡在雪后清冷的空气里。

"咔嚓""咔嚓""咔嚓"，接连不断的声音一声声响起，响起城西外不远处的确商山中。

听起来却不再像是树枝断落的声音。

一只夜游的兔子，惊惶地从草丛中蹿出来，惶然回顾身后。

"嘿，兔子！"

快速的脚步声传来，一双大手拎起这只莫名慌乱的兔子，那个猎户打扮的人扬起眉，得意地拍了拍兔子毛皮上的雪。

他住在山脚附近，夜里出来解手，不料看见这只乱蹿的傻兔。嘿，夜半家中睡，兔子送上门，多好的美事！敢情今年转运？

"咔嚓""咔嚓""咔嚓"。

猎户什么都没听见，只是喜滋滋地拎着兔子，回身。

"咔嚓"。

黑暗中明光一闪。

猎户顿住身子，有些讶异地瞪大眼睛，他缓缓低头，看着自己胸前突然凸现的一截带血的枪尖。

"扑通"，兔子掉在了地上，他努力地想在贯穿了自己的枪上转身，看看杀了自己的人是谁。

然而枪尖突然一收，"唰"地从他胸膛抽回，随即一股大力涌来，"啪"的一声，他被踢飞到山路边，如一块破麻袋被弃之路边。

他斜斜倚在一丛柴垛上，看见自己身后的一处隐蔽山路上，突然出现了一个黄甲黑衣的士兵，正在冷然拭着滴血的枪尖。

随即，更多的同样装束的士兵出现，越来越多，如同潮水般从那条山路上源源不断地涌出，黑压压地占据了整个山脚偌大的平地，山坡之上，茂密的丛木之中，隐约也可以见人影闪动，如一道道溪流，无声汇聚在那越来越大的队伍中，天知道有多少人神奇般地出现在这个平时很少有人踪的确商山中。

那些人无声无息却又步伐快速地从他面前走过，目不斜视，有人将那只兔子一踢，低低骂道："西梁这鬼地方，连兔子都瘦许多！"

立即有人喝："噤声！"

猎户瞪大眼睛看着陌生的队伍如狂潮般从面前冲过，将死的神志里突然隐约明白了这是异国的军队，他充血的眼睛吃力地望向西方一处茅屋——那里，住着他的妻子儿女。

他最后听见的一句话，是一声森冷的低喝。

"全数杀掉！"

确商山脚的风，吹到云州城墙下时，已经不带一丝血腥气息。

正如那黑压压的大军行到云州城墙下时，已经不容毫无防备的城中军民惊惶或喘息。

本来应该有防备的，可惜朝中发来的所有传递军报文书的人，全数被潜伏西梁境内的南闵势力给截杀干净。

几乎在联军到达的那一刻，攻城便立即开始。

这些人，没有带粮草，没有带辎重，没有带战车、巨炮之类一切可以用来攻城的武器，完全的轻装简骑彻夜奔赶，甚至连干粮也是计算精确，到了城下时，恰恰吃完。

上头有命令，没有粮食，什么都没有，要吃，进城去抢；要换掉那些被荆棘勾破的衣服，进城去抢；要金银珠宝，进城去抢；要玩玩西梁美女——进城去抢。

按照正常的用兵方略，良将不策疲兵，本当休整完毕再开始，然而士兵们长途奔驰，筋疲力尽，如果此刻让他们躺倒，定然能睡上三天三夜。

可是没有三天三夜的时间可以等待，西梁大军亦在急如星火地赶路，争的，最多就是几个时辰！

那么，就一鼓作气地继续吧，用逼迫和利诱的方式，逼你继续。

夜最深时，攻城战打响，魏燕联军燃起火把，整个云州都被火把的海洋包围，站在城楼上远望，宛如漫天星辰降落平野。

马思锐从自己的“帝王砖大宅”中被士兵们匆匆拱卫上城头时，一眼看见地下黑黄二色连成广袤一片的联军大军，直接昏厥。

魏燕联军很有默契地直接攻击城西，他们从确商山脚砍下巨树，数十人抬着巨树，不去撞击城门，直接冲着那一片颜色有异的青灰色城墙而去。

西梁士兵拼命地发射弓箭，向下投掷火石、火把、石块，然而联军人太多了，死一个补一批，那些黄甲的东燕士兵尤其悍勇，踩着脚下士兵同乡的尸体，不管不顾冒着箭雨，顶着巨树一次次撞击。

十数下后，城墙不出意料地断裂，裂口处全是碎砖和泥灰。

联军发出狂喜的呼喊，争先恐后地跃进缺口，最先进去的被守在墙后的士兵一刀砍死，然而更多的人涌进去，将那些守墙的士兵踩死。

城墙上一个不算大的缺口，却成为了云州城偌大躯体上的致命之伤，带血的创口被有心地一遍遍咬啮，无数人头蚂蚁般地源源冲入，像是黑色的毒汁，融进了云州平静跳动的心脏，融进了云州的血管。

西梁士兵犹自不肯放弃抵抗，城内却已隐隐响起百姓的哭喊，街角小巷里一簇簇火光烧起，如夜色凶厉的眼。

夜未央，而杀戮刚刚开始。

联军欢呼着，涌上城头，砍死那些据城不退的士兵，将他们的头颅从高墙上扔下去，摔得稀烂，再在碎裂声中哈哈大笑。

云州城的父母官，住过帝王宅，睡过帝王炕，等着自己做下一个帝王的马思锐，拆掉了自己的墙，终于轮到了别人来拆他的墙。

他在城楼里一处夹角里被发现，攻城的士兵不认得他的代表身份的官袍，把瑟瑟发抖的他揪出来，活活从城楼上扔下，再被卷入城中的士兵们一遍遍踩过，零落在泥尘之中，以至于后来，再没有人能找到马大人的遗骸。

云州守将在城破伊始便放弃抵抗，率领部分将领投降，只有一个被罢免的城门官刘汝南，临危之际再披战袍，带着一批死不弃城的士兵死守在那个缺口，在城墙处连杀三十二人，将长刀生生砍裂，最后失却兵器，眼见敌军包围过来，大笑道：“敌寇尸首成山，丈夫死于其上，快哉！快哉！”

爬上那三十二具尸体，触墙而亡。

联军士兵默然伫立，无人上前践踏尸体，男儿心性重英雄，纵然敌对，纵然残忍，依然不免为此触动。一个小队长肃然三躬，将刘汝南尸首端放于地，其后数十万联军士兵经过此地，无一人辱及刘汝南尸身。

午夜，不过一个时辰，云州城已被占领。

厚重的城门在月光下，缓缓开启。

数骑绝尘而来，马蹄腾起如线如电。

士兵们雁列城门之侧，排出一眼望不见头的队伍，见那当前一骑驰到，齐齐跪地。

马上骑士一勒缰，淡金衣袍在风中飞卷，他缓缓抬头看着城门之上，“云州”两个骨秀神清的大字熠熠闪光。

清冷月光下，男子仰起的下颏，有着流动的韵致和风华。

他一扬眉间，十万里江山郁郁青青。

散漫地笑了笑，笑意慵懒而洒然，男子一扬鞭，在众骑拥护下长驱直入，如利剑悍然穿透云州。

联军如浪如潮的欢呼声中，男子登上城楼，淡然下望，只是一个扬掠的眼神，呼声立止。

数十万士兵，用崇拜敬慕期待的目光望着自己心目中如同神人的主帅，望着这个弹指间便击破西梁独霸天下不破神话的气度非凡的男子。

看见他轻笑，平静开口，声音不大，却响彻全城。

“屠城。”

第八十二章

旖旎

乾元六年正月十八，浩劫降临云州，魏燕联军先期军队三十万，神兵突降确商山脚，无声截杀所有城外周围十五里地的哨楼和关卡，以令云州守军猝不及防的速度攻破城墙之后，在联军主帅白渊的一声屠城命令下，欢呼着冲入云州大街小巷，用别人的粮食衣服去补充自己的粮食衣服；用别人的头颅去练自己的刀法和枪术；用别人的姐妹女儿去安慰自己“久旷的身心”。

城中黑烟四起，哭声震天，无数人被杀，无数家门户被砸碎，如狼似虎的士兵冲进哪里，哪里就爆发出瘆人的惨叫，冲出哪里，哪里就汪出高过门槛的血泊。

老人们被踩在脚底，婴儿们被挑在刀尖，青壮男子更是第一时间被杀戮干净，云州城最大的承天街，尸首堆积了足有三层，没有一具堪称完整。

满街的箱笼翻倒间，士兵们狂笑着，在口袋里揣满银两，脖子上挂满了金链，手腕上叮叮当当几十个手镯，连裤裆里都塞满了首饰。

那些韶龄的女子，连同花花绿绿的被褥一起被拖出来，士兵们轮流当街作乱，女子的哭喊声冲破云霄，再渐渐细弱至无声。

战死城墙口的刘汝南的女儿，十八岁的刘莹，同遭厄运，她和母亲没来得及上吊就被拖了出来，这个刚烈不下乃父的女子，一刀捅死母亲，自己却没有自尽，一直奔到城门处，被一群士兵挡住，当一个士兵扑上她身子时，她咬断了那个士兵的舌头，将那舌头嚼碎成块，一半狠狠吞下肚去，一半喷吐了一地。

满街等待施暴的士兵齐齐被震住。

听得女子满口鲜血，仰头大呼："皇后！云州乃你凤潜之地，为何你不护我云州数十万姐妹！"

有人上前去拉她，却发现她张开的口中，自己的舌头也被咬断。

当夜风声低徊而惨呼猛烈，士兵们杀到最后觉得手软，干脆挖个坑一起埋掉算完，原先看见女子都去动手，后来变成一人分一个，再后来相貌不美不要，杀掉。

到了天亮时，云州城已经成为死域，白渊国师的屠城命令，被执行得非常彻底。

这一夜，史称"云州绝灭夜"。

清晨，淡薄的阳光升起，照耀的却再也不是云州父老安详的容颜，而是那些惨遭浩劫死不瞑目的尸体。

兴奋了一夜的士兵们，游魂般在尸堆中穿行，倚着人头堆吃干粮。

很多人换穿了西梁士兵的衣物，到城楼上守卫。

马思锐的帝王宅，现在自然是白渊的住处，这里庭院深深、高墙连绵，外间的哭喊和血腥，云州城的惨烈和悲愤，是不会传进来的。

白渊在下棋。

他轻衣缓带，意态悠然，眉宇流动如风云变幻。

单手轻轻敲着棋枰，白渊笑谓对面的华衣女子：“娘娘号称北魏国手，如何今日这棋下得心神不属？难道屠城也令您手软了？”

女子微笑，笑容妩媚华艳，正是北魏纯妃完颜纯箴：“屠城是我的意思，我为何要手软？”

“说到这个，在下也觉得奇怪，娘娘为何一定要屠尽云州父老？”

“国师撇得好生干净，这个命令，不是您亲口下的吗？”完颜纯箴神情无辜。

白渊轻轻敲着棋子，淡笑不语。

门外传来传报声，白渊应了，掀帘进来的是投降的云州守将郭恒，大气不敢出地跪在地上，深深俯首。

白渊微侧身子，瞟了他一眼，道：“郭将军，府中未受惊扰吧？”

郭恒颤声道：“……没有，谢国师护佑，下官一定忠于国师，甘……甘……甘为马前卒……”

“哦，很好，马前卒是不用你亲自去做的，先锋却是你最合适，”完颜纯箴娇笑接口，“你的主子很快要到了，点齐兵马三千，你出城去迎吧。”

“啊……”郭恒僵着身子，不知所措，要自己一个降将，用三千兵，去迎战本国陛下的二十万大军？这不是要自己死无葬身之地？

白渊轻笑着瞟了完颜纯箴一眼，淡淡道：“娘娘和你说笑呢，她的意思就是你去迎，不是出战。”

郭恒怔了怔，背上突然出了阵冷汗，敢情这两位大人物是要自己将陛下迎进云州，然后关城门，一举杀掉陛下和太师！

郭恒的手指颤抖起来，却压抑着不敢言声，自己的一家老小，全部被联军士兵“保护”着呢。

白渊突然微笑着招了招手，道：“你过来。”

郭恒身子一颤，犹犹豫豫靠近，白渊手一伸，轻拍在他胸前，郭恒不由自主张开嘴，白渊手指一弹，郭恒眼前黑光一闪，一个药丸般的东西被弹到他嘴里，咕噜滚了下去，随即咽喉深处泛起淡淡苦味。

“你胆气着实有点儿小，我很怕你等会儿觐见天颜露了马脚，给你吃个大补丸壮壮胆，”白渊不再看他，继续下棋，“如果你不想全身寸裂而死，你就给我争气点儿。”

郭恒面色死灰，连连称是，哆哆嗦嗦地退了出去，完颜纯箴微笑着，“啪”的一声搁下棋子，道：“将！吃你老帅，叫你有去无回！”

正月十九，到午时尚差三刻。

西梁大军出现在地平线上。

秦长歌在马上仰首看了看前方云州城平静飘扬的西梁黑龙旗，目光细致地在城头上方一一掠过，没有攻城的痕迹，没有血迹。

萧玦手一挥，一队士兵转向城西，去看那道传说中被拆的城墙，不多时回来，报说确实是青灰浆糊了碎砖，很容易被攻破。

萧玦上挑的长眉怒气一现又隐，一挥手道：“进城再算账！”

大军接近，先行官带队策马前驱，不多时城中鸣炮三响，云州守将郭恒，带领三千兵马，军容齐整地迎了出来。

从萧玦开始，三人的目光都极其严格地审视了郭恒及其统带的士兵全身上下，盔甲齐整，刀剑鲜明，精神状态也很正常，郭恒的气色有点儿不好，眼圈发黑，不过那实在也不能作为怀疑的理由。

城门开启，云州城袒露大军面前，隐约可见承天街平直道路，时有行人三三两两行路，一派安宁祥和，未受惊扰景象。

将领士兵们都露出了欢喜的神色，这些天大军长途跋涉，没日没夜地赶路，着实疲乏透顶，终于赶在了敌军的前方，想着等下可以进城休整，又可以背靠坚城拒敌，都有些迫不及待。

萧玦、秦长歌在郭恒恭敬的引领下入城，大军浩浩荡荡跟随其后，经过护城壕时，秦长歌俯身看了看壕中的水面，又仔细看了看城门上的角楼，笑道：“郭将领的部下，不愧我西梁健儿，身姿步法，看起来都杀气凛然啊。”

郭恒低眉敛目，连连躬身：“太师夸奖，太师夸奖……”

此时萧玦、秦长歌和大军主帅冯子光都已进入城门洞内，萧玦目注前方，轻轻驻马，颇有感触地道：“云州城风貌依旧，不知道当年的梅林是否还在？”

他目光有些遥远，想起多年前梅林中的清丽女子一笑回眸，想起云州战役自己和长歌的并肩作战，不想此生居然还有和长歌再次于云州齐心对敌的一刻，命运翻覆轮回，当真是再奇妙不过的事。

郭恒苦涩地牵了牵嘴角，俯低的脑袋让人看不见他的神情，只是连声道：“还在，还在。”

他神情有些犹豫，手指掩在身后紧张地绞紧，他身边一个面容平庸的将领，有意无意地向他靠近了一步，低咳了一声，郭恒的脊背霍然一僵。

抬眼，看了一眼因为萧玦停住而停下的大军队伍，郭恒咬咬牙，小声道："陛下……梅林就在落凤台之后不远，要不进城后，末将带您去看看？"

萧玦"嗯"了一声，笑道："不劳你，朕自有人陪着。"他目光有意无意扫了秦长歌一眼，秦长歌微微露出一丝笑意。

几人继续策马前行，郭恒殷勤地在前方引领。

前方，城门洞一半的地方，是一座悬门，这东西的作用，就是待敌军破门后紧急落下，可将其一分为二各个击破。

郭恒的任务就是在将西梁的皇帝主帅们引入城中之后，放下悬门，将大军割裂，然后瓮中捉鳖杀掉西梁所有首领，则大军不攻自破。

萧玦的马蹄，已经过了悬门的位置。

郭恒不敢看萧玦的脸，眼角余光瞥着他的马身，手心里的汗一层一层，连袖子边缘都已湿透。

他的"副将"，眼光则紧紧罩在那个平静雍容的赵太师身上，这个名动天下的西梁第二人漫不经心，却目光如炬，从出现在城门前那一刻开始，所有的可以埋伏的地方都没能逃过她的眼睛。

他捏紧了掌心的长鞭，等待刹那之后的杀机。

其实秦长歌只是习惯性的扫描，她计算过路途和时辰，自己无意中得到的消息是比较早的，随即立即行动，一刻都没耽误，而敌人大军行进，远跨两国，无论如何也不可能比自己要早，而这一路过来，角楼暗哨都完好无缺，四处都无可疑痕迹，确实没什么好再担心的。

午时日光强烈，射进幽深的门洞，将马身的影子拉得很长，最前方萧玦的马头，已经过了悬门，越过了内城门那道弯弯的弧影。

大局已定。

马上就会放悬门，而悬门之后，足有五千军马等待围杀，"副将"悄悄地松了一口气。

郭恒神色阴晴不定，却也慢慢放开了紧捏的手。

陛下……对不住，诱你入围，非我所愿，只是自己的命，终究要紧些。

秦长歌也松了口气，到目前为止都无任何异常，看来自己真的是多虑了。

一转目间，突然发现楚非欢不在身边，秦长歌怔了怔，回头去找他。

目光流转间，眼角余光忽然瞥见前方内城城门门轴处一点儿异物，秦长歌一眼扫过没有在意，继续回首。

红色……碎肉？……门轴上……

秦长歌脑中光影一闪，突然觉得有点儿不对，霍然扭头。

大喝："退！"

淡黄身影一闪，秦长歌那声大喝一出口，萧玦立即反应过来，左手一挽秦长歌，右手一拉冯子光，飞身便退。

与此同时另一声大喝响起："放！"

身后影子一暗，不知何时那悬门已经放下一小半，如一道黑色幕布，自几人背后飞速降落。

"射！"

城门内、城头上，街道旁、屋顶上，突然闪出无数黄黑二色衣甲的士兵，足有数千之众，齐齐弯弓搭箭，"嗡"的一声箭落如飞蝗，又似突然飞来了朵深青色的密云，带着无穷杀机射向城门洞中后有悬门，前有乱箭的几人。

萧玦大喝一声，伸手抓起郭恒横着一挡在三人面前，郭恒立即被射成刺猬，萧玦将他当成人盾霍霍地一阵飞舞，将箭全数荡开。

只这么缓了一缓，悬门已落大半，已经不够萧玦那样的身高直立穿越。

秦长歌立即伸手去推萧玦，萧玦一把抓住她的手，运足真气横臂一甩，生生将秦长歌扔出悬门。

秦长歌倒飞而出，脚尖在城墙侧一勾，立即就要荡回来再救萧玦。

只这么一出一回，悬门已落四分之三。

冯子光抢过来，掌中金锤一阵飞舞挡在萧玦面前，大喝："陛下出去！"

萧玦一声长笑，将郭恒的尸体一阵猛舞，血花飞溅中，他再次一拽冯子光，一脚将他横着踢出。

巧巧地从只剩五分之一的悬门空隙底侧穿过，正撞上抢上来想回到萧玦身边的秦长歌，将她的身形撞得歪了一歪。

两人砰然相撞里秦长歌眼前黑了一黑，心底大叫："来不及了！"

悬门将闭。

秦长歌百忙中抬眼一瞥，发现悬门的机关不在自己那面，而在内侧，想要从这里卡住机关停止下降也不可能。

秦长歌倾身冲前，看见萧玦的马已被射倒，他的身子被悬门遮住，看不见全身，只见黑底金龙靴子飞快腾挪跳跃，越离越远。

他一个人，而城内足有数十万大军……

秦长歌手指冰凉，心似乎都要停止跳动。

不，不能！

一咬牙，秦长歌“嗖”的一下纵身而起，在悬门还剩最后半米高度时贴地飞掠而过，堪堪落于城门内。

落地就是一个翻滚，滚到被射死的马后，借马身遮掩自己的身形，大叫：“萧玦，萧玦！”

没有应答。

秦长歌眼前又是一黑，耳中突然什么声音都听不见，连身后一声巨响都只是隐约听闻，漫天箭雨里她只是心底冰冷地想……来不及了……来不及了吗？

头顶风声呼啸，无数飞箭擦过头皮、擦过身后的门，闪起一溜又一溜的火花，有一支箭特别地低，卷起秦长歌头发，带走她一缕黑发，险些伤到她头皮，她竟然也不想去躲闪，只是觉得万分疲倦，疲倦得连眼睛也不愿睁开。

却突然感觉到身侧风声流动，熟悉的柏叶和松针的气味卷近，一双温暖的手，轻轻然而有力地抓住了她的手臂，爽朗中带点儿嗔怪的语声响起：“你疯了，回来干吗？”

秦长歌霍然睁眼，看见萧玦正在身侧，不禁目光大亮，却立即怒道：“刚才叫你你怎么不回答？”

萧玦对她眨眨眼，无辜地道：“我刚才一直用郭恒的尸体挡箭，结果他尸体被射穿，内脏全部出来了，泻到我身上，你喊我的时候，我正恶心得要吐，又没想到你居然回来，险些岔了气，哪里还答得出话来。”说完一瞪秦长歌，“我问你的问题你还没回答我，你跑回来干什么？你不知道这是死地吗！”

“那你不知道这是死地吗？”秦长歌捂着鼻子皱眉很嫌弃地看着萧玦一身的污脏，神情中却透出点尘埃落定的欣喜，语气里隐隐有点儿小任性，“你能留，我为什么不能？”

“真想不到你居然会说这么孩子气的话，”萧玦哭笑不得为她挥开连绵不绝的箭雨，“如果咱们俩都折于此地，西梁必败，东燕北魏怎么可能放过西梁百姓？到时咱们真的就成了西梁的罪人了，你素来大局为重，怎么会如此冲动？”

“我知道应当以大局为重，但是萧玦，”秦长歌微微一笑，“要我任你一人留下面对数十万魏燕大军，要我看着你走上死路，我做不到。”

萧玦突然不说话了，他抿着唇，目光闪闪亮地看着秦长歌，秦长歌一剑拍开一支险些射到他眼睛的飞箭，又好气又好笑地道：“喂，你傻了？这什么地方什么时辰？由得你发呆？”

“让我发呆一刻，就一刻……”萧玦突然深深叹息一声，呢喃道，“长歌，虽然我不愿意你回来，可是我又好自私地那么欢喜，欢喜你回来。”

他附在秦长歌耳边，低低道：“长歌，我终于又可以和你生死与共……”

“是的，生死与共。”秦长歌对他嫣然一笑，一转脸，正迎上萧玦的唇。

宛如风遇上了潮湿的云，注定要下一场润物细无声的雨。

萧玦的唇立即滑了下去。

他的唇沿着秦长歌柔美的脸部轮廓下滑，急切地寻找着她的唇，他呼吸灼热而急促，松柏的清朗气息阵阵扑面而来，奇异地拥有令人沉醉的魅力，秦长歌叹息一声，突然觉得有些手软。

手一松，秦长歌突然也不想管那些乱七八糟的箭了，反正五条马的马尸都拖了过来挡住，暂时那些士兵也不会上前来，等上前来，来一个杀一个，来两个杀一双好了。

反正四面皆敌，前路多半是死，拼得一刻美好光阴也好。

她抬手，抱住了萧玦的腰。

战场之上，马尸之后，无数敌军包围之前，万千箭雨笼罩之下，那一对曾经生死与共却因命运的无奈而渐行渐远的男女，终于再次坦然相拥，旁若无人地在彼此唇间打下属于自己的陌生而熟悉的烙印。

这一刻杀气笼罩下气氛却旖旎如春，漫天的飞箭也声声连响，似也成了带着温馨和喜悦的琴音。

萧玦希望这个特别的吻可以缠绵地继续下去，直到天荒地老，石烂海枯。

秦长歌却终于推开了他，她面色微红眼波流动，气息有些微微不稳，嗔道：“这都什么时辰了……准备死拼吧！”

眼光落到远处隐约飘飞而来的人影，秦长歌露出一丝忧色，她素来是个生命重于浪漫的人，之所以肯在这里战地一吻，是觉得此番回来，只怕难逃生机，就算后面大军马上冲破悬门，可白渊呢？白渊是不会给他们留下活命的机会的。

不如死前浪漫一把也不亏嘛。

青光长剑横拍竖点，漫天里都是星棱闪耀，将那些强劲飞箭一一击飞，萧玦突然笑道："喂，你发什么呆，谁说我们要死拼了？"

"啊？"

萧玦目光向身后悬门溜了溜，示意秦长歌去看，秦长歌这才看见身后悬门不知何时已经被谁极其精准地卡住了一块巨石，没有彻底合拢，还留了可以供人贴地而过的缝隙，想必是先前故意落到后面的楚非欢，在关键时刻赶上来，掷了这块救命石头。

秦长歌心中大喜，喜欢完了突然反应过来，萧玦那混蛋，竟然诈我？他早就知道自己和他不会死，偏偏不说，还搞那么悲壮的同生共死，害得自己居然陪着他一起疯狂了一把。

秦长歌恼羞成怒，却又没处发作，能说什么？你赔我？赔什么？萧流氓会立即眉开眼笑地凑上来要求"赔偿"的。

恼怒之下大喝道："我不想再爬过去，那太没面子了！我是太师！"

"我还是皇帝咧。"萧玦这话可不敢出口，一剑拍飞那些越来越密集的箭，无奈地道："好，太师，你不想爬过去，我背你爬过去。"

"我不做乌龟的壳！"

萧玦差点儿没被呛了个倒仰——这女人，这女人还是当年那样，平日里冷静得像神，强势得像男人，遇着不顺心的情事就是完全的小女儿态，无理取闹的本事比溶儿还强上几分。

正在想着万一她真的不肯爬自己是踢她还是踹她的时候，秦长歌突然"扑哧"一笑，转了转眼珠道："喂，萧玦，这些年你腿功练得如何？"

"你要试试吗？在这里？不好吧？"萧玦万分羞赧。

"你这下半身思考的萧狼，"秦长歌瞪他一眼，道，"我为什么要爬过去？趁城门还开着，白渊还没过来之前，我要把悬门吊起，咱们借力打力，先攻他个措手不及。"

她和萧玦示意了几句，随即一伸手，从身前那个倒霉的被射死的"副将"腰间抽下他的长鞭，又从头发里取出黑丝，一根根连接好，抬头看了看悬门顶，道："来，踢马尸！"

萧玦抬脚，“呼”的一声将一具偌大的马尸踢起，直飞到城门半空。

秦长歌立即一个翻滚，缩到马尸之后，手中黑丝长鞭一甩，“啪”的一声搭上头顶高大的悬门的闸口，低喝：“再来！”

萧玦再次一踢，这回这具马尸被踢得更高、更远了点，秦长歌一踩先前那具马尸，半空滚翻滚到第二具马尸之后，借马尸遮掩，再飞出一条黑丝，搭上先前那条长鞭，伸手一拉。

轧轧连响，一边闸门被拉动，悬门动了动。

此时第一具马尸方才落下，第二具马尸将落未落，萧玦已将第三具马尸踢起，恰恰遮住秦长歌将要暴露的身形。

秦长歌再次一拉，另一边的闸门也被拉开，悬门开始缓缓上移。

第三具马尸落下，而第四具马尸也到了，如流星赶月毫无破绽，秦长歌的身形，始终没有暴露在那齐齐向她飞射的箭雨之中。

两人配合得天衣无缝，衔接流畅巧妙，马尸在半空中此起彼伏翻滚得煞是奇妙，有些弓箭手竟然看怔住，呆呆地停了手。

后方却突然传来一声轻笑。

轻笑在后，电光在前。

一道淡金身影，明明刚才还在很远的地方好像一个小点，转眼间就立在了城门前一方屋檐上，衣袂飞舞，微笑下观城门洞里的奇妙场景。

他仿佛只是扬了扬手，掌间便射出淡金浅碧的华光，如一道月光从苍穹远处射来，华美亮烈，不容人躲闪退避。

那光行至中途，忽分两道，一射扯住闸门的长鞭，一射遮住秦长歌身形的马。

白渊已至。

“啪”的一声，长鞭瞬间就不见了，不是断裂，是不见，仿佛浮尘般消散在空气里。

秦长歌立即撒手，一个筋斗翻了回去，拽着萧玦，也不管悬门未来得及全部拉起，也不管赵太师不爬洞那个宣言了，立即“噌噌噌”地爬了出去。

知其不可为便绝不为，秦长歌一向很识时务，绝不勉强自己去送死。

钻出悬门缝，秦长歌立即一返身，凑近门缝大喝：

“白渊，你若杀我云州父老，我定要你碎尸万段！”

一阵静默。

随即，门后，闲淡悠然，却又奇异带有睥睨万方感觉的独特语气，淡淡响起。

“那么，我等着。”

第八十三章

惊梦

坚城被夺，先机尽失。

而后方，将是新一轮的速度比拼——谁的后续援军最先到？如果是魏燕联军先到，西梁大军将腹背受敌，如果是单绍带领的西梁援军先到，与二十万先期军队会合，拿下云州，灭掉三十万城中联军，则会容易许多。

这是新的一轮时间的赛跑，竞赛者却不再是白渊和萧玦，连他们自己，对接下来的形势也全无掌控，只能等待结果。

先前悬门之险，几乎在秦长歌和萧玦遇险的刹那，城头士兵便对城下欲待入城的军队展开了攻击，所幸楚非欢落在了后面，先前他不在秦长歌身侧，就是去重新部署入城队伍的，将盾牌步兵调在最前面跟随帝驾入城——城楼飞箭，盾牌兵除了一个开小差的被射死，其余将士及时退下毫发无伤。

看见秦长歌安然退出，守在门那侧的楚非欢眉宇一舒。

西梁大军有序后撤，在城周扎营，环围住云州，三人步出主帐，遥遥注视前方云州城，那里的旗帜已经换掉，斗大的“白”字在风中招摇，萧玦忍不住“哼”了一声。

秦长歌却一把拉住楚非欢，手指抓得紧紧，目光紧紧盯着那半落不落的悬门，低声道：“非欢，非欢，云州是不是死了很多人？”

楚非欢目光一闪，沉默半晌方道：“别想太多，现在最要紧的，是夺回云州。”

秦长歌怔怔看着云州方向，低低道：“那个门轴上，是碎肉，我一眼看过去，好像是人的舌头，不知道是谁喷在那里，提醒了我。”

她不胜寒凉地看着远远城楼上大步巡视的士兵，道：“进城的时候我就觉得，那些兵，步态身姿，不像安宁了多年没有打仗的守军，倒像刚刚经历过一场嗜血杀戮的人，那么远，看过来的眼神都是酷厉的……非欢，云州……云州遭受了什么？”

三个人对视一眼，都在对方眼里看见了那个恐怖的念头，立即齐齐转开目光，不愿去直面那样残忍的想法。

萧玦狠狠地甩下头，似乎想将那个可恶的想法从脑海里甩出去，从齿缝里森然道：“如果他敢，我必以十倍报之！”

“我们不能等待，”秦长歌冷冷看着那个“白”字大旗，“谁知道等到最后，是不是等来攻击我们背后的敌人？”

她转身，看着萧玦和楚非欢，三人目光一碰，俱颔首。

“白渊料定我远来疲兵，定然要先休整，我偏不休息！”

“如果我们现在不动，今夜他必派人探营，咱们也休息不好。”

“白渊定然有防备，但是联军不是他一个人的，只要有一部分人有懈怠之心，咱们就有机可乘。”

“一鼓作气，再而衰，三而竭，反正一股气到了这里，不必让那气泄尽重来。”

萧玦一笑，一拂衣袖，大喝：“攻！”

云州刺史府。

雅室摆设精致，锦帐珠幌，风过水晶帘琅琅有声。

帘前白渊负手而立，微笑打量着四壁，看的却不是那些名品书画，而是墙砖。

半晌微笑道：“这帝王砖造出来的宅子，好似也未曾庇佑马大人。睿懿皇后福泽万里的传说，看来早就该破灭了。”

他对着墙壁而言，竟似在和人说话。

一阵沉默，半晌，帘后忽起“仙翁”之音，其音清越绵邈，比那水晶帘还明丽上几分。

白渊嘴角噙着一丝笑意倾听，眉宇间微有神往之色，良久道：“您的琴艺，似是更有进益，天下第一琴，大约除您之外也无他人配称了。”

帘后无人应答，却又起拨琴之声，其音轻快，似少女春日里坐秋千，随风轻扬里荡出一串银铃般的巧笑。

白渊也笑，竟是少年儿郎般的明亮笑意，自眉梢眼角一丝丝漾开，每一丝弧度都泛起春水涟漪。

如果有熟悉他的人在身侧，定会愕然至不敢相认，无法相信纵横万里手段狠辣的白渊国师，竟然也会拥有这般明朗纯粹的笑容。

带着灿然的笑意，白渊轻轻道：“您何必一定要来？战场凶危，何况……唉。”

帘后光影淡淡，铮铮琴音又起，这回琴音先是明快干脆，随即又低徊婉转，徘徊迤逦，不尽喜悦缠绵。

白渊先是无奈挑眉，听到后来笑意却渐渐淡去，却又没完全散干净，有些奇异的神情凝固在他眉宇间，映着珠光明灭的水晶帘，半边清晰半边模糊，看起来竟有几分阴森。

然而语气却和刚才毫无变化，甚至轻笑都不曾有一点儿走样：“既然您坚持，那么，臣唯有拼死护您周全。”

他回身，神情已经完全如常，姿态优雅地对着水晶帘轻轻一鞠躬。

“女王。”

乾元六年正月十九日傍晚，西梁和魏燕联军，在一次意图诱杀失败后，正式拉开了争霸最后一战的序幕。

西梁此次采取了非常规的战术，在自己失却先机、城池被占、刚刚长途行军到达云州城下还没来得及休整的情形下，悍然对占尽优势的魏燕联军展开了进攻。

城门守军每隔两米一人，魏军和燕军士兵各占一半，在占城最初，联军已经接到了国师和纯妃的命令，今夜务必加强防守，不可懈怠。东燕士兵对国师向来视如神人，唯唯诺诺不敢有违，魏军对纯妃娘娘却没有什么太大的好感，因为法王何不予曾经对这位北魏三大巨头中的唯一女性下过批语：“女面之蛇，深泽之妖，窥伺阴潜，必祸我主。”

北魏人膜拜何不予，何法王一言定论，最起码纯妃在底层民众心目中的地位，是难以翻身了。

这么一个祸国妖孽发布下来的命令，北魏士兵爱听不听，纷纷扛着刀枪在城楼上找避风处睡觉。精神好点儿的，则兴致勃勃地聚在一起，从袖子里、口袋中、裤裆里摸出自己昨夜搜罗的金银珠宝，互相估算着价值，美妙地陶醉着自己暴增的家产。

所以城头上出现了极其古怪的一幕，东燕士兵守卫的那一边，旗帜森严，神情肃然，人人立得标枪般直；北魏那边稀稀拉拉，远望过去那边城墙像个缺了牙的老太太的嘴。

西梁大军就是直接冲着那半边城墙去的。

动用了能带来的所有的床弩和抛石车，床弩由八张弩连成，所用之箭粗如车条，箭镞大如巨斧，抛石车所用的石块，快赶上一个十岁孩子的体重了。

萧玦一声令下，粗重的箭矢和巨大的石块立即呼啸着穿越长空，带着凌厉的风声恶狠狠地砸向城墙，随之而来的是燃烧的裹着干草的泥团以及中川赶制提供的一批上好的爆炸弹。

黑色夜空里青光一闪，震耳欲聋的撞击声几乎同时撞上了厚重的城墙，每块石头砸落，城头上牒垛顿时被削去，连带着人体落地的惨叫声响，随之而来的燃烧和爆炸弹则将破坏力进一步扩大，北魏士兵还没来得及把裤裆塞好，那些闪烁着死亡之光的火团已经钻入了他们的裤子，将那些金银宝贝连同他们自己的宝贝同时烧化。

西梁砸石头的劲儿更是深具乃帝风格，极其疯狂，床弩和投石头一刻不停地对着北魏守卫的东边城墙倾泻，底下的石车一遍遍地撞城门，无数士兵如黑色狂潮奔来，蜂拥而上，利用钩索拼命攀爬城墙，火把照耀下只看见蚂蚁般涌动的人头，不停栽落，再锲而不舍继续爬。

东燕士兵自然不会任由北魏守卫的城墙被轻易攻破，在最初的突如其来的猛烈打击之后，没能反应得过来的北魏士兵死伤惨重，但是东燕士兵迅速进行了替补。他们拼死抵挡，连射带刺、连砸带抢、连烧带浇，并训练有素地点燃火炬伸出墙外，炫目的火光照射，城头上便成了盲点，攀墙的士兵看不清墙头情况，墙头的守军却将来敌动向看得清清楚楚，造成了一方被动挨打的局面。

城头上，先期爬上的士兵和联军士兵面对面地肉搏，长刀入肉的声响“嚓嚓”不断，鲜血和肌骨在这里仿若泥石土木，被大肆砍伐，而生命贱若蝼蚁，时时被踩在军靴的脚底。

强攻持续了整整一夜，西梁的冲撞焚烧对城墙造成了一定的破坏，但是很可惜，除了那条被拆去的城墙之外，云州的其他城墙都遵循敬爱的睿懿皇后的命令，造得极其坚固，而昨夜的那条大缺口，今日已被白渊早早命人重兵看守，城内的兵力本就盛于城外，攻守之间攻方向来也是难度较高的一方。如此，西梁三进三退，整整一夜的厮杀，始终未能攻上城墙。

如果是正经的攻城战，那么萧玦和秦长歌有的是办法攻城，堆土台占据制高点压制城墙、挖掘地道、塌陷城墙都是很好的办法，然而这都需要时间，而现在，最缺的就是时间。

一夜攻城，萧玦三人也一夜没合眼，将近黎明时，秦长歌趴在案几上睡着了。

萧玦看着她，无限怜爱地叹息一声，轻手轻脚走过去，想要给她披件衣服，坐在一边看军报的楚非欢却突然对他摇了摇手。

萧玦怔了怔，明白了他的意思，长歌十分警醒，给她披衣服会惊醒她，当下便放弃了。楚非欢对他做了个手势，两人一起出了帐。

看着前方惨烈战况，萧玦无奈叹息一声，下令退兵，鸣金声响，西梁开始有序撤退。

城头上黄底红字舞双龙大旗立时大肆挥舞，舞得极其嚣张。

萧玦重重“哼”了一声，楚非欢却道：“斥候有报，确商山三百里外，有敌军。”

“换句话说，我们顶多还有一日夜的时辰来攻打云州。”萧玦皱眉道，“单绍大军也在三四百里外，比魏燕联军远些，但是道路状况比他们好一些，约莫花的时辰也差不多，竟是无法确定谁会先到。”

“凰盟随军下属已经派出，在确商山搜索敌踪，尽量扰敌，拖延他们的到达时辰。”楚非欢遥遥看着退回大营的西梁军，眼光在云州城外的确商河上掠过，极慢极慢地道，“敌方倚城而战，兵力将领皆不逊于我，单凭强攻实在难胜，陛下，还有一个办法……”

“不，不能。”萧玦立即摇头，长眉皱起望着确商河的方向，“我知道你说的是水攻，确商河在云州城上游，如果筑开堤坝，引水倒灌云州，敌军必败，可是……可是……不能，别说我，就是长歌也绝不会答应的。”

“引水灌城，生灵俱灭，我知道陛下不忍云州四十万百姓随葬。”楚非欢的脸在日光照射下白得近乎透明，连唇色都是白的，话语却坚冷如铁，“但是，云州现在，还有百姓存在吗？”

萧玦被这句话惊得一跳，霍然回首，连声音都变了：“你说什么？不，不至于如此，不至于！”

“陛下，你知道答案是至于，因为白渊那个人，是完全做得出来的，何况还有北魏首脑在，无论是完颜纯箴还是魏家兄弟，都不惮于屠城，为了避免后患，为了激励士卒，这本就是最好的法子。”楚非欢依旧一副冷若千年冰晶的模样，“陛下，你只是不忍去想，就如长歌，长歌也一样。”

萧玦退后一步，看着云州的方向，手紧紧攥成拳，拳头在不住颤抖，半晌道：“四十万，四十万条人命……如果真是这样，长歌会气疯，云州她虽然没有住过，但这里是她的祖籍所在地，她从小被带入师门，不知道自己的生身父母，唯一知道的就是师门告诉她，她祖籍云州，所以对于云州，她一直感情特别，朕因此对云州也分外厚恩，年年免赋……不，不能。”

“陛下！”

一声传报打断萧玦失神的低语，萧玦回首看见冯子光垂首立在三丈外，身后跟着一个浑身灰土黑烟，极其狼狈的士兵。

萧玦盯着那个士兵，心里突然升起不祥的预感，这是谁？不是事关重大，冯子光会带个小兵来见驾？

冯子光见萧玦目光扫过来，立即一脸愧色跪下，先为攻城失利请罪，萧玦淡淡道：“你尽力了，罪不在你，朕不一直也在亲自督战？这是谁？”

冯子光张了张嘴，突然有点儿出语艰难的模样，那士兵却突然猛地一个扑跪，跪到萧玦脚下，仰起满是烟尘血迹的脸，放声大哭。

“陛下！陛下！草民是云州守兵，趁乱逃出来的……云州……云州城四十万百姓，四十万百姓都被屠了啊！”

……

萧玦突然晃了晃，脸色瞬间焦黄，冯子光一把扶住他，焦急地唤：“陛下，陛下，陛下切莫忧急，龙体要紧……”

“放屁！”萧玦一生里第二句脏话在这一刻终于暴怒地飙了出口，他只觉得整个心腔都在被烈火烧灼，涌到喉间都是血腥和铁锈的气味，那样铺天盖地地愤怒扑过来，竟然一时不知道该去做什么。

耳边响起冯子光惊惶的连声呼唤，萧玦只觉得乱糟糟的，恶狠狠地将冯子光一搡，冯子光被搡出丈许，在地上滚出老远。

那士兵在地下膝行几步，一个头重重磕到地上，抬起来时，已经满面鲜血。

“陛下！云州昨夜，血流成河横尸无数，人头在承天街上堆成了山！全城无一家保得全命，无一女保得贞洁，四十万云州百姓，一夜灭绝！”

他泪流满面，“梆梆梆”地在地上磕头。

“求陛下为我云州百姓报仇！”

秦长歌在做梦。

眼前影影绰绰，有迷离的雾气不住徘徊，似乎是龙章宫鲛绡的帐幕在拂动，又似乎是自己太师府内室的珠帘，那帘一层又一层，自己拨了帘一层层地走，却如入迷宫，怎么也走不到尽头。

正疑惑着急间，突然眼前帘子一掀，溶儿笑嘻嘻地从帘后转了出来，手里抓着一件红衣，道："娘，我和你换衣服。"

他手中那衣服却是寻常男子衣服，只是特别宽大些，自己愕然接过来，心里浑浑噩噩地想，溶儿什么时候这么大了？要穿这样尺寸的衣服？换衣服？和谁换？

尚未想清楚，眼前场景突然一变，仿佛到了什么船上，溶儿在船上招手，在自己小小的袍子上套了件宽大的红衣，笑道："娘，还不换？"随即一个跃身，跳下船舷。

水波溅起，竖成水晶墙，似曾相识的场景，仿佛突然有什么晶亮的东西划过心湖，秦长歌心中也是一颤并一亮，灵光一闪。

"哗啦"一声，水波中突然涌出人头，却是个陌生女子的颜容，她湿淋淋的，眉目凌厉，她张开嘴，满口鲜血！

她在水中大呼。

"皇后！云州乃你凤潜之地，为何你不护我云州数十万姐妹！"

"为何！为何！"

……

秦长歌被那大喝惊得浑身一颤，霍然坐起，眼光一掠，四周军报案几，兵器架江山图，依然御帐如前，哪有什么溶儿、船、陌生大呼的女子？

原来是梦，却又不全然像是梦。

秦长歌以掌托腮，静静思索，心里忽明忽暗，一些以前没有想通的事情，因这离奇一梦，忽有所悟。

她的指尖，慢慢地在案上划过，写了几个字。

隐约听见帐外人声，她走了出去。

萧玦已经恢复了平静，只是脸色着实难看，他的手一直按在营门的木辕上，粗糙木块上的刺戳进了掌心，却也不知道疼痛。

一个字一个字地听完了云州遭屠的经过，他仿佛刚刚生完了一场大病，重重向后一靠，出神地看着天边不语。

他身边，楚非欢脸色已经白得无法形容。

良久之后，萧玦才无限疲乏地道：“朕知道了，这个仇，朕一定会报，但是……”他看着楚非欢，“我们先不要告诉她吧……”

“我已经知道了。”

语声清冷平静，带着非熟悉的人不能感知的森然和杀气，突然而来。

营门口，秦长歌目色幽黑，静静伫立。

她迎上萧玦担忧的目光，微微仰了仰下颏，一个坚定的、昭告着决心的姿势。

她甚至还笑了笑，只是笑得着实令人毛骨悚然。

“既然云州已无西梁子民，既然我四十万百姓俱已无存，那么，我再犹豫徘徊，也太对不起那四十万冤魂，对不起那嚼舌而死死不瞑目、英灵不散入我梦来、予我带血一喝的云州姐妹。”

她转首，看着确商河的方向。

“淹死他们！”

第八十四章

追随

掘堤淹城，光天化日之下是无法动手的，整整一个白日，为了不使城内守军猜到端倪，西梁军轮番继续进攻，将城头守军骚扰得疲惫不堪。

金乌渐渐西沉，天边的霞彩由绚烂渐渐转为暗淡，当天色一层层暗下来的时候，楚非欢精挑细选出来的西梁精兵，也已经扎束停当。

这两千军，有五百都是由凰盟护卫充任，秦长歌这次带出来最优秀的凰盟护卫一千名，一半用于阻截敌军，剩下的全用在了今夜，其余是当初京郊大营里楚非欢选拔出来亲训的精锐，真正的尖刀骁勇之师。

兵不在多而在精，夜袭掘堤，人多反而坏事。

当秦长歌行走带风，大步出现在士兵面前时，所有人都惊讶得张大了眼睛。

太师大人一向懒散闲逸，风神雍容，连上战场也是羽扇纶巾，一身黄袍飘飘扬扬。士兵们早已习惯了太师的散漫风华，不想今日大人居然一反常态，黑衣劲装，浑身上下扎束得精练利落，更出奇的是，黑衣袖上还钉了块小小白布，着实显眼。

士兵们疑惑的目光在白布上顿了顿，又注意到大人的眼睛里全是血丝，脸色苍白，嘴唇好像有点儿上火，都起了皮——这是怎么啦？不过一时没攻下云州，一向谈笑风云的太师大人就着急成这样？

还有一旁的陛下，那脸色……都不知道怎生形容。

士兵们睁大眼睛盯着西梁的最高统治者们，秦长歌只是漠然地一挥手，手臂上的白光在夜色中划过一道弧线。

“儿郎们，”她声音低而有力，带着肃然杀气，“刚刚接到的消息，云州全城被屠，四十万百姓死绝。”

两千人齐齐怔住，随即轰然一声，每个人都脸色苍白地发出低喘，望向云州方向，那里，死了四十万人？死了我西梁百姓四十万？

人群中有人开始哭泣，那些在云州有亲戚友朋的士兵，不能自抑地震撼悲哭。

更多人则狠狠大叫：“魔鬼！畜生！”

“杀了他们，杀了他们！”

“四十万人命，要他们四百万来赔！”

“杀光他们！”

群情愤怒，有些性子急的士兵已经按捺不住跃跃欲试，睁大燃烧着怒火的眼，急切地望着萧玦和秦长歌，铁甲和战刀因为激动和愤怒的颤抖，不住撞击，发出“当啷”轻响。

秦长歌双手抬起，做了个用力下按的姿势，喧嚣立止。

“就在昨夜，云州城四十万人命，包括老人、壮年、女子，乃至无知婴儿，全数被杀，云州十数万姐妹被污辱，云州那些抱在母亲怀里号哭的婴儿被捅穿，云州的老人们被肢解，云州的青壮年被活埋，四十万生灵的鲜血在承天街上积成血河，高过了靴面。”

她语气沉凝缓慢，响在空茫冷肃的夜色中，听起来空洞遥远，众人张大嘴，听她缓缓描述昨夜云州的地狱惨景，恍惚中火光、鲜血、尸首、刀尖上号哭的婴儿、血泊间伸出双手努力挣扎的母亲，以及长街上被拖出来、几十个人轮流施暴的女子……电光石火，悍然一闪。

每个人的气息都被揪紧，心脏疼痛宛如刀割。

夜静无声，唯有火把燃烧的声音劈啪作响，风里不知何时传来淡淡的异味，感觉像是血腥气味，众人都是心中一紧，想起那夜云州城四十万生命都流出的鲜血，那气味如沉云盘旋在城池上空，要多久才能散尽？而云州，要多久才能从废墟中重生？

“四十万人，一个城池，百年承继，一夜湮灭。”秦长歌缓缓道，“我云州的父老，西梁治下的子民，在最绝望、最惨烈的时刻，没有等到国家军队的救援，这是国家宰辅之责，是我永生不能偿付的罪愆。”

她身边，萧玦张了张嘴欲待阻止，却最终化为一声沉重的叹息。

“重罪已成，回天无力，草木低伏，山河同悲。”

“现在，我能做的，只有为他们报仇。”

秦长歌霍然转身，一指确商河方向，大声道：“皇天在上！四十万百姓冤魂在上！你们睁眼看着，不灭北魏东燕，不杀白渊和完颜，天不容我！天必诛我！”

“誓灭魏燕，誓杀敌酋！”

怒吼声撼动天地，火光将将士脸色映得通红紫涨，抓紧刀柄的手，迸出鲜明的青筋。

“跟我来！掘了确商堤，倒灌云州城，将那些丧尽天良的刽子手，通通淹死！”

“走！”

几乎是立刻，楚非欢挑选出的带队队长便一个箭步蹿了出来，抓住件黑衣，悍然撕碎，高声道：“太师在给云州百姓戴孝，咱们不能全贴着那白布显眼，兄弟们，想报仇的，想杀人的，给我上来，袖子上一人绑一块，这孝，咱们一起戴！”

士兵们立刻排着队列过来，每人经过队长身边时，都狠狠在他手上黑衣撕下一个长条，绑在自己袖子上。

远处喊杀声传到大营背面，已经只剩下隐约的节奏，静寂中唯闻布条被不断撕碎的“刺啦”声响，单调而又杀气凛然地响起。

那些离去的笔直背影，臂上迎风飘舞的黑色布带，凄凉而又悲壮地飘摇在午夜的冷风中。

不知道哪里传来夜鸟的呜咽，一声声。

秦长歌带队伍过去，一旋脚跟就要跟上，萧玦一把拉住她道：“我去！”

他目光坚定，抓住秦长歌的手指十分用力，谁都知道今夜绝不仅仅是掘堤这么简单，白渊城府深沉、智谋非凡，怎么可能不考虑到引水倒灌这一灭门绝杀计？堤坝处定有重兵把守，此去定然艰危重重，否则秦长歌也不用在刚才，将云州父老被屠的消息公布，以此惨烈事实和铮铮誓言，激起敢死队奋勇血气和同仇敌忾之心了。

秦长歌却轻轻拨开他的手，道："萧玦，你不能去，你需要出现在正面战场，松弛对方的防备，只要你在攻城，完颜和白渊，便必须留下一个对付你，他们只能去一个，我们会轻松得多。"

萧玦沉默不语，手指的力度，却稍微松了点儿。

"阿玦，让我去，那是云州，我云州的父老。"秦长歌轻轻道，"我不能不去，否则，此生寝食难安。"

萧玦目光暗淡了下来，无声地放开手，怔了一刻，对一旁沉默伫立的楚非欢道："楚先生……"

"你放心。"楚非欢面具下的双眼坚定冷锐，一字足重千钧。

攻城的硝烟飘散到刺史府上空时，已经淡得没有一丝铁血的气味，静谧的重兵拱卫的刺史府内，琴音铮铮而起，声声干净空灵，仿佛那拨琴的手，全然不曾沾染上那四十万具尸首的鲜血；那雅致的琴，全然不曾震撼于那徘徊不散的怨愤和悲伤。

在水中央，有玲珑假山，做了些荫翠的装饰，精巧的石阶上去，一亭翼然，藤枝青蔓，韵味古雅，亭名：凌虚。

白渊斜斜倚着亭栏，淡金色衣袍散在风中，掌中一支玉箫垂下深碧丝绦，丝丝缕缕如柳丝。

他含着一丝迷醉的笑意，聆听着前方暖阁里传来的琴音，那里一方碧纱窗掩得密不透风，窗影上隐约映出淡淡一抹影子，极玲珑的曲线。

白渊掌心的玉箫，有一下没一下地，轻轻敲着。

琴音悠悠。

这般听了很多年。

很多年前，这琴音还没这般流畅婉转，空灵韵致，最初的时候，是有些生涩的，时不时还冒出个破音。

那时景阳宫内一传出这样的琴音，附近的百姓们便会露出会心的微笑，说："小公主又在练琴了。"

接着便会有三三两两的人，隔着宫墙远远地站下，由那琴音的断续程度，来揣测小公主的身体状况。

他也在听，一边听，一边卖切糕。

切糕是娘做的，全家唯一赖以生存的就是卖糕的收入，娘每日四更早起，手泡在冰冷的水中洗糯米，一双曾经纤细洁白的贵妇的手，早早地成了十根萝卜。

银子挣得很艰难，不过聊以果腹而已，三岁的妹妹，随着他们颠沛流离，得了伤寒没钱医治，在一个凄风苦雨的冬夜，死在娘的怀中。

他一生都不会忘记那夜，破旧的灯盏里那一点儿如豆的灯光，映着斑驳漆黑的墙壁，映着妹妹惨白的脸，映着娘亲没有表情、却更令人心碎的神情。娘紧紧抱着妹妹，四面漏风的破墙上，她们瘦弱的影子轻轻摇晃，那般瘦的影子，像下弦月月瓣一弯。

风将门吹得哐哐直响，每一下都像撞在他心上，他呆呆地看着娘，她只是茫然地抱着妹妹，低低地唱：

“乖囡囡，好好走，转生来，做福人。”

那调子依稀是家乡古调，人死的时候，由客人在家门前哭唱，可是他们寒门陋户的外乡人，哪来的客人？只能自己唱了。

风撩起娘的乱发，露出她苍白的脸，昔年名动京城的贵夫人，如今憔悴得不成模样，昔年那享誉公侯的好嗓子，如今唱着凄切哀婉的丧歌。

她整整唱了一夜，唱到最后已经发不出声音，依旧在唱，天明时，他觉得自己如果再听下去，一定会疯掉，他扑过来，从娘的怀里抢走妹妹，在院子里掘了个坑，将那冰冷的小尸体埋了进去。

娘抢出来，哭着脱自己的衣服要给妹妹殓葬，哭着说怎么能令她赤身下葬永世受寒，他咬着嘴唇，一把将娘推开——他们娘儿俩，只剩下身上那件衣服，已经不足以御寒遮羞，再脱了，要怎么活下去？

冻土挖起，一铲铲地落在白蜡样的小尸体上，他咬牙看着妹妹永远消失在土层里，一声声在心里发誓：

清儿……将来我要给你烧很多很多衣服，就像我以前也有很多很多衣服一样，你先……忍上几年。

那一夜的风真凉，那院子里土真硬，他葬了妹妹之后才发现自己已经被磨出满手血疱，他慢慢地，一个一个地挤掉那些血疱，满手血水，他冷冷地笑了一下。

妹妹死后，不善操持家务的娘终于和邻人学会做切糕，用以养活他，娘将他抱在怀里，一声声地说："我要养活你，不能让你再死掉。"

他回身抱住娘，说："好，我们都不要死。"

他从此成了卖切糕的孩子，篮子拎不动便抱着，在人群中钻来钻去，时不时受到呵斥，因为他是外乡人，在东燕这处民风彪悍、天生对外来人有敌意的国度，外乡人等于敌人。

他最喜欢公主弹琴的时刻，若是弹上多半个时辰，东燕百姓觉得在行宫休养的小公主今日身体不错，便会欢喜起来，多买他几块糕；若是弹得特别短，他便得抱着篮子早早躲一边去，不然迟早得挨上几脚。

那一日小公主似乎精神特别好，足足弹了一个时辰，他的切糕，也托她的福早早卖完。

以往都要卖到天黑才能回去，那天他午后便空了篮子，一时不习惯这般的清闲，便怔怔地坐在宫墙根下晒太阳。

公主的琴声还在继续，以前他没有认真听过，要一个肚子始终饥肠辘辘、挎着沉重的篮子焦灼地等待顾客买切糕、好换了铜钱回家买米下锅的小小孩童想起来去欣赏琴声，那实在是不太可能。

那都是贵人们衣暖食足之后的闲暇奢侈，不是他的。

不过那日太阳真好，暖洋洋的，平日里衣服单薄，抵御不了寒气不得不到处跑动，那日居然能安静地坐下来。

也许，一切都只是为了成全那个相遇。

他倚着墙，静静听琴，七岁之前他也听过琴的，甚至学过，家里的琴师曾经盛赞他天赋异禀……不过，都过去了。

琴音清越，如玲珑玉珠串串滚落，只是略有些滞涩，指法还不算熟练，不知道拨弦的那双手，又是怎样的娇小柔美，细腻洁白？

也许，像娘当年那样？

他托腮，听着琴，好像听见一朵花在月色下缓缓闭合，蕊芯里一滴露珠晶莹。

又或是轻盈的黄莺儿，轻俏地在碧绿枝头跳跃，羽绒轻软而嘴尖嫩红。

那个同样娇嫩的、据说自小便身子不好、常常到景阳行宫休养的小公主，她的人生，是不是也如露珠般璀璨，如花朵般美好？

那般沉静的聆听，久劳的疲乏袭来，使他渐渐堕入蒙眬之中。

“哪儿来的脏小子！”

尖厉的声音传入耳膜，随即，他腿上被人狠狠踢了一脚。

“撵走撵走，不要惊着了公主！”

他浑浑噩噩地被拉起，睡得迷迷糊糊的，也不知道发生了什么，惶然睁开眼，看见自己的篮子被人一脚踢在路边。

他扑过去，珍惜地抢那个篮子，那是唯一一个完好的篮子，如果被踢散了，再花钱去买，三天的切糕就白卖了。

他不敢想象自己挎着坏掉的篮子回家，看见娘亲愁苦的眼神。

有人恶狠狠拉起他，将他连同那个篮子一起，想要抡出去。

他睁大眼，看着即将被抡的那个方向，那里，有块好大的石头。

“住手！”

空谷莺啼，风过晶帘，一朵花悄然开放。

世间最美的声音。

那双即将将他扔出的手立即停住，他在那个侍卫手上艰难地转头，颠倒的视线，最先看见的是一双小小的粉色的绣鞋。

精致的，玲珑的，绣着铃兰花，花叶摇曳，鲜活如真。

随即是粉色的裙摆，镂空刺绣，一样的铃兰花，自裙角斜斜别致地逸上去，在玲珑纤细的小小腰肢处收束，化为月白色华缎镶琉璃腰带，那腰带那般细，令人担心风一吹，会将那腰吹折。

他突然不敢再细看，眼光匆匆直接掠上她的脸。

这世间有这样秀丽的眉，秀丽如远处东燕最美的女神山；有这样朦胧的目，朦胧如女神山下永远烟气氤氲，永远薄雾笼罩的玉湖水；有这样精致的脸庞，精致到他有生以来第一次懂得了，什么是完美。

她看着他，他便突然停止了呼吸。

她的眼神亦如湖水流动不定，只是那淡淡一瞥，她的目光便如丝绸般从他身上滑了过去，落在了更远的地方。

她甚至没有说话，没有如他想象般去询问、去理会，她只是用眼神示意侍卫放下他，便目不斜视地走了过去。

她的裙袂缓缓曳过白石地面，留下一阵铃兰的香气。

他在她香气飘拂的裙角下蜷缩起身子，将赤脚向后收了收，生怕污了她精致的衣履，生平第一次，他为自己的不洁和低贱而羞愧。

她的背影，却那般毫不留恋地远去，宛如一道月光移过高墙，照亮陋屋内的黑暗，转瞬又消失，而他再次留在了黑暗中。

他怔怔地看着她离开的方向，生平第一次觉得心里很寒冷，不同于妹妹死去那夜的愤怒悲凉的寒冷，而是由于对过于美好精致事物的仰望，而觉察出那种不可跨越的遥远的寒冷。

那样的寒意，笼罩了他一生。

以至于后来他机缘巧合拜师学艺，重回东燕处心积虑地和她再遇，从她的侍卫做起，一步步助纤纤弱质、不堪朝堂惊风密雨权欲倾轧的她铲除异己夺得王位，一步步掌握东燕大权，成为东燕一人之下的国师，永远追随在她身侧，依然不能挥除那种深入骨髓的寒冷。

他万人之上，却永在她之下。

他永远追随，她的身侧却早已另伴他人。

她本就比他大几岁，他学艺时她已经嫁了出身高贵的驸马，当他听到这个消息时狂奔下青玛神山，在怒涛汹涌的青玛江的嶙峋江岸上横剑狂舞，一次次和奔涌的江潮悍然对抗，一次次将巨浪击落，直到最后力竭而倒，险些被江水卷去。

他湿淋淋地躺在江岸上，潮起潮落，淹没他的脸，再退去，再淹没，再退去，周而复始。他失去所有的力气，甚至希望被潮水带进青玛江底，永远不必浮起，永远不必面对这些红尘里的永在错过，永不可追。

她的人生里，他迟了那么一步，因此注定永远是过客，是当年她裙底那个瑟缩着伏倒尘埃的穷孩子。

……

白渊淡淡地笑起来。

一晃，这么多年过去了。

后来他学艺未成便早早下山，只为了心中那份不甘。直到走近她身边，才知道当年她为什么没有理会他，她竟然，口舌不甚灵便。

世人很少有人得知，东燕女王柳挽岚，那个美色名动天下、尊贵世间无双、和西梁皇后秦长歌并称双姝的女子，是个言辞有障碍的人。

她不能自如地运用舌头说话，所以一直选择用琴音来表达所思所想，听了这么多年，他已经对她的琴音熟悉到能知道每个音节在不同时候拨出所代表的意思。

平日朝堂上，所有的奏折都先经过他的手，他会在最短时间内给出处理方案给她过目，她只需要说一两个字。准，或者不准。

五个字以内，她是没有问题的。

也因此，东燕朝中一直传他独断专权，传他有谋朝篡位之心，传他把持朝政架空女王。

那又如何？世人毁我誉我，辱我谗我，都与我无关。

只要她，相信我。

白渊的双眸，闪烁在微降的暮色里……转瞬二十余年红尘颠簸，他负尽了天下人，终究有一人坚持着未曾相负。这几年的弹指韶光，日日都是幸福、日日都是折磨，他看着她一步步走上高位，一步步离他更远，他看着她小鸟依人于王夫身侧，夫妻恩爱鹣鲽情深，连琴音中提起他，都满是喜悦缠绵。

情何以堪。

他在她身侧，那么近，那么远。

……琴音突然起了颤音。

白渊双眉一抬——她又犯病了？

正要飞身下亭去看，身后藤蔓拂动，香风暗送。

微微皱眉，回身时却已神色如常，白渊微笑道：“娘娘出来散步？”

完颜纯箴似笑非笑地坐下，偏头看着白渊，神色居然有几分小女儿的娇媚：“我是来看戏的。”

“哦？什么戏？”白渊神色不动，“娘娘点了戏？”

“我在看一出‘无意女碧波阁内轻抚曲，痴心臣凌虚亭畔悄听琴’的唱作俱佳的好戏儿。”完颜纯箴笑吟吟，“不知白国师可有兴趣？”

“是吗？听起来着实是好戏。”白渊淡笑，“比我上次路过北魏听见的‘魁星阁一曲动禁宫，宜平殿两王争一妃’，好像要精彩许多。”

完颜纯箴正在轻轻抚摸亭栏杆的手顿了顿，随即恢复如常，她一丝媚笑漾开，手指弹了弹，远处小树林里一只归鸟突然尖鸣着栽落，地面簌簌地落了一层枯叶。

“国师说得这戏，本宫却是没听过，不过，你我如果仍旧在这里谈戏，今夜只怕就要唱一出‘莽西梁夜袭云州，怯魏燕畏战弃城’的新传奇了。”

“哦？”白渊淡淡挑眉，“偷袭？”

完颜纯箴却又不说话了，只是似笑非笑地看着白渊。

轻轻笑了一下，白渊已经不耐烦和这蛇蝎女子玩那种高层人士爱玩的迂回把戏，刚才阁内的琴音，他还没来得及去查看哪。

“今夜如果不出意外，西梁有可能去动确商堤，我已经在那里派了重兵把守，稍候我会亲自过去。”

“还是我去吧，你留下来对付萧玦，那也不是个好相与的。”完颜纯箴绽开一丝冷然笑意，“有些人，我早就想好好会会了。”

白渊犹豫了一下，直觉自己应该去，然而刚才那声颤音就似丝弦般在他心上刮啊刮，又或是细线绕住了心尖，缠缠绕绕地怎么都不舍得去扯断。

她怎么样了？长途奔波，本就不是她的身体所能承受的，可莫要着了风寒。

完颜纯箴是完颜家族之后，一曲散北魏大军的本事，自己也未必做得到，她去，应该没问题。

只是，那个人……

只是，挽岚……

心中思绪几经翻覆，白渊最终缓缓点头，道：“娘娘小心。”

一声微带邪肆的娇笑，完颜纯箴张开双臂，姿态优美地转身向下走，媚声道：“国师，您错了，您还是该叫他们小心才是……”

她妖娆的身影冉冉远去，白渊皱了皱眉，一个转身，飞快投入暖阁之内。

夜色沉凝，风声肃杀。

西梁军以最快速度赶到确商堤附近时，发现那里点着些零星的火把，堤坝两侧各有一队守军，支了连绵的一排帐篷，夜深了，依然有一队队士兵来回在堤坝上下巡视。

秦长歌手一挥，五百凰盟属下立刻无声脱离队伍，从另一个方向绕了过去。

他们将全身上下裹紧扎实，利落得风吹不进，头扎黑布，脸涂黑泥，嘴里叼着短匕，腰间绑着火雷，身上带着中川巧匠制造的简易皮筏、利铲、霹雳子之类的东西，这些拥有内功和轻功的凰盟高手，是掘堤的主力军，一人足可抵普通士兵数十。

秦长歌立于黑暗中，手狠狠向下一劈。

一千五百精兵，立即无声地扑了过去，扑向那些还未能察觉敌人接近的巡视守军。

一个士兵正提枪沿着堤岸巡视，突有一只手，鬼魅般出现，倏地捂住了他的嘴！

士兵大惊，死命挣扎，却又被另一只手，死死匝住了腰。

士兵大力踢腾着，靴尖带起黄土灰烟。

突然，“扑哧”。

刀尖入肉的钝响。

踢腾的腿一阵剧颤，抖动几下，渐渐僵直，那士兵发出最后一声沉闷的、困在胸膛里的呻吟。

有人倏地放开手，尸体软软落地，大睁着的双眼，正不甘而茫然地瞪着黛色苍穹。

细碎之声响起，尸体被拖开，一切又恢复了平静。

只空气里，飘荡着隐约的血腥气息。

堤坝下，道路旁，长草后，这样的伏杀在一次次重复，楚非欢亲自训练出来的彪悍精兵，暗杀一样是不可缺少的课程，解决得干脆利落，不过须臾之间，堤坝上夜巡的士兵已经被解决干净。

秦长歌和楚非欢飘身而起，自那些帐篷上掠了过去，每经过一个帐篷，秦长歌都无声割开帐幕，将手里一个管子，对着帐篷里一吹。

趁你睡，要你命。

转眼间，已经解决了数十个帐篷。

突有一声大喝，响彻静夜。

“谁！”

第八十五章

讨债

几乎在喝声响起的立刻，火光便即亮起。

一个褐衣男子，自一处帐篷中掠了过来，他奔过来的步法极其迅速，似一只苍鹰般扶摇直上，再在半空中一个大力转折，流弹般飞过来。

秦长歌看他的身法，隐隐觉得有些熟悉，然而又绝不是白渊。

男子落地，一声招呼都没有，抬手就是一剑，冷喝道：“你们果然来了！”

秦长歌一笑，腰侧软剑一弹，精光耀起接了他一剑，身子一侧间突然发现楚非欢晃了晃，身处剑气边缘却没有退开，那凌厉剑风险些擦着他胸前过去。

秦长歌一惊，急忙伸手去拉，楚非欢却已不退反进，身子一滑就到了对面，头也不回反手一剑，直刺男子背心。

秦长歌立即极其默契地一剑劈向男子前心。

两大高手前后夹击，剑风凛冽，男子武功不低，却也绝非两人敌手，眼见得便要丧命剑下。

男子忽然怒喝一声，斜身向后一撞，竟然直直撞向楚非欢飞鱼剑。

扑哧一声，利刃穿透肩骨的声音在静夜中听来极其清晰，鲜血狂涌中男子冷笑，狠狠往前一冲，将自己肩膀生生从剑锋中拔出，一个滑步，已经带着一溜鲜艳的血珠，滑出丈外。

“好！”

“好！”

两声叫好同时响起。

先一声是秦长歌，她目光里满是赞赏，对方武功不算太高，应变和决断能力却十分出色，仓促之间看出楚非欢前不久受了伤，半边身子稍欠灵活，因此选择了撞上他的剑，而此人心志坚毅也着实非凡，自撞剑锋，躯体被穿而面不改色，着实勇悍。

后一声，则是完颜纯箴。

她已经带着属下赶来。

她本想悄悄掩伏过来，可惜秦长歌手下精兵太精，几乎在她的属下接近的第一时间便发现敌踪，她甚至还没来得及布阵势，对魏燕联军恨之入骨的敢死队已经扑了上去，刀劈、剑砍、枪搠、鞭抽，无声无息却又杀气凛然，饿虎扑食般对上了完颜纯箴带来的人。

因为萧玦在猛烈攻城，所有城门都没有放过，左右两翼骑兵互相策应，发现哪里有异动就增援哪里，完颜纯箴断然不敢带大军开城门出城，否则萧玦一定立即缠上来，不仅耽误时辰赶到堤坝，还有可能折损在萧玦手下。

完颜纯箴带的是她自己的属下，人数不多，但个个是高手，从西城门出城，施展轻功赶来的。

敢死队是不管你来的是谁，不是同僚便是敌人，喊杀声几乎在瞬间便响起，这个窄窄的堤坝，再过去就是树林，只有一长条空阔地带可供驻扎，根本无法埋伏布阵，连战场都无法大范围地拉开，那些人只能人挤着人、人挨着人拼杀在一起，而随着被惊醒的堤坝守军的加入，越发成了混战，反而导致完颜带来的高手无法施展得开，被裹挟在人流中，用一样的鲜血和肌肉，来悍然肉搏。

半空里不断飞起碎肉头颅，时有断臂残肢自人群中迸开，再在那些飞耀的刀光中被剁成粉碎，血雨纷纷溅了人一头一脸，没人来得及去擦拭，便任那些肉屑粘在睫毛上、眼皮上，在鲜红飞舞的视野里，继续惨烈地厮杀。

敢死队心中只有一个信念，杀！杀！杀！杀掉这些手上沾着四十万西梁百姓鲜血的禽兽，不惜牺牲地杀！如果用自己掉下的眼睛，能换来挖下敌人的心，就掉！如果用自己断却的手臂，能换来掏出敌人的肠，就断！

西梁军那种悍然拼命的激越之气已经惊到魏燕联军，气一沮则志为之夺，有人开始后退，一退便会被绊倒，割喉，一串一串地死去。

士兵们纠缠成了一锅红色的沸粥，溅出的泡沫都是血雾。

却有一小方天地，安静如死，气氛诡异。

敌对的双方将领，在不急不忙地审视打量。

完颜纯箴在大大方方地鼓掌娇笑：“伊城，伊将军，好胆识，不愧是白国师手下第一爱将。”

伊城冷哼一声，掉转头去，对这个妖邪女子，他和北魏军队一般，宁愿敬而远之。

完颜纯箴也不动气，目光流盼地看着秦长歌：“当日你我在我魏国杜城一别，今日再次在西梁云州重逢，人生际遇，当真神奇哪。”

秦长歌莞尔一笑，道：“当日杜城，纯妃娘娘钻地洞，遭埋伏，狼狈鼠窜数百里，方能逃回魏都；今日云州，纯妃娘娘打算钻什么呢？堤坝？河道？有没有带水靠？没有我借给你。”

“你还是留着自己用吧，哦不，我看你用不着了，我倒是有好东西送给你。”完颜纯箴手一招，身后有人递上一个匣子，完颜纯箴抚摸着精工镂刻的匣盖，无限温柔地笑道：“最近我在练一门新功夫，以音破心，昨夜我在云州城试了试，挺好，不知道赵太师的心，破起来是不是和云州百姓一个感觉？”

“最近我也学了一门新功夫，我儿子教我的，”秦长歌慢条斯理地戴上手套，十个指尖，十个颜色，暗夜中光芒幽幽，“抓波龙爪手，也‘挺’好，不知道纯妃娘娘的波，抓下来当皮球踢，是不是会很爽？”

“什么波？”完颜纯箴怔了一怔，“你——”

“轰！”

前方堤坝后，突然出现爆炸声，一波波一浪浪毫不止歇地传来。

完颜纯箴神色一变，秦长歌已经悠然笑道：“改良过的霹雳子，着实是个好东西啊。”

完颜纯箴抬手就去摸腰间。

蓝影一闪，楚非欢刹那间已经到了完颜纯箴身后，抬掌间掌力碧蓝，如拉起碧海海水千顷，轰然向完颜纯箴罩下。

他身后，伊城不顾肩上重伤，举剑悍然力劈！

秦长歌立即如灵狐般蹿了出去，手一扬，一道黑光穿入地底，腰一转，匹练般的剑光飞出，击向完颜纯箴天灵。

剑光飞出，她看也不看一个半空大旋身，一掌横拍于地。

“哧”的一声，黑光突然从伊城脚底地下穿出，带出激越的鲜血，射向天空。

一声闷哼，伊城站立不稳倒下，一个翻身快速滚出，而楚非欢的掌力，已经到了完颜纯箴后心。

完颜纯箴身子一折，双手上举，手中突然神奇地多了一只精巧的小鼓！

红色的，宛如血液流动的颜色，坠着无数雕刻精细的金铃，完颜纯箴媚声一笑，腰肢忽然从不可思议的角度一扭，宛如风摆残荷，雨打娇花，七彩锦绣的披帛妖娆飞散空中，摇曳婉转如天魔之舞，她越转越快，越转越急，漫天的金铃都丁丁零零地响起，清脆迷乱，宛如一个雨夜玉枕上，带着秋的凉意的迷离梦境。

楚非欢的掌力，宛如遇上玻璃屏障般突然缓了一缓，而秦长歌射来的剑光，则离奇地半空折转，竟转而向她自己射去。

秦长歌一斜身避过，完颜纯箴一声娇笑，声音流媚如雨中烟光，掌中突然多了一对小小的纯金鼓槌，她一抬手，小鼓咚咚敲响。

“砰，砰砰。”

秦长歌突然听见自己心跳的声音，那么清晰的一声声响在自己耳侧，近得仿佛自己的心突然被人掏出，举到耳边聆听一般。

而手指突然酸软，连抬起都觉得艰难。

完颜家族一曲可破万军，纵横天下的音杀！

对面，离小鼓极近的楚非欢，脸色白了一白。

他的掌力还停滞在完颜纯箴面前，完颜纯箴举鼓作舞，铃响鼓起本就是一刹那间的事。

鼓声沉闷地响起，沉闷中隐隐有躁动的气息，仿佛不知不觉在人心魂之中放进了一头怪兽，那怪兽在人心中左冲右突，撞击着每个人内心深处最脆弱、最隐痛的伤处。

秦长歌的脸色，白中渐渐起了青。

……长乐宫……血……光影渐渐扩大……开启的殿门……走进来的那个人……眼珠……火……机关……烟云……窥伺的人……无奈……绝望……挣扎……犹豫……

本就心思繁杂，比常人更多人生跌宕挣扎，更多内心隐秘疼痛的秦长歌，是“摄魂鼓”最易攻破的对象，两世红尘，万千烟涛，刹那间俱被那幽魅躁动的鼓声唤醒，全身的血和真力再不受控制，冲破苦苦铸就的心防堤岸，冲向隐隐出现裂痕空隙的丹田和血管。

秦长歌急退，退的时候嘴角已经出现血丝。

对面楚非欢目光一凝。

他本已缓缓放下的手掌，突然再次抬起。

抬起得极为缓慢，艰难得仿佛逆潮而上，极尽挣扎，仿佛能够听见肌骨在和音杀音浪的悍然冲撞中所发出的摩擦之声。

完颜纯箴目中露出惊异之色。

她来西梁之前，特意调查过西梁这位太师，直觉她是个神秘且复杂的人物，这类智慧出众的人，心志虽强大，内心隐秘定然很多，心思芜杂最容易为音杀所乘，这“摄魂鼓”就是专门练来对付这位赵太师的，果然极有效用，效用甚至比自己想象的都好。

不知道这人，心底到底有多少不可告人的秘密呢！

然而眼前这戴了面具的蓝衣男子，居然能在鼓声当面中不为所动，甚至再次举掌！完颜纯箴看着楚非欢的眼睛，心底一慌——多么清澈的眼神，拥有这样眼神的人，一定心无旁骛，志向单纯，毕生只为一件事而努力。

红尘中人，利欲千万，谁都难免为各种因由苦痛挣扎，谁都难免为外力侵犯磨折而动摇，真正心志坚定如磐石，并一生矢志不改者，能有几人？

完颜纯箴很有信心，自己的摄魂鼓，就是针对世间一切凡人而练，只要你在红尘中打滚，在世事中挣扎，你就一定会辗转呼号，死于鼓下！

你不过，多挣扎得一刻罢了！

完颜纯箴冷笑着，身姿旋转成了一团金紫色的风，掌中小鼓舞得更急，摄魂鼓一旦开始击鼓，那么全数的真力都融贯于其上，是无法再分身对敌的，她也不惧什么，只要鼓声一响，谁还能动着自己？

楚非欢慢慢抬掌。

每一动作都重如千钧，每举起一分都似举起一座山。

心头在突突乱跳，全身热血乱蹿，耳鸣声阵远阵近，天地间一会儿完全失声，一会儿吵闹得令人想发疯。

楚非欢却面不改色，只是抿着唇，抬掌，一直齐胸，然后按向小鼓。

他已经看不清完颜的位置，眼前金紫之光飞舞若练，不知道完颜的要害在哪里，但是那鼓，凭声音可以断定位置。

他慢慢地按下去，不管那影子旋转得令人一看就会晕倒，他干脆闭上眼睛。

完颜纯箴目中已经露出惊慌的神色，手中鼓敲得如狂风暴雨。

楚非欢面无表情，掌力终于碰上鼓面。

那一刻他的目色，突然分外地黑了黑。

没有人能看见，那面具下本已苍白的脸，亦更白了白。

完颜纯箴惶然抬头看他，飞旋的舞姿已经有了错步。

楚非欢深吸一口气，强忍着连心脏都欲呕出的烦躁恶心，用力咽下一口激涌的鲜血。

他可以心无旁骛，少为外力所扰，但是……

不，没有但是。

但尽全力，无有所悔。

猛然张口，楚非欢低低一喝。

“破！”

目色更黑，脸色再次雪白，修长的手掌，却一往无回地按下！

“轰！”

一声闷响。

掌出，鼓破。

鼓音止，金铃碎。

完颜纯箴喷出一口鲜血，洒落碎裂的鼓面上，再滴滴流过已经对穿的鼓身，落在地面。

秦长歌立即恶狠狠地扑了过来。

人在半空，刀光已经到了完颜纯箴面门。

完颜纯箴惶然后退，张嘴欲啸，楚非欢怎么可能给她开口的机会？默然一挥袖，完颜纯箴立时气息一窒，再也无法发声。

然而却有怪异的声音依旧传出，她张开的口中，舌头不住弹动，和喉间无声的气息挤压，居然也能发出幽魅慑人的怪声。

只是威力比起鼓声自然小了很多。

秦长歌却在刚才扑过来的时候，就已经塞了两个棉团到耳朵里，那东西挡不住鼓声，对这个微弱许多的声音却有用。

她杀气腾腾扑上完颜纯箴的身子，盯着她的嘴，狞然一笑："叫你唱？叫你杀？叫你屠？"

"老娘不介意做回蕾丝边！"

伸手"咔嚓"一声扭脱了完颜纯箴下巴，秦长歌猛地凑过嘴去，牙齿一咬咬住了完颜纯箴的舌头，恶狠狠上下牙一碰！

"啊！"

惨叫声惊天动地，连堤坝上的隆隆爆炸声和四周乱成一团的喊杀声都盖了过去。

鲜血"呼"地喷射出来，全数喷到秦长歌面上。

秦长歌冷笑着，半跪在惨叫抽搐成一团的完颜纯箴身上，膝盖顶着她的胸，恶狠狠一偏头，将口中的半块舌头，往地上一呸。

"云州姐妹们，你咬掉的舌头，我叫她赔给你们了！"

完颜纯箴惨呼着在地上滚来滚去，鲜血喷了一地，却犹自未死，因为秦长歌存心不想她快点儿死，咬掉的只是一半舌尖。

挣扎着，完颜纯箴颤颤巍巍地意图给自己点穴止血，秦长歌一抬脚，"啪"地将她的手踢开。

完颜纯箴抬头，披散的长发和满面鲜血里眼光怨毒，如蛇般死死盯了秦长歌一眼，忽然深深吸气，腹部微有起伏。

一阵极其悠远雄浑却令人心生悲凉的声音响起，似羌角，又似长笛，却又都不像，只让人听来，无限凄恻森凉。

“你将丧失一切，你将死无全尸，你将堕下地狱，我在黄泉等你！”

那声音一遍遍重复，却不知道是从哪儿发出。

两边士兵齐齐茫然停手。

秦长歌有些怔怔出神。

楚非欢突然道：“腹语！”

她声音清锐，利刃般划破空气，惊得秦长歌一醒，一低头盯着完颜纯箴肚子，目中杀气一闪而过。

冷笑，丢刀，秦长歌大步上前，一拳狠狠击中完颜纯箴的腹部。

声音立止，完颜纯箴蜷缩成一团，嘴中的伤口再次猛烈喷血。

拳心抵在完颜纯箴腹部，秦长歌森冷、缓慢地道：“你杀人害人之心不死，我又怎舍得不成全你？不用你等我，云州城四十万百姓在等着你，你去慢慢地一个个再杀一次吧！”

“啊！”又一声惨呼划破长空。

魏燕士兵惶然回首，看见的就是那个血流满面的赵太师，金刚般的手，剖开纯妃的胸腹，将那一颗心拽出，然后，轻蔑地踩到地上。

“扑哧”，宛如鱼鳔碎裂的声音。

所有人，都激灵着打了个冷战，所有人，接触到秦长歌燃烧着愤怒和杀机的眼眸时，都忍不住向后退了一退。

“轰！”

一声巨响，卷起冲天的烟尘，堤坝的缺口终于被越啃越大，高出地平面，像是悬于空中的平静的确商河水，终于被激怒，如巨龙翻腾而起，咆哮而出。

堤坝断了。

一千五百死士的拼命牵制，整整绊住了一万魏燕联军，使五百凰盟护卫能够心无旁骛泅水至堤坝之下，炸开了堤坝。

在刚才秦长歌两人和完颜纯箴的一场不长的对战中，一千五百死士已经死去一千余，好在杀敌六千余。

地上全是尸体，纠缠着抱在一起，到死还保持着你挖我眼我扼你喉的姿势。

远处，隐隐出现人群，当先一人淡金衣袍，飞驰如电。

白渊。

他给旧病复发的女王真气治疗后，立即马不停蹄地赶来，然而秦长歌他们动作太快，他终究迟了一步。

远远看见堤坝上奔涌而出的水流，白渊仰首，默然一叹。

犹豫之色一闪而过，随即一挥手，匆匆返身。

云州毕竟是西梁城池，而且前方战报，西梁大军会先一步赶到，此时大军困守于此已非上策。好在刚才趁完颜纯箴不在，自己已经将东燕士兵不动声色地换下城楼，十万东燕军，从城北出城迎战，那里是萧玦相对顾及不到、攻击比较薄弱的地方，从那里可以杀出一条血路，再和后续军队会合，大抵伤损不会太大，就让北魏，陪着云州被淹吧。

萧玦还是厉害啊……阵法使得圆转如意风声云起，自己灭了他四分之一军力，他依然有本事牵制住城内守军，使自己明知堤坝可能有危险，也无法抽出更多的兵力去死守堤坝，从而等到自己的援军。

而伊城还在那里……从小唯一扶助过自己的同伴，一生里唯一生死相随的朋友。

可是，此时再去堤坝救伊城，定然来不及在水到之前回城。

天意……天意终不佑我吗？

逼我，终负天下人。

白渊一声叹息散在风中，回程的脚步却更加匆匆。

女王还在城中，必须先护驾出城！

·

确商河水如怒龙，不住咆哮冲击着已经出现巨大缺口的堤坝，恶狠狠撞击着堤岸，缺口两侧的泥沙不断坍塌崩溃，空隙越来越大，水流越来越急，确商河浩浩烟波，一改往日的平静，如同被人从宝瓶中放出的妖魔，积蓄了很久亟待发泄般凶猛不可控制，百里河道迅速涨满，水势连天，浊浪铺天盖地，掀起丈余高，如野兽出柙般，发出巨大的轰鸣声，冲向云州。

守堤的魏燕联军为那声威惊得神魂飞散，忙不迭地往高处奔，附近本有个小山峦，秦长歌等人在过来时已经侦查过地形，堤坝一毁，第一时间往山上奔，联军士兵慌不择路地跟着，被西梁士兵横过来就是一刀，仅是一路逃奔，山道上就堆了一地尸体。

河水肆虐，淫威无限，如一条黄色巨龙奔入云州，所经处荡村毁寨，万物席卷，秦长歌立于高处，看着前方脚下怒水奔流，转瞬成为一片浩瀚汪洋，而最多几个时辰后，云州便将被淹没，连同那数十万联军士兵。

不过，未必能淹死白渊吧……云州地势虽然略低，但是三面环山，只要白渊想办法出城，往山上一跑，穿行确商山脉，那水是动不了他的。

今日来的是完颜纯箴，却不是白渊，令秦长歌颇有些讶异，什么事重要到能令白渊明知此地关乎战局胜负，依旧不来抢救堤坝？

秦长歌一边赶回大营，一边观测四周地形，揣测着白渊如果要逃，会选取的行走路线，偶一回身，看见身后跟着个个带伤稀稀落落的敢死队，两千人，只剩下不到八百左右，心中不由一酸。

身侧，楚非欢牵着她的手，秦长歌突然觉得他手掌冰冷，心里一惊，道："非欢你——"

"赶紧回去，点兵去追白渊。"楚非欢飞快截断了她的话，"现在是最好的机会。"

他拉着秦长歌一路奔驰，一路上秦长歌频频转首，楚非欢却根本不给她说话的机会，风声极速地向前直掠，不多时回了营，萧玦正在大骂负责城北攻击的副将谈树青。

"混账！发现敌人佯攻为什么不及时回报？就这样让人家声东击西地跑掉！那是燕军！是白渊那个混蛋的军队！"

看见秦长歌，他惊喜地迎上来，也不管跪在地下的谈树青，一把拉着她进了主帐，先是上上下下一阵好摸。

秦长歌没好气地一把打开他的手，道："摸什么摸，点兵给我，我要去追白渊。"

萧玦盯着她嘴角没有抹干净的血渍，心疼地用自己的衣袖轻轻抹去，道："我去，你一夜搏杀辛苦，也该休息下。"

"我去，刚才接报，单绍大军要到了，你不能不在，等下随后接应我吧。"秦长歌匆匆向外走，突然停住，看着一进帐就盘膝坐下、低头看军报的楚非欢。

"你先去吧，我稍后就来。"楚非欢对她抬头一笑，神色如常，"我把手头新到的信息整理下，就来追你。"

"好！"秦长歌微笑，"我等着你们，我们一起，斩白渊于马下！"

第八十六章

真相

乾元六年正月二十，西梁在攻城不下之后，怒掘确商堤，引确商河水倒灌云州，城中十余万敌军，全军覆没。

虽然只是一处局部战场的小型战役，确商堤之战却是真正扭转云州战局的关键，史称：确商之战。

此役，北魏纯妃死。那个野心勃勃的女子，期望着在云州令西梁大军覆灭，进而掠夺瓜分西梁腹地，从而为自己三分之一的北魏政权再加一份够分量的筹码，结果在确商堤折戟沉沙，曾经妄想竖起的凤凰旗帜，化为碎屑，被滔滔确商河水彻底淹没。

此役，东燕将领伊城重伤，后得手下拼死救护，逃得一命，与保存大部分实力及时出城的白渊大军在云州城背后的确商山脉古道内会合。在那里，后续的魏燕联军也已赶到，白渊一力阻止众将提出的反扑西梁军队的建议，带领大军跨越确商山脉，进入平原。

秦长歌带领两万西梁骑兵衔尾急追，骑兵无法穿越山脉，她直接从临近边境原南闵地面绕道，数日数夜她自己不吃饭、不下马、不睡觉，骑兵们也只是在马上吃吃干粮。第二日晚追上北魏，自此进行不断的追逐与骚扰战，时不时与落在后面的燕军打上一架，时不时在人家埋锅造饭的时候去踏营，或者半夜三更睡得正香的时候去骚扰，弄得燕军也不能休息，频频狂奔不胜其扰，若是想回头集阵对付她，秦长歌立即拍屁股跑路，逃得无耻至极。

秦长歌同时发令前路上原定阳守军发兵来助，只是她跑得太快，援军居然一时追不上，双方由攻城战转为不断的野战，战场由西梁边境转为原先北魏的地盘。

追到第二日，军中来了位客人，被秦长歌大喜迎入营内。

追到第三日，前方是离禹城百里的“虎口崖”。“虎口崖”逼仄一线，崖石嶙峋，犬牙交错成利齿，远远看去有如一张虎口大张，正待择人而噬。

风从崖口穿过，也被那利齿割得支离破碎，声音破碎宛如低吟。

山崖背后，是重重密林，黝黑深黯，一望无际。

斥候从前方奔来，扬眉道：“启禀太师，没有动静，前方马蹄杂乱，还有些丢弃物，从印记看，有大批军队过了崖口。

秦长歌在崖口前驻马，抬眼望了望前方崖口，突然伸了个懒腰，道：“我累了，传令下去，不追，睡觉。”

跟随的副将谈树青愕然抬头看着秦长歌，太师这是怎么了？前方虽然地形险要，但这几天联军被西梁军追得这么急，哪里来得及布置陷阱？何况斥候已经查探过，没有可疑之处，不赶紧趁机会去追，双方会拉得越来越远。

秦长歌笑了笑，道：“看我做什么？我脸上生出花来了？”

谈树青被噎得一句话也不敢再说，乖乖下令埋锅造饭，就地休整，秦长歌看了看他们扎的营，道：“围成一圈，枪弩队驻扎在最外，离那条溪远点儿，也不要在崖附近。”

谈树青无奈，明明靠崖背风，近水方便，太师大人却什么都要反其道而行之，不过太师大人的命令，谁敢违抗？

扎营完毕，秦长歌一头钻入帐篷道：“我睡觉，谁也不许吵我。”

谈树青一脸悻悻然地看着太师大人酣然高卧，自己乖乖地去亲自站岗放哨。

夜静无声，唯有穿越虎口崖的风，带着自洪荒时代便开始的孤独的韵律，在崖中和密林里，不断吟唱。

崖尖上一轮残月，淡淡冷冷地挂在树梢，像是一点欲待熄灭的烛火。

那些横斜的树影映在月中，像是永生不能痊愈的伤痕，而铁壁似的崖身，那些在月光下或明或暗的褶皱和阴影，看起来也像一张经历无数沧桑和烽火的脸。

月色清冷，照着那张“脸”，那“脸”上，忽然好似有泪痕缓缓蠕动。

仔细一看，却是些黑色的小点在快速移动。

沉静的西梁营地，毫无动静。

“咻！咻咻！”

突有艳红火光，摇曳一线，如漫天突降红色星雨，自崖壁上纷纷射下，在夜空中曳出灿烂的火凤尾羽。

向着，西梁营地。

黑沉沉毫无动静的营地中，突然弹起数百条黑影，矫健，利落，半空中身姿如临水一跃的飞鱼。数百柄长剑齐刷刷展开，在夜空中化成巨大光幕，水泼不进明亮璀璨，将那些意图烧毁西梁营地，烧掉士兵斗志的火箭，全数拨飞熄灭。

“噌噌”连响，原本火把暗淡的营地突然光芒大亮，亮光里所有的牛皮帐篷都弹出强弓劲弩，齐齐对着山崖上攀下的燕军，下一个，杀一个。

一声长笑，主帐帐门霍然一掀，秦长歌衣服齐整大步而出，黑色披风在风中飞卷，抬头，对着山崖笑道：“等不及了？不喜欢被追得狼狈鼠窜的感觉了？这里风水很好，我打算就把你葬在这儿，你可满意？”

淡金身影一闪，山崖上现出白渊，极其危险地站在一棵不住摇摆的枯树之尖，微笑道：“好啊，我们合葬好不好？你追我追得这么狠，一定有很多话想和我说，是想我继续纳你为妾吗？”

他手一挥，轰然一声断崖后涌出一队队燕军，反向包围西梁营地。

“我不想做你的妾，我想做你生命的终结者。”秦长歌眯眼笑，“这是你燕军重步兵精锐吧？看我骑兵不利于近战肉搏，在这个地形也无法发挥远程穿插冲击的功用，想一举灭了我？啧啧，一万弩兵，五千弓兵，一万长枪兵，五千刀盾兵，五千陌刀兵……对付骑兵的好战术啊。”

“你眼光真利，于是我越发坚定了我的想法。”白渊笑，“让儿郎们自己打架吧，你要不要上来，我们两个好好谈谈？”

“这本就是我和你的恩怨，到了今日，终于有机会面对面说清楚，我怎么舍得放过？”月光下秦长歌笑得森凉，目色幽深。

她腿一抬，已经利箭般跃身而起，三步两步上了崖，立在白渊对面一棵树的树枝上，选择了一个他无法偷袭的角度，笑道：“晚上好，柳女王凤体可安康？”

“托福，”白渊答得温和，“我已经命大军护送她离开，不然你们俩见一面也不错。”

“她去了哪里？”秦长歌如对佳客，问得坦然。

“你们去哪里，她就不去哪里。”白渊答得令人叫绝。

两人对答得谆谆儒雅，全无剑拔弩张的敌对气氛，光是看他们神情，不知情的人大约还要以为这两人是在月下谈家常。

“那真是可惜，”秦长歌微笑，“能让白国师不顾一切去护佑的人物，我还真想会会。”

“能仅凭在下的举措便推断出女王在军中，您也不愧是和女王齐名的人物。”

……

一刹静默，蒙住秘密的薄纸，被那人不凉不热、漫不经心地揭开。

良久，秦长歌微笑，轻轻道："你终于确定，我是我了？"

这话问得奇妙，白渊却笑起来，道："是，正如你也终于确定，是我了。"

目光里翻腾云烟，云烟尽处无限恩怨渐渐涌起，秦长歌感慨地看着白渊，缓缓道："长乐大火，皇后被杀，世人都以为不外乎是宫闱倾轧，或者朝政谋局，或者帝后离心相害。谁也没能猜到，一切的布局，竟然延及西梁之外，六国之远，那背后罩下的杀戮之网，网扣，竟然握在远在东燕的国师大人您的手上。"

秦长歌将手中一根枝条轻轻一截截粉碎，淡笑道："您真神奇，手真长。"

白渊负手微笑，半晌道："您也很神奇，一个明明死掉的人，一个被穿心剜眼、死得透得不能再透的人，竟然在数年后复活，卷土重来，最终对六国造成了极大的威胁……这世间怪力乱神之事，不得不信啊。"

"有人到今天都没相信哪，"秦长歌温柔地道，"比如，水镜尘。"

白渊眨眨眼睛，奇道："你怎么知道？"

"废镇一役，水镜尘称我'赵太师'，他并没有将我和睿懿联想到一起。"秦长歌淡淡道，"当时我就确定，他当晚一定有份参与谋杀，因为只有亲眼见过睿懿死亡，并且以后也一直没有什么机会和我本人接触的人，才最不容易相信她的复生。正如你所说，睿懿死得不能再透，连骨头都分掉了，凭什么认为她还会活？"

"你猜出是镜尘抢了你三分之一骨殖了？"白渊扬眉，"你可知那骨殖现在何处？"

"我没兴趣知道。"秦长歌耸耸肩，"骨头就是骨头，你拿去垫猪圈也好，当饲料喂了牲畜也好，都与我无关。"

"怎么能那么侮辱西梁开国皇后的骨殖呢？"白渊轻笑，"我拿去给我妹妹垫坟了，可怜她死后，我人小力微，埋得太浅，第二日尸体被野狗拖出来啃干净了，后来我只好瞒着我娘把她给烧了，小小的一捧灰，装在盒子里。我觉得她太寂寞，而且她一定很想亲眼看看西梁皇后的尸骨，看看那个害她早夭的人的骨头是不是和她一样，所以我叫镜尘拿给我了。"

他语气平静，笑容流动如风，神情依然如前的散漫闲淡，不像在和生平死敌说妹妹的惨死，倒像面对佳人，月下花前。

崖上却突然起了一阵阴风，盘旋着掀起两人的袍角，风里有砭人肌骨的寒意阵阵袭来。

秦长歌沉默了下去，半晌道：“沙场胜负，成王败寇，本是再寻常不过的事……白渊，你太偏激。”想了想她又道，“错了，我想，我该叫你成渊……是不是？”

白渊的神情，刹那间有了微微的震动。这个姓氏的出口，令他的思绪微微飘远，想起了一些自己宁愿尘封的往事，想起当年成氏家族一门容华，却一朝倾覆，从此流落异国备受欺凌，想起妹妹死去时母亲的一夜悲歌，想起景阳宫那远去的飘香的裙角，那一生的错过。

这一切，都拜这个女人所赐。

成渊，成渊，多么陌生的名字。

那个曾经高贵的姓氏，早已湮灭在北魏风起云涌的历史中，成为贵人们踩在脚下的故纸上最为空白的一页，再不会有人提笔为之写下光荣的记载。

那些被践踏碎了的，早已散在风中的，家族，姓氏。

离开北魏时，他改姓白，谐音“败”，相对于那个“成”。

他曾对自己发誓，一日不复仇，一日不改姓，然而当他终于复仇了，他突然也觉得改回姓氏已经没有必要。

因为女王说，白渊，如雪之白，如渊之深，很好的名字。

这句话，女王分了三次说完，他很欢喜。

仇既然已经报了，姓什么已经不再重要，让那个成渊永远死去，只留下女王喜欢的那个名字。

白渊浮起一抹讥讽的笑意，暗夜里依然光华万里的眼眸，瞟向秦长歌：“……我偏激？皇后殿下，如果你父亲被我所杀，并因此家族罹祸，被抄家，被驱逐，大王勒令所有人不得收留你孤儿寡母，北魏再也待不下去，一家流落异国，受尽欺负和白眼，贵妇从此跪伏于地，操持着贱役以养活家小，依然不能阻止弱女的死去……你告诉我，你会无动于衷？你会风轻云淡？你会不思报仇？你会的话，你就不是秦长歌，正如我，我不报仇，我就不是白渊！”

秦长歌深深看着白渊，当初，玉梭湖底三夜共枕，当她询问“夫君大名”时，他答“陈渊”，她问“成败之成，抑或耳东之陈”，那一刹他的神情变幻，俱为她看在眼底。脱险后她想了很久，最后想到了当年禹城之战中，因为偷袭重伤萧玦而被她怒而箭杀的成羽，她立即拜托非欢，动用所有的凰盟力量，去查成氏家族的下落，最后得到的消息是，成氏家族在当年禹城一战后，便被魏王清算，抄家驱逐，百年簪缨巨族风流云散。族人沦为北魏下贱平民，多操底层贱业谋生，直系一脉的成羽妻儿则离开北魏不知所终，再多方探查，一直找到当年成夫人闺中密友，才查到，成家后人流落到了东燕。

到了这个时候，再想不到白渊是谁，再想不到是谁这般处心积虑地杀自己，秦长歌就不是秦长歌，而是猪了。

秦长歌轻轻一叹，道："你父是被我所杀，但是战场敌对，不是你死就是我亡，何况你父之所以被魏王清算，是因为当时魏王遇险，你父却没有去救，只顾着暗杀我。他的心思，我想你我都清楚，因此魏王认为你父其心可诛，才导致了你成家之祸，他之所以成为唯一没有在北魏立国后，牌位入驻功臣祠的从龙阵亡重将，成为唯一一个没有任何荫封的将领，究其原因，根子其实出在你父自身。"

白渊默然良久，淡淡道："我只知道，如果我父不死，那么后来的一切都不会发生。"

"对，如果你父不死，以你父当时的威望和他隐忍阴狠的谋算，说不准现在坐在王座上的第二代魏王，是你。"秦长歌讥讽地笑了笑，"说到底确实是我坏了你父的好算盘，直接导致成家从天堂堕入地狱，你压在心底那么多年的仇恨，自然要好好地和我算。"

"这账，我已经算过了，你，还有魏王元献。"白渊负手向天，"大丈夫恩怨分明，我已经杀过你一次，父仇早已得报，按说我不应再杀你第二次，所以我在隐约猜出你是谁后，并没有完全地痛下杀手，但是，事到如今，你我之间，已经无法转圜，最终还是一个死局，即便我不想再杀你，你也绝不肯放过我，是不是？"

秦长歌不答，半晌道："白渊，对你，我有三个问题不明，你可愿答否？"

白渊掸掸衣袖，淡淡道："能答就答。"

"你为什么要屠云州？"

"那不是我的意思，但是，我也没有反对。"白渊仰首出神地看着崖顶的月，"既然对我军有好处，为什么要反对？"

"你为什么会出兵助魏？为什么选择远离本国在他国作战？甚至连女王都来了？"

白渊慢慢地笑了下，这回给了她一个不打算回答的表情。

秦长歌却在摇头，啧啧有声地道："这是我一直疑惑的问题，但是我不需要你的答案了，白渊白国师，这些年关于你的传说甚嚣尘上，什么玩娈童不近女色，什么性跋扈架空女王，我看都是胡扯，是你故意放出的烟幕。你，倾慕你家女王吧？"

白渊微笑。

“可惜佳人罗敷有夫，心有所属。”秦长歌笑得诡秘可恶，“不可近也不可得，看着自己心爱的女人依偎他人身侧，而自己只能干咽馋涎，这怎么符合你白国师的风格？你倾东燕之兵远战他国，你撺掇女王亲征，却又秘而不宣，你打的什么主意？”

“什么主意？”白渊笑，“我王亲征，天威浩荡灭你西梁的主意。”

“你是个疯子，”秦长歌不理他，只是满脸寒意地摇头，“什么家国天下，什么吞并征伐，通通不在你心上，你在乎的，从来只是自己的私欲，东燕对你算什么？尊荣对你算什么？只要能换来此生红颜相伴的机会，不妨扔弃！”

白渊笑吟吟地看着她，还是不答。

月光越发冷寒，像是一块巨大的青色冰块悬在夜空，高远的风吹过去，仿佛都能听见敲击出的“梆梆”轻响。

“可怜的东燕，可怜的女王，竟然都是被你随手拿来利用的工具。”秦长歌怜悯地一叹，“魏燕联军赢不赢，你根本不在乎，东燕灭国，正好，当女王不再是女王，当王夫‘护国身死’，当然，他不护国你也会趁机要他死的。那时，失去丈夫又失去国家的女王，不过是个普通的伤心的小女子，那时，谁能比一直誓死追随、倾心护佑的白国师，更能安慰她，更能给她后半生的幸福生活呢？”

“你不能篡她的位、灭她的国，那样你就算得到她的身，也永远得不到她的心，所以你只有推波助澜制造灾难，再在灾难中一力护花，以你的武功，护她周全当无问题，这天下之大，什么地方去不得？保不准你连后路，都早已安排好了。”秦长歌鼓掌，“白国师啊白国师，你这种人，我生平第一次见，该称呼你什么？多情的疯子？残忍的情种？搅乱天下换红颜回顾的独夫？”

“你果然智慧无双，一点点线索可以推出这许多事，甚至连别人的内心隐秘都看得清清楚楚，秦长歌，我佩服你。”白渊温柔地道，“但是你猜错了一样，不要说我利用挽岚，挽岚和你不同，她虽然和你齐名，其实齐的只是容貌而已，她只是个略有残疾的女子。摘去女王的冠冕，她是再普通不过的凡人，她因为身体原因，并不沉迷权欲，也不能过多沉迷权欲。这些年，我看着她困于朝政，日夜苦心思虑如何抵御西梁，三更眠五更起，夙夜匪懈，身子一日比一日不好，她那个只爱琴棋书画的才子王夫，却只会在云阕宫堆满天下名品字画，日日埋没书堆，着实是个废物。你看，她这么累，我不帮她，谁帮？”

“得了吧，帮她解脱就是灭她国家，杀她老公？白渊，你的逻辑真是令人发指，被你爱上真是倒了八辈子霉。”秦长歌嗤之以鼻，“我懒得和你讨论你的情史，那只会让我害怕，现在问你最后一个问题。”

“你到底是怎么杀掉睿懿的？”

你，怎么，杀掉，我的？

冷月无声，层云飞动，风突然大了点儿，将树叶刮得“哗啦啦”地响，底下的战争还在继续，这两个东燕西梁的最高层实权人物，都已事先将对敌之策交代过手下将领，此时只管树枝高坐，安然平静地将昔年恩怨，天下局势，人心诡谲，风云变幻，一一道来。

底下的喊杀声，传到崖上，立即被风吹散，和那碎成千片的月光一起，被平和却暗藏森冷的言语，挤压成齑粉。

“我怎么杀掉你的？想杀，便杀了。”白渊轻笑着，伸指做了个捻碎的姿势。

“只凭你一人之力，甚至你还没亲自出现，就想杀掉我？那也未免太瞧不起我了。”秦长歌冷笑，“吹牛皮也得看着对谁，白渊，我不会低估你，但你也别让我觉得，以前我都高估了你。”

“那么你觉得，是谁呢？”月光下白渊上挑的眉峰像是一个难以到达的倾斜的高崖，在暗处远远传递着生冷和窥测，“如果我杀不了你，那么是谁帮了我呢？”

秦长歌抿唇，半晌淡淡道：“玉自熙。”

白渊现出一抹神秘的微笑，道：“哦？”

“六年前那夜，是个群雄毕集，风云际会的夜。”秦长歌半边容颜沉在暗昧的月色中，微微低沉的语声在黑暗中幽深地飘散开来。

“我很荣幸，因我之死，大抵牵动了许多人的关注。那夜，江太后立于长廊之外，远远指使着火上浇油；那夜，赵王萧琛站在长乐宫前，调开了所有的守卫；那夜，还有远途而来的客人，等待着那个死亡的结局。但是，他们都不是真正的凶手。”

将手中树枝拗成一个圆，秦长歌微笑：“万事循环，生灭不休，有终，必有始，正如事情要从更远一点儿的地方说起。”

她做了个捞取的姿势，如同将那些散落在不为人知角落、如珠子滚了一地的线索，慢慢串起。

她轻轻道：“陇东大豪，安飞青。”

白渊的眉梢，不易察觉地动了动。

“这是你在西梁安排的联络人吧？专门负责你和玉自熙的联系，长乐事发前后他出城，其实是去向你或者水镜尘回报相关动向，之后他被灭门，我的属下从他家留在京城别业的一个被逐的仆佣口中得到了一些线索，确认了他原本出身东燕。”

“出事当日，安飞青命车夫套车，说要去天衢大街买些礼物带回家，从南寺大街出，明明可以抄近路到天衢大街，安飞青却坚持从西府大街绕路，其间不知怎么，车子走得好好的突然一歪，撞到旁边一座府邸的守门石狮上，守门人出来喝骂，车夫忙着道歉说好话，他不识字，只隐约记得匾额上是四个字。”

秦长歌笑了笑：“是静安王府四个字吧？”

白渊笑而不语，秦长歌已经接道：“我一听见这个信息便想到了静安王府，当时西府大街四个字的匾额的府邸并不多。有两个闲散郡王，还有一个前朝德公主府，更是不相干。那么，最有可能的就是出入宫禁最无拘束的玉自熙了，那个时辰，他和安飞青接头，你说，能干什么呢？”

“只是……”秦长歌自嘲地笑了下，“当时，我不愿相信，玉自熙在战场上，救过我和萧玦的命，我和他虽然看起来不和，其实颇为惺惺相惜，自认为就算他不当我朋友，也不至于相害。不过，世事难料，谁知道呢……”

“是啊，”白渊接口，居然神情颇为惋惜，“谁知道呢？”

“谁知道呢，杀人杀得太急也会错过机会的。”秦长歌也扼腕，“不知道是你还是玉自熙，对安家灭口灭得太急了，你知道不？其实安飞青应该是个很警觉的人，是个优秀的暗探，他居然能发现我们在查他，居然能顺着源头摸到我头上。在炽焰帮，他布置了杀手想杀我，没有成功，随即，他便被灭口了，没有来得及将怀疑回报给你，所以我才能多混了这许久。说实在的，那个杀手之后我等了很长时间，等待进一步的杀招，却没想到，你们自己把找到我的线索，给掐断了。”

她斜眼看着白渊：“这叫不叫老天有眼，或者自作孽不可活？”

白渊笑看她：“秦长歌，我怎么觉得你在绕弯子不入正题？你怎么不问我，谁定的计策？谁做的机关？谁挖的眼睛？谁令你死后尚负污名，使萧玦误认为你和人私奔，而不去给你报仇？”

“谁？你呗。”秦长歌冷笑，“这账，我只算到你和水镜尘身上，甚至玉自熙，虽然他在这其中扮演了很重要的角色，但我也依旧认为杀我不是他的本意，他一定有软肋掌握在你手上。白渊，你到底做了什么，令这么一个桀骜不羁的人，能被你掌控如此？”

“我什么都没做。”白渊神容闲散地把玩着掌中玉箫，“从头到尾，这件事，我只动了动脑子和嘴，你的鲜血，我可一丁点儿也没沾着。”

“你都让别人沾了而已，你把事情都交给别人去做了而已，就像当初我叩阍之时，水镜尘放出蕴华，使我和萧玦将注意力都转移到萧琛身上，也是你的指使吧？”

“秦长歌，你心如明镜，你既已什么都明白，该知道的，不该知道的你都知道，你为什么还要来问我？”白渊大笑，手中紫竹箫一点崖下，“说了这半天废话，仗也该打完了吧？”

他姿态优雅地站起身来，做出打算离开的模样。

秦长歌看看崖下，东燕军队不敌西梁悍勇，何况还有秦长歌的凰盟属下助阵，已经损耗得七七八八，伤损如此，白渊居然毫无焦灼可惜之色，就这么拍拍屁股打算走了。

想了想，秦长歌不由冷笑：“这又是哪个倒霉蛋的军队，给你拿来消耗的？”

白渊极其雍容地微笑：“今日留下拦截的这一路三万五千重弓步兵，是王夫家族的私军，女王爱重王夫，特赐王夫家族统兵之权。不过如今强敌当面，事关家国，一点儿个人私欲，当不足挂齿耳，王夫深明大义，踊跃以献，我怎么能辜负他的好意，弃而不用呢？”

他直起身来，轻轻迈步，前方就是虚空，他却如履平地，就这么一步步，迈在半山飞云之中，负手凌空蹈步，衣袂飞舞中悠悠看着天上一弯冷月，轻轻道：“秦长歌，你自己也知道，事情，是没这么简单的……”

他微笑着，手一抬，浅金淡碧的光芒一闪，极其温柔地道：“不过你也知道得七七八八了，可以安心地再死一次了。”

秦长歌坐着不动，剔剔指甲，道：“我没兴趣，还是你死吧。”

话音未落，白光一亮。

宛如深黑崖上爆开一朵巨大的白色曼陀罗。

千丝万缕，剑气纵横，银河般倒挂而下，漫天星月之光瞬间聚集到了那华丽一剑的剑底，被狠狠拖拽而起，呼啸着罩向白渊。

苍穹一剑，劈裂长空。

白渊却突然不见了。

他那刚才攻向秦长歌的一招竟然是虚招，那掌风半路上突然拐了一拐，击到山崖之上，轰然一声碎石大片掉落，秦长歌等人都不由一避，而白渊已经借着那反震之力，远远地荡了开去。

几乎刹那之间，他的带笑的声音已经远在数里之外：“就知道你没那么大胆子和我单独相对，果然有倚仗……咱们前方见，到那时……哈哈。”

最后一笑，已经远到几乎隔了山脉。

秦长歌无奈一笑，喃喃道：“为什么最坏的大BOSS，都强悍得令人发指呢？这个规则，真令人不爽啊。”

抬头，对着前方负手看着她的白衣人一笑，那人也回她一笑，笑容里有些淡而遥远的味道，却仍旧是风神挺逸、清华无限。

他轻声道：“抱歉，这家伙一旦先一步开溜，我也是追不上的。”

秦长歌摆摆手：“素玄，你来救我就很好了，没有你，我哪敢和这种人对面说话？”

“你也有不敢的事？”素玄一笑，笑容转瞬便散去，他神情间似有心事，眉宇阴霾，欲言又止。

“怎么了？”秦长歌的水晶心肝自然不是白长的，诧异地注视着他。

素玄沉吟半晌，再三斟酌的模样，他素来洒脱放纵，何曾有过这种犹豫为难的神气？秦长歌盯着他，不知怎么突然心跳如鼓，头晕目眩，那感觉就似前些日子完颜纯箴施展音杀，击中自己内心深处最薄弱处，那般窒息的疼痛，就好像心脏被人捏紧，举起，挤出滴滴鲜血而无能为力。

她倾了倾身，险些从树枝上栽落，赶紧一把抓住树梢，不知怎么忽然觉得有些手软。

“怎么了？”她忍不住再问一次。

“长歌，”素玄看着后方，目光似乎透过黑暗中某些屏障看见某个场景，缓缓道，“我觉得，你最好，回大营一趟。”

第八十七章

重生

这一夜月色朦胧，远远看过去好似隔了一层略有沙质的水晶，月光边缘有些毛躁，带着淡淡的红色的阴影。星子稀稀落落地挂着一两颗，忽明忽暗，好似天公正在诡秘地眨眼。

风“呼呼”地掀动营帐门帘，门帘上的束带劈里啪啦打在木桩上，一声比一声紧。

有时风越发猛烈些，带出隐隐飘散着清淡的香气，有点儿像桐花和木樨混合的味道，但是不仔细闻是闻不出来的。

营帐里有暗黄的灯光透出，映出一坐一卧两个人影。

“你真的没事？”萧玦盘膝坐在拥被而卧的楚非欢对面，“我怎么觉得你有点儿不对劲？你把面具除下来吧，主帐中就我们两个，你还戴着面具干吗？”

“没事，”楚非欢并不抬眼看萧玦，斜斜倚着被褥，手指轻捏军报一角，道，“习惯了。”

他似乎不愿意多说话，语速也很慢，萧玦知道他寡言，也不以为忤，自己“哗啦啦”地翻着军报道：“白渊大军改道了，以他的行事风格，你觉得他会去昶城，还是禹城？”

楚非欢不答，半晌萧玦诧异地抬头看他，他才轻轻动指，指尖向着地图上的禹城。

“嘿！英雄所见略同！”萧玦一拍腿，长眉飞扬，“那家伙一向不按常理出牌，昶城近，而且临近现在的北魏边界，按说他在被追逐的情形下是该选择昶城，可我觉得，他更有可能看中禹城，那里城防层次分明，荒芜圈、警戒圈、城防圈都很完备，侦哨、护城壕、转关桥、冯垣、拒马带、女墙、横墙一样不少，粮食储备也足，而且因为原先两国界碑的北移，早先的军力部署有了更动，禹城现在不再是要塞，守军不足，白渊要是没动禹城的心思，我跟他姓。”

他匆匆将军报看完，道：“他军中居然还有东燕女王，两路大军在虎口崖分兵，看似往昶城方向，可我看是虚晃一枪，昨日素玄经过我们大军，受我拜托先去保护长歌，她的安全应可无虞，我还是直接奔禹城，在那里等她吧。”苦笑了一下，他又道，“反正也追不上，步兵哪里比得上骑兵，还带着辎重，我从禹城等她过来，保不准还能比追她来得快些见到她。”

楚非欢轻轻颔首，萧玦向来是个说风就是雨的行动派，立即站起，道：“今夜我就带一半人先去守株待兔，我这里离禹城比白渊近，这回，总该我抢在前面了吧？”

他一边向外走一边朗声笑道：“你看来精神不好，就不必赶着急行军了，好好休养，我不许冯子光来吵嚷你，实在有紧急军情了，你再点拨他一下就行了。”

他最后一句话说完时，人已远在帐外，意气风发的年轻帝王，反掌间决定万人命运，看着别人接受已成习惯，他不知道说出口的话应该要等待别人回答，因为向来他的话就是旨意。

所以他永远也不知道楚非欢对于他的安排的那句答复。

案几上，油灯灯火悠悠颤动，被他离开时带起的风声卷得飘摇欲灭，恍若生命即将油尽灯枯的那一刻，那一点儿坚持不灭的光，时时都将湮没。

帐外传来喧腾的声响，人声，马嘶，兵器撞击，大声呼喊的口令，一切都这么蓬勃而有生气，带着新鲜的明亮的热力，一阵阵扑进冷清的帐篷。

帐篷穹顶沉沉，罩下一大片深黑的阴影，那一方暗淡的空间里，静卧的秀丽男子，沉默如即将永远凝固的冰雕。

楚非欢轻轻吐出一口气息。

他的手，按在了自己心口胎记的地方。那里，没有人看见，曾经鲜活璀璨的金色鲤鱼标记，已经暗淡无光。

这是楚氏皇族，即将大去前的征兆。

知道自己会死，但是也没有想到会这么快，可供珍惜的时光总是短暂得残忍……楚非欢按着心口，露出一丝淡淡的笑意。

玄螭宫那个密室真幽暗啊……睁开眼时嗅见的浓郁的腥气，他的心在下沉，不住地沉，然而当阴离问出那句：“你是想要残废着活十年，还是完好着活一载？”时，他突然就平静了下来。

这是选择吗？这不是选择，这只是宿命，在度过那样失去健康肢体和武功、在泥泞中挣扎的三年后，在多少次眼睁睁看着长歌遇险自己却无法相救，甚至连站在和她一样的高度去看她都不可能之后，他早已别无选择。

当时唯一的犹豫，是看见啸天，剖心而死的啸天，用自己的心换了他的命，他本应当好好珍惜。

……啸天，我对不起你。

一年之期，算算，恰是今日。

那天对战完颜纯箴，最后的真力击破金鼓，鼓碎的那一刻，他突然觉得全身的真力都被抽空，神志仿佛突然抽离了躯体，悬浮于半空，他竟然离奇地透过自己的躯体，看见自己的心，越来越缓地跳动，渐渐趋于停滞。

那一瞬间他以为自己即将死去，或者已经死去。

仿佛深海的黑暗潮水，无边无际地涌过来，将他淹没至顶，他睁着眼睛，却突然看不见任何事物，也看不见她。

隐约听见她在关切地询问，却根本听不见她在问什么，他只是紧紧地拉着她的手，用那般真实的触感和力度，去最后感受她的温暖。

长歌，这将是一生里，我最后拉你的手。

帐篷里一灯如豆，照人此夜凄凉，男子乌发黑眸深如静水之渊，那点儿挣扎而起的波澜，终将归于寂灭。

楚非欢慢慢解下面具，烛火颤了颤，斜斜地偏向一边，似是不忍照上他惨白的脸。

……萧玦，我帮不了你啦，让冯子光自己去奔忙吧，我累了。

打完这仗，尘埃落定，你和长歌之间也就没有最后的障碍和为难，你就……痛痛快快地揽她入怀吧。

她清冷微寒的心，最需要的、最易被震动的始终是你的热情，便如她明知一切，却为了你装作依旧懵懂。

她始终在守护着你，从前生，到今世。

你真幸福。

但愿你好好爱她，比我更多十倍百倍地爱她，但愿你把因为我离开，长歌所失去的那一半关怀，加倍地补给她。

我相信你能做到。

这一夜很短，这一夜很长。

短得于瞬间便拉断了维系生命的游丝，长得令人疯狂拍马也无法冲破那似乎永生难散的黑暗。

三更时分，天离奇地下了场雪。

碎雪纷扬，万里无声，那般沉寂而漠然的边塞之域，睁着永恒不闭的眼，看着那单人独骑，一力长驰，如鸣镝呼啸着穿越茫茫原野。

三更时分的这场雪，最先落在了秦长歌的眉睫上。

在疯狂的奔驰中仰起脸，秦长歌只觉得眉间的那缕凉意直直地透入心底，冰凉彻骨，冻得人几欲窒息。

素玄的话，一遍遍响在耳边。

“长歌，我从大营经过，觉得楚兄精神似有不对，他始终戴着面具不肯摘下，我无法观测气色，但是……”

未尽的言语，向来比直接说出来更可怖。

秦长歌几乎是在第一时间便直跳而起，冲出营地拉了匹马便直奔出去。

心底一直盘旋不去的窒闷不安感受，在这一刻得到解答，秦长歌懂得了自己的直觉，却又无比害怕自己的直觉。

她已什么都不敢再想，只是狂奔，策马狂奔。

古戍荒城，夜鸟悲鸣，马蹄嗒嗒踏碎积雪的冻土，寒风猎猎从耳侧刮过，那般砭骨的厉烈疼痛，仿佛一场邂逅便是一抹殷红的血丝。

束起的长发在飞奔中被风雪打散，乱七八糟地在身后狂舞，不多时便积上一层冰白的霜花，再在无尽的颠簸里被丝丝碎去，散落在边塞的平原上，无声化去。

秦长歌已经不懂得怜惜胯下骏马，长鞭破空，连连挥下。

非欢，求你等我！

……不知道哪里吹来的风，潜进帐篷，依稀熟悉的气味，桐花幽甜之香里带着海岸微腥的气息，交织成神秘的香氛，氤氲在暗淡朦胧的大帐中。

远处的马嘶声被风吹断，一抹苍烟里不知何处吹起了悲凉的金笳，万帐穹庐，孤枕边城，一天欲碎的星影光华明灭，最西边曾经光华璀璨的那一颗，渐渐淡去。

那奇异的带着桐花和海岸气息的风，在帐中缓慢地盘旋着，似是从遥远国度奔来的天使，等待着接迎它们的羁旅游子的永久回归。

帐中没有玉鼎，却突然多了些迦南香的清贵香气，缓缓罩向那幽暗角落。

楚非欢支枕静听午夜长风呼啸若吟，幽沉在那似有若无的香气中，一抹笑容恍惚如破碎的波影。

……哪里飞来了芦花？飘扬在秋日淡蓝的高空里，有一枚落在水面，他低头去看，原来自己也浸在水中，却不觉得冷，他伸手去捞那芦花，如镜的水面突然起了微微的涟漪，白鸟般的影子映上水面，以一个流丽到令人惊叹的弧度飞掠而来，翩若惊鸿。

他一笑回首，说：“哦，原来你在这里。”

……她掠过来，指尖突然多了一朵桃花，笑吟吟地递给他，他微笑接过，这才发现不知何时秋水已经退去，脚下是坚实的青石桥，而身后桃林烂漫。

她牵他进入桃林，林深处却是雄伟威严的大仪殿，他怔怔地看着她放开他的手，着凰袍佩珠冠，登御辇步丹墀，于宫阙之巅微笑下望，长阶尽处，百官俯首山呼舞拜，而她笑容雍容，眼神悲凉。

……一转眼她半跪在他轮椅前，说，非欢，人生不过一场是非之欢。

……她说，非欢，我很孤独，这个时辰，你不能抛下我。

……她说，等我。

长歌，我等不了你了……

眼前飞旋若舞，梵花坠影，是桐花。

……桐花，桐花……宫阙巍峨，彩屏迤逦，雕刻着云龙飞凤的白玉殿门开启，现出种满了这种普通的淡紫色的花朵的玉桐宫，铺了厚厚一层花瓣的长长的玉阶在他面前展开，无穷无尽，直欲延伸向天际。他轻轻拾级而上，足底鲜花娇艳如故，而前方仙云缥缈，彩光迷离，隐约有九道飞虹横贯天际，而长风之巅更远之处，韶音奏起。

华光尽头，立着玉帛飘飞云髻高耸的女子，雪肤花貌，依稀是母妃的颜容。

……母妃，你来接我了吗？

他缓缓走上前去。

女子轻舒双臂相迎，笑容委婉，身后云霞五色斑斓，流光飞舞。

“欢儿，人生如劫，终有一渡。”

她微笑着轻轻牵过他的手。

“我等你，已有很久。”

……风声渐渐静歇，帐中桐花和迦南的香气，一丝一缕地淡去。

那飘摇欲颤的烛火，突然跳了跳，随即如被人轻轻吹灭般，彻底熄灭。

黑暗笼罩了整个帐篷，隐约中似有轻声叹息，婉转悠长。

楚非欢一直轻轻捏着军报的手指，微微一松。

军报飘然落地。

……

长歌。

原谅我不能陪你到老。

夜静无声。

一声马嘶，惊破喧嚣后复归平静的大营。

守卫的士兵直觉地抬头，便看见地平线上，一个雪人策马直撞过来，士兵惊恐地抬枪要拦，那人一声大喝：“赵莫言！”

随即士兵便觉得一阵狂风从自己身边卷过，硬生生地被卷得原地打转三个圈，才踉跄站稳。

大营被惊动，人流在聚集，战马烦躁地仰首高嘶，而那个雪人已经直奔向了主帐。

冯子光匆匆冲出来，还没来得及仔细辨认对方容貌，就看见黄影一闪，主帐大帘一掀，那人已经冲了进去。

冯子光急急想跟进去，突然看见那人僵在了帐门口，随即退一步，再退一步。

冯子光怔在当地，终于认出了太师，他怔怔看着那个微微颤抖的背影，突然不敢再说一句话，不敢再上前一步。

秦长歌的手，紧紧抓着帐门布帘，抓得那般用力。

她知道，不用力的话，自己一定会倒下去，从此再也难以爬起。

然而现在要怎么过去？数丈远的帐篷，已成咫尺天涯，天上与人间，永远无法飞渡的距离。

前方，黑暗的大帐，飘散着淡淡的奇异的香气，那一角非欢常待的地方，他静静睡着。

那般安详的姿势，那般沉静的睡眠。

秦长歌却觉得黑暗铺天盖地地笼罩过来，一阵阵如巨石般砸向自己脑海，砸得血花飞溅，骨肉尽碎，砸得神志尽失，五内俱焚。

非欢睡眠极为警醒，向来微声便可令他惊醒，自己闹出这么大动静，他怎么可能不睁眼？

她为什么听不见呼吸，感觉不到生命存在的气息？

秦长歌目光颤颤抖抖地在他面上仔细逡巡一遍，手突然一松。

不！不！

不要是真的！

不要！

有什么在轰然倒下，有什么在飞快远去。

秦长歌僵立着，不肯走近。

她在帐门前站成了石人，死死盯着那一角，等待那个秀丽男子张开眼，像以前很多次那样对她微笑，说："长歌。"

……不知道过了多久。

或许有时一瞬就是一生。

……不知道等了多久。

一片沉寂无声，那个永远在她身后扶着她的肩，对她说，我始终在等你的男子，再也不能给她回应。

非欢……你为什么不说话？

秦长歌慢慢地，一寸寸地撒开手。

一点儿一点儿地挪动步伐。

一步一步，走入那彻底的黑暗之中。

十步的距离，永生无法接近的天堑。

她用尽全身力气，一步一血，丈量。

最终，秦长歌的脚尖，碰着那沉睡的人身下的木榻。

突然失却了全身的力气，秦长歌腿一软，跪倒在榻前。

闭着眼，眼泪刹那间汹涌而出，秦长歌缓缓伸手，向榻上摸索，她的手触到那昔日温热如今冰冷的胸膛，停住。

跪在榻前，秦长歌双手抱住那逝去男子的躯体，将头倚在他胸前。

这一刻我不为听你永远消失的心跳，这一刻我只想给你最后的一点儿温暖。

非欢……

……那年的栈渡桥上的桃花，开灭了一个人一生的繁华，她越桥而过，而他在桥下冰冷的水下洇开血花。

"长歌，我希望这一生，能有个独属于你我的秘密。"

非欢，从此后，我即便有千千万万个秘密要和你分享，却又要到哪里去找你来聆听？

……炽焰帮里，满桌佳肴突然令人乏味，她怔怔看着那个袖囊里的玉佩，看见那一幕烟华消散，英杰自云端跌落，垂死挣扎于泥淖。看见重伤、残疾、背负着被兄弟误会剿杀和皇后死去的苦痛，苟延残喘于街角巷肆，失去武功无力谋生，最终沦为乞丐的他。

然而他只是淡淡说："你……武功未复，现在很辛苦吧？我陪你……从头开始。"

非欢，你陪我从头开始，为什么不陪我一起走到结束？

……施家村暴雨之夜，万千杀机凝于一线，那个隔窗而语的男子，一袭蓝衣清如仙渠之水，以此残躯，冒雨而来，解救她于千钧一发间。他沉静的眉宇之间，波澜不惊，没人看得见背后的苦痛和挣扎。

"昨夜我只觉心神不宁，非同往常。"

非欢，这一生我与你时时默契心灵相通，为何却连最后的一面都无缘相见？

……幽州内乱，诈昏的李翰于万军中暴起，剑光刹那间到了他的胸口，换得她惶然回首，无限自责。

他只是浅笑："如果我需要你的保护才能生存，那我还不如立即死去。"

她急急辩解，他说："我只是，永远不想让我在乎的人，为我忧虑担心。"

非欢，你错了，重生以来，从来都是你在保护我。

非欢，这一生我终将不再为你忧虑，却换了此生永久疼痛于心。

……

忽有大喝惊天而来。

"让我进去，和人共死！"

她于混沌中惶然回首。

……万民围困，群情愤怒，她被困中央，如一叶小舟，随时会被暴民的人海撕碎，无限嘈杂拥挤之中，万众瞩目中，声音低微，中气不足的男子，轻轻道："如果我不能救她，我希望能和她死在一起。"

非欢，你为什么要食言，最终选择了，死在我之前？

"轰！"

神灵之手大力举起开天巨斧，恶狠狠劈裂了无辜的大地，地面抽搐颤抖，撕裂痉挛，不堪痛苦地，将所有依附于其的物事，悍然抖落！

猗兰之毁，她迎着如铁板击面而来狂风发力而奔。

……远处明光闪耀，废墟之前，"哧哧"闪烁着火花的引线，不愿独生的他的稳定的手，毫无畏惧地凑近那火光。

她满身冷汗地奔上，扑下。

"我们都不要死。"

非欢，这一生你从无违拗我任何意志，为何这最重要一句，你选择忘记？

……谁的心脏，永久地留在了南闵的一碧深翠。

那个鲁莽而鲜明的男子渐渐化为青烟和惨白的灰末，远远扬向遥远的东方，那里，最东方的青玛神山沉默伫立千年。

“啸天，我对不起你。”

非欢，直到这刻，我终于明白了你这句话的意思。

你所经历的选择，为什么从来不肯让我参与？

……碧水之中，谁的指尖，轻而缓地划在了她的心上？

青衣蓝衫柔曼纠缠，彼此的黑发在流动的水中轻轻拂动，水流冰冷而相接的唇却温暖如春。

那一刻是谁攥住了谁的手，在手心一字字刻下心中盘桓已久却始终不愿出口的希冀。

“我多么害怕再次失去你。”

“原谅我，我只想有一刻拥你在怀的真实感受。”

非欢，我亦多么害怕失去你，然而此刻，噩梦成真。

……是谁轻轻凑近耳边，语声低如极远海岸吹掠而来的清风。

“长歌，我曾多么希望，此生能娶你为新娘。”

非欢，心愿犹在耳，你却撒手弃我而去。

……是谁微笑俯身，唇如蝶翼，落于长睫。

清淡如佛手柑的气息恍惚重来，如飘落的轻烟悠悠笼罩，明月之下，满室辉光之上，秀丽男子一一珍重吻过双眸。

“长歌，此生我从不愿意对你有所隐瞒。”

“长歌，今生今世但愿你不要再为谁流泪。”

非欢，你坦诚一切，却隐瞒了最重要的生死之择；你不要我流泪，此刻我却仿佛要流尽一生的泪水。

……是谁的秀丽身姿被月色星光剪影成清逸弧度，佳节里高楼上清风鼓荡，吹起长发蓝衣，而前方苍穹之上，满载祝愿的天灯飞远。

“长歌，我唯愿这盏灯，放飞你人生里所有的寂寞、仇恨、无奈、悲苦，给你带来永生的幸运、喜悦、美满和幸福。”

非欢，心愿美好而现实无限冷酷。

我人生里所有的无奈与悲苦，俱在此刻；所有的喜悦和幸运，随你离去而被放飞。

……

长夜漫漫，悲苦不已。

帐外的光影变幻，由亮至暗再亮再暗，时光缓缓前行，不因人间离别而怜悯停步。

雪却一直在下。

秦长歌什么都不知道，甚至没有变过姿势。

她只是静静伏跪在楚非欢榻前，伸长手臂，紧紧将他抱紧。

她靠近他的心脏，却再也听不见想要听见的心跳。

风穿越帐门，带进落梨般的碎雪，那风如此的凉，似是很多很多年前，那冰凉的湖水。

那年的碧湖，湖水中央回首的少年，秀丽眉目亦如此清凉。

他说："那日，其实我不是要寻死。"

"我只是觉得，湖中心的那朵芦花，特别的美而已……"

那一朵芦花，如今飞到哪朵云上了呢？

三更落雪，万里冰封，凰盟三杰和开国皇后的知己传奇，从碧湖秋水的初遇到边塞孤枕的星火，那原以为可以永不停歇的纠缠、追随、等候，在那个夜半飞雪的凄冷的夜，缓慢地画上了最后的终止符。

刹那间一生流过，一滴泪作别你我。

"下雪了。"

萧玦勒马，仰首看着天际飘落的雪花，心里突然有些模模糊糊的不安，一闪而过。

他直觉地皱眉思索，却没找出内心里那阵突然的烦躁的缘由。

没什么好担忧的，和白渊已经交战一日，他抢先一步扼守禹城关隘，已经将白渊的大军围困住，单绍的援军也到了，两军合围，兵力足达六十万，今夜最后一次猛攻，应该就能把已经出现慌乱的燕军打散。

要么是长歌？可是据传报，虎口崖长歌大胜，何况素玄在她军中，再不济也不会有性命之忧。

萧玦扬眉笑了笑，将那不安抛开。

胜利在即，逐鹿之争将落幕，过了今夜，天下将再没有可以和西梁抗衡的力量，彻底一统诸国，剩下的只需要时间。

对他来说，最满足、最愉快的不是即将而来的天下大帝的无上尊荣，而是，长歌。

杀了白渊，恩仇俱结，长歌心事得解，当能抛下一切，和自己双双与归，如果她不喜宫廷生活，自己也可以早点儿扔了那劳什子皇位，和长歌双双策马，笑傲天涯去。

想到那些并肩看夕阳，茅屋话桑麻的平淡却永恒的日子，萧玦的笑意越发明亮，目光闪耀如天际星子。

“陛下。”

先锋李骥的声音惊破他的幻想，萧玦转头：“嗯？”

“燕军开始对左翼猛冲，好像打算突围，请陛下示下。”

“左翼吗？”萧玦慢慢勾起一丝笑意，策马看了看前方战况，果然被围的燕军开始猛攻，隐约还可以看见黄衣红甲的士兵浪潮中，黄色彩凤的旗帜。

“陛下，燕军这么明显打着帝旗突围，倒未必可信，实则虚之，虚则实之，以白渊之狡诈，他要护主突围，定然不会这般彰显旗号，臣以为，这定是佯攻。”

“哦，那你觉得呢？”萧玦回身笑看李骥。

那男子决然答：“当守右翼！臣已经派军加固右翼防守。”

萧玦哈哈一笑，道：“错！”

李骥瞪大眼，看着萧玦，萧玦微笑着拍拍李骥的肩道：“你也算是了解白渊一点了儿了，但了解得还不够多，不过你有句话说得对，实则虚之，虚则实之，白渊这个人，洞察人心，他知道你定然有此一疑，因为国师大人的智慧名动六国，绝不会蠢到公然打旗号突围的地步——于是他就这么蠢给你看。”

李骥愕然道：“难道……”

萧玦一扬马鞭，朗声道：“朕是老实人，老实人也是可以逮狐狸的，走！”

包围圈的右翼，相对薄弱，部分骑兵被秦长歌带走，机动性和冲击穿插力受到影响，而东燕这一批突围的，以重甲步兵为先锋，随后是重骑，随后轻骑，中军再次，强力冲击西梁方的密集阵型。

萧玦赶到时，只看到彩凤旗已经过了己方一半防线，旗帜下那普通士兵装扮的男子，不是白渊还是谁？

萧玦忍不住畅快一笑，长剑一指，提足真气喝道："白渊，玩花招有用吗？倒不如痛痛快快过来与朕一战！"

"跟你打架很有意思吗？"白渊似笑非笑看着萧玦，目光流转里闪烁着奇异的光芒，淡淡道，"打架是粗人做的事，能不做就不要做。"

萧玦气极反笑，皱眉看他说："你想不战而胜？白渊，你号称智人，如今这情势，你觉得你还有胜的可能？"

"是没有，绝对没有。"白渊微微一笑，慢条斯理地从怀里取出那管紫竹箫，很爱惜地拂拭了遍，道，"但是智人，就是应该于不可能中制造可能的，就是应该草灰蛇线，伏延千里。"

他用微带怜悯的目光看着萧玦，突然拨马就走。

萧玦自然要追。

萧玦的护军层层围护而上，生怕那箫中飞出暗器来，萧玦一把挥开护卫，道："朕自己又不是木头，看见兵器过来不知道闪躲？"

白渊突然返身，一弯身捞起马侧玄铁黑羽长弓，遥遥对准萧玦。

萧玦大笑，道："比箭吗？好！"

他一伸手，从箭筒里抽出三枝金箭，手一掣搭于自己特制的长弓上，满弓如月，金光灿然的重箭亦一步不让地对准白渊眉心。

战神萧玦，当年纵横沙场，箭艺可谓独步天下，多年前秦长歌就曾说过，单论箭术，天下当无超出萧玦者。

"嗡！"

白渊一箭如电，破空而来，隔着人喊马嘶正在厮杀的军队，依然能听见那利箭割裂空气发出的尖锐之声。

萧玦却觉得这一箭好像并不能算白渊的最高水准。

然而他依然没有掉以轻心，手臂一振，三箭连射，射箭那一刻，眼角余光好像看见白渊突然弃弓，举箫就唇。

箭出，快如追光，第一箭便迎上那黑色重箭，将那箭劈成两半，那两半重箭余势未尽，一分左右再次呼啸而来，然而萧玦的第二箭第三箭也到了，连珠而发，也神奇地在半空一分左右，精准地将分成两半的箭再劈四片。

西梁士兵目睹这神乎其技的箭术，都不禁哄然叫好。

那被劈成四片的箭，居然还向着萧玦袭来，只是余力已尽，前面三支还没到萧玦近前，就被中军护卫打落，最后一支，一个士兵横枪拍落时，突然尾部炸出一段黑色物事，那东西在那士兵枪上一碰一弹，突然加速，越过挥挡的人群，一道流光般向萧玦射来。

萧玦扯了扯嘴角，白渊果然还有手段，只是这箭，依旧不可能伤着自己了。

他挥剑，欲挡。

却有箫声突起。

粗犷，暗哑，毫无音律美感，甚至难听得令人想捂耳的声音。

萧玦突然颤了颤。

……心深处有一处凝固了的天地，突然被什么东西悍然一劈，豁开了一道裂口，涌出一些飘摇如水中海草的变形的物事，似是消失已久的昔日噩梦重来，然而却又不同于当日的灰白模糊，而是随着那一声比一声拔高的奇异箫音，一点儿一点儿清晰，如同罩上水晶的屏风，外力劈下，水晶“哗啦啦”一点点剥落，现出深埋在记忆中、一直被等待唤醒的画面。

……长乐宫宫苑深深，一弯冷月镂在黛色长空，空气里隐隐飘荡着淡淡的血气，那男子茫然前行，越长廊，推宫门，“吱呀”一声，暗色光影被缓缓移开，地上铺开淡白的月色和……鲜血。

……他漫步上前，目光下移……地上女尸寂静无声，心口一枚金拔子鲜血淋漓，身下洇出一摊艳红。

……他蹲下身，拔出金拔子，慢慢移到女子脸上。

……他缓缓挖出女子双眼，搁进掌心……

那人……

萧玦突然松手，木然放开缰绳，放任马儿缓缓前行，他在马上仰首，远远向云天之外看去，像是努力地想透过此刻风烟血火，看清楚什么。

他看见了……

“陛下小心！”

“咻！”

萧玦身子一颤。

那支本该被他轻描淡写就能挥开的利箭，因那一刻的魂飞天外，射上了他的胸膛。

血花飞溅，如那日挖下她双眼的鲜血流溅。

萧玦缓缓抬手，却不知道该按在哪里。哪里都在痛，分不清哪里更痛，有一处地方突然被人挖空，填进了粗盐和烈火，那般粗糙狠毒地磨砺着，一手一个血印，满天地都是斑斑血痕。

是我……原来是我……

那个欲待寻找的仇人，那个苦苦追寻的凶手，那个残忍的，自己诅咒了无数次的敌人，却原来，是我自己。

那一直在离奇梦境里哭泣的细小的红色物体，那看也看不清楚的令他无限恐惧的飞翔的东西，却原来，是她的眼珠。

萧玦突然想笑，却不知道该笑谁。

世事如此荒唐。

鲜血于指间奔涌，越流越急，全身的热量和血液，都随着这一刻的奔涌而滔滔逝去。或者，在此之前，在那雷霆般劈裂被封印的记忆的那一霎，自己的全部信仰和力量，全部的爱与勇气，都已被狠狠攥紧，然后，大力拔去。

只剩下一个苍茫血色永不愈合的空洞，吹过这边塞之上永不停歇的风。

萧玦捂着心，极缓极缓地转身。

那些争战杀伐，那些惊慌呼号，那些潮水般涌来和退去，他已通通听不见，看不见。

他只是努力地，挣扎着，向着后方，秦长歌所在的那个方向。

带雪的风，掠过他的胸前，略停一霎再次舞起，那雪花已成了桃花。

萧玦于风中艰难回首，于黑暗降临的最后一刻，遥遥望向那个爱人所在的方向。

他此生已无颜再见她，却想再看一看她的背影。

身后却只是无穷无尽的黑夜。

缓缓放开手，萧玦一声低喃，飘散在飞雪的长空中。

“长歌……”

时光流转，不知今夕何夕。

帐篷里一睡一跪的两个人，一个再也不知红尘变幻，一个再也不愿理会红尘变幻。

秦长歌埋首楚非欢胸前，浑浑噩噩也不知转眼间已过三日。

最后那一夜，累极的她在楚非欢胸前睡去，蒙眬中自己依旧在听着非欢心跳，而那心跳竟渐渐从无到有，她大喜着扑上去，非欢却怎么也不肯睁开眼睛。

她颓然坐倒，捂脸啜泣，突然帐门一掀，萧玦大步带风地进来。

她扑过去，扑到一半泪水已经飞在他身前。

萧玦拉起她的手，牵她到楚非欢榻前，她喃喃抱怨着非欢不肯醒来，萧玦却在没心没肺地笑。

她大怒着要赶萧玦出去，萧玦却突然道："谁说他能醒？谁说他没死，他死了，你明不明白？"

她跳起来欲待推萧玦，萧玦忽然笑容一收，轻轻道："和我一样。"

"和我一样。"

"和我一样。"

宛如一个霹雳闪电横空劈下，硬生生将她劈醒，秦长歌直直地跳了起来，抚着胸口，怔了半晌才看清这里依旧是大营主帐，而自己依旧和非欢在一起。

秦长歌舒一口气，颓然靠着长榻滑下，刚才那一刹那梦中的晴空霹雳令她余悸犹存，一片沉静中甚至能听见自己的心跳依旧在"怦怦"轻响。

她按了按心口，不知怎么居然真的有些疼痛……可能伤心太过的缘故吧。

这么反身一靠，她突然看见非欢垂在榻下的手，手下一封军报，而军报之下，有一封淡黄的信笺。

秦长歌盯着那信笺，缓缓伸手拿起，捏在手中。

她知道这是非欢绝笔，然而此刻，自己真有勇气开启？

"太师！"

突有飞奔的杂沓急切脚步声响起，惶急的呼喊划裂长空。

秦长歌手一颤，遗书落地。

刚才那疼痛而窒息的感觉再度卷土重来，一刀刀仿佛在凌迟她的心肺，那般细碎而令人难以忍受的莫名疼痛，令从无畏惧的她突然开始惧怕。她捂着心口，瞪着帐门，那里先前没有掩紧，微微露出一丝缝隙，外间的光影透进来，火把闪烁，无数双脚步匆匆。

训练有素的西梁精兵，何事至于如此慌乱？

秦长歌想开口，突然发觉自己已经失声。

然而外间，不知谁重重撞扑在地，随即，极度压抑的哭泣声，在冰冷的地面积雪中，呜咽响起。

“太师，陛下驾崩，我军大败！”

沧海干涸，高山崩塌。

抑或是洪荒倾覆，翻卷了这红尘所有悲欢，恶狠狠攥紧成团，砸碎所有琉璃水晶的美丽梦境。

秦长歌忽然仿佛听见自己全身骨骼血肉齐皆粉碎，化为齑粉，再簌簌飘扬在空中，和那似乎永不停歇的飞雪一起，化为这天地玄黄日月星辰中微不可见的尘灰。

“哇！”

一口鲜血喷落尘埃。

遍地里开出艳红梅花。

秦长歌努力地想站起，却发觉自己无论如何挣扎都无法直立，接连的巨大打击，那般悍然地向她砸来，她被狠狠砸到地上，几乎再没有力量爬起。

一口口鲜血呕在织锦华毯上，一团团鲜红由深到浅，由淤血渐渐变为鲜血，秦长歌埋首在地毯中，满腮沾满红色印迹，却已无力擦拭。

萧玦……萧玦……

青山绿水小茅屋，你打鱼来我种菜，你许给我的幸福日子，还没开始，你怎么可以走？

怎么会？怎么会？世事怎么可以残忍如此？

门外的禀告声还在继续……白渊突围……陛下堵截……两人对射……明明可以轻易挥开的箭，陛下却突然松手放马……陛下中箭……东燕反攻，西梁军心大乱……

秦长歌听着，又似什么都没听见。

门外的声音还在继续，带着哭音的啜泣：“太师……太师……求求您救救西梁……求求您出来……咱们这么多年的辛苦，咱们的百姓，咱们的基业……那是陛下的心血……求求您，只有您能救了……”

沉在黑暗里的秦长歌颤了颤。

她突然缓缓挣扎着站了起来，挣扎着一步步挪到门边，挣扎着掀开门帘。

门外，李骥俯首长跪于一地积雪的泥泞之中，满面鲜血，他的护卫都是衣碎甲裂，远远隔开士兵，还不敢将陛下驾崩前锋兵败的消息传开，而正前方，是素玄。

他手中抱着一个人。

秦长歌一眼看清那是谁，晃了晃，险些一跤再栽回去。

心沉到最深处，永远也无法打捞而起，最后一丝希望，也被这一刻素玄的怆然神情所湮灭。

秦长歌停在帐门处，和素玄隔着风雪，隔着生死，对望。

她却一眼也不再看他怀中的那人。

只是缓缓地，放下了帐帘。

李骥愕然抬头，泪流满面地看着再次合上的帐门，身后，素玄已经淡淡道："她不敢看……她有更重要的事要做，现在看了，她就未必起得来了……他的事，由我来吧。"

他抿着唇，挺直背，看着那个重重垂落的帐门。

如果凤凰必须在涅槃中才可以重生，那么那些逝去的生命是不是就会化成焚烧的香木和梧桐？

如果看得见前路这些悲凉和离别，我们是不是可以选择中途退却？

命运如此森寒，任你智慧浩瀚，才能通天，亦有不能及之处，而滔滔红尘谁伸出翻云覆雨手，翻卷去多少青丝和白骨？

他立在风雪之中，看着似乎永远不会再次开启的帐门。

一生里，两个深爱自己的人，一夕之间，双双离开。

一个在帐内，一个在帐外。

永恒沉睡，永无应答。

从此天人永隔，只余自己，从富有至难以承载，忽而贫瘠到一无所有。

从此后你们长行，独留我一人面对这人生悲苦无限。

从此后沧海茫茫，谁人共我长歌？

秦长歌却不再流血，甚至不再流泪。

她只是打开妆奁，脱下面具，先仔细一番易容，再对镜细细梳妆。

描远山黛眉，绘粉艳樱唇，略略扑粉，掩去眼下红肿青黑，再在掌间晕开胭脂，薄薄敷上一层，遮掩流泪流血之后苍白憔悴的容颜。

挽云髻，妆飞霞，披冰绡，着素裳。

铜镜里，渐渐依稀是当年睿懿皇后妆容，妙目流波万种，气度无限风华。

秦长歌对着镜中的自己，没有笑意地笑了笑。

然后，掀帘，站起，毫不犹豫地走了出去。

风雪立即扑面而来，凉如千年深渊，秦长歌仰起头，迎着自遥远的神山奔来的如刀罡风，深深呼吸。

然而经过适才那刻，世间已经没有再能割伤她的冷风。

已经冰封的心，不会再被什么冻结。

跪在地下的李骥和冯子光愕然抬头看着主帐突然出来一个女子，全身素衣，衣袂飘飞，于风雪之中缓缓而来。

他们怔怔看着她，觉得她风华无限，似曾相识，直觉地要开口问，却嗫嚅着不知道怎么开口，在她逼人的气度面前，所有人都忽然失去了一切疑问的勇气。

冯子光只是讷讷道："赵太师呢……"

秦长歌停在了他们面前，她全部的真力都已放出，气劲逼人，李骥和冯子光大气也不敢出俯首于她素白裙角，听见那女子淡淡道："从此后，再没有赵莫言，我是……秦长歌。"

不去看两人震惊的神情，她淡淡道："召集全军。"

"是，太师……不，皇后。"冯子光凝神打量着秦长歌的气度，最先相信了皇后归来，就算是假的又如何？陛下驾崩，西梁士气大沮，败亡在即，没有什么比当初的帝国双璧，和陛下齐名的睿懿皇后本人更能力挽狂澜了，哪怕那只是个名号。

只要能救西梁，能令陛下不致含恨九泉，他愿意立即奉她为皇！

秦长歌不理会他，径自往高处走，一直走到营中一处山坡之上，那里，黑底金龙的萧字大旗迎风飞舞，属于萧玦的旗帜。

秦长歌闭目，深深吸气，没有抬头去看那旗。

她只是立于高岗，素衣飘飞，静静俯视着面带惶然跪伏一地，绵延数里的西梁大军。

雪越下越大，静默等候的大军的盔甲上渐渐覆盖了一层雪花，风呼啸着从高岗过，再慢慢放缓脚步，凛然肃穆看着这一刻，万军缟素，山河永寂。

"儿郎们！"秦长歌用上真气的声音，传出数里之远，在辽阔平原上，不断回响。

士兵们齐齐注视着高岗上，那个素裳飞舞，神容平静，身影却无限孤独的女子。

大地无声，苍穹无声，四海无声，六国无声。

俱凝神听着这一刻，挣扎而起破茧而出的女子，在被命运狠狠一击再击后，整衣束发卷土重回，于禹城郊野高岗之上，向着漫野数十万士兵，向着浩瀚无极的乾坤天下，发出了一生里最坚定，也最疼痛的声音。

“我是秦长歌。”

雪色万军，霍然抬首，那些纷纷震落的积雪下露出盔甲的青黑色明光，令雪地上仿佛突然矗起千万颗青松。

一片拔地而起。

“就在方才，我赶到大营中时，得知了陛下崩驾的消息，西梁，失去了最为英明的开国大帝，而我……”秦长歌闭上眼睛，顿了一顿。

非欢苍白的脸，素玄怀中那个原本明亮热烈，突然那般安静的人。

电光石火一闪。

“永失所爱。”

一片死寂，长久的沉默之后，呜咽大起，数十万人的哭泣，如猛烈的风，卷掠过苍茫大地。

“不要哭。”

秦长歌负手，看向遥远的天际，那一片飞雪朦胧里，隐约可以看见逝去人们的笑颜，正温和坚定地注视着她，等待着她的继续。

“我都没有哭，你们为什么要哭？”

秦长歌伸手，缓缓一捏，仿佛一瞬间捏住了恶毒的命运，再用力一绞。

“如果你们相信我，那么，请跟我来。”

“为那些我们相信的，爱戴的，永远也不愿意忘记的人们。”

“报仇。”

第八十八章
追杀

乾元六年正月二十二，燕梁之战，西梁大军顺利合围，将东燕困于阵中，胜利在即时突起惊天之变，西梁大帝萧玦阵前失神，身中飞箭，中道崩殂于禹城。

西梁震惊，天下震惊。

对战中的西梁大军军心大乱，被东燕一力反攻，四十万军死伤惨重，西梁遭受了自碧野之战以来的首次大败。

四海震荡，风云如怒，一个帝国在即将崛起的前一刻突遭重击，刹那间天地倾覆，是从此折戟沉沙一蹶不振，还是挣扎而起再现峥嵘？

时至此刻，天下已经没有了可以审视并估量局势的强雄力量，来分析揣测之后的战局变幻，唯有远隔离海离山，僻守海疆之国的建熹公主楚凤曜，淡淡地说了一句话：

“她将重生。”

说这句话的时候，她正闭目俯首，静静敬香，身前皇族宗庙灵牌之上，数排金字在沉黯的光线里熠熠生辉，最后几字为：故先兄楚氏非欢之灵位。

淡淡轻烟里，闭目的建熹公主眉目庄肃，眼神微微悲凉。

世事离奇，转瞬惊变，在西梁大军最为沮丧、哀伤、无措、惊惶的时刻，传闻中一直隐居疗伤，久未出现于世人之前的睿懿皇后，突然神奇地出现于大营，高岗之上，素裳女子怒喝报仇的声音，在无尽旷野之上不断回荡，撞击于层云远山，发出铮铮回响。

凤凰涅槃，腾舞而起，展开的金色双翼，荫庇并引领了惶然失措、不知此身何从的西梁大军。

怆然扶剑东南指，万军缟素向寇仇。

几乎在第一时间，刚刚将军队整束完毕的秦长歌，没有休息，没有等待，甚至根本不理会敌方刚刚赢了一场士气如虹的状态，立即扑上了东燕军队。

秦长歌始终一袭轻衣，连甲胄都没穿，提剑亲自悍然上阵。她身后再次招展在云天之下的长空飞凤旗猎猎飞舞，旗下，四十万西梁军漫山遍野一字排开，神情肃冷杀气凛然，浩浩军威巍巍如山，更显眼的是那素衣雪甲明光森寒，万军戴孝，一色霜白，远远望去，如未化积雪的莽莽平原之上，再次新降了一场茫茫大雪。

那日长空飞霜之下，沉默的秦长歌掌中长剑悍然下劈，带起一道流丽而雪亮的弧线，以一个坚定的动作揭开了这最后一战的序幕，西梁的铁骑，几乎立刻就和东燕的战阵撞在了一起！

那是一场惨烈至悲壮的战争，最先派出的弓骑，高呼着报仇杀气腾腾前驰，以一片密集的箭雨，割稻般将东燕最前方守阵士兵齐齐射倒。随即皇后身先士卒，带着自己的护卫直奔敌军，如尖刀般毫无顾忌地恶狠狠撞进严阵以待的敌阵，那展大旗之上飞凤怒舞，旗下皇后长剑指向哪里，哪里便激起大片大片的鲜血，她的部下个个悍勇如虎，自己身上每添一道伤痕，必要数十乃至上百敌人头颅换取，随后的轻骑兵飞马长驱，悍然踏入，每刺出一枪都用尽了全身的力气，每刺出一枪都要捅穿两个敌人，被挑下马也一定要抱住一个燕军，用牙齿咬断他的喉咙。步兵则在陷入围攻后，在积雪和积血的泥泞中滚打砍杀，用自己的胸膛血肉迎上敌人的刀枪，再在那些刀枪被肌骨夹住或者被血肉凝住的刹那间，砍下对方的头颅。

为陛下报仇！为陛下报仇！

无声的口号响在每个人心里，渐渐回荡成巨大的呼啸，每个人的脑海里都只剩下了“报仇”二字，并以此支撑着奋勇的意志，拼死前冲。

在位九年的西梁大帝，英明仁厚、轻徭薄赋、爱民如子、磊落光明，深得西梁军民爱戴，并以之为自豪，却一遭突变，中道崩殂，战神崩驾于战场，是所有人都不能接受的事。

然而现实森冷如此，逼得人掬泪成血，男儿到死心如铁，合当试手补天裂，奋起泥泞，夜半狂歌，悲风大起，长剑出鞘，静夜战角吹彻雄浑苍茫之声，那声声不尽，回旋往复，不过“报仇”二字而已。

大战整整持续了三天三夜，杀得血气漫天日月无光，到了最后，旷野上渐渐积满了尸体，白衣黄衣交织在一起，混杂着无限淋漓的血色，在日升月落间无声倒下，那一片雪下黧黑的土地，饱吸鲜血，每一块土屑都色呈微红。

燕军在这样悍勇无畏、拼死以上的士气面前终于开始气沮，节节后退。两军原先各有胜负兵力相当，如今西梁军心未堕，势如疯虎，气焰更上一层，而东燕方，隐隐听说女王病发，国师大人正在为她治疗，无暇理会战事，缺少强有力将帅指挥，东燕开始怯惧。

哀兵，必胜。

第三日夜，西梁军已经攻破敌人防御，与此同时，东燕将帅突然惊恐地发现，国师和女王以及一部分国师最亲信的军队，都不见了。

于是那日西梁大败的一幕，很快轮回般地在东燕军上重演，同时失去女王和国师的东燕军队，立即陷入了张皇混乱，瞬间溃不成军。

兵败，如山倒。

东燕军队也算悍勇，自己明白杀了西梁皇帝，屠了西梁云州，已被西梁视为死仇，就算投降也求不得生路，是以都拼杀至死，而秦长歌的命令，更是简单森然。

“一个也不留。”

西梁士兵，将这个命令执行得也相当彻底。

据说东燕副帅宫阳带领残军边战边逃，最后被西梁军重重围困于一处土坡，绝望之下举刀自裁，临死前向东叩首，长叹曰：“东燕命运不济，竟至逢睿懿皇后重生。”

他身侧一个小队长却是个目光清醒的人物，一刀捅死一个西梁兵，冷冷答：“东燕之葬，只怕非葬于西梁之手，而葬于小人私心。”说完随即被乱刀砍死。

三日后，精疲力竭的西梁士兵开始收拾战场，清点伤亡，原地休整，并着手办理护送陛下灵柩回国事宜。

平原上积雪未消，那些掩埋在雪下的血肉和白骨，最终将化为来年春草下肥沃的黑土，扶持着新的遍野葱绿，在风中飘摇。

而那些逝去的万千灵魂，将在西梁风俗的长长的招魂幡引领下，一步步踏回故土。

唯一没有踏上回程的是秦长歌，她带着所有凰盟护卫，离开大军，再次踏上追杀之程。

此仇不报，永不回归。

长风呼啸，凤旗翻卷，未除素服的女子，向着素玄深深拜下，而那白衣男子微微还礼，两人始终一言未发。

秦长歌谢素玄于当日大乱中及时赶到，抢回萧玦；谢他数日来一直亲自守着那两具冰棺，为她照拂全军未曾休息；谢他于自己一生里最疼痛、最惨烈、最孤独、最无助的时刻，无声而又坚定地站在了她身边。

素玄只是深深看着她，此时言语安慰早已无用，一切尽在不言中。

秦长歌施礼，转身，听见身后男子轻轻问："你……真的不再看他？"

沉默伫立，没有回头，素衣女子仰首遥遥望着前方苍山负雪，她挺直清瘦的背影，这一刻看起来寂寥如斯。

良久，她道："……不了……我怕……"

眉睫微微一动，素玄的目中出现震惊的神色，这一生他从未想过，她的口中会出现"怕"这个字。淡淡一句，重重创痛，万千悲凉扑面而来，窒住了他的呼吸。

以至于当那个背影大步迈下山坡，向着前方头也不回远去，渐渐消失在他视野很久后，他才能轻轻说出那一句：

"保重。"

一场漫长的、不死不休的追杀从此开始。

在很长时间内，秦长歌和白渊这一对智慧旗鼓相当的世间顶尖人杰，行走诸国疆域之上，挥斥凌厉绝杀之锋，以追逐和试探、隐藏和迂回、窥探和伪装、反间和布陷等所有人类能想出来的暗杀和追踪手段，展开了无休无止的较量和冲撞。

在最初，白渊从战场之上失踪后，足足有一个月的时间，他完全销声匿迹，秦长歌用尽百般手段也无法找出他的下落。那一个月时间，秦长歌食不知味、寝不安枕，她知道时间拖得越长，白渊将越难找到，而一旦令仇人鸿飞冥冥，自己此生怎么有脸继续活下去？

直到当年三月，进攻东燕的冯子光大军，攻破东燕王宫，抓住在云阕宫作画的王夫，事情才有了转机。

据说这位王夫极其淡定，西梁大军破宫而入，满宫宫人哭叫奔逃，唯他俯首作画神色不动。士兵恶狠狠踢开殿门时，他正毫不手颤地画完最后一笔。

纸上兰花，倚石而生，那最后点上的一点儿花蕊，在风中颤颤可怜。

极精妙的一幅画，可惜根本分不清兰花和野草的西梁士兵，不懂得欣赏艺术，一把拽过王夫，就要砍杀。

那男子俯首看着雪亮刀光毫无畏色，淡然道："我是东燕王夫司空痕，带我见你们的首脑。"

他语声不高却气度非凡，刀光如雪却不如他神容胜雪，士兵怔怔看着他，也不知道是为他绝世容光还是绝顶气度所慑，不知不觉地便松了刀，点了头。

结果他看见副将李骥，却在摇头：“我说要见首脑。”

然后冯子光见他，他依旧摇头：“首脑。”

冯子光也不和他多话，直接拨了一批人，押解着这“祸水级”王夫，去寻秦长歌了。

满心烦躁的秦长歌，面带微笑地接待了这位王夫，司空痕在她面前一坐，上下看了她一眼，一句废话都没有，直入主题。

“我帮你找到你仇人，你帮我杀了那独夫。”

“错，”秦长歌温柔地纠正他，“是我要杀他，不关你的事。”

“东燕之灭，在于白渊，怎么不关我事？不过现在我也不在乎了，从头至尾，他和我要的，都只是一个人而已。”

秦长歌惊异地盯着司空痕，不是说这王夫深居简出不问朝政吗？不是说他只爱琴棋书画不懂政治吗？难道这个眉目如画、满身风雅的家伙，并不只是个绣花枕头？那为什么放任白渊，把持朝政？

司空痕迎上她的目光，笑了笑，这一刻这位看起来清淡雅致到了骨子里，恨不得玉做肌肤冰雪为神的男子，终于露出了一丝无奈。

“她信任他，甚至……也许爱他。”

秦长歌恍然看着他，隐约明白了东燕最高层居然也是个三角情爱局，还不是铁三角，是个摇摇欲坠、吱嘎作响、随时都可能崩坏的三角。

她淡淡笑起来。

“司空痕，帮我找到他，我承诺不杀女王，给你们夫妻真正的自由。”

远隔云山的万里硝烟，吹不到玉宇琼楼，监国太子枕边。

冠棠宫内殿里，太子爷睡得很沉，可是不知道为什么，眼角竟然挂着淡淡的泪痕。

油条儿小太监捧着衣服，心疼地探身看着太子爷的睡颜，想着贵为太子，其实也是很可怜的。七岁的小小孩子，自从当太子后，见爹娘的时辰好像还没有管国事的时候多。虽说和别人比起来，应该算是个潇洒自由的太子爷，不过还是让人觉得可怜。

看看，这又挂眼泪了，八成是想到等下要去奏章上没完没了地画圈圈，太悲催。

油条儿摇摇头，想着还是自己好，吃的玩的太子爷都带他一份，宫里人人巴结，除了比太子爷少块肉，可是好像那也没什么大不了。

油条儿摸摸自己的裆，考虑了三秒钟，决定不去喊太子爷起床了，就让老贾端等着吧，反正那个君子，“自持守正”整天挂在嘴上，是不会欺负咱们这种下等人的。

“出事了，出事了！”

油条儿还没完全转过来，就听见身后太子爷突然迸出这么一句话，转头一看，太子爷正忽的一下坐起来，两眼发直地对着前方墙壁发呆。

咋了？梦游了？油条儿小心翼翼地凑过去，冷不防包子横臂一推，爪子抵在他的小黑脸上，一把把他搡了出去。

……刚才做了什么梦？好像是干爹？还是爹？为什么记不清楚？刚才是谁在轻轻摸他的脸，说：“溶儿，你要快乐地长大。”

我为何不快乐？我当然很快乐，除了偶尔被爹娘们扔下来比较悲催外，我没有理由不快乐嘛……真是莫名其妙的梦。

包子怔怔地拼命回忆，却怎么也想不起刚才梦见了什么，只记得那梦里花香淡淡，还有些奇异的气息，突然觉得眼角有点儿湿，他用手指沾了沾，对着自己手指上那点儿水印愕然，眼泪？我睡觉睡哭了？我这是干什么？

抱着被子，包子呆滞着眼神，问油条儿：“喂，我刚才说了什么？”

“您说……出事了。”

“啊？”包子继续呆滞地转首，“我说了这个？我说这个干什么？”

“奴才不知道。”

包子皱着眉头想了半天，突然拍拍自己心口道：“油条儿，本太子今天觉得不太舒服。”

油条儿斜眼睨着太子爷，您好像天天都说自己不舒服，好不去上书房吧？

“我是真的觉得闷闷的，”包子痴痴看着飞龙舞凤的藻顶，突然道，“油条儿，最近几天的军报来了没？”

“有，昨日不是刚刚报上来了吗？”油条儿记性很好，“您说过的，禹城大捷，大军在赤火城休整补给，然后犁庭扫穴直扑东燕，咱们的版图，又要添一大块了。”

“听起来真的是很美好，可是为什么，我那两个爹一个娘一个师父，一个字都没有给我？”

油条儿翻翻白眼儿，太子爷，您更年期提前了吗？怎么今天这么奇怪、这么婆婆妈妈的呢？那是军报，军报啊，您要皇帝大人在军报上说：禹城大捷，溶儿，朕想你？

那成什么了？

“陛下荡平东燕自然就会返驾，以我西梁神威，左右不过一两个月，您就可以见着陛下他们了。”油条儿耐着性子好言劝慰，伸手去给包子更衣。

包子突然脸色一变手掌一翻，抓住了油条儿的手心。

随即闭起眼，好像在听什么。

油条儿被主子的古怪举动惊得一抖，哎呀妈呀，太子爷这是在做什么？那个那个……调戏？不要啊……我不要做娈童！

油条儿的小黑爪抖啊抖，包子不耐烦地一拍：“别动！”

油条儿一颤……啊呀呀，接下来要做什么？上次主子说过的那什么调教？啊啊啊，不要啊……

“你等下要挨一下砸。”包子突然松开了他的手，古古怪怪地道，“我看见了。”

“您在说什么？”油条儿迷惘地看着神神怪怪的主子。

“我也不知道我在说什么。”包子瞪大本来就很大的眼睛，眼神里全是对于自己突然出现的神奇现象的不安和茫然，“你刚才碰到我的手时，我好像看见了一些什么，所以就抓住了你的手，想看清楚些。”

“您看见了什么？”油条儿缩着脖子，眼神奇怪地瞅着包子……主子是不是中邪了？这都在说什么呀。

要不要请和尚来给主子去去邪？

“我看见……”包子突然住口，道，“去，给我端早膳。”

油条儿“哦”了一声，乖乖出门，看见前方回廊上太监正端着食盘过来，连忙喜滋滋地迎上去。

他的身影转过长窗，包子看不见外面的景象，却突然贼贼一笑，低低道：“一、二、三……掉！”

“哇呀！”

油条儿的惨叫响彻长廊，他刚才去接食盘，不防那太监手上有油没擦干净，擦着盘边一滑，盘子一斜，那一大盅滚烫的人参鸡粥“呼啦啦”一齐泼到他的小黑脑袋上。

惨叫声传进冠棠宫内殿，包子的脸刚刚浮起好笑的笑意，瞬间冻结住。

他霍然向后一倒，大力拉过被子往自己脑袋上一罩，呻吟一声。

“这都是怎么回事啊……老娘，你在哪里，给我解答啊！”

南闵的气候，永远是温暖湿热的，潮湿得像是永久的阴霾，不知人间欢乐再为何物者的心。

秦长歌负手立于窗前，静静看着前方热闹的港口。

她按照司空痕的指点，一直追白渊追到原南闵地界的焰城，那是个不大的小城，临近南闵恒河河岸，从这里买舟而下，在下一个城市麦城停下，那里有通往离国的船只，可以直接渡海南下。

据司空痕说，女王曾经在和他对弈时，神往地说过离国气候温暖，不似东燕寒冷，很适宜她的身体休养。女王素来因为言语之疾很少说话，交流的对象除了他就是白渊，这段话，多半是白渊和她说起。

秦长歌立即马不停蹄地赶了过去，在焰城无声地展开了搜索，果然隐约发现白渊踪影，但是这人狡猾如游鱼，几次即将摸到他踪迹时都被他摆脱开去，还顺手解决掉了一些暗桩。

司空痕一直改装跟在秦长歌身边，几次碰撞几次逃脱之后，也忍不住叹息，秦长歌见他神色犹豫，似有心事，也不多说，直接和他谈判：“你若想真正找回你的妻子，你就得全心全意和我合作，否则白渊一旦乘舟出海，你这辈子也别想见柳挽岚了。”

司空痕动容，半晌道：“挽岚有肺病，喜欢吃鲫鱼，白渊虽然学识驳杂，多年来却专攻政治制衡和人心阴微之术，不太擅长医理。”

秦长歌只要这句话就够了。

立即发布命令，令所有的凰盟属下，立即控制所有的药铺，无论以什么手段，必须保证该药铺在有人来购买治疗肺病的药时，在药包里加上麦门冬。

麦门冬和鲫鱼同食，必中毒。

凰盟属下齐齐发动，麦门冬包包不落空。

现在，就在等消息好进行围捕，跟在身边的人都隐隐有紧张之色，唯有秦长歌，神色冷清，不动如山。

自从那夜之后，自从她挣扎而起，掀开帐门，于飞雪中跨上高岗，面对四十万缟素大军的那一刻，温柔狡黠的明霜已死，跳脱潇洒的赵莫言已死，现在她是回归后的秦长歌，那个也许因为注定传奇而注定孤独的睿懿皇后。

这是她必须背负的责任，家、国、大仇、幼子，不容她放纵自己的悲伤去沉溺，即使那夜，她那么想在他们身侧永远睡去，永远不必面对这人世惨淡，命运森凉。

然而她只能挣扎而起，带伤前行，这是她的宿命，做不了明霜，做不了赵莫言，做不了我织布来你打鱼的平凡农夫的农妇，只能，做睿懿。

这个身份，似乎成了一个命运恶毒的谶言，她拥有，她失去。

她立于月下，窗前，将自己的身姿，站成了一个写满孤独的背影。

手按在心上，心已成空。

手按在心上，迟迟没有放下。

那个位置，还藏着一件东西，过了这么久，她依然没有勇气去打开，如同不敢去看萧玦一般，她亦害怕自己看见非欢绝笔的那一刻，努力构筑了这么久的心防会在一瞬间彻底崩溃。

然而今夜，很有可能会和白渊直接对上，谁知道会发生些什么？再不看，也许就没有机会看了。

缓缓将信笺抽出，一眼看见最上面长歌亲启字样，熟悉的秀丽字迹，无数次在凰盟传递的信报上看见过，那时非欢总是先看过所有的密报，在自己觉得重要或者有用的消息下画杠，注上自己的看法，她读来非常省力，也得益良多。

以后，还会有谁，帮我分析那些密报，还会有谁，一直在我身后扶着我的肩……

秦长歌的手指微微颤抖，先闭了闭眼，努力调匀自己的气息，方才忍住那欲泪的冲动，缓缓地向下看。

“长歌，你此刻在虎口崖可安好？

“适才陛下拜托素兄前去助你，料可无虞，陛下现今去巡营，趁这工夫，我有话对你说。

“你见到这信时，想必我已不能再陪在你身侧，长歌，谅我，并请善自珍摄，令你伤痛，非我本意，但愿你今后诸事都好。

“人庆节那夜，你曾问我可有事瞒你，当时我未曾坦然相告，实是不得不瞒，到了如今，一起说给你听，那晚我请素兄助我，将我楚氏皇族的神珠转给了溶儿。

“我楚氏皇族相传是深海蛟龙之后，直系子裔多有神异之处，其神异处其实在于体内都有神珠，相传是蛟龙神祖内丹所化，代代相传，有分水避祸之能，此事除我楚氏皇族直裔外，不为世人所知。我自出生，尤与其他兄弟不同，神珠位于标记之下，金鲤夺目，且较他人更多读心预知之能，因此犹为诸兄所忌。此番我知去日无多，遂请素兄相助将神珠渡入溶儿内腑。溶儿曾说过将来要去离国，我想着他那性子此行只怕难免，这东西留给他，他从此便是我楚氏皇族中人。对于溶儿来说这身份自然做不得真，也算不得什么，但是将来若想在离国做些事，想必会方便许多。

“另外还有件事，长歌，我想也许没有专门提起的必要，那件事，你我都已心知，也都知对方已知。长歌，你若回宫，将长寿宫内殿那面雕牡丹墙里的暗壁毁去吧，里面那个盒子，你也不要再看了，让它永远消失，这样对你，对陛下，都好。

“溶儿去幽州的那夜，你我前去宫中寻找他，我无意中在长寿宫发现了那盒子，之后我曾试图带你走。然而后来我明白了，陛下很好，他以全部赤诚来待你，那么那些受人所制而致的无心之失，既然你都故作不知，我又何必担忧？长歌，我很开心，有人能爱你如此，不较我逊让分毫，此生我终可走得心安。

“神珠转给溶儿那夜，我曾最后一次试图看清你的仇人，然而前景茫茫，如入迷雾，难以觅踪，想来以我微薄之力，无法对抗大力量者，护国寺释一大师想来有此神通，我曾求他解惑，他似有难处，长歌，你若回京，不妨再去相试。

“请代我和溶儿说，干爹永远记得他，并愿他，勇敢并幸福地走下去。

“最后祝愿你们夫妻终得团聚，一生静好。

“非欢，于正月二十夜绝笔。”

信笺悠悠落地。

秦长歌缓缓抬手，按在了心口的部位，明明那里已经空了，为何还会如此疼痛？

非欢，非欢……

我一生享尽你的关爱祝福，却未能给你一丝回报。

你如此轻描淡写地说着永别，却连一个死字都不敢轻易落笔，你那般害怕触动我的伤心，然而我的伤心如潮，早已因你而决堤。

你那般在临去前为溶儿苦心思量，将一身异能尽皆转给溶儿，我却粗心得没有发觉你的变化，否则当初无名废镇那夜，我就应该察觉，以你预知之能，为何一点儿都未曾感应到水镜尘的埋伏。

你那般诚挚地体谅萧玦，体谅我的私心，在离去前带笑地祈愿和祝福我们。

只是你终究不能再知，那般祝愿，此生难有实现之日。

非欢，大恶如我，大爱如你，终究齐齐堕入命运带血的陷阱，看着苍穹黑暗，压顶而来。

世事森然，竟至于此！

一轮淡月，照上长窗，照上窗前衣单心凉的女子，照上她早已流尽眼泪的深深眼眸，那里，寂寥深深，无限悲凉。

此夜，三月初七。

天色阴霾，黑云浮动，偶尔露出一丝月色，也是色泽惨淡。

秦长歌仍然立于窗前，听着凰盟护卫的回报，全城有十一家药铺，今日购买肺药者一百一十七人，出现中毒症状者五人，最有可疑的，是两家。

一家是个在此地居住了多年的住户，家中的小儿子中了毒，呻吟甚烈，出来个老者去掘可以解毒的地浆水；另一家是住在客栈的一位女子中毒，一个看似女子丈夫的中年男子直奔药铺，但是药铺当然已经关门了，没奈何只好也回去掘水。

秦长歌一声冷笑，道："两家都去。"

命令凰盟属下先悄悄包围那个客栈，有动静以旗花火箭相告，秦长歌自己带了人去了那普通住户家。

身姿如水草，在带着海风微腥气息的夜色中飞掠，风声从耳边过，四周景物快速退后，快如流光飞舞。

奔行中，那些飞逝的过去，前尘往事，曾经鲜活的男子容颜，幕幕而过。

秦长歌黑发咬在齿边，眼神穿透黑暗锋利如刀。

白渊。

今夜，我来杀你。

第八十九章

惊变

一间青瓦白墙的普通瓦屋，屋外晾晒着鱼干、菜干，还有些花花绿绿的衣服，看质地样式，也是当地民风喜着之物。

墙角堆着渔网、踏笼、水盆等物，收拾得井井有条，完全是临近大河的城池住户应当呈现的风貌。

看起来完全没有疑点。

屋子里有人在呻吟，是个年轻男子的声音，一个老者正在院中掘地三尺，又从井里去汲水，灌进土层，用棍子搅浑，等下澄清后取出来的水，就是可以解麦门冬和鲫鱼混合起来的毒的地浆水。

秦长歌隐身在院子外一株树上，目光灼灼盯着那院中掘地的老者，动作很平常，看起来没什么破绽。

只是他的动作好像有点儿不协调，似乎哪里受过伤。

院子此时已经被围得里三层外三层，插翅也难飞出，秦长歌自己知道武功不如白渊，那就玩人海战术，反正白渊带着女王一路转转折折，身边的人不会太多。

缓缓伸手做了个手势，秦长歌身子一弹，直扑小院。

“呼”的一声，墙头院中，弓弩手齐齐出现，无数闪耀着冷光的箭矢，密密排成齐整深黑的一条直线，在墙头上方画了一个毫无缝隙的圈。

正在挖水的老者手中铁锹一抬，一道寒光耀目，劲风扑面直取秦长歌前心。

与此同时，院子四角、檐下，突然弹出黑色石块，风声呼啸交织成网，将秦长歌网在中心。

秦长歌一声冷笑，身子突然放平，收腹缩骨，于密织石网中左移右掠，间不容发一一闪过，手一抬精光耀目，撞上狠狠劈过来的铁锹。

“咔嚓”一声铁锹断裂，连同长柄都齐齐裂开，那长柄尾部却突然射出细长铁钩，“哗啦”一声勾过墙角侧的渔网，老者手臂一振，渔网铺天盖地飞起罩下，网线上青紫斑斓，居然全部带毒。

那老者挥舞出渔网便想撒手后退，秦长歌微笑：“走干吗？”一抬脚铁锹飞射，撞上老者腹部，撞得他“哇”的一声吐出一口血，还没来得及再退，秦长歌下一脚也到了，一脚勾住他膝弯，将他勾得往前一栽，轻笑道，“给你压压我。”

一声闷哼，老者栽到她身上，下一瞬，渔网正好飞旋罩落，这下全部罩在了老者身上。

此时渔网中是个颇为怪异的造型，最下面秦长歌平躺于地，却没让老者挨着她身子，而是双膝上抬，一顶老者喉间，一顶老者腹部，将他直直地罩在自己上方。

秦长歌对那老者眨了眨眼，道：“想压我也不是谁都配的。”

一伸手扣住老者咽喉，秦长歌“唰”的一下撕下他的面具，现出他还很年轻的脸，慢慢道：“伊将军，难得你忠心如此，带伤挡阵，你那可爱的主子呢？”

伊城咳出一口血沫，对着秦长歌一呸，冷冷道：“谁是我主子？”

秦长歌偏头让过那血沫，微笑道：“你没中毒？你主子给你先服了解药？对你真不错，我记得我曾听说过，伊将军和白国师是总角之交，情谊非凡。怎么，生死相随的总角之交，就任你出头挡阵，自己像个乌龟一样缩在壳里吗？”

“你少来挑拨。”伊城狠狠道，“秦长歌，你这个天生克夫相的恶毒女人……”

“啪！”

血水喷出，地面上刹那间滚落三颗牙齿。

秦长歌揪住伊城，翻身而起，半空里一个弧度优美的转圈，渔网落地，将伊城往网上一扔，一脚踩在他胸口，甩了甩手，秦长歌冷冷道：“我不介意把你牙齿打光，只要你敢继续说下去。”

“你这——”

“啪！”

带着血水的两颗牙齿再次飞落在地。

“‘识时务者为俊杰’这句话好像对你不起作用？”秦长歌眯眼，却不再看他，盯着那突然隐隐映出颀长人影的窗子道，“国师大人，要不要劝劝你的总角之交？”

“你杀了他吧。”屋内传出带笑的语声，正是白渊的声音，“这般折磨着，实在有失你天下神后的风范，我都替你可惜。”

那个影子似乎还微微动了动衣袖，像是在斟茶，一派闲淡风致。

秦长歌微笑，慢慢扼紧伊城的咽喉。

“当初，有个孩子，随母亲流落到东燕，一开始身上带着银子，在客栈中无意中露了出来，被小贼偷了个干净，那个当娘的，据说还被迷奸了。第二日那母子三人被赶出客栈流落街头，幸得当地一家好心人相救，后来那孩子卖切糕，无意再次遇见那家人，自此常常得到照拂，并和那家的孩子结成好友，多年来情谊不改，那孩子飞黄腾达后，对那家人多有回报，当年的总角之交，也因此直做到了将军。”

屋子里寂然无声，那影子的手臂微微一动。

“白渊，我很想知道，你对你的恩人，对你多年来生死追随的唯一朋友，会不会稍微心软点儿？”秦长歌冷冷道，“我不想乱箭射死你，那太对不起白国师的苦心，你，带着女王，出来。”

屋内依旧没有动静，那影子却始终没有从窗前移开，甚至还略微近了近，似乎想要看清楚点儿。

秦长歌一挥手，一批凰盟护卫飞降院内，手中劲弩都对着那个影子。

“难道又要我数一二三？多么没趣啊。”秦长歌拽过伊城，淡淡道，“以声代数，你听着这声音，也一样。”

她抬手，微笑。

“咔嚓”一声。

骨裂的声音响在静夜里，听起来瘆人。

伊城“啊”的一声惨叫，叫出一半却又生生忍住，左手被生生扭断的剧痛令他整张脸扭曲变形，额角冷汗“啪”的一声砸到地上。

屋内沉寂如死，连先前的呻吟声也没有了。

那个影子从窗前消失，所有劲弩立即严阵以待，然而，没有动静。

秦长歌冷笑着，再次抬手。

“咔嚓。”

右手断。

伊城一阵抽搐，嘴角被生生咬破，一缕鲜血从唇边流下，却硬是一声不吭。

“咔嚓！”

左腿。

“啪！”

劲风呼啸，纸窗破裂，木质窗框被击碎迸飞，一道白光刹那间便到了秦长歌身前。

向着——痛极昏厥的伊城的前心！

秦长歌目光一冷，身子一旋，拖着伊城避过那必杀的小箭，顺手将伊城往身后手下怀里一扔，叫道："不对！"

话音未落她已长身而起，"砰"的一下撞开门扉，身后护卫齐齐大叫："主子小心！"赶紧飞驰而来。

秦长歌的身子却在门口停下，目光一扫，怒极反笑。

室内哪有什么女王和白渊？一个灰衣男子抱着一个式样奇形的弩筒状的盒子，刚才那想杀掉伊城的小箭就是从这里射出来的，另一个男子则立在屋子另一侧角落，他身前一个铁丝架扎成的人儿，外面罩上衣袖宽大的淡金衣袍，这个假人前方点着一盏油灯，利用折射的角度，将影子照上窗户。

那男子手中牵着一根铁丝，看来那影子的斟茶动手等动作，都是他在角落里牵动铁丝所为。

难得那假人做得自然逼真，线条流畅，乍一看还真像白渊本人。

秦长歌气得只会冷笑了——最先前说话的确是白渊，然而后来便不是了，可恨自己听见那个声音，看见影子姿态自然，四面插翅难飞，伊城又在自己手中，觉得万无一失，真真没想到，他连伊城也可以扔出来做诱饵。

这位曾经公然对东燕群臣宣告"幼蒙伊氏之恩，必以一生相报"的国师大人，东燕上下无人不知伊城和他相交默契，对他忠心耿耿，真正焦不离孟孟不离焦的一生知己。

正是知道伊城对他的重要性，秦长歌才想逼出白渊亲手杀之，否则早就乱箭齐发，射死他算完。

结果这个国师大人，多情和无情都已臻人类巅峰，可以为女王轻贱江山，可以为逃命推出生平唯一知己。

秦长歌不住冷笑着，大步上前，那两人看她过来，惨白着脸上下牙关一合，秦长歌也不去拦，面带冷笑看着，道："咬，咬吧，咬快点儿。"

那两人齐齐一怔，倒忘记咬下去了，愕然看着她，秦长歌拍拍手，护卫立即冲上前将两人擒住。

自戕的勇气，向来只是一瞬间，过了那一瞬间，反倒越发挣扎起求生的意志，那两人哀唤着爬上前来，连连磕头："小人知道国师去了哪里！小人知道——"

"我也知道。"秦长歌冷然打断，微微后退一步，目光在室内打量一圈，皱了皱眉。

没有入口？

作为精通阵法的千绝弟子，只需一眼便可以发现一间最隐秘的密室入口，然而刚才那一圈扫过，居然没有。

难道他还能钻墙壁里去？可惜，墙壁没有夹层，秦长歌早看过了。

人寻找机关会有习惯性的方式，一般偏向固定的物体，比如墙壁床下等，但是白渊，一定不会走常路。

再次后退一步，秦长歌将所有东西都纳入眼帘，不多的几件物事，桌、椅、床……没有任何特别。

特别……

这屋子里，其实是有件特别的东西的……

秦长歌目光一亮，突然一拳打倒了那个站在角落的地下的假人。

假人倒地，脚下居然还连着一截铁链，深深钉入地下。

"好隐秘的入口，好灵巧的心思。"秦长歌目光变幻，左手一把拖过一个灰衣人，右手将铁链狠狠一拉。

"砰！"

一大簇密集的箭雨，从连着浮土被掀起的铁盖下射出，立刻将距离极近的灰衣男子打成了马蜂窝。

秦长歌看也不看地将那尸体一扔，正要下去，身后护卫们已经冲了过来，争先恐后地跳了下去。

秦长歌苦笑一声，道："他哪还有那么多时间准备机关，顶多就这一个……"

正要下去，刚才进地道的人已经退了出来，急急道："地道很短，就在三间屋子外的一口枯井内，已经没有人了！"

秦长歌却只盯着刚才掀起的铁盖子，盖子边缘淡淡地染着血迹。秦长歌使个眼色，护卫立即心领神会地将刚刚挤进来的司空痕又挤了出去。

蹲下身，手指沾了沾那血迹，秦长歌悠悠道："原来她病得当真很重，我说呢，一个月的时间，以白渊之能，居然只到了这里，还耽搁着迟迟不动身，原来……"

手一挥，秦长歌道："直接去焰城坞！"

带着水腥气的夜风一阵比一阵紧，浸透满城的鱼虾气味和三月开得最为茂盛的木棉花香糅合在一起，闻起来居然像是血腥气。

秦长歌带领凰盟属下飞驰在夜风中——她并不打算在焰城动用当地的军队来围捕白渊，这里毕竟是原先的南闵治下，虽说去年就成为了西梁的国土，但是百姓难免仍旧有故国之思，重新收编的军队，谁知道里面都有什么人，所以连当地的官府她都没有通知。

结果这下惹了麻烦，在焰城主街平康坊，一些凰盟护卫被守卫和巡视士兵看见，大呼小叫地追了来。秦长歌无奈，取下腰间令牌，令身边的大头领屠鹰前去交涉，屠鹰是自祁繁走后便提拔起来的凰盟新首领。秦长歌却没有再选拔其他首领，在她心里，“凰盟三杰”的位置，将会永远空缺。

屠鹰领命而去，秦长歌继续追踪，白渊既已露了行迹，那么下一步一定是放舟而下，什么地方也不必再去，直奔船坞便得。

事先秦长歌已经命令凰盟属下日夜封锁船坞，用银子买得所有船家这几日内不出船，连船家的桨都一起买走毁掉，务必保证这几日内无人可以出船。她就不相信白渊会连船桨也随身带着，到时候用剑划，便没空对付飞箭；用手划，你便原地打转吧。

奔到焰城坞的时候，果然见前方的白渊负着一个女子飞驰，身前身后各有护卫，再往远一点儿，一处隐秘的树下突然荡出一叶小舟。

舟上人渔民装扮，面目不甚清楚，突然回首对着秦长歌一笑，双手一抬，掌心先是出现一道白虹，随即白虹一分为二，幻化成双剑，双剑渐渐加宽，居然成了船桨形状。

秦长歌气白了脸，见鬼的水镜尘，见鬼的采苜剑法，那剑法竟然是以气御剑，既然是真气幻化，那自然什么形状都可以，自己怎么忘了这么个劲敌！

前方白渊一声长啸，脚下发力，立时腾起滚滚烟尘，背着女王，飘身落向舟中。

“呛！”

水岸边突然亮起数十道剑光，交叉成剪，恶狠狠剪向白渊。

白渊一声长笑，双足连踢，将凰盟埋伏的护卫的剑光全数踢碎，随即稳稳落于舟中，水镜尘“光桨”一摆，小舟立时箭似的划开去。

秦长歌飞身而起，加速扑上，身后突然传来急促的马蹄声。

“主子！密报！”

秦长歌霍然回首。

屠鹰不会不知道此刻正是追捕白渊的生死关头，犹自如此着急大喝，会是什么样的惊变？

焰城刀光剑影，静安王府鸟语花香。

被软禁的玉王爷斜斜倚在“雪光耀眼”的“冰圈”内，身下白银若雪，头顶红灯耀眼。

他的手指插在白银雪中，没人看得见指下静静攥着的一个纸团。

美眸半开半闭，出神地看着那红灯，灯上隐约有女子赤足跳舞，姿态曼妙。

玉自熙看着那灯的神情流荡，像是一道带着未融雪气的旖旎春光，每一寸都是婉转深情，每一分都相思迢递。

……一晃，很多年了啊。

那年，那个血月之夜，赤河冰圈相遇，薄冰之上远远见她，一支天魔之舞繁花飞落，沧海静寂。

他怔怔勒马，惊为天人，从此心思作结，寸寸都结在那飞旋琳琅的舞步上，从无一刻得以解脱。

生命里最初的熙光，一瞥间。

那个冰圈内鲜妍明媚、柔枝窈窕的身影，宛如一缕永生不散的迷迭香，从此无可替代地浸湿了他不羁的流年。

那日冰风之下，他驻马而观，那般流畅美丽的舞步，映在四面晶莹的冰雪之上，如镜的冰面，满满的都是她的影子，抛袖、掠鬓、仰首、抬足、折腰、颤指……

她掌中一盏红灯，精巧玲珑，却不抵她身姿之美，那悠悠红光随舞姿轻逸飞扬，一动便是一场华丽的梦境。

他忘记了此身身在何处。

暮色四合，冰圈里的风森冷地刮了过来，他觉得刺目，忍不住闭了闭目。

只是这一闭目，再睁开时，便不见了她的身影。

仿若一梦。

他怅然若失，策马去寻，只见冰圈之上，一片空寂，佳人影踪全无。

若不是冰上静静躺着的那盏红灯，他定以为那真的是梦。

若非是梦，怎会有这般绝世美妙的舞姿？若非是梦，怎会有那般九天玄女的风采？

或许那灯，是玄女无意遗落，留与他当个纪念？

他静静握着那灯笼，茫然不知今夕何夕。

身后士兵却在低声催促——大战未毕，萧将军还在等待他的驰援。

最终一步三回首地离去，心中却想着，下次，下次再来，下次再遇见她，一定不要不舍得打断她的惊世之舞，先去问清楚她的芳名住处，何方人氏再说。

……没有下次。

他背对着冰圈远去的那一霎，竟然丝毫也未曾想到，那惊艳的一瞥，注定只是一生里一次震撼的邂逅，再没有后续的命运安排，来成全他一生寻觅的辛苦。

赤河寂寂，冰圈茫茫，他寻遍每一个角落，却再也不能得见想见的人。

他找了她很多很多年。

为了找她，他负尽知己好友，做了自己都不齿的阴微之人。

六年前，一封飞鸽传书，那同出一门却从不联络的师弟，问他：想不想再见见当初冰川之上的起舞女子？

只为了那么一句话，他整整失眠了一个月。

然后，拒绝。

白渊也不着急，只是令人再次送来了一样东西，是一截红绡，外表看没有任何奇异之处，然而当他将红绡向着烛火，立即看见了自己魂牵梦萦多年的惊艳舞步。

他依稀想起，当年她纤腰细细，衣带当风，那一缕散在风中的丝绦，依稀是这般色泽模样。

他将红绡向着烛火一遍又一遍，然后轻轻蒙上自己的脸，醉在那似有若无的久远气息中。

三日后，他联络白渊，说，好。

从此，弃友、密谋、和他合力，杀掉了自己一生最为爱重、最为欣赏的女子。

他和安飞青联络，将水镜尘接入京中。

他潜入长乐宫，安装了水镜尘交给他的机关，事先他和陛下聊天，探听到了当日皇后的起居，利用那半个时辰，他做了自己一生中最不愿意做的事。

他和江太后密室暗谋，将叛情之罪强加于睿懿之身。

他交给江太后半枚青果，青玛神山神幻之果，是他当年机缘巧合得来的旷世难逢的宝物，溶于茶水无色无味，没有毒性，却可控人心神，按照下毒者的意念去做一切想做的事，并且若非青玛门人以独门方法破解，永远也不会想起来自己做过什么。

而他，自然是不会唤醒陛下的这段记忆的。

他对江太后有几分防备，不想让她知道神幻果的功用而拿来对付陛下，只是告诉她，这个东西有助于平复陛下偶尔的躁性，而且能令陛下不爱女色，避免秦长歌专宠六宫。

结果，江太后趁萧玦来请安时用了，他原本只是想她控制住当晚萧玦的神志，然后自己再找机会意念植入“睿懿私奔”这个想法便好，不想江太后对长歌憎恶太过，在给萧玦喝茶时，竟然试着暗示了“去挖她眼睛”。

当晚，萧玦进了长乐宫，当时他在殿顶，手指紧紧抓着琉璃瓦，看着萧玦缓步而来，看见江太后远远潜在长廊后，看见萧琛在发现萧玦的不对劲后，第一时间调开侍卫，撤走长乐守卫，让萧玦在无人打扰的情形下推开了长乐殿门，然后，挖下了长歌的眼睛。

火是水镜尘放的，宫人也都是他杀的，他只是怔怔望着天上星月，将手中原本已经碎裂的瓦再次粉碎。

水镜尘杀宫人的时候，萧玦捧着眼睛缓步回龙章宫，他不敢让这东西留在那宫中，将来被萧玦发现将是不测之祸，他把水镜尘带到一处无人居住的宫室，让他等候自己带他安全出宫。他随即赶到龙章宫，点了萧玦穴道，本想毁去那双眼睛，然而突然心中一痛，想起长乐火起，长歌尸骨无存，实在不忍再丢弃她身体的一部分，便顺手在萧玦案头拿了个装奏章的盒子装了，然后去长寿宫。

他把剩下的半枚青果，放进了江太后的茶里，江太后喝下后，他除掉了自己和她密谋以及神幻之果的相关记忆，只留下了萧琛调开禁卫军的记忆，万一将来事发，就让赵王殿下去背那个黑锅吧！

当时他对江太后施术时，突然发现内殿里那堵雕牡丹的墙壁里有暗格，他一时兴起，随手就将那个盒子塞进了暗壁。

从长寿宫出来后，看见水镜尘再次回到长乐宫，收殓起长歌尸首想要带走，他一把拉住问要做什么，水镜尘的回答令他怒从心起，当时便动了手，还没交手几招，来了个蒙面白衣人，武功极高，三人一番混战，最后长歌尸骨被三人各抢走了一份。

他为长歌的那部分尸骨修建了坟墓，在上林山下的密林里，那里依稀有秦长歌生前的机关布置，令他觉得亲切，他偶尔会去那里坐坐，想想那些策马沙场、谈笑杀敌的痛快日子，想想和那个可恶又狡猾的女人没完没了地斗嘴，斗完嘴打架、打完架再斗嘴的日子。

……那些日子，永远地被自己葬送了。

葬送了，背弃了，伤害了，却换不来梦寐以求的昔人再会比翼双飞，换不来，她。

白渊说，她受了重伤，很重，她这一生也许永远不会醒来，他在努力为她救治，用青玛神山下千年冰参为她接续着元气，她的身体被冰封在冰窟之内，那里机关重重，白渊当然可以进出，但是白渊拒绝他的进入。

白渊说，她有知觉，但是不宜有任何情绪波动，如果自己随意进去唤醒她，很可能会葬送了她的性命。

听到那句话的那日，他怔怔立于冰窟之前很久很久，山巅透明的风怎么那么像刀锋？一刀刀穿得他满身血洞。

那些流出的鲜血，永远冻结在了青玛神山上，成为不化的艳色冰川。

他杀了长歌，叛了萧玦，背弃了一生的友情，却连她一面都未曾见得。

而长歌，那个聪慧狡黠却又睥睨天下的女子，他曾以为这一生她会是永远可以和他齐肩扬鞭、立于风云之巅、谈笑指点六国的那个知己；是一生吵吵闹闹却一生肝胆相照的红颜挚友；又或者，如果没有先遇见她，他觉得自己也许会爱上长歌。

然而，一切都是以为，都是如果，都是宿命。

他和她之间，本来有那么多美好的选择，他却选了最为惨痛的那一种。

他亲手杀了自己的知己、挚友，只为了当年冰圈之上、赤足蹁跹的那个精灵般的影子。

三十三天宫，离恨天最高；四百四十病，相思病最苦。

……

……红灯掩映下的玉自熙笑意如水流动，这些年，他早已学会了将所有心思辗转，都化为春水般的笑，在那样变幻不定的神情里，所有的秘密都如河灯般顺水流走。

什么时候觉察到她回来的？

好像是葬灭狼那日，她出语狡黠，隐约间竟是当年和他斗嘴的风范，黑若乌玉的眸子里，跳跃着他熟悉的波光。

然而只是一霎的似曾相识，他并不敢相信，他亲眼看着她死去，亲手取过她眼睛，亲自葬下她的骨，没有人比他更近地触摸过她的死亡。

然而那一次次的接触，他越发迷惘，他开始沉迷于和她碰撞，在那些碰撞中寻找着留存在记忆中的那些相似的轨迹。

明霜“死去”，他从来不曾相信，他在视野中继续寻找，找到了那个气质神情截然不同，却又和明霜、秦长歌惊人相似的赵莫言。

明霜、赵莫言、秦长歌三个不同的人的身影，渐渐在他一次次有意无意的撩拨中，浮现出了共同的轮廓。

他知道，她回来了。

那一刻是悲凉还是欢喜，他已忘记，长歌，长歌，你来讨回你的债是吗？

他并不想隐瞒，却还想再见她一面，那冰封在冰川之中、从未张开过眼睛的、他的爱人。

那日放走白渊，他不能不放，她的性命需要白渊来延续，不管白渊是否撒谎，多一个希望总比没希望要好。

那晚长歌和他在这里对饮赤河烈酒，她唤他“花狐狸”。他听得清清楚楚，却悲哀地不想听见。

不，我不想知道你是母蝎子，我不知道你是谁，最起码现在我不想知道，否则我很可能被逼着再次和你敌对，噩梦来过一次，已经够了，我不想再来第二次。

我不想再来第二次，但是命运，为何总逼着我来第二次？

……玉自熙埋在“雪堆”里的手指，再次攥紧，指间气劲不可抑制地一收，“啵”的一声将那个小小的蜡丸粉碎。

信上说：阿玦死了……阿玦死了……

长歌在追杀白渊，不死不休……

她有所好转，做完这件事，解决掉白渊的危机，他就能见她了……

如果白渊死了，他也就永远不能再见她……

玉自熙突然疯狂地笑起来。

他笑声低沉幽魅，响在空无一人的花园内，四周都起了微微的震动，渐渐衍生冰晶碎裂的声音，接着那些高悬的做成冰凌形状的水晶，纷纷落地，砸在碎银屑里，发出琅琅清脆的声音。

越来越多的冰晶被粉碎，漫天里像下了场水晶雨。

玉自熙只是疯狂地笑着，笑得身子颤抖，笑得嘴角慢慢沁出血。

白渊……白渊……你要我杀长歌，你要我放了你导致害死萧玦，你还要我，再去杀他们唯一的儿子。

你……你……你当我是什么？

而我……我……我又是个什么？

我就是个丧心病狂、无耻卑鄙、为了一己私欲可以不择手段、可以覆灭天下的疯子！

我的心，我的心呢？我的心早已没有了，在我谋杀惺惺相惜的知己、在我害死同沐血火的战友、在我很多年前看见那个明光四耀的冰镜之中跳飞天之舞的女子时，早已被挖出，攥紧，丢弃。

人生七大苦。

生、老、病、死、爱别离、怨憎会、求不得。

求不得，一直逆风而上，溯流而行，背弃着世人的方向，挣扎向前，西方宝树名娑娑，我却无缘求得那长生果。

……人在爱欲中，独来独往，独生独死，苦乐自当，无有代者。

疯狂的笑声渐渐淡去，曾经精心打造、纪念伊人初遇的冰圈花园已被摧毁，遍地碎晶里，红衣人缓缓站起身来。

步伐平静而稳定地迈了出去。

刚走到门口，立即有九门提督属下的一个副统领谦恭却警惕地围上来，躬身问："王爷要去哪里？卑职们车马伺候。"

"我要进宫，有紧急军情禀告监国太子。"玉自熙笼手袖中，目光迷离地看着天空。

"这个……"那人为难，陛下和太师离京前再三嘱咐，要盯紧玉王的行踪，尤其不能令他进宫，这么长时间内，玉王一直安于在自己府邸里待着，从未闹出什么幺蛾子，今日却突然来这一出，这可怎生是好？

"你不让我去？"玉自熙斜斜地瞟过来，明明没有杀气，那人对上这样的目光却噤得浑身一颤，抹了抹额头的汗，嗫嚅道："卑职不敢，只是……"

"我知道我不说清楚你是不让我出门的。"玉自熙冷冷地看着他，"我告诉你，陛下在禹城驾崩了，我要立即禀告太子。你说，这个消息，要不要紧？”

“啊！”

那个副统领被惊得后退一步，连嘴唇都已发白，睁大眼睛瞪着玉自熙：“王王王爷这可可可开不得玩笑……”

“诅咒帝王是死罪，我从不拿自己的命开玩笑。”玉自熙斜眼看着他，“你阻拦我，耽误我禀告这至关重大的消息，你是不是想拿自己的命开玩笑？”

副统领被他晶亮却神秘的目光一看，只觉得如被冰水从头淋到脚，慌乱地退开一步，道：“卑职不敢……卑职不敢……”

玉自熙已经不理会他，手指一弹，他的十八个护卫立即拥着他飞驰绝尘而去，将副统领抛在层层烟灰里。

副统领怔了半晌，忽然跳起来，对着手下士兵大吼：

“还愣着干什么？快去禀告提督大人！出大事了！”

大仪殿气氛森严，百官们神情肃然，老贾端挥汗如雨，萧监国昏昏欲睡。

这劳什子的朝会，为何要开这么长时间呢？这设在御座旁的小宝座，为什么这么高呢？弄得人想开小差还得注意不被发现。

包子早上四更起来练武，五更上朝，在宝座上已经坐了两个时辰，着实是困了。

底下的“嗡嗡嗡”声，真催眠啊……

包子满意地打了个哈欠，准备就着这天然的催眠曲睡上一觉。

……这催眠曲怎么越来越吵？

包子不耐烦地换了个手撑头，忽然听见底下“哄”的一声，随即老贾端“啊”的一声惊呼。

吵什么吵！谁这么缺了八辈子德，吵太子爷我睡觉！

包子怒气冲天地睁开眼，便看见一朝堂的震惊疑惑神情，身侧的老贾端抖着手，哆嗦着嘴唇，大声道：“静安王胡言乱语，诸位慌张什么？来人，去给王爷传旨，说陛下亲征前曾有旨，着王爷在府中闭门思过，如今旨意未撤，王爷怎可擅自出门？请王爷回府！”

“可是他说陛下驾崩于禹城……”

“闭嘴！”

老贾端一声暴吼，脖子上的青筋都几乎暴了出来，那官儿被他难得的凛凛暴怒吓得往后一退，险些滑了一跤。

贾端吼完，立即担心地转头去看太子。

包子已经怔在了座位上。

底下百官齐齐抬头，看着宝座上那七岁的小人儿。

静安王宫门传音，说陛下在禹城中箭驾崩，西梁惨败，幸得皇后归来，重整大军才得以反败为胜……这这这这，这和军报上说得不符啊，军报只说禹城大胜，陛下驾崩？天啊……

老贾端和油条儿担心地盯着包子，贾端碰碰油条儿，油条儿碰碰包子，包子却全然没有反应。

包子现在确实什么反应都没有了，他全部的精神突然陷入混乱，这几日那种奇怪的堵心感觉，沉沉地压在心口，脑子里横的竖的斜的全是乱七八糟的线条，却根本理不清楚那是什么。

父皇……驾崩了？

真的？

……

包子吸一口气，突然跳上御座，大喝："去！让静安王进殿！我要亲自问个清楚！"

"太子……"

"去！"

太监被他大力喝出的声音吓得退了一退，实在没有想到那么小的孩子也能发出那么大的声音，于是连滚带爬地跑了出去。

老贾端眼见不可挽回，只好忠心地往包子身边靠了靠，又命令侍卫包围大仪殿。

百官则怀着惴惴不安的心思，齐齐回首，看着永远红衣灿然、美绝人寰的静安王仪态绝妙地迈上大殿。

玉自熙一路微笑而来。

他的十八个侍卫亦步亦趋。

越过高阔皇城，越过巍峨宫城，越过白玉广场，越过金水桥，越过长长的铺着红毡的天阶，决然而来。

他不看那些甲胄鲜明、持刀相守的侍卫一眼，直接步入大殿，衣袖一挥，流云飞袖将沉重的殿门重重关上。

大殿立时一黑，百官陷入慌乱之中，老贾端大喝：“玉王，你做什么？”

“做什么？”玉自熙袖风连拂，将大殿之内的侍卫全部扔出，停也不停直奔御座，他全身真力体外流转，所经之处，百官们纷纷“哎哟哎哟”地跌了出去。

老贾端抢前挡着他，被他衣袖一挥，顺手扔到了三丈外，跌在地下爬不起身。

玉自熙直奔御座，笑吟吟往御座上一坐，将腿往九龙扶手上一跷，打了个响指，微笑道：“陛下驾崩，皇帝也该换我来当了。”

他手一伸，掌风一扫拨开扑上去想抱住包子的油条儿，一把将紧紧盯着他的包子拽了过来，微笑道：“太子爷，你对换我当皇帝有意见吗？”

包子却只是看着他的眼睛，很认真地问：“我父皇真的死了？还是这根本就是你胡扯出来，好骗我放你进大殿的？”

他语气急切，最后一句话说得极快，神情紧张地紧紧盯着玉自熙，那模样，似是非常希望后者才是事实。

玉自熙手一顿。

目光微微一黯。

他古怪地上下打量着包子，很久很久以后，久到包子快要等哭了时，才缓缓道：“对，我骗你的。”

“呼！”包子松出一口气，眉开眼笑地往他面前一坐，手一摊，说，“那你杀吧。”

第九十章

相救

乾元六年三月初三，西梁郢都，静安王玉自熙携惊天噩耗而来，一个雷霆霹雳般的消息震翻当朝，随即闯宫门，越大殿，直登御座，以巨鼎闭正殿宫门，将恰逢朝会的文武百官连同监国太子全部堵在大仪殿内，挟持太子，欲待以监国之印，号令九军，谋朝篡位。

消息以最快的速度传递到焰城，正是秦长歌追逐白渊到了最紧要关头的时刻，屠鹰的一声大喝惊得秦长歌霍然回首，惊得属下齐齐看向秦长歌。

此时退则白渊永久逃逸，此时继续——没有人会相信一个母亲，在独子遭逢危险的时刻，会悍然不顾。

秦长歌仰首，天边星月俱隐，层云密布。

千里之外，自己的国家，自己的幼子，自己唯一剩下的亲人，正在遭受挟制，生死不知。

对面，轻舟之上，白渊微微一笑，对她做了个告别的姿势。

掌控全局，伏线千里，叱咤风云的东燕国师，继睿懿之后崛起六国名动天下的白渊，算准了她不得不回头。

秦长歌目光缓缓下移，落在笑得容华无限的白渊身上。

随即也对他一笑，道："追！"

屠鹰险些一个跟斗倒栽了出去，几乎不敢相信自己的耳朵。

主子说什么？主子是不是急昏了，说错了？主子知不知道自己在说什么？

然而秦长歌已经淡淡道："我不回去。"

对上屠鹰不可置信的眼神，以及那种"主子你别和白渊逞一时意气"的暗示，秦长歌无奈地苦笑了下，道："我不是逞意气，不是说白渊逼我放弃我就偏不放，而是此刻回去于事无补，消息传递到这里，已经过去了几天，等我再赶回去，结局如何想必已尘埃落定，如果溶儿脱险，我何必回去？如果溶儿死去——那么我的仇人，还是白渊。"

屠鹰无言以对，忽觉心中苍凉，一个母亲，在爱子遭险的那一刻，决然选择背向而行，这需要多大的定力？

这些立于权力顶峰的绝顶之人，因身处高处目光清醒而抉择隼利，非常人能及，然而那清醒背后的隐忍和苦痛又有几人能够理解，能够做到？

是不是不如此，便不能成就绝巅之高？

是不是不经历一番鲜血淋漓的剥脱和辗转，便不能成就高于凡俗之上的强大灵魂？

屠鹰忽然庆幸自己是个很普通的人。

前方，秦长歌已经命令放舟去追，突然淡淡道："我还是愿意，最后相信他一回……”她转首，双眸在暗淡的夜色里光芒闪烁，“你回国，如果溶儿还没有脱险，想办法告诉他，找萧琛。”

轻轻叹息，她道：“就怕来不及……但愿他能自己想得到……”

有没有带着十八个人，关起门来谋朝篡位的？

把皇史宬的所有史书典籍都搬出来，发动一百个人，在烟灰腾腾的故纸堆里从古到今翻遍，大抵也是找不到的。

不过无妨，静安王一向擅长剑走偏锋，首开先河。

整整五日，号称“天下本一家，皇帝我来做”的玉自熙玉王爷，用大仪殿内的巨鼎堵死了沉重的宫门，将恰逢朝会，几乎一个不漏的西梁上层文武百官连同萧太子以及萧太子偷偷带上金殿放在屏风后正在睡觉的宠物狗哈皮，一起留在了大仪殿搞“合家欢”。

他的十八个护卫，留了九人在门外看门，九人在殿内看人，赶来的上万侍卫愣是不敢对那区区看门的九人动手，因为玉王爷放话了，谁杀他一人，他就杀殿里的人，从太子殿下开始。

外面的侍卫不知道里面发生了什么，一个个焦灼如热锅上的蚂蚁，只得拼命向远在焰城的皇后报信，期盼她赶紧回来主持大局。

而对于被关在大殿里的百官们来说，这五天，是非常悲催的五天，悲催在吃喝拉撒睡的问题上，门上挖了个洞，专门用来传递御厨房做出来的食物，但那是供奉殿下和王爷的，其余人没份。就算送来，玉自熙也不给吃，喂哈皮，哈皮撑得肚子溜圆，不住地打饱嗝儿，与此同时此起彼伏的，是官儿们叫得山响的肚皮，那些平日里体尊肉贵的人们，一个个摸着瘪瘪的肚皮，眼巴巴瞅着御案上玉脍佳肴，拼命偷偷擦着口水。

太子殿下看他们可怜，也会叫油条儿把吃剩的食物分给大家，玉自熙媚笑着也不阻拦，但是那么多人，那点儿食物哪里够？不过有总比没有好，便见平日里食不厌精、脍不厌细的官儿们，巴巴地排队领食物，分到手里的一小块肉或一小块鱼，小心翼翼捧着，如同那是离海万年极品珍珠。

太子殿下每逢这个时刻，便笑眯眯托着腮观赏众生相，顺便和以一模一样姿势观赏的玉王爷评论一下诸官们的吃相——有人饕餮，食物到手立即一口吞下，还没反应过来，那块肉已经鸿飞冥冥。

太子评价：猪八戒。

玉王爷：猪八戒何许人也？

太子答：猪头人身，磨砖砌的喉咙。

玉王爷肃然凝视这个官半晌，颔首同意，并诚挚地向太子殿下建议：此官将来不宜放难缺，城府不佳。

太子深以为然，拖过官员名册，在上面画个大大的猪头。

有人细嚼慢咽，吃得温存无比，一块肉足可吃上半个时辰，吃完还要仔仔细细将指缝里的那点可怜的油一一舔过，顺便把指甲挤一挤，挤出一滴滴肉屑，吃掉。

上座两人啧啧有声、目光熠熠地看着这一幕，不住惊叹摇头。

太子评价：邦斯舅舅。

玉王爷：邦斯舅舅何许人也？

太子答：一老头儿，对吃很痴迷。

玉王爷再次赞同，并诚挚地向太子殿下建议：此官将来不宜放肥缺，必贪。

太子深以为然，拖过官员名册，在上面画了个抱着烤鹅的老头儿。

吃完了，就得消化，消化完了，就得拉撒，虽说吃得少，但是肚子里还是有废料要清理的，可是这不是自家茅房，这是堂皇大殿，触目所及不是金砖就是玉阶，不是翠鼎便是宝盒，到哪里去撒？

太子爷是不用操心这个问题的，玉王爷将殿前空心的铜鹤扭断了脖子，那个断口很适合太子宝贝的尺寸。铜鹤肚子很大，装什么都够了，满了就由玉王爷用掌力将断口再次合拢，然后扔进内殿，玉王爷自己也是这样处理的。

可是官儿们就可怜了，第一天下来，夹腿颤抖面无人色的，抱肚子满地乱转欲哭无泪的，一时控制不住撒了满裤子的，满殿里哀声不绝。

老贾端是圣人，圣人也要排泄的，然而对于爱面子的老贾端来说，士可杀不可辱，屎可忍尿不可忍，当众撒尿更不可忍。老贾端发颤手摇，老泪纵横，指着玉自熙大骂："奸贼！老夫做鬼也不饶你！"便抱着脑袋要撞墙。

结果玉自熙一拂袖，老贾端立即转向，撞到了油条儿的肚子上，两人"哎哟哎哟"撞成一团，玉自熙笑吟吟道："自古艰难唯一死耳，你怎么这么轻易寻死？你这被陛下托孤的顾命重臣，忘记你的主子还在我手中了吗？"

老贾端阒然而醒，决定不再寻死，怎么可以抛下太子置他不顾？玉自熙斜眼瞟过来，扔给他一个扭断脖子的铜鹤："您老屏风后解决吧。"

可怜老贾端，端着铜鹤去屏风后含羞忍辱，下面一群官儿伸长脖子，无限羡慕他的顶级待遇。

没有那么多的铜鹤，问题还是得解决的，最终有了聪明的官儿，看上了那个堵门的巨鼎，“吭哧吭哧”爬上去，在巨鼎里幸福地大声呻吟。

立刻便有无数憋绿了眼睛的官儿，也顾不得大仪殿上诸物神圣，自己小命要紧，纷纷攀鼎而上，痛快排泄。人多，自然排泄得也多，很快没处下脚，官儿们便开始练劈叉，在这方面，武官要比文官占优，有几位实在劈不开的官儿，只好扒着鼎边悬空解决，于是大殿那头太子殿下和王爷再次托腮观赏，根据露在鼎外那位官儿的神态表情的松紧度，来揣测他们有没有长痔疮。

虽说大殿很大，臭气不至于传到太子和王爷娇贵的鼻子中，但是心里总觉得不甚舒服，包子和玉自熙商量：“那个……给盖个马桶盖吧？”

玉自熙非常好说话地一挥袖，御座屏风横飞而起，牢牢盖在巨鼎之上。

于是官儿们又多了件体力活儿——需要排泄的时候，必须三人以上同时进行推盖活动。

吃完了拉完了是睡，这个不是大问题，三月份虽然不太暖和，但是裹着自己的袍子也能将就，就是磨牙的、放屁的、臭脚的太多，严重影响睡眠质量。

太子爷就睡在宝座上，反正明黄袱面宝座宽宽大大，他原可以睡自己的小宝座，偏要去和玉自熙挤，也不管面前这人是要篡他位杀他脑袋的大坏蛋，拼命往他怀里蹭，还不住想去拉他的手。玉自熙一次次推开，人质一次次锲而不舍地奔向他怀，两人推啊奔啊奔啊推啊闹到很久，玉自熙终于对悍勇绝伦、不入敌怀誓不罢休的包子太子弃械投降。

于是御座之上出现了极其诡异的一幕，玉王爷海棠春睡媚眼如丝，被篡位者太子爷趴在篡位者身上状如无尾熊，小小的手指无限依恋地拽紧篡位者的手，晶莹透亮的口水愣是滴湿了人家胸前红衣。

到了早上一觉醒来，某人的下巴靠在某人的胸膛，下巴下的衣服湿漉漉一片。

包子眨眨眼，乌溜溜的清亮大眼缓缓对上长睫下垂的狐狸眼，两人目光相交，瞬间都有光芒闪了闪，然后都各自避开。

玉自熙的目光落在了殿角……那小子眼神怎么怪怪的？

包子的目光落在了穹顶……我不哭……娘说过，不是哭的时辰便不要哭……

到了晚上，无尾熊再次腻上了篡位大奸贼。

大奸贼很习惯地躺着，甚至在无尾熊快滑下去的时候，还伸手拽了拽。

大殿沉寂，烛火灰暗，殿口处磨牙、放屁的声音还在继续，宝座上相拥而睡的一对诡异的绑匪和人质还在好梦沉酣。

黑暗里某个无尾熊搭在宝座下的手指突然翘了翘。

揪了揪睡在宝座下的哈皮的头顶毛。

哈皮立刻颠颠地奔到油条儿那里——以前这是吃饭的暗号，包子负责揪毛，油条儿负责喂饭。

缩成一团打瞌睡的油条儿立即惊醒，转头向太子看过来，看见那小小的脚丫，曲起大脚趾，弯了弯，做了个销魂的勾引姿势。

油条儿脱下鞋子，赤足慢慢挪过去，趴在御座下，拉过包子的手。

包子闭着眼睛打呼，在他手心慢慢写："去找我皇叔。"

油条儿写："然后？"

"九门京军和善督营，没有手谕不能调动，现在官都被困在里面，外面缺少主事的人，不晓得怎么办，得放出我皇叔，我皇叔应该会有办法。"

油条儿写："他肯吗？他会相信我？"

包子的手顿了顿。

油条儿突然觉得太子的手指变得冰凉。

半晌后，那冰凉的小手才继续写下去："你告诉他，陛下驾崩，他要不想陛下唯一的儿子死掉，他就出来帮忙。"

油条儿眨眨眼睛，写："玉王不是和您说陛下没驾崩吗，您在骗赵王？"

那小手又顿了顿，写："对，骗他！"

油条儿撤回手，对着包子点点头，包子眼睛斜斜瞟着，看着大殿后墙上方开着的一排天窗。

那窗子是顶窗，比寻常窗子小，成人是无法爬过去的，也比普通窗子高，平日里都用长竿顶开。

油条儿跟着包子练武这么久，不说小有所成，爬窗子是没问题的。

当下过去拉了拉老贾端，两人潜到窗子边，老贾端顶起油条儿，那小子踩着贾端的肩，却发现离窗边还有点儿距离。

油条儿揪着头发，暗恨自己怎么就不会太子常说的那个武侠小说上的什么"壁虎游墙功"！

正在着急，忽有人赤足猫腰过来，一溜小快步，到了两人身侧，默不作声往下一蹲，示意老贾端先爬上他的背。

窗缝里透出光线，照见那个人的脸，是新近荣升为文昌公主驸马的文正廷。

老贾端大喜，颤颤巍巍地爬上文正廷的背，不防御座上忽然传来翻身的声音，老头儿吃了一惊，人老体衰反应迟钝，脚一歪滑了下来，自己滚到地上，还把文正廷背上蹭掉一块皮。

两人都直觉地想要“咝”声抽气，却都在看见对方脸上神情时拼命咬牙忍住。

文正廷咬着嘴唇，再次不作声往前一凑，老贾端用力憋住一口气，拐着脚爬上去，然后是油条儿。

三人叠成罗汉，压在最下面的文正廷脸涨得紫红，一腿跪地，拼命慢慢直起腰，油条儿努力踮脚够那窗框，这回够了。

眼见着油条儿慢慢顶开天窗，从那缝里灵活地溜出去，文正廷和贾端齐齐无声舒一口气，一起瘫倒在地。

一直盯着地下他们三个人影子的包子，也舒了口气，斜挑着眉毛，瞅了瞅刚才翻了个身、翻得背向那三人的玉自熙。

玉王爷，你睡得真熟哪……

脸上的笑意方自才起，随即散去，包子突然仰起头，在黑暗中拼命瞪大眼睛，他瞪得那么用力，几乎要把自己眼眶给瞪裂了。

玉自熙突然闭着眼睛推包子。

“喂，要撒尿了不是？下去撒，湿了我衣服我杀了你。”

包子偏头对他看看，慢吞吞地爬下来，慢吞吞地行到内殿，却没有去那个铜鹤那里，而是突然跪倒在地，紧紧抓住了内殿垂下的厚重帐幔。

他抓得那么用力，将小小的身体全部系了上去，拼了死命一般拽啊拽。

远处一点烛光昏黄地照过来，照着小小的太子，照着五日里一直喜笑颜开、浑若无事、想吃就吃、想睡就睡、看起来完全没心没肺的那个孩子。

照见他泪流满面，一串串泪珠无声自眼眶滚落，瞬间将自己的小袍子打湿一大片。

看见了……看见了……抱着他睡了几夜，他都看清楚了，除了那个不太懂的故事，除了玉王心底的打算和思量，还有那个小小的纸团，那上面写着，萧玦在禹城中箭……驾崩……驾崩……

是真的……是真的……

父皇……驾崩……

包子咬着嘴唇，继续和帐幔拼命，他只觉得不能哭出声音，然而那满心的疼痛和悲伤巨石般地堵在了胸口，死死堵住了血脉的渠道，没有方法可以疏浚发泄，他只能在黑暗里，一个人，将自己吊在帐幔上，拼命地扒、拽、扯，用那些无声却疯狂的动作，一点点地将灭顶而来的苦痛推开。

“刺啦!”

一声轻微的扯裂声响，帐幔终于不堪包子全身压上的重量，不堪这般沉默无声的疯狂摧残，“哗啦啦”齐齐坠下，大幅的明黄镶飞金龙帐幔如苍天将倾般向那小小身子当头罩落，如烟似梦，悠悠将不挥不挡也不躲的包子裹在当中。

很久很久以后。

月光移过当窗。

照见大仪殿内殿。

金砖地上，满地铺开明黄帐幔，帐幔正中，隆起一个圆圆的肉球。

月光沉静，照着内殿，那小小的一团，看来极为安静，然而只有仔细看得久了，才会发现，仿佛，一直在微微颤抖。

千里之外的大仪殿，月光下小小太子将自己埋进帐幔堆无声哭泣。

千里之外的焰城，秦长歌于快舟之上霍然回首，仿佛听见了爱子压抑的哭声。

这里是通海近支的河流，河水其实也就是海水，河道宽阔一望无际，风从水面掠过，带着海岸边贝壳和海藻的腥气，再在半空远处蒸腾出一片迷茫的雾气，遮蔽了那半天明月。

明月下，前方座船穿行极速，白渊在过海一半的时候，居然还有隐藏在弯道的座船接应，秦长歌看着他抱着那女子弃舟登船，不禁庆幸自己也准备了快船。

她这里紧追不舍，对面，白渊遥遥立在船头，海风掠起他的衣袂，依旧神情闲淡如神仙。

但是不知道为什么，即使隔这么远，秦长歌仍然能感觉到他似乎情绪低沉，几乎不比自己的心绪好到哪里去。

自己是担心溶儿，他呢?

前方船头，并没有看见女王，这个名闻天下却很少有人看见过她真容，而又命运离奇、在短短时日间突然由一国之主转变为天涯漂泊的女子。此刻，她在做什么？她心中在想什么？

秦长歌紧紧盯着那一方紧闭的船舱，柳挽岚大概便在那里，白渊竟然没有将她带在船头身边，显见她的病真的很重了。

白渊一生的梦想，大约就是能让她抛却国家，全心地爱上他，并和他过一段逍遥天涯、只有他和她两人的日子。

如今，这个梦想，实现了吗？这段时间的行走，她爱上他了吗？

爱是如此平易而又奢侈的东西，有些人一枚荆钗便可换来一生期许，有的人倾尽一国未必能得佳人回眸。

轻舟上秦长歌站在船头，突然看见前方白渊从腰间取出一件东西。

他慢慢地将那东西拼接在一起，是个弓弩的形状，随即仿佛有意一般，从袖子里取出几个黑色的东西，放在掌心，对秦长歌晃了晃。

隔着那么远，不可能看清楚那是什么东西，秦长歌却能猜到，大抵是霹雳子之类的玩意儿。

目测了下两舟的距离，秦长歌皱起眉，白渊这是在逼自己不得靠近了，否则必以霹雳弹伺候之，但是如果放慢速度，这么不死不活地吊着，白渊安然上岸没入人海，再买舟出海，自己就更难抓住他了。

身侧凰盟护卫等待着她的指示，秦长歌毫不犹豫答："继续！"

两舟在一点儿一点儿接近，到了一个秦长歌膂力无法到达白渊却可以的距离时，船头上一直持弓而立面对秦长歌的白渊，一笑拉弓。

"啪！"

秦长歌仰首，静静看着那道黑色弧线电射而来，向着自己的船帆。

黑色弧线将至，秦长歌霍然飞身而起，半空中衣袍飞卷，"哗啦"一下铺开一条白色的匹练，秦长歌姿势流转地在半空中画了一个圆，将那黑色的威力无伦的小东西一兜，立即飞快地送了出去。

"轰！"

水面上炸起高达丈许的水墙，水墙"哗啦啦"落下时，泛出许多翻着白肚皮的死鱼，水面上有鲜艳的鱼血，一丝一缕地漾开来。

却又有一道黑光，在水墙还没完全落下那一霎，穿越水墙，射向人在半空无处着力的秦长歌。

秦长歌半空一个筋斗，于海天之上腾然翻跃，伸足一跨已经跨上船帆，手中寒光一闪，一截船帆被她刹那间砍下，扇子般抓在手里，大力一抡。

“轰！”又是一声，这回霹雳子被扇开，炸着了一块礁石，溅开的石块砸上船体，船身一阵晃动。

此时秦长歌和白渊又近了一些，秦长歌已经能够射箭至对方船头，一步跨上船首，秦长歌一把抓起护卫递上的弩箭，也装上霹雳子，示威地对白渊晃了晃。

你有火器，我也有，咱们不妨对射，我不怕落水打架，但你的女王可吃不消这三月冷水。

白渊在对面隐约一笑，做了个“你尽管试试”的手势。

秦长歌“嘿嘿”一笑，平抬弩箭，身侧的司空痕却突然一把抓住了她的手臂，急声道：“不能！”

秦长歌斜睨着他，道：“为什么不能？那是你老婆，又不是我老婆。”

司空痕窒了窒，半晌皱眉道：“你真的是睿懿？一代开国皇后，怎么这么个性子？”

“谁规定皇后必须威严尊贵，必须一板一眼？”秦长歌讥讽一笑，偏头看前方轻舟，目光忽然一闪。

前方，白渊背后，掩得紧密的船舱门帘处，忽然探出一只手。

或者说只是手指，纤细精致，根根如玉，指上一枚鸽血宝石，在月色下熠熠生辉。

那般硕大的宝石，非常人可以拥有。

身侧的司空痕却突然身子一颤，惊喜道：“挽岚！”

秦长歌斜眼瞟他：“是吗？你确定？”

“我绝不可能将自己妻子的手认错！”司空痕怫然不悦。

“她伸手出来，是在说什么？”秦长歌看着那个手势，雪白的指尖在深蓝帘布映衬下颜色鲜明，指尖如兰叶微微上翘，轻轻三点。

司空痕痴痴地盯着那手指，仿佛突然凝噎住了，半晌才道：“……她问我，你好吗？”

“她怎么认出你的？”秦长歌回身看他，“你已经改装了呀？”

司空痕竖起手指，他指上一枚戒指是青金石的，难得的色泽纯净，和他的眼睛一般深如这海风之上的夜空。

秦长歌突然轻轻笑起来。

“你说，她信任他，甚至，她爱他。”秦长歌宛然微笑，微笑下是深深的嘲弄，“你真是当局者迷，柳挽岚爱的人，绝对不是白渊。”

“你怎么知道？”司空痕看着她，“她那么信重白渊……”

“那是两回事，你不懂女人的心。”秦长歌微笑着，附耳对司空痕轻轻道，“喂，我想到杀白渊的办法了。”

“嗯？”

“借你小命一用。”

油条儿在策马前奔。

这个春光美好的夜，道路迤逦铺开，平静延伸向远方，两侧花木都被月光洗得干净，树梢上枝芽肥嫩，映着天色闪着翠绿的色泽，风温暖而带着馥郁的香气，拂过人面，如丝如缎。

油条儿却无心欣赏。

要一个身负重任、汗流满面、脚底被砂石戳破、一步一个血脚印的少年去欣赏这一刻夜色里的春，等于要他去自杀。

主子还身陷险境哪！

从大仪殿翻出来，油条儿绕过那九人把守的正门，找到不敢强攻大仪殿却一直守着不肯走的侍卫们，侍卫正副统领当时都在殿内护卫，外面只有队长在，立即拨了人马陪油条儿去找赵王。

来不及找到合适的鞋子，油条儿赤脚上路。

前方，安平宫门在望。

油条儿舒了口气，大力扑上去叩门，他将铜门环敲得梆梆直响，声音在寂静的夜里传出好远。

半晌才有个太监乌眉黑眼地来开门，一边骂骂咧咧嫌被吵醒，油条儿在宫里被奉承久了，又满心焦躁，一个巴掌便扇了过去。

“咱家有大事，你这混蛋敢耽搁！”

一边推开太监就直奔入内，侍卫们急急跟进，空寂的安平宫被惊醒，宫人太监们惶然冲出来，油条儿直奔内殿，大声喊：“赵王殿下，赵王殿下！”

“王爷他病了……”有人怯怯地答。

油条儿心中一惊，还没来得及追问，屋门突然被人打开。

萧琛当门而立，未系腰带的长袍在风中摇摇荡荡，整个人又白又轻，似是一朵随时都将被风吹去的云。

他面色苍白，目光却极亮，那般淡淡扫过来，油条儿立时觉得心中一窒。

萧琛看着这个陌生的小太监，眼底掠过一丝不安，淡淡道："这么晚过来，是传旨赐鸩吗？"

"殿下，殿下……"油条儿"扑通"一跪，膝行着上前抱住萧琛的腿，"求您救救太子，救救太子……"

萧琛眉峰一挑："怎么了？"

油条儿抽泣地说了，萧琛静静听完，淡淡一笑，道："与我何干？"转身进屋，将门关上。

油条儿大急，赶紧扑上去拼命敲门，可是怎么敲怎么求，萧琛都不理会，油条儿无奈，一回身恶狠狠甩了把鼻涕，命令其他人："都离开都离开，我有机密要禀告赵王。"

直到院子里没有人，油条儿才趴在门缝上，轻轻道："殿下，奴才不敢吵扰您，奴才再说一句话就走。"

"你已经吵扰了我很久，你现在就可以走了。"屋内萧琛的回答毫无烟火气，也毫无任何情绪。

油条儿当没听见，只是低低道："太子要我告诉您，陛下驾崩于禹城，如果您不想他唯一的儿子也死掉，请您务必出手。"

……

"吱呀"，几乎是瞬间，屋门再次开启，萧琛摇摇晃晃出现在门口，脸色已经不能用刚才的苍白来形容，竟微微露出青灰的死色，他开口，连声音都在微微颤抖："你说什么？"

油条儿仰头看着他，眼泪涟涟，一个头磕在地上："陛下驾崩了……"

萧琛晃了晃，一把扶住门框，他头拼命地向后仰，用手捂住了鼻子。

跪在地上的油条儿没有看见，那一霎赵王口鼻同时出血，一滴滴地尽数流到他手上，再被他无声抹去。

这一瞬天旋地转，这一瞬黑暗降临，眼前什么都看不清楚的萧琛，伸出瘦得皮肤紧绷的手，在门框上一阵慌乱地摸索，将满手的血涂得门框上出现艳红的一条。

苍白的手指，紧紧掐住门边，不这般用力，他害怕自己立刻就会倒下，再也不能醒来。

玦……

……你……竟先我而去？

你……不等我了？

明知大限将至，自己却拼命支撑着，想在你班师后再见一面……

真的只想再见一面……而已……

天意当真悭吝如此，连这最后微薄的愿望，都不愿成全我吗？

去年安平宫匆匆一面，你黯然而去的背影，真的成为我一生里最后的记忆了吗？

萧琛仰着头，将逆流而出的鲜血，再一口口咽进腹中，每咽一口，苦涩腥甜，便如咽下这凄然悲戚的人生。

我一生近在你身侧，然而永远在追逐你的背影。你于我，从来只是楼阁里的剑光、板桥上的霜、梅树上最高的那一朵梅上的雪。我仰望欣羡，然后看着它们从我生命里，一丝一缕地淡去。

那些写在宣纸上的密密麻麻的心思，从无出口之机，最终在夜深人静里化为火盆里的纸蝴蝶，翩翩飞去。

宛如一场人生中注定无人观看的舞蹈，在凄清的听见回声的寥落掌声中落幕。

这些年……这些年……也努力想着放开你，放开我自己，努力想着从另外的路里，走出我自己的新鲜的喜欢来，然而不知什么时候，那罪孽的藤蔓早已缠紧了我，越挣扎越不得脱。

蕴华选了那些好的男子，趁夜里一次次送来……他们都很好，很可爱，有近在咫尺的温度和香气，可是……我等待的，永远都只是你，而我等不到的，也永远只有你。

长乐火起之夜，我看着你那般茫然地走进去，心里有隐隐的欢喜……那年枫叶之下那双清冷冷看过来的眼睛，从来都是我的噩梦，那样的女子，太过通透，她会看透我的心思，会渐渐疏离你我，会用最巧妙的手段剥脱你对我的信重和关爱，会让我连一个简单的、只想陪伴你看着你的愿望，都无法长久地持续下去。

我怎么能忍受？我怎么能放任？她和我，注定不能共存，因此我曾想了无数办法，想要杀她。

但是我不能……我怕你伤心。

可是她不怕你伤心啊……那个狠心的女人，她居然用那样的方式，了结了你我最后的兄弟情分，于不动声色中暗斩一刀，彻底斩去了你对我的希冀和信任。

我多么想、多么想告诉她那日的真相，然后看着她被狠狠击倒，如同她击倒我一般。

然而我还是不能。

这一生，你是我的兄长，你是我的劫数，你是我牵着心脏的那一点儿血肉，一旦剥脱，我必不能存活。

而我……注定以一场水月镜花，为自己的人生做了最后的注解。

……

血已不再流，至于那些不为人见的伤口，只有自己去慢慢感受。

萧琛缓缓低下头来，凝视着油条儿，只是这么一刹那间，他脸色又差了几分。

“你跟我来。”

他慢慢移到案前，取了几张御用玉版纸，蘸墨濡笔，提笔慢慢写上谕。

唇间露出一丝苦笑……当年，为你抄那没完没了的书，居然练会了你的字，即便你自己也辨认不出来，这么多年从没使用过，却不曾想……在你去后……我却要最后再写一回。

是冥冥中天意注定，要让我用这样的方式最后纪念你一次吗？也好……

几份上谕一字排开，萧琛轻轻从怀中取出焐得微热的白玉小章，精巧的螭虎纽私章，上面刻着：锦堂主人。

这是萧玦的号，以当年他在淮南王府所居住的院子“锦堂”为名，萧玦是个对这些闲事不上心的人，这个号，还是他帮他取的。

私心里，只是为了纪念当年锦堂里那纵横飞舞的剑光。

这个私章，是他亲自刻给萧玦的，萧玦曾经在发布诏令时用过，上次萧玦来看他，他向萧玦索要，他居然也就还给他了。

萧琛苦笑……哥哥，你是太爱护我，还是太不在乎我？

天意……还是天意，天意要我为你做这件事，别人都不成，天意要我随你而去，多一刻也不必耽误。

微笑着，萧琛将仿造得天衣无缝的上谕交给油条儿，轻轻道：“去吧。”

油条儿惊异地瞪着上谕，他是认得陛下的字体的，不想王爷的字，居然和陛下一模一样，这下调动善督营和京军，绝无问题了。

他喜滋滋地一磕头，大声道：“奴才代太子谢王爷慨然相助！”

萧琛一挥手，想起那日安平宫她手中牵着的那个对他轻轻鞠躬的孩子，脸上露出了一丝惨淡的笑意。

“我不是为他……”

油条儿却已经迫不及待地抱着上谕匆匆而去，行走带起的风将门“咣当”一声带上。

萧琛连头也不回，只是恍惚地慢慢收拾着桌上的纸笔。

一低头，“啪”一声，一滴鲜血坠落纸上。

萧琛出神地看着那滴鲜血，突然提笔，就着那点儿艳红，侧锋逆行勾老干，浓墨中锋勾遒枝，一株雪地劲梅，渐现轮廓。

“啪！啪！”鲜血越滴越多，在纸上遍洒开来，萧琛微微一笑，就势点染成满枝红梅，枝干遒劲，繁花满枝，宛似当年淮南王府四少爷的院子里那一株老梅，少年的萧玦，常于其下舞剑，幼年的萧琛，常躲在楼阁转角偷看。

那一树荡漾着梅花和剑光的雪啊……

从此落在了谁的肩？

……

宣纸洁净，梅花娇艳。

一生里，最后一幅梅图，以血作成，却已无人鉴赏，但也无须鉴赏。

“啪！”

墨笔落地，在水磨砖地溅开黑色的星光万点，天地落幕，四海静寂，月光在开满曼殊沙华的彼岸遥遥相望，等待着牵引飞起的灵魂度过这苦短人生的最后一段道路。

长风悠悠，沉默聆听那个一生尊荣也一生悲苦的男子，黑暗中淡若飞雪的呢喃。

……哥哥。

……我真恨……你是我哥哥。

乾元六年三月初八夜，安平宫中，赵王萧琛，西梁大帝唯一的幼弟，薨。

乾元六年三月初九，一纸上谕，急调善督营和京军大军勤王，十万大军包围大仪殿，并按上谕所示，悍然调动擂木战车，将至高无上的金銮殿宫门狠狠撞开。

门开的那一霎，巨鼎翻倒，满地屎尿，屎尿中的百官臭不可闻。

门开的那一霎，静安王回眸轻笑，低低道：“这几天下来，消息应当也到了焰城了，白渊，我‘篡’了，至于她会不会回来，我可不管。”

随即踩上御座，一扬手扔掉自己戴了几天玩的九龙冠，几下撕掉披着当被子的黄金袍，斜睨着那些狼狈的官儿，大笑道：“一生里最痛快的事，干完了！”接着一把拖过太子的手，踏着满地散落的冠上珠宝，飘然出殿。

殿外围得铁桶似的大军齐齐后退。

包子却轻轻按着他的掌心，低低道：“我送你走。”

玉自熙愕然侧首。

“你关了我几天，只是怕那坏蛋还在朝中埋伏有人对我不利，因此把所有人拘住，并守护好我而已。”包子抿嘴，用手指慢慢读着那目光翻涌的男子的心，“你很为难……你不愿意……你只是做个样子而已……你放油条儿走……你等的就是这一刻……”

玉自熙震惊地看着他，包子却垂着眼睫，他小小的心里，一直盘旋着那幅美丽的画面……那个翩然起舞的女子……遍地闪亮的冰雪……一盏飞落的红灯……用一生的时间去寻找的人……

他有句话一直没有出口。

王爷……你很可怜……

三月的春风，和缓地吹过洁白的天阶，阶上红衣的男子和黄衣的孩子，携手齐齐仰首，看着云天之外的某个方向。

红衣男子看向东方，那里，千年不化的冰川下，有个人在等他做最后的告别。

黄衣孩子则出神地望着南方，那里，娘是否正在向他的方向回首？

他的手指，始终轻轻勾着玉自熙掌心。

慢慢地，一字字在心里重复着玉自熙心里最深处的怆然呼唤。

“一生里颠倒翻覆，不惜两次叛逆，终换不来，你回眸一顾。”

第九十一章

情孽

借你小命一用。

焰城近海，轻舟之上，秦长歌低声如呢喃，却如惊雷响在司空痕耳侧。

司空痕霍然回首，秦长歌已经在他耳侧低低说了几句话。

目光一闪，司空痕眨了眨眼，秦长歌微笑地看着他，对他的谨慎小心十分满意。

然后转头，向着白渊，冷笑着举起装上霹雳子的弓弩。

水镜尘划船加快，白渊一返身，进了船舱，大约是想好好护在女王身边。

司空痕突然向秦长歌扑了过去，一把搡开她手中弓弩，霹雳子“铮”的一声弹射上天，划出一道笔直的黑线落入水中，再次炸翻了一堆鱼。

秦长歌大怒，拂袖挥开司空痕再次举弩，司空痕一跤栽到甲板上，骨碌碌滚出好远，却立即悍不畏死地再次爬起，踉踉跄跄地扑向秦长歌手臂。

秦长歌一脚将他踢开，他重重撞在船舷上，司空痕一仰首，“哇”的一声喷出一口鲜血，软瘫在地，被晃荡的船身一摇，滚到了秦长歌脚下。

“铮！”

琴音突起。

自前方白渊座船船舱内传出。

轻盈绵邈的琴音，低徊婉转，柔而不弱，在波浪迭起四散殷红的水面飘散开来，再缓缓传入静默聆听的人耳中。

那些牵念……不舍……信任……悲伤……无奈……告别……一丝丝一缕缕都化在了空谷幽兰般的高远琴音里，恍惚间足踏空山，满山桂子正落，而明月下一朵香兰，正静谧着收敛蕊心。

一阵静默，随即，一曲箫音突然生自海上，扶摇而起，直上九霄，在苍穹星光之间游弋，箫声中亦满满不舍悲伤，却比琴音多了几分郁愤悲凉。

海风突然静了静，层云突然低了低，鸥鸟无声自水面掠过，激起月华般粼粼的波光，波涛尽头，绵延无际的水岸在即。

这一刻万灵沉寂，聆听琴箫相合而心事尽诉。

滚到地上的司空痕霍然回首，颤声道：“挽岚在告别……她在向谁告别……啊，不是我……她不成了……不，不！”

他全然忘记自己身在何地、打算做什么，挣扎着便要爬起，秦长歌立即一脚将他踩住，传音怒喝：“她马上死不死我不知道，但是你敢乱来，我立刻就叫她死！”

不待司空痕回答，秦长歌冷笑一声，第三次举起弩箭，平端向着白渊的船舱。

司空痕大喝一声，一把拽住秦长歌的靴子，用脑袋向她腿上一撞。

秦长歌猝不及防被撞得身子一歪，随即定住，手中弩箭一颤，霹雳子弹射而出，角度微微歪斜，射向了白渊坐船的船首。

水镜尘突然飘身而起，掌中“气桨”忽然化成一道柔软的白布，和先前秦长歌一般，四面不靠地包裹住了霹雳子，然后反掷回来。

秦长歌突然抡起司空痕的身子，半空里迎上霹雳子！

“轰！”

两船之间，半空里炸开人体，一刹那爆开艳红淋漓的血色之花，黑烟滚滚里，碎肉和白骨如千万瓣绽开的花丝般四散激飞，掠出深红的轨迹，随即纷纷坠落深蓝海水中，漫天里下了场血肉雨。

琴音突裂，戛然而止。

极度巨响后一阵极度寂静。

“啊！”

前方船上突然传来一声大喝，竟是白渊的声气，声音里不仅有痛苦，还充满悲伤愤怒，只听那声音，便觉巨大的疼痛扑面而来。

一直在亲自掌舵的水镜尘霍然而起，回身匆忙一瞥间面色大变，然而竟不再过去，而是横剑一甩飘身而起，直直向前方水面掠去。

他掌中白光一闪，划气成舟，在脚下铺延成了薄薄的一片，分水破浪，直向不远处水岸边一艘船奔去。

秦长歌厉叱：“给我拦！”

“哗啦”水声连响，水岸之边，秦长歌早先埋伏待用的精通水性的凰盟护卫分浪而出，黑色水靠的身体游鱼般在水中一转，已经齐齐包围了水镜尘。

而秦长歌那边早已在爆炸的那一刻放下小舟，秦长歌飞燕般点过小舟，直扑已经停下来的白渊座船。

将至而未至时，座船之上突然门帘一掀。

出现的是捂着胸口摇摇晃晃的白渊，他指间鲜血奔流，将一身淡金衣袍尽染。

他手中拖着一个女子，那女子垂首，一头青丝月光般倾泻下来，她一直在咳嗽，拼命咳嗽，捂在嘴上的手指，又长又尖，闪着青紫斑斓的光，隐约还有殷红的颜色，仔细一看却是打磨得极为尖利的弹琴的珐琅甲套。

白渊不看即将到达的死敌秦长歌，不看弃他而去的战友水镜尘，只是死死盯着那女子，一遍遍轻声问：“为什么？为什么？为什么……”

那女子低低咳嗽，始终不曾抬头，伏身的甲板之上，有淡淡的粉红的血水洇开去。

她指甲紧紧扣着甲板，慢慢道："……你灭我国、杀我军，现在，又害死了痕……我……报仇……"

白渊踉跄一步，如同再次被重击，撞上船舷，束发的发带被勾住，白渊霍然一甩头，淡金发带悠然飘开，满头黑发飞扬而起，遮住了这一刻他痛极崩溃的眼神。

"原来……你都知道，原来……你恨我。"

"不……"女子低低喘气，埋首血迹之间，似乎再也无法挣扎得起，"……最近……才想明白。"

幽黑狂乱，宛如烈火深渊的眼神突然一凝，白渊目光里的火刹那聚拢了来，化为两盏幽碧的灯，灼灼地盯着柳挽岚："那你……以前……有没有爱过我？"

他吃力地一字字道："你……刚才以琴音诉心曲……我不会听错，不会听错……"

他突然大声狂笑起来，笑声比那被海风吹得四散的长发还要纷乱，在水面之上遥遥传开去，震得明月暗淡，震得波浪惊起，震得更远处的群山都在不断颤抖，发出空洞悠远的回声。

然而那笑声，笑到最后，竟至完全没有了声息。

大悲无泪，大悟无言，大笑无声。

……原本可以永永远远地守下去，却因为他贪心地想要得到更多，最终全部失去，如同此刻胸膛中流出的鲜血，一旦奔逝，永不可追。

……这一生癫狂半世守护，都化作这离海支流万千滔滔逝水，一生里最后一次琴箫相和，到头来却成了她暗含杀机的告别谶言。

那朵珍重开在掌心多年的花，末了，却在蕊芯里酿出了带毒的汁，结出色彩斑斓、气味芳香引人采撷的果，等待他一往无回地咽下。

爱欲之人，犹如执炬，逆风而行，终至烧手。

假使百千劫，所做业不亡，因缘会聚时，果报还自受……

白渊笑至无声，胸膛上的鲜血却已渐渐凝结，其实柳挽岚攻击极准，正中前心。这个纤纤娇弱的女子，之所以认得人身要害，还是他为了她的安全，亲自手把手教她的。

只是她毕竟临近弥留，气力不济，虽攻击的是要害，杀手也未能彻底。

然而那仍旧是永生难愈的重伤。

倒在血迹之中的女王，却突然对白渊招手，她颤颤伸出的手指，在风中勾勒成一个无限娇弱的姿势，宛如月下最后一朵幽兰花，即将萎谢。

她低低道：“我……告诉你……”

白渊疼痛地看着她，慢慢俯下身去。

她一生的最后一句话，会是什么？

白渊满心里烧着带血的火，一寸寸辗转过那些无辜的血肉，所经之处遍野燎原，每一次呼吸都是一次狠毒的折磨，每一个动作都是拆骨裂肤的酷刑。

然而他还是慢慢凑近那女子，那般凄凉地希冀……她的最后一句话，他想听……再不听，此生也将再无机会……

柳挽岚突然跃身而起。

以一个垂死之人积蓄良久最后能拿出的全部力气，死死抱住了白渊的身子，随即往船下一跃！

“夫死，我共亡！”

刹那间白渊的手已经按在了她的后心。

刹那间白渊的衣袖振了振，已经搭上了身侧船身。

然而他突然放开了手。

海风流荡，柳挽岚抱着白渊，翻翻滚滚着落下去。

那一刻快如闪电亦慢如缓行。

白渊和柳挽岚在下落。

小舟上秦长歌霍然抬首，立刻身化流光，掌中长剑白练飞卷，自下而上直直袭向半空中白渊的前心。

剑出，剑没！

长剑没入抱着柳挽岚的白渊前胸，穿出一个血雨纷飞的洞，秦长歌并不撤剑，连人带剑直撞过去，巨大的充满仇恨的撞击力，将白渊身子穿在剑上带得向后飞起，离开柳挽岚下落的身子，“咚”的一声撞到船身。

“嚓！”

剑扺白渊，飞越长空，再没入船身一半，生生将白渊钉在船帮上。

秦长歌悬于半空，挂在自己的剑柄之上。

鲜血奔流，顺着剑上沟槽，倒流进了秦长歌衣袖之中，瞬间将她素衣染红，秦长歌却只在笑，悲凉痛快地笑。她一仰头长发飞散，声音在海面上远远传开去：

“你以为她会说，她爱过你？你以为她最后那曲，是在向你诉说离别？白渊，你这样的人，怎么配？”

海风呼啸，吹起被钉住的那人的黑发，那遮面的带着鲜血的发，锦缎般缓缓展开在船舷上，四散飞舞，犹如一面迎风猎猎的旗帜。

然而谁生命的大旗，即将永久降落，再无升起之日？

远处的晨曦隐现微白，刹那间明光渡海，耀亮那人最后的容颜。

第一抹阳光自天奔下，射上以殉道者姿势钉在船身上还未死去的白渊，那天神般的眉目明灭在万丈朝阳里。

他俯视秦长歌，最后淡淡展开一抹笑容。

“秦长歌，你很开心吗？”

他的神情睥睨而又怜悯。

“其实，我们都是被自己信仰并追随的人所毁灭。”

他轻笑，绮丽染血的十万里江山，瞬间被那男子流转氤氲的华光笼罩。

“……大家都一样。”

船开始缓缓下沉，水镜尘临去前那一剑，将船捣穿，水渐渐漫了进来，整座船即将沉入这异国海水之中。

连同那些永生纠缠的爱恨，一世追随的疯狂，倾灭繁华的痴心，孤注一掷的毁灭以及那些也许永远没有答案的疑问。

她爱过他否？他得到她否？她是以怎样的心情去与敌共死，他是以怎样的心情在最后的刹那放开了手？

秦长歌立于舟上，看着白渊渐渐随船沉没，犹如神祇最终献身于其信仰，随自己守护过的城池共同倾覆。

黑发金衣，消失不见。

碧水茫茫，司空痕扑到水中，他并没有死，被抡起迎上霹雳子的，只是先前秦长歌抓获的一个俘虏而已。

他滚倒的那一刻已经被偷梁换柱，而白渊隔着船舷，是不可能看见秦长歌脚下的动作的。

秦长歌要的，就是在女王面前，“杀”了她最爱的人。

当女王以为王夫已死，失国失家再失爱的她终于爆发，挣扎着操琴而起，伪作向白渊诉情，引他举箫相和，再以力不能支的一个裂音，使对她心心念念的白渊俯身相护，流光一瞬利锋乍起，珐琅指甲尖利如十柄匕首，深深扎入了自己一生倚为长城的重臣的胸膛。

那一刻抓裂的，不仅是血肉，更是白渊多年深情的守护，是他们之间最后的情分缘系。

柳挽岚，到了最后，必已心境森凉如死。

他爱她，所以毁了她，这段时日的千里辗转，纵使重病缠身，她却并没有失去思考之能，当那么一个深冷的彻悟逼近来，她情何以堪?

就这么，一起结束了吧。

她抱着白渊落船那一霎，司空痕已经扑了出去，然而他水性却不甚好，在水里扑腾来扑腾去几欲淹死。秦长歌命人将他拎出来，并在四周寻觅女王的尸首，却遍寻不着，这里是通海之水，今日尤其风急浪高，流动翻腾，人落下去，再找到的可能性很小。

最终凰盟护卫只在水下捞到了一件披风，那浅紫披风在深蓝的海水中悠悠飘荡，乍一看还以为是个人，然而也只是一件她的衣服而已。

染过佳人香泽，遮过佳人玉肌，从此再也不能接触佳人体肤的……遗物。

司空痕抱着那湿淋淋的披风，留给了秦长歌一个萧瑟绝望的背影。

秦长歌注视茫茫水面，恍惚想起这位当年和自己并称“绝巅双姝”的名动天下的美人，竟然从未曾和自己照面，当她重生，她却死去，临死前船头浮光掠影一霎惊变，她始终未曾看清她的容貌。

一对绝世丽人，终无相见之缘。

而离海海水流动不休，将他和她的尸体同时卷入，那些恩怨爱恨，同葬海底。

也许，这正是她自己的选择——为司空痕和东燕报仇，陪白渊永久留在这深海之渊。

秦长歌仰首，海天之上，突然展开一幅画卷，那是嶙峋山崖，明月西沉，淡金衣袍的男子立于崖巅，微笑对那少年打扮的女子道：“人生最得意处，莫过于享受这般坠落之美。”

白渊。

我们都是红尘逆旅中挣扎的男女，坠落在命运森凉的棋局里。

水镜尘发觉自己有很多机会脱开凰盟护卫之水阵，但是每次都在即将突破的一霎，身子一麻。

明明前方不远就是可以靠岸的港口，可是却如隔天涯，难以企及。

水底，似乎隐约有些奇怪的游鱼，不断攒动着向他冲来，虽然他不怕那东西，但是却多少影响了他的突破。

他自小生长于南闵山谷，虽懂水性，却并不算十分精通，而这次围捕，却抽调了焰城本地的凰盟中人。这些在水边长大的下属，早早被精明的祁繁选练了水中阵法，在水中如同陆地，分波逐浪，灵活如鱼，所以明明武功和水镜尘相差甚远，居然也利用地势和阵法，困住了他好一阵子，给秦长歌争取了时间。

秦长歌给他们的任务就是，不用想着伤他，拖上一刻就好。

水镜尘涉水而战，掌中气剑光芒吞吐，每次将要捅穿某个敌人，对方便游鱼般地躲开去，利用水的流动性，身法比在平地上快速许多。

心底隐隐生了焦躁，水镜尘微微回首看着那沉没的船——白渊已经死了吧？

这个人……居然也会死。

他早就认识了他，明明比自己小的白渊，却深沉聪慧得令人惊叹，最先和他提起水家积弊已深，不破不立的便是他。也是他，在他满心筹划另建猗兰，却苦于财力不足的时候，慨然相助，猗兰之建，早就开始筹备，所耗财力着实惊人，若非有一国国师倾力相助，以他那点儿时间，还有那许多牵绊与不便，是断断建不成的。

当然，他知道白渊这个人，断然不会做没有回报的事，聪明人之间的交往是很简单的，他问他，你要我做什么？

白渊当时对他一笑，轻描淡写："杀个人。"

当他知道要杀的是谁的时候，他颇为惊异，当他真正去杀人的时候，他更加惊异，千里之外的白渊，怎么能掌控狂傲不羁的玉自熙？怎么令深情出名的萧玦去挖自己皇后的眼？怎么利用各方势力，布就森严无缝之网，将那个纵横天下号称第一的女子，牢牢罩在其中的？

更奇妙的是，那还是一场没有后患的暗杀，居然能令西梁皇帝不去为皇后报仇。

非对秦长歌、对西梁局势、对西梁高层相互之间利益关系了解掌控到非常透彻的程度，是不能布出这样的局来的。

白渊是怎么知道那些深藏在城府深沉的贵人心中的隐秘的？

当一个人掌控人心，计算到这般精准的地步，那样的人还是人？

他因此心生寒悚，不敢背离白渊，毕竟他的事业，确实也得他之助。白渊这人，对敌人狠，对朋友却一向不错的。

南闵之灭，新猗兰因为他及时抽身得以保全，白渊找到他，要他为他做最后一件事。

他不是不犹豫的，如今局势已经不同了，西梁气焰正烈，气势雄大，得罪狠了，难保不会导致他费尽苦心新建的猗兰再次被毁。

然而白渊只是淡淡一笑，问他："水老先生遗体可安置妥当？"

他当时便在心里倒吸一口冷气——采苣剑法是水家禁忌剑法，原本早就毁去，却在水家先祖密室的棺木下还有一份石刻，那里是水家子弟的禁地，据说但进石棺密室者必死，父亲却在生前潜了进去，拓印了一份秘笈出来。

随即父亲便果然开始生病，他赶回去的时候，父亲只来得及将剑法传给他，临死前父亲说密室里有尸虫，自己想必已经染上。他当时灵机一动，想着那东西着人即死，当真是最好的武器，于是便想将父亲尸体带着，当时猗兰将毁，他要走水道离开，为了保存尸体，他把父亲挖空了内脏，用油布严严包裹。到了新猗兰后，他一直在想办法引出那深藏在尸体皮肤里的尸虫，却也一直没有成功，这是他最大的秘密，白渊却又是怎么知道的？

隐约间突然想起，水家先祖密室棺木下有采苣剑法石刻这件事，水家子弟以前无人知晓，父亲是怎么知道的？

谁告诉父亲的？

这般一想，寒意便流了全身，他看着白渊，就像看见一条盘踞阴暗之中，代表惑昧的神兽魍狐。

于是便有了诡镇之战，于是有了焰城接应。

……

前方黑影交错，阵法将转而未转，一刹间出现了极小的缺口。

对寻常武林高手来说那缝隙根本无法攻破，看在水镜尘这种天下有数的高手眼里，却等于一个巨大的出口。

水镜尘指间剑气一转，凝双戟之形，掠波而来，激飞水浪，分拍那正在交错的身形。

一人的身子歪了歪，瞬间滑了过去，只是这一歪便够了，水镜尘御剑而起，身形一侧，已经流云般地越过那人身侧，随即反手一剑，插入那人后心。

血光飞溅，那人吭也不吭仰身栽倒，身下一片碧蓝的海水顿时鲜红，那群一直跟随水镜尘脚下的怪鱼立刻疯狂地扑过来，挤挤挨挨如蛇般绞在一起，拼命撕咬着那人的尸体，却因为滑腻的水靠而无法下口。

那人鲜血落了几滴在擦身而过的水镜尘身上，水镜尘头也不回地前滑，阵法已破，前方就是沙滩，只要上岸，不再受水中无法发挥的影响，他便可以脱身而去，从此再不受任何挟制。

前方就是浅水，洁白的沙滩一线铺开，水镜尘的微笑也洁白纯净，圣洁如莲。

脚下突然一麻。

如同有人轻轻抽了一下腿筋，腿下一软，水镜尘大惊——身边明明没有任何人！

一俯首，却看见一条状如黑蛇、却比蛇身粗了些的长形怪鱼，从他足下蹿出，滑腻的身子一弹一跳间便到了他的膝盖，粗长的尾巴一甩，突然就甩上了他的衣袖，随即便试图往他袖囊里钻。

水镜尘立即振袖，将那鱼远远甩了出去，甩的时候觉得手臂又是一麻，细看却没有伤口。他皱眉看着衣袖，突然想起先前出来时，将原先放在玉盒里的采莒剑谱匆匆装进袖囊，刚才又沾上鲜血，隐隐想起父亲曾对自己说过，没有经过培养和唤醒的尸虫不是随时都会染上人身的，但是遇上鲜血，却是大毒，中者浑然不自知，而体气异常，但那异常也不是人能闻得见的，却对海中异兽别有吸引——难道，难道……自己一直在找却没找到的尸虫，并不在父亲的尸体内，却在那剑谱上？

这一想浑身冰凉彻骨，身子不由一僵，而身后，已有轻笑传来。

熟悉的、清脆的却又带着说不出的讥诮和寒意的笑声。

水镜尘心里一沉——这该死的怪鱼，终究害自己迟了一步。

眼前突然一阵明光飞越，逼射过来，水镜尘仰首，看见天际朝阳渐起，将晨雾渐渐烧化，化为一片灿烂的金光，金光尽处，层云尽染，起了一片妖艳却又层次分明的红，水面上掠过一道锦带般的玫红色耀目光波，从万顷烟波尽头一直延伸到脚下。

又是明媚的一日啊……如此灿烂却又如此暗淡。

心里，忽然起了大丈夫生不逢时的苍凉，一生里壮心不改，却总是为人所制；水家圣人光芒万丈，却不敌白国师反手风云；重建猗兰历尽艰辛，到头来却很可能是为他人做嫁衣。

而此刻，沧海之上，姓水却水性不佳的自己眼见海岸在即，却被那人那鱼绊住无法再进一步。

身后传来气流的涌动声，无声无息地接近，随即四周敌人齐齐抬手，各自吞了一个药丸。

水镜尘长啸一声拔身而起，然而身下那一片海水刹那间便成了深紫之色，凝而不散，并且随着他脚下光剑移动而移动，始终盘旋在他身周一丈方圆。

不用看也知道这东西是不能沾的。

身后语声传来，悠悠带笑："这东西，平地上没用处，专用于水中，只要有水，三日之内都不会消散，三公子，今日你注定要在水面之上，蹈舞至死了。"

立于轻舟上的秦长歌陶醉地张开双臂，做了一个欣赏的姿势："地面上我不是你的对手，用什么花招都未必困得住神通非凡的水三公子，但是现在，我累也累死你。"

她一招手，更多凰盟护卫跳下水去，阵法布了三层，水镜尘冷笑，忽然衣袖一拂。

衣袖间似有若无一层淡淡粉色烟雾瞬间消失，清艳宛如桃花瘴。

秦长歌远远坐在船头，闲闲挥着衣袖笑道："水公子，今天风向不对啊，而且，你看，你的玩毒花招虽多，但是毒只能在风中或水面，而我的人，穿得是很拉风的。"

所有的下水的凰盟护卫，都穿着涂了油的鲨鱼皮水靠，戴着秦长歌一到焰城就命人赶制的仿造的简易潜水镜。他们水性极好，深潜水下，水镜尘布在空气和水面中的毒，对他们是没有用的。

水镜尘当然也可以潜入水下，避开那团阴魂不散的紫色，然而水下作战，采苣剑法施展不开，他的功力也会大打折扣，再说他又能潜水多久？重重围困的敌人，可以轮流换气，自己却不可以。

最关键的是……刚才那被鱼猛冲着要钻入的左臂，突然起了一阵僵麻之感，随即一阵森凉的气息自指尖向下，缓缓逼向肺腑。

身前，刚才突破的缺口，因那怪鱼一霎的阻拦，再次合拢，较之前更加三层。

大阵之外，轻舟之上，那个前世死于他手的女子，迎风负手而立，看过来的神情，不死不休。

水镜尘目光越过她，遥遥抬首，看着水面之南，那里，新猗兰默然伫立，水家子弟却已人丁凋零，而自己，只怕也将永无回归之日。

江头未是风波恶，别有人间行路难，万事云烟忽过，英杰终遭末路。这可怖的命运，是从什么时辰开始，讥嘲了自己父子的贪欲，布下了那般险恶的局？自己那般茫然堕入却不自知，这些年的努力和雄心，到头来却是为自己掘了墓地，那些弃情绝义的挣扎，最终却将自己推入死亡的眠床。

耳边风声猎猎，宛如父亲的叹息，水镜尘一剑拨开前方刺来的分水刺，剑光一涨，那人胸腹破裂落入水中……突然想起父亲大开的胸腹，那夜烛火之下自己轻轻捧出他的内脏……水家老家主，死得尸首不全。

一转身，踢开身后一柄短剑，短剑荡开去，和另一柄分水刺撞在一起，粉碎的声响清脆，宛如小妹的笑声……小妹……那日她哭泣着跪倒在地，死死牵着他的衣袂，而他轻轻伸指，一划。

袍角断裂。

"此刻你若背向而行，你将永远不再是水家人。"

小妹哭倒在地，他最后看她一眼，抽身而去。

那一眼是最后一眼，他心中当时已清楚，却依旧将她攥紧的袍角划开，给了她一个悠悠落地的结局。

……人生在世如身处荆棘之中，心不动，人不妄动，不动则不伤；如心动则人妄动，伤其身痛其骨，于是体会到世间诸般痛苦。

一路上的荆棘，扎刺于人身隐伏不发，直到此刻方才汹涌而来。

水镜尘微笑着，依稀还是当年暗香浮动惊为天人的圣洁笑意，云蒸霞蔚的朝阳之下身姿如梨花飘舞，于那团深紫之上翻腾起落，身侧白光如练剑气点点，在碧海之上绽开繁复绮丽的花。

点、戳、劈、砍、拍、刺，迎着那些永远死不完的黑衣护卫和那个神出鬼没时不时如惊电而来的女子，忍受着左臂上一线缓缓上升的麻木，左臂不能用换右臂，右臂不能用换双腿……无穷无尽，无止无休。

……既然不过幻梦一场，说不得，便拼了也罢了。

乾元六年三月十二，东燕国师白渊于离海支流之上为情所陷，中剑沉海。

乾元六年三月十三，水氏家族掌门人，号称"圣人第一"的水镜尘，于离海支流口岸处被秦长歌旋水大阵围攻，更兼身中剧毒，却力战不倒，一日夜间连杀凰盟护卫近百，伤秦长歌。最终真气耗尽跌落碧水，力竭而亡。

白渊葬于海渊，水三死于水中。

第九十二章 元凶

陌上花开，缓缓归。

却无人再于金宫玉阙中翘首微笑而待。

一路上繁花似锦，烂漫着装点了已经属于秦长歌的万里江山，无涯大地充满花香，沁透了所有人的心脾，只是开在心里的那朵花，却已经早早凋谢。

行到西梁境内灵州时，秦长歌接到了儿子的飞马传信。

将那封错字依旧很多的信一字字看完，秦长歌的目光慢慢落在路边的一丛玉簪花上，那花开得洁白精致，修长的花形微微下垂在碧绿宽大的叶面上，如同三年前重生时，于上林庵树林里看见的那妖艳男子，垂在膝下的手指。

他那晚的呢喃响在耳边，轻柔得恍如一个不忍惊破的梦。

“我想睡你很久了……”

玉自熙。

其实我早已知道此事你有份。

那晚如果你不在场，如何会抢得我的焦骨？而你那个性子，并不喜欢经常进宫，会在那个时辰出现在那里，你的嫌疑无论如何都是洗不清的。

上林孤坟，让我确定了你的嫌疑，孤坟前的对话，却又让我迷惑，因为我感觉到你内心是真的对睿懿没有憎恶。

这三年，我时时注视着你，若即若离里也看清楚了一些事。我相信我自己的感觉，因此，我从没真正恨过你，甚至，我愿意再次相信你。

你是玉自熙，你是我结识多年的老友，你是在战场上救过我和萧玦多次的恩人，你是时时讥嘲于我却在关键时刻从无背弃的那个人，你甚至连唯一可能导致我们决裂的权欲纷争因素都不放在眼里，你有什么理由，要杀我？

一个人，要如何背弃自我，对自己惺惺相惜的知己下手？你再狂放不羁，也不至于不堪到如此。

如今我终于明白，原来你被她蛊惑，正如素玄当年告诉我的那个故事。冰圈之上，那起舞的女子，一舞惊动天地，他那个有幸一见的属下，为此终身不娶。

而你，亦堕入了同样的魔障。

我相信你一定知道，她是饮雪神女，传说中冰圈中的那个神秘种族的圣女。素玄正是因为八字和她相冲而被驱逐，而素玄，最终也报了仇。

但是神女的重伤，却在种族被灭之前，那是因为，她练的是我师门中从无人选练的“镜花舞”。这是女子修炼的武功，多年来千绝没有女弟子，唯一的女弟子我，对舞蹈不感兴趣，我曾以为那武功会永久失传，不想依然现于世间，并最终害了我自己。

那舞，舞若镜中空花，绝世之美而绝世虚妄，据说若能大成，芸芸众生世间男女，无不沉溺。

只是那舞算是千绝的禁忌之功，因为练来极险，稍有不慎便走火入魔，令修炼者遭遇一场水月镜花。

你遇见她时，她想必已将大成，所以你一生为其所惑，只是冰圈上一个飞天舞影，从此困住了你高飞的心，从此令你举起暗剑，劈裂你我多年浴血共死的情谊。

而她……想必在最后关头，却功亏一篑。

现在只剩下一个疑问，她为什么会练我师门的武功？千绝人丁稀少，不涉红尘，除了出了山门便永不可回归的入世弟子，顶多会有一个暗处行走，观风天下的特使，千绝极重门规，但凡山门中人，终生将门规视为圭臬，虽身死亦不可违，她为什么会千绝的武功？

观风天下的特使，最多行走红尘三年，在极其特殊的情形下，可以收门外记名弟子，但是自千绝创立以来，从无先例，难道她是那个例外？但她凭什么是那个例外？

秦长歌轻轻仰首，看向东方那个沉默了多年的世人心底的神祇所在。

她神情微微迷惘。

杀了白渊，却觉得眼前出现了一个更深的深渊，离海之上的浓雾被带血的风吹散，现出的却是另一座掩于层云之间的海市蜃楼。

秦长歌微微叹息，取过腰间水囊喝水，注视着清澈的水面，她突然再次出神。

那粼粼的水面，恍惚映出那年那男子驱马而来的身影，长眉飞扬目光灿亮，手掌上平平一碗水，点滴不洒。

那“嗒嗒”的马蹄声，似乎近在耳边，似乎一回首，便可以看见他带笑迎上声音琅琅：“来，喝水！”

阿玦……

你何苦如此？

不过是在我死后挖了我眼睛，我真的，早就知道；我真的，没有在意过。

那日玄螭宫内，昊天阵内一片混沌中，我回到了过去。当睿懿倒下，长乐宫门被人轻轻推开，地面铺开了那个修长的影子，我回首，看见了你。

原来是你。

不是不震惊的，然而瞬间释然，是你又如何？不过给了我一个解答而已，让我明白了你时时而来的噩梦原因何在而已。

玉自熙我都可以原谅，何况是你？

我却因此不敢走近你，不敢接受你。阿玦，那么长的时间内，我若即若离地待你，是因为我还害怕，万一在挖眼之前你还有别的动作，万一我爱上你最终却发现你是最大的凶手。

那将是何等残忍的事。

所以，我选择了保护我自己，也是为了保护你。

此生你若不再爱我，此生你我若真成陌路，那么真相揭开后，也许你我都不会那么疼痛。

淑妃闹出临幸事宜，我实在是借题发挥，我明知你大抵是余毒未清，又受了某种场景刺激，才有了临幸她的事，却做出不肯原谅的姿态。

只是，再坚硬的姿态，在你执着顽强的心意面前，终究崩溃，不堪一击。

那是幸，还是不幸？

其实到了最后，如同非欢劝说我一般，我也打算放弃了。杀了就杀了吧，都是过去的事了，何必连根拔起那些疼痛，将自己未愈的伤疤再揭出更沉重的伤口？

然而到了后来，我渐渐确定了你不可能是整个谋杀的真凶，你顶多也就是被催眠着去挖了眼而已。

然而到了后来，也不容我不报仇，那些敌人，已经看见了我。

那么就继续吧。

这征途烽烟无限，遮挡住了命运最后的谶言。

阿玦，是我的错，我该早点儿将真相告诉你，然后和你说，我不介意。

我那么害怕伤害你，却最终因此置你于死地。

……

风吹破盈盈玉簪，一朵随风扬起，落于秦长歌发上，黑发上花白如玉，秦长歌伸手，缓缓将那花仔细簪好。

玦，未亡人为你戴孝。

数日后。

秦长歌立马郢都城门前。

冯子光和单绍，已经先一步引领着大军班师，素玄想必也在军中，护送着那两具冰棺回程。

秦长歌遥遥望着皇城的方向，风吹起她的长发，散出千丝万缕的疼痛。

那里，小小的太子正倚门而望，盼来的不是亲人们的凯旋，而是两个父亲的灵柩，那小小的孩子，会是怎样的疼痛，怎样的需要安慰?

那里，她的爱人，将被缟素十里地迎入正阳门，重臣护丧，举国哀泣，千人举幡，万人送灵。

那里，她一生的知己，那个无论生死都守候着她的男子，将会被放入属于他的冰室，等待着秦长歌亲自扶灵送他回乡。海的儿子，永久回归那个温暖的深海之国。

秦长歌多么想将他葬在郢都，让这个从来不愿远离她的男子可以永远看见她，但是离国皇族有传说，异乡游子，死后必须回归，否则永受阴世流离之苦。

秦长歌不敢让非欢再多受一丝苦楚，哪怕那只是个虚幻的传说。

这些都是她即将要做却不想做，不想做也得挣扎着要做的事。

这些都是她一旦挣扎着做完，也许就会令她将这些日子绷着的一口气彻底泄尽，再也难以爬起的事。

秦长歌凝视宫城，目光里无尽怆然。

然后，拨马，转向。

背向宫城而行。

她去了圣德护国寺。

禅房香烟袅袅，大师闭关之所，跪满了一地僧人，神情肃穆，喃喃低诵。

秦长歌立在院门口，看着那禅门素净低掩，心口微微一紧——我，来迟了吗？

有人轻轻从蒲团上站起，缓步而来，秦长歌抬起眼，看见面前老僧，目光纯净，面容清癯。

圣德护国寺方丈静闻大师。

他微微合十，静闻道："檀越现今才来——家师等候已久。"

秦长歌眉毛一挑，眼底绽放出惊喜的光，道："我以为……"

"今日是家师示期坐化之期，如今尚余一个时辰。"静闻平静地道，"请去。"

依旧是那间熟悉的禅房，君子兰开得茂盛，鸡骨头堆了一地。

秦长歌从怀里掏出新买的烧鸡，笑道："喂，老头儿，赶紧再吃最后一回，不然天上可没有烧鸡了。"

释一缓缓睁眼，眼中神光已将散去，神容却分外澄净，身周檀香气息淡淡，僧袍无风自舞。

秦长歌看着他的脸，不由肃然，想着这圣洁时刻，自己故作笑谑，实在是够无耻。

不想那老家伙一开口还是雷死人。

"天上有蟠桃，比烧鸡好吃。"

秦长歌忍不住一笑，随即笑容敛去，轻轻在释一膝前蹲下，低低道："你这老家伙，要死了才肯和我说实话吗？……他曾经找过你，你为什么不肯说？你不知道……如果早点儿知道，也许他们都……不会死……"

"痴丫头，"释一平静地看着她，"这本就是你自己的事，他人不可擅自干涉，否则再生变数，又是一番新劫，老衲何能，敢擅动天意？"

"那你现在又肯说了？"秦长歌瞪他，"你这没口齿的老家伙。"

"说？说什么？说即不说，不说即说。"

"死？死什么？死即不死，不死即死。"秦长歌大怒，"你也别坐化了，也别想吃什么新品蟠桃了，你留在人间吃烧鸡算了。"

释一一笑，摸摸她的发，道："无须生怒，因果循环不过一梦，玉簪花开，荼蘼花谢，宝殿金銮血如雪，谈笑烟尘音容绝，此事由你起，由你结，去吧。"

他指指面前的一个盒子："这里有我毕生练就的九转丹，虽说不能真的将死人救活，但是功用也可谓非凡，练武的人用了尤其大进，你现在的躯壳，限于先天体质始终无法臻于顶峰，有了这个，便是素玄剑仙，也不是你的对手了。”

秦长歌收了盒子，想了想，拉了拉释一衣袖：“喂，你上去后，会不会有空去地府做客？能不能帮我改几个人的命谱？”

“丫头，胡说什么。”释一微笑，“生死命定，再说你说的那几个人……”他突然闭目，不再说了。

秦长歌一把拽住他：“喂，别死，你还没说完呢。”

释一却只是微笑着，轻轻拉开她的手，伸手指了指东方，道：“去吧，就按你心中所想的，放心行去吧。”

他目中忽起金光，深远而博大地笼罩了这广袤大地，衣袖微微一扬，画了个囊天括地的大圈。

“将来……都是你们的。”

三月间的春风绿了淮南淮北，却难绿四季冰寒的赤河冰圈。

秦长歌重裘大氅，先是骑马进入赤河中心的冻土圈，随即前方有一处微微高起的白色土坡，那就是少有人踪的冰圈了。

秦长歌在护卫的拱卫下乘着雪橇前行，在冰圈外摒去护卫，缓缓下了雪橇。

拢紧领口，领上雪白的绒毛被冰风吹得在脸周飘舞，微微有些痒，秦长歌扬起脸，看着冰圈之上分外碧蓝高远的天空，想起很多年前，被命运驱使驻足于此的少年，是不是就是站在这个位置，看见了令他一生心之所系的画面，从此永堕爱而不得之深渊？

秦长歌紧了紧衣物，她贴心绑着一块火龙皮，这是出产于冰圈之中一种极难捕捉的珍稀小兽的心口皮，着于人身则可抵严寒，心口绑上这么一块，最起码无论多么冷也不会被冻死。

她缓缓一人走下那冰圈之外的白色高坡，越往里走寒意越盛，很快连眉睫上都结上了霜花，而足下冻土全呈白色，细看起来却不是冰雪。秦长歌是不敢用手去触摸的，热手触上那温度极低的土壤，只怕立即就会被粘住，扯下一层皮。

冰圈很大，空无一人，在藏蓝天幕下沉静安睡，秦长歌的身影，很快成了白色阔大画卷上的一个小小黑点。

风渐渐大了起来，回旋着在冰圈里游荡，割到脸上便是杀气凛冽的一刀，好在秦长歌从头到脚，都将自己护得严严实实，否则这般冷厉的风，吹上几下脸上就会出现血丝。

秦长歌隔着毡帽揉揉脸，手突然停住。

前方，隐约有两个盘膝而坐的人影。

秦长歌怔了怔——不是说冰圈其实早已无人居住了吗？素玄早就该将饮雪族灭族了啊。

秦长歌向前走了几步，看清那是什么，突然顿住。

那是一处矮山，山前有高出地面的冰柱，看上去像个小型的舞台，不规则长方形，冰面光洁平滑，晶莹透彻，冰柱中，闭目盘膝坐着一男一女。

玉自熙和饮雪神女。

两人俱容颜如生。

隔着晶亮的冰面，看得见那男子依旧如前，红衣烂漫，华光魅艳，黑珍珠般色泽的乌发垂落，流水般泻了一肩，一双微微上扬的眉，掠出精致的弧度，而唇角微微翘起，似乎含着一抹永恒神秘的微笑。

秦长歌怔怔看着他，想起当年血月之下，那黑发咬在那唇角的少年，策马奔驰冲破万军而来，他扬臂竖起长刀三尺，闪着雪亮的冷光，直矗于身后那一轮血色圆月之中。

那年的白如雪玉，红如妖月，黑胜黑夜的鲜明颜色，如今便要永远冰封在这千年冰川之中了吗？

恍惚间又是当初那个清晨，踏过石板桥的霜，溪水里，阳光下，濯足的红衣少年一回首，那一刻水波不流，阳光静止，秋风里吹散浮动的魅香。

又或者众目睽睽的长街之上，笑谑着堵上的他的柔软的唇，那唇将永生保持这鲜艳色泽，永不褪去，只是这样留存的方式，留给继续前行的人们的，又是怎样一种暗暗生痛的纪念？

……上林庵中斜卧孤坟、山脚下羯鼓前流荡烟光、金瓯宫反唇相讥、贡院门口纠缠刁难、杜城青楼中不情不愿的男女反串、李登龙内府一曲惊天、大仪殿庄肃庆典上送上的蕾丝内裤、静安王府后花园白银晶冰上的对饮烈酒，觞山脚下隆重吹打着给灭狼出殡，然后再打算把它吃掉……

秦长歌突然微微带泪地笑起来。

眼前光影浮动，红衣蹁跹，隐约好像他依旧姿态妖娆地斜倚冰川，翘起洁白手指，幽魅的嘴角微微一撇，笑吟吟道：“……一死如烟灭，要墓地棺材的做什么？

不过虚无应景而已，与其烂在肮脏的泥地里，不如选个好地儿解决掉自己，比如这狗，我想它一定愿意被我吃掉，比如我自己，我想死在冰天雪地里，冻在千年冰层中，永不腐化，永远留存住我的美色，多好！”

玉自熙。

这是你最终的选择吗？

在干完了最后一件最痛快的事儿，将那些一生和你不对盘的狗屁官儿们狠狠整治完了之后，你终于不用再背负着那般沉重的内疚和无望的等待，做了自己最想做的事。

你美色永恒，而身侧她亦永远陪伴。

此生心愿已偿，是吗？

退后一步，秦长歌向玉自熙，轻轻三躬。

一躬，谢他多年追随，屡次相救。若无玉自熙，睿懿和萧玦早已骨化飞灰，也轮不到他再杀一次，从此背负永久的罪愆。

二躬，谢他明明认出了她，却缄默不言。无论在长乐事变中还是后来她重生后，都在无奈的情形下尽了他最大的努力去弥补。

三躬，谢他最后不曾辜负她的信任，相护溶儿。

至于那些无奈之下违心犯过的错，即使后果惨重，即使祸及天下，也便都过去吧。

归根结底，他何尝不是受害之人？

自熙，这般千年万年地沉睡下去，终有一日，你会不会再度醒来，美眸再启，风流又现，浅笑轻颦间颠倒众生？

……但愿有那一日。

天色渐渐地暗了，风先前像冰刀，现在就像冰锤，秦长歌再次紧了紧大氅，眼光落在玉自熙身侧的饮雪神女上。

对于这个女子，虽然她果然美绝天人，但她对她实在没有好感，若非她练禁忌之舞，何至于玉自熙轻掷一生，何至于她间接被害？

然而目光这一扫，突然落在神女的腰侧。

她穿得极少，完全是霓裳舞衣的样式，和当年素玄转述的他属下见到的形容仿佛，雪白纤细的腰肢不堪一握，只系着七彩霓虹珠串，那赤橙黄绿青蓝紫光芒流动的彩珠之间，隐约露出左腰侧一点儿艳红，望去有如飞蝶。

秦长歌下意识去摸自己的右腰，摸到一半恍然想起，现在这个身体已经不是睿懿的了，那个睿懿右腰上的一模一样的飞蝶样的红痣，早已或在觞山山顶或在上林山脚或在东燕那个小姑娘的骨灰盒里，化为飞灰了。

一模一样的痣……世上没有这么巧合的事。

秦长歌目光缓缓上移，仔细打量着神女的脸，眉目精致，颜色胜雪，虽然俯首闭目，依然可以感觉得到容华极盛，确实瑰姿艳逸，皎皎有姑射之姿，想必睁开眼时，定是容光迫人，再若惊鸿般舞起，教人色授魂夺，也再合理不过。

但是，并不十分像睿懿。

秦长歌绕着冰柱转了一圈，心中疑惑未解，忽见冰柱之后，有一处山石看来有些奇怪，用手轻轻摸了一遍，忽地下力一推。

一道冰门，缓缓开启。

目光深深看着那门，秦长歌想起素玄和溶儿的转述都曾说过，神女之舞都曾在刹那间消失，现在看来是另有密道。秦长歌目光在那密道之门上打量了下，发现有被人动过的痕迹，大抵当年这密道还颇隐秘，所以素玄的属下和玉自熙都没能发现，经过这么多年，后来素玄和白渊都来过，自然不复神秘。

推开冰门，一路向前，这里像是那个矮山的山腹，但是并无窒闷之感，显见得有气流流通，秦长歌随身带着夜明珠，捧在手中，珠光流转耀亮脚前方尺许方圆的地面，依然如前的冻土，只是越往后走，土质却越发松软，除此之外，没有任何异常。

行了约莫一刻钟，前方隐隐出现亮光，又是一道门户，推开，有风扑面而来，却不是先前割面的冰风。

前方，竟然是个隐蔽的山谷，满种青松翠柏，四季不凋的常青树，盖着茅草的房屋错落有致，阡陌纵横，颇有田园气息，若不是空落落的，几乎要以为下一瞬便可以看见老农牵着牛从田间犁完地上岸。

然而这里并不是真正的村落，若是，也已经是死村，秦长歌向前走了几步，感受了下这里的温度，虽然没有冰圈瘆人的彻骨之寒，但是依旧是很冷的，只是那些长青的树木，给人造成了春天的错觉而已。

这里，大概就是冰圈中那个神秘种族饮雪的大本营了吧?

秦长歌目光缓缓在整个山谷房屋布局上流过，心里突然有了一种奇怪的感觉，明明第一次踏入这里，心里却觉得莫名的熟悉，血脉里翻腾起了奇异的感受，像是回归了某处牵系灵魂的地方，不需引路也能找得到来路和出口。

她试探性地向前走了几步，突然看见前方一栋茅屋里，居然冒出袅袅烟气。

心里有些诧异，饮雪族不是已经被灭族了吗？怎么还会有人住在这里？秦长歌行到那茅屋前，立于门槛上，极其礼貌地敲门。

“请问，有人在吗？”

一人从浓烟滚滚的炉灶后一边捂嘴咳嗽一边愕然抬头，满脸柴屑和烟灰，隐约可以看见秀美的眉眼，她拭了把烟灰，更加乌漆抹黑地望着秦长歌。

秦长歌比她更惊讶，这不是玉自熙那个“妹妹”，襄郡主罗襄吗？

目光从她沾满泥灰的手上，一直慢慢打量到她满是烟灰的脸上，这个一直以来金尊玉贵的娇美女子，在玉自熙荫庇下生活不知人间忧虑的女子，如今孤身一人独居世外空谷，用执惯金银玉筷的手去抱柴火，用穿惯绫罗绸缎的身去着粗布荆钗，又是为了什么？

又是一个为情所苦的人啊……

罗襄也怔怔地看着秦长歌，此时秦长歌已经恢复了明霜的容貌，她自然不认识，也想不出居然有人能进这冰圈背后的神秘天地，直找到了这茅屋前。

秦长歌对她笑了笑，在这个女孩眼里看见深深的疼痛和迷惘，也不想再对她隐瞒身份，淡淡道：“罗襄，我是秦长歌。”

罗襄身子震了一震，下意识地丢下手中的柴火要拜，秦长歌抬了抬手道：“在这个山谷里，你已不是襄郡主，我也不是睿懿，我们都只是来寻找或陪伴故人的人。”

罗襄抬眼看着她，只是这一句话已令她泪光盈盈，秦长歌注视着她，缓缓道：“你……要在这里陪他一生吗？即使他身边的人永远不是你？”

罗襄珠泪滚滚，却倔强地昂着头，抿唇不语，半晌哑声道：“皇后天人，什么都心如明镜，罗襄这点儿打算，皇后却也不必问了。”

秦长歌苦笑，仰首看着飘着陈旧门帘的门楣，淡淡道：“心如明镜？世人还是混沌些好……罗襄，情爱之事，只有彀中人自知，我不会管你的抉择，但是你可否告诉我，你和他，是怎么认识的？”

罗襄轻轻站起，这一刻她眼波微微荡漾，宛如空山中飞鸟掠过，带起透明的风的痕迹，那数年前的初遇，那些美好的一见倾心的记忆，在这样的痕迹中生出美丽的空花，散于长风之中。

“我是白渊在王爷身侧布下的人，我和青杀一样，是白渊通过种种方式，送到陛下和王爷身边的。”

“青杀的出现，利用了陛下心善，怜悯末路英雄的心意；而我，则是利用王爷多年来希望找到家人的迫切之心，凭借一张与他幼妹相似的容貌，走到了他身边……不过，我想我根本没能瞒过王爷。”

她侧首，看着山谷之前那个冰柱的方向，淡淡道：“自从我到了他身边，我就成了金丝鸟、笼中雀，被娇养成大门不出二门不迈的郡主小姐，一开始我急，后来我也不急了，我只要在他身侧就好。至于我的任务，就让我完不成吧，国师远隔东燕，想在静安王府杀人，除非国师亲自来，但是他不会来的。

“……他将我护得很好，我知道他是看在那张脸的分儿上，可是那样也很好啊，最起码我有他愿意多看一眼的东西，不是吗？”罗襄回首向秦长歌宛然一笑，神情居然有几分羞涩娇媚。

秦长歌闭了闭目，无言以对，这些爱情的局，回旋往复，不知终始，不过是刹那星火，终究燎了那青葱原野。

剩下的，只是一片惨白的劫灰，来年春风依旧，来年羯鼓箜篌声声婉转，却也再不是当初那盛景中的惊世之曲。

而那满座惊颜里一笑拨弦，不着言语而足尽风流的人，亦已永不再来。

“……最后一个问题。”很久很久以后，秦长歌道，“当初，放走白渊，你也在，是吗？当时大船上冲出来一掌‘打下’白渊的那个红衣玉自熙，其实是你，对吗？”

罗襄注视着秦长歌，慢慢露出笑意，轻轻道：“……他真的是很聪明的人啊……其实那天湖底，我们事先已经派人从芦苇荡那里掘了一条水下暗道，然后他和白渊的‘假尸体’一直藏在轿子上，而我在众人注视下上轿，我们两人一般装扮，半路上他在转弯和死角处溜出来，将那假尸体藏在芦苇荡下暗道边再回轿。我溜到船上，黄衣之外套上他的红袍，装作他打下白渊，随即我跳下水赶回，他那时正好‘出来透气’，两人一交换，他下水，出现在白渊假尸体之侧，当你们的人赶到时，看见的就是他和白渊的假尸体，而我们的轿子上，自始至终，都有人在，而且我们的侧影极其相像，隔着轿帘，是根本分不出的。”

“为什么不是玉自熙打下白渊，而你在水底接应？”秦长歌皱眉思索，“完全可以掉过来。”

“因为他始终不放心我，白渊下水后交换尸体时，要有一个人接应，如果接应的人是我，他怕我会被白渊顺手暗伤了，而且他水性不如我，未必能及时游入暗道，你们的人来得真快，要不是我们掘了极其隐蔽和直线距离最短的暗道，只怕真的会被发现，我因此游得飞快，还掉了一件东西。”

“是不是这个？”秦长歌摊开手，掌间那个当初楚非欢找到的小小玉瓶，一倒悬间，有茫茫大雪而降，“是他送给你的吧？”

罗襄惊喜地要拿，突然觉得不妥，怯怯地缩回手，乞怜地看着秦长歌。

秦长歌将那玉瓶缓缓递了过去，淡淡笑道：“留下吧……以后还有很长的孤独的路要走……没有念想，要怎么熬过那些不变的日升月落？”

从茅屋出来，秦长歌四顾一圈，直接步入了一间最为宽敞的瓦屋。

瓦屋布置平常，只较其他房屋多了一个祭台样的东西，台上原本供奉着的图画，不知怎么，已经溅满了血迹，看不清原来画的是什么。秦长歌推开里屋的门，布置清素得如同雪洞一般，只在妆台上有一个铜镜，隐约看出是女子闺房，大约这就是饮雪族神女的住处。

妆台后隐约有个暗门，秦长歌没费力气就打开了，里面是一个描金盒子，那锁极其精巧，不过在秦长歌手里，也不过就多花了半刻钟工夫。

她的手指一直很稳定，眼神里却有些深沉的暗昧之色。

“啪”一声盒盖开启。

散出淡淡的，因年代久远而封存住的、时光沉潜的气息。

盒底一张色泽微黄，因为时间久远已经变得枯脆的纸，纸下有两双极其精巧的小鞋，大抵只能给婴儿穿着，依稀还能看出来是淡黄颜色，一双左边绣飞蝶，一双右边绣飞蝶。

那纸上写着：壬戌年乙巳月庚子日癸未时。

下面还有一排小字：是夜，双星耀月，得降双生，喜乎？悲乎？

喜乎？悲乎？

秦长歌紧紧盯着那张纸，盯着那熟悉的生辰八字，仿佛要将那张薄脆的纸，看出一个深深的洞来。

很久很久以后，“啪”的一声。

枯黄的纸，渐渐洇开一点儿水迹，将那早已承受时光侵蚀，再不堪任何轻微摧残的纸面，穿透一个黑洞，宛如一只从尘封岁月深处，带着神祇宿命般的了悟，静静凝视过来的眼睛。

乾元六年三月末，于温暖金风之中勒马，前方，矗立千年的碧落神山在目。

秦长歌出神地看着山脚青翠葱郁，半山云雾缭绕，到了山巅却遥不可及的世上第一大神山，慢慢伸手，做了个推开的姿势。

推开，推开世人眼中的至圣之地的庄严大门；推开，推开尘封在岁月里某些不能为人触动的秘密。

哪怕那推开的动作，需要用没过膝盖的鲜血之泉来冲击。

今日一旦跨上神山，必将是生死之局，千绝门自来珍惜名誉，极重门规，下山弟子，除观风使之外，永生不得回归山门。如若回来，只要迈进山下一步，便视为叛出门墙，永为千绝弃徒。

秦长歌露出一丝冷笑，千绝门规，还有一条，但凡千绝中人，永不可亲手屠戮同门，不知道这条门规，现在还管不管用？

回首，看向身后急调的幽平二州大军，如一条黑色巨龙，蜿蜒布出数十里，只是那一望，森森杀气浩浩军威，便扑面而来。

再次仰首看向高远达于天际的，那个她心目中曾经的神圣之地，那个她生长于此，学艺于此，忠诚于此，信仰于此，并为之奔波劳苦一生，至死不休的，师门。

那轮断桥上的月，是否还永久笼罩在雾气中？如同某些隐藏的暗昧的计划。

“其实，我们都是被自己信仰并追随的人所毁灭。”

白渊，你一生里最后一句实话，我听懂了，却一直不愿相信，直到释一指向东方，和我说：“去吧。”我才如堕冰水地确认，那个世间最残酷的事实。

为什么？为什么？为什么？

秦长歌慢慢伸出手，一弯，一掬……手指却在流动的风中捞了个空，那些曾经拥有的最美好的记忆，早已风化在时光的罅隙里，化为心底永不停息的泪滴。

……如果没有那场精心设计的死亡，就不会有重病夭亡的非欢，不会有惭恨中箭的萧玦，不会有负疚一生最终冰封千年的玉自熙，不会有失而复得得而复失被命运折腾得灰心丧气的秦长歌。

从萧琛到玉自熙，从玉自熙到白渊，一层又一层真相之后，是一层又一层迷雾，而迷雾尽头，谁的手拨开浓云，现出命运铁青森凉的脸色。

大梦无边，谁在彼岸？

师父。

今日我，挟满腔疑问和愤怨而来，为求一个答案，不惜杀上山门。

我只想问一句。

为什么？

第九十三章
一统（大结局）

大军巍巍如绵延铁墙，矗立在碧落山脚。

号称神山，多年来深受世人膜拜，可望而不可即的碧落，第一次迎来了带着敌意的目光。

那些沾满沙场血迹的军靴，即将狠狠踏上那些从无人触碰的青翠草木。

秦长歌下马，出神地看着前方一小块白玉石碑，上面简简单单书“碧落”两字。

字迹飘逸潇洒，若有仙气，是千绝始祖创立此派时亲手所书，但凡被派遣下山的弟子，临行前一定要向这石碑三叩首，而远涉红尘再也不能回归的弟子，思念师门时，也只能到这石碑之前为止，遥遥对着山巅叩首，若是再进一步，便视为叛出师门。

千百年来，从无人犯此门规，事实上，千绝门门规是所有弟子的金科玉律，所有人从进门伊始便被日日告诫，谁也兴不起一丝叛逆的念头。

那么……不妨从我开始吧！

带着一丝冷笑，秦长歌缓缓迈前一步，素白袍角，越过了那道玉碑。

从现在开始，我把我自己逐出门墙了，既然我已经是千绝弃徒，那么我做什么，都是应该的。

秦长歌一脚踩上玉碑，下了第一个命令：

“砍树！”

碧落神山山脚很多阵法，贸然进去只会被困死，只有先砍掉树木，大军接令出动，从自己面前的树一棵棵砍起，那些生长多年的树木，渐次轰隆隆倒下，再被后续军队拉走。

秦长歌不打算躲躲藏藏，不打算温良恭俭让，既然不顾一切踏入了碧落山脚，既然已经撕破那层师徒面纱，还那么客气做甚?

秦长歌的打算就是：树拦，砍树，人拦，砍人!

什么事情动用军队来做，都雷厉风行效率非凡，很快碧落山脚就成了白地，树木不断滚落，树干露出惨白的断面茬口，那一线白色不断向上延伸，似一条玉龙，盘旋狰狞，呼啸腾身上冲。

砍了一半，半山之上忽起厉啸，啸声如雷滚过天际，震得砍树的士兵齐齐手软，随即天际青色流光一闪，几条青色人影如鬼魅般出现在树梢，衣袖一拂，便有士兵惨呼着滚落下去。

秦长歌眯眼注视着那几个青布衣的男女老少，想起传说中世代守护天机之门，却从不出现在任何人面前的无名家族，自己也只是知道而已，不想今日杀上山来，果然见到了。

一声轻啸，驭剑而起，秦长歌飞身纵上那些人对面的树梢，目光森寒地将那些人一一打量，那些人面色木然迎上她的目光。

山风呼啸，秦长歌黑发狂舞，目中厉色一闪又灭。

衣袖一拂，道："杀！"

劲弩和火器队如铁青色大潮涌上，纷纷在调整角度，那些深黑的管筒对着那些人，随时等待着发射出带着烈焰和钢铁寒光的杀机。

那些人不避不让，伫立不动，连眉梢都没动上一丝，仿佛修行的概念里，多年来只有"守护碧落"这个目标，为此生自然也可为此死，以至于失去任何起落悲欢。

秦长歌看他们也如看那些树木一般——拦在前面，就死吧。

对战一触即发，沉滞的静默里，似乎能隐约看见即将流出的鲜血，敌人的，或者自己的。

"当！当！当！"

三声脆响，若石磬之声，突然自山巅远远传下。

那些僵立的青衣人齐齐抬首，看向上方，随即互视一眼，也不看那些虎视眈眈的卫队，青袍一卷，如弹丸般向后一射，消失在树丛深处。

秦长歌皱眉看着他们突然撤退，而山巅此刻石磬之声未绝，一时心中微微有些迷惑——千绝门撤去守卫，为何？

接下来始终没有任何人出来阻拦，秦长歌遥望那个云遮雾罩的山巅，在心中盘算着门中现在都有哪些人，大师兄是应该在的，师父师祖，年纪都老大了，不知道有没有羽化掉？剑仙作为与师门渊源极深的散仙，大抵也是在的，自己下山前，师门还有二师兄和三师兄，至于后来有没有再收弟子，那就不知道了。

论起武功，这些人自己没一个能打得过，就算整个天下也没有打得过他们的人，既然到了这个地步，秦长歌也不在乎了，杀就杀吧，已经被杀第一次，还怕被杀第二次吗？

不问个明白，才叫死不瞑目。

第二日微微下了小雨，山路泥泞，正好有砍下的树桩踏脚，秦长歌默然挥手，带着精选出来的护卫和精兵，直奔山巅。

东方第一层天，碧霞满空，是为碧落，远在高天之上，群峰之巅。

到了山巅已经没有路，秦长歌自然无所谓，一路飞身上去，那些功力不足的护卫和精兵只有慢慢爬，先行一步的秦长歌一抬头，忽然“咦”了一声。

千绝山门，矗立眼前，大门，居然是开着的。

那门上云雾升腾，千蛟飞翔，于茫茫云海七彩霞光笼罩下宛如要破门而出，直升天际。

秦长歌愕然看着那门——大阵呢？门口的璇玑阵呢？还有，为什么开了正门？千绝门正门轻易不开，自己当年下山还是从边门走的，难道是大开正门等我去斷杀？

山顶的风分外猛烈，自大敞的正门中“呼呼”刮过，门内一如既往云雾缭绕，看不见诸般景物。

既来之则安之，到了这一步，哪有过门不入的道理，秦长歌一甩衣袖，跨过高达两尺的门槛，慢慢步入久违的师门。

洪钟突起。

接连九响。

声音沉稳厚重，破云裂雾，在高远阔大的群山之间远远传开去，回声“嗡嗡”不绝，如起千百钟声，波浪迭迭般迫过来。

九响金钟，正门大开——秦长歌脑中灵光一闪，突然想起门规中似乎有这么一条，当帝王亲来拜谒，当以此礼迎之。

印象中千绝典籍中记载的这般礼节使用只有过一次——前元第三代皇帝元明帝，自幼得千绝门二十二代弟子董疏篁辅佐才坐稳帝位，君臣情分非同凡响，董疏篁在帝位稳固后挂冠而去，一开始不知所终，元明帝亲自上碧落神山寻找董疏篁下落——就是那次，金钟九响，正门大迎。

秦长歌突然想笑，这叫什么？千绝门还真是循规蹈矩啊，上门的杀神也按规矩来，再说自己还没登基呢，就是登基也应该是溶儿啊，自己顶多辅政而已，也值当千绝这么大礼相迎？

越想越觉得好笑，好笑得讽刺，忍不住仰首长声大笑，笑声如利剑万柄，四处飞射，在广阔甬道上远远劈开，将那些聚拢来的云雾再次迫散。

迫散的云雾尽处，甬道尽头，现出肃然而立的麻衣男子。

他身后一色黑白两色的拱桥楼阁，轩敞亭台，廊台扶杆雕着青色的浮雕，飞翔的双翅宽展的奇形大鸟，简练霸气，姿态傲然。

青白黑三色的卵石铺成九宫图案，一路延伸至楼台深处，院子里一色白梅长得茂盛如前，褐色枝干遒劲伸展，高山上气候寒冷，这个时节依然幽然吐芳，那些黑色的、古朴的、连幅的长窗，隐隐泛着莹光，廊下垂着灯焰微青的八卦长明灯，直线般一字排开垂天而来。

一切如前。

却已永不如前。

秦长歌极慢极慢地笑了下，一丝笑意也无的眼睛盯着那男子："轩辕吟，别来无恙。"

男子微微俯身："小师妹。"

"不要这样叫我，我已不是你的小师妹，你也不是我的三师兄，没见我直呼尔名吗？"秦长歌淡淡道，"轩辕吟，今日我来，你们想必都知道为什么，现在只有两个选择，第一，你们一个个地拦着，让我血溅五步或者你们血溅五步。"

轩辕吟不动声色地听着，宽大的衣袖在风中微微摇动。

"第二，让我过去，让我亲口去问师祖，为什么。"

轩辕吟微微笑了笑，笑容里满是修行者的清散意韵，毫无烟火气，随即垂目，道："师祖已于去载羽化，您是见不着了。"

"那师父呢？不会也羽化了吧？"秦长歌笑得讽刺。

"师父在太微阁，"轩辕吟道，"他闭关已有数载，连我们也未能得见。"

“哦，”秦长歌笼手袖中，笑吟吟道，“轩辕吟，我没心情和你们有谦有让地废话，你给我个准话，是打是杀是围攻？反正今日我便只剩下一口气，爬也要爬到太微阁前，和咱那师父，哦，我应该叫清玄上人了，和清玄上人说说体己话儿的。”

“小师妹，你从来都是这个性子。”轩辕吟不答她的话，只微笑道，“当年师祖在众弟子中挑选下山人选，力排众议选了你，你可知道为什么？”

“不会因为我是女子吧？”秦长歌讽刺地一笑。

“你说对了。”轩辕吟垂目，平静地道，“你在门中时日不算长，有些事你还未完全知道……不过，千绝门最重要的一条铁规，你想必也知道。”

“凡入世弟子，无论怎样官高爵显，不得觊觎大位问鼎皇权，否则必以天法惩之。”秦长歌缓缓背诵，讥诮地看他，“……难道师祖是因为女子绝不会问鼎皇权，才选了我？没这道理吧？前面那么多下山的弟子，都是男人哪。”

“我说了，有些事你未必全知道。”轩辕吟负手而立，山风中衣袂猎猎，“在你入门之前，师祖曾经给千绝门后续命运承继做过推演，得出的结果是必有弟子践极九五——你知道的，这对于以辅佐帝王，立誓永不染指皇权，并极重声名的本门来说，不啻于毁灭性的打击。一旦有弟子违背这条铁规，千绝门有何面目再面对天下人？有何面目再为帝王师门？”

“所以为了避免这种情况，特意选了女子？”秦长歌若有所悟，慢慢道，“……原来如此。”

“我说到这里，以你的聪慧，当知根由，还有什么不解的，你去问师祖吧。”轩辕吟让开身子。

秦长歌看他一眼，突然道：“那件事，你有没有参与？”

“师门的事，就是我们的事。”轩辕吟语调平缓，“我永远不会回答你这个问题。”

要到太微阁，必须先经过二师兄的澄心轩和大师兄的出岫居。

澄心轩内，性冷如冰，却也最崇拜师门的二师兄帝绝，冷然立于轩门前，注视着“千绝弃徒”施施然而来。

他身后长剑不掣自鸣，轻响不绝。

秦长歌对他没有笑意地露齿一笑，很温和地道：“帝绝，你是不是很想杀了我？”

帝绝狠狠瞪着她，半晌咬牙道：“门规有令，无论何种情形下，不得对天命帝王有任何伤害，不得直接染上同门子弟鲜血。”

秦长歌哈哈一笑，道：“帝王？我不是；同门？我已经不当这里是师门了，你尽可以一泄愤怒。”

“师父还没下令逐你出门墙，你便还算我门中人。”帝绝语气颇为不甘。

“是吗？那真是我的耻辱。”秦长歌微笑走开，走出好远，听见身后“咔嚓”一声惊天巨响。

掀起眼皮，看见身后一道巨大的裂痕，风吹起的浪潮般向前快速延伸，直至自己脚下，裂缝越来越大，两侧黑白卵石齐齐粉碎，俱堆成界限分明的黑白粉末，被风一吹，立即散了无迹。

还是那么个暴烈脾气啊，却只能拿地面出气，热爱门规的千绝弟子，真可怜。

不过武功……实在是越练越强啊……

秦长歌摇摇头，一抬头却看见慈眉善目、静立在出岫居前等候的大师兄隋霁云。

对于这个人，秦长歌实在没有办法像对轩辕吟和帝绝那么不客气。当年，是隋霁云下山将她带到千绝门，碧湖冰冷的湖水里他教会了她关于千绝门生存的第一课，之后在门内，一开始也是他代师父教授于她，直到她展现了不同于他人的出众才华，才由师父亲自教导。

他和她说的第一句话就是：“千绝弟子，以捍卫天下和明君帝业为己任，以捍卫本门荣光与承继为己任。”

捍卫，没有任何理由和原则的捍卫，哪怕是去死。

抬头，注视着这个亦兄亦师的男子，看见他微微染霜的鬓发，心底忽然起了阵苍凉的痛。这些云天之上，圣门中人，也终不能抗拒时光侵蚀，那么命运呢？裹挟在命运轮盘中的人们，他们是不是也没能逃脱？

秦长歌的问话，开门见山。

“大师兄，当初门中那个观风使，包括整个计划中和白渊联络的，就是你吧？”

隋霁云只是沉默地看着她，半晌悠悠叹道：“天意……天意终究是逃脱不开……”

他微微侧身，也让开了道路，道：“长歌，师父没有逐你出门墙，我们永远不会对你出手，你请吧。”

秦长歌默然踏过他身侧，擦身而过时突然问：“你在红尘的第三年，我已复生，你为何没有趁那最后的机会，试图找到我，想办法让我再死一次，从此一劳永逸？”

“我找过，当时已经知道你回来了，但是不能确定是谁。”隋霁云坦然答，“但是门规有定，帝星之侧，一代只能出现一个千绝门人，我是不能到萧玦身边寻找的，于是我拜托了剑仙师叔。”

秦长歌怔了怔，想起当初第一次带溶儿去上林庵，萧玦遇刺那事，原来当时上官清浔出现，竟然真的就是为了逼出她来，要不是青杀代拦了那一剑，要不是上官清浔是个散漫无意的人，自己那日就暴露了。

“上官师叔告诉我，没找着，当时已到三年回归之期，千绝山门将闭，此生不会再启，我若不回去，将永远无法回归，我只好立即回来。”

“后来为什么没有试图再想办法找我？”秦长歌斜睨着他，“因为按门规，没有需要派遣下山的弟子或观风使，便再也不得过问红尘事务？”

隋霁云不答默认。

秦长歌一扬头，放声大笑。

“千绝门长达百条的铁规，真是好东西啊，足足保护了我好几年，保护到我找上门来啊！”

“那是因为千绝担负的重任不同于他人，这是帝王师门，稍有不慎，出现败类，将会祸延天下累及师门。”隋霁云负手道，“你不要以为师门草菅人命或对你不起，不要以为师门一心一意要杀你，你应当知道，师门做任何事，从来都只是为了千绝的存续和声名。”

“我知道。”秦长歌大步走开去，“我就是那个败类，我已经祸延天下，那又如何？我现在决定了，这个皇帝我做定了，你们拼死不想让千绝门中出一个皇帝，我就一定要做！”

她手一挥，跟上来的护卫精兵劲弩队、火器队快步上前，将三层院子密密包围，秦长歌冷冷道：“给我留住他们，过来一个人，你们也别下山了。”

底下哄然应是，举箭的举箭、抬剑的抬剑，围住了那三人。

轩辕吟若有所思，神色不动，帝绝不住冷笑，隋霁云回望太微阁，神色郁郁。

秦长歌大笑道：“愿意杀人，就杀吧，看你们杀不杀得完！”

几步将他们扔在身后，直奔后院太微阁，昂首看着前方太微的匾额，大喝：“清玄上人，我来了！”

静默。

"告诉我，为什么！"

又一阵静默。

秦长歌双手抱胸，往门边一倚，冷冷道："上人，不要逼我，我的大军就在门外，只要我下令，拼着死上个万把人，还是能把千绝门给烧了的，尊敬的上人，你不是体恤生灵吗？你不是视千绝如生命吗？你忍心这许多人命枉自牺牲？你忍心千绝百年基业被毁？"

"你来了。"

难辨男女，难辨老嫩的声音突然响起，近在耳侧，仿佛有人就在身后说话，秦长歌却连头也没回，只看着那黑底金字的匾额，淡淡道："别废话。"

"当年，你师祖以紫薇术数推算，十年之内，千绝门墙内必出帝星，并最终祸及师门，毁我千绝百年存续。"那声音悠悠飘荡在整个千绝门上空，忽远忽近，如暮鼓晨钟，涤荡于人心间，"为了避免这等情形，你师祖特地选中了你。"

秦长歌一挑眉，亢声道："皇后不是帝星！"

"当时不是，你下山前，你师祖还重新推算过，确实不是。"那声音里毫无情绪，"但是在你做了皇后之后，有一次你师祖心血来潮对你的命盘重新推演，突然发现星图有变，你命星即将移向紫垣。"

"我可不可以说这是一个很讽刺的笑话。"秦长歌嗤笑一声，"照你这个说法，我是要谋朝篡位了？所以你们布局，借白渊之手杀了我，但是你们不觉得，如果我不死，如果我不重生来要报仇，吞并六国直至如今掌纳天下，现在我很可能还是西梁后宫里的睿懿皇后，那么，什么都不会发生，我也不会杀上山门。"

"不过是天意作弄而已。"那声音淡然道，"也许是如此，但是，谁知道就一定不是你之后当真以皇后之身谋朝篡位，坏我千绝门规声名，灭我千绝百年基业呢？"

"好个谁知道，好个莫须有！"秦长歌大笑，"很好，很好，原来如此，因为我'也许'会当皇帝，'也许'会不利于师门，你们为了维护千绝的规则和声名，为了维护千绝门户存续，不得不对我出手，但是碍于千绝门人不能屠戮同门的规矩，你们选了白渊这个棋子，这个满怀仇恨的小子，也许从护卫开始做到国师，其中都有我伟大的观风使大师兄的手笔，我说呢，我说他虽然惊才绝艳，但有些事也不至于那般清楚，该知道的不该知道的都知——师祖大人术数通玄，算什么算不到？"

那声音沉默，秦长歌冷笑：“后来怎么不想办法对付我了？看白渊一个人对付我就够了？”

“霁云回来后我们重新推演，发现你重生后命星已经定位紫垣，而不是当初的侵犯帝星，那时候你已经是天命帝王。”那声音淡淡飘旋在半空，“千绝门，帝王辅佐之师，永不会对真正的天命帝王有任何大逆行径。”

“哪怕这个天命帝王，将来会率领大军杀上千绝？”秦长歌讥诮地道，“我发现，你们遵守门规、捍卫门规，已经到了令人发指的地步。”

随即苦笑一声，她声音突然低了下来，轻轻道：“我原先……何尝不是呢？”

是的，何尝不是呢？十四岁奉师命下山，一力辅佐萧玦登上帝位，让出后位，甚至违心地为他娶妃子以平衡势力，满心里想着的都是他的帝业……甚至重生以来，依然习惯地以辅臣自居，为他出谋献策、为他治国平天下……一直记着千绝的门规，前世今生都不曾背离那个自小灌输的律条，连想都没想过要背叛，结果却讽刺如此……

想起来真是好笑，在门中千辛万苦通过了十关考验，到头是为了被赶着去迎接自己的死亡。

只能说，千绝门洗脑的本领，比搞传销的还厉害啊。

“最后一个问题，”秦长歌嘘出一口气，道，“我的身世。”

那声音突然沉默下去，半晌方自响起。

“你自己不是已经猜着了吗？饮雪一族，向来只能有一位神女，不想上代神女居然生出了孪生女儿，按照惯例，如果有这种情形，是必须要杀掉一个的。但当时你师祖感应天机，破例出山在天下寻觅佳徒，正好路过冰圈，看见了你们姐妹，两人根骨都极好，你师祖极难选择，最后抱走了你。你师祖爱才，觉得你姐姐不能带走颇为可惜，让你母亲选择一门武功作为馈赠，你母亲当时正在伤心，随手指了镜花舞，之后你师祖因为和上官有约，不方便带着你，便将你寄养在云州，后来他悟及天道，急急赶回碧落闭关，便由你大师兄去云州接你，在你的记忆里，自然只记得云州是家乡。”

“原来云州不是我家乡……可惜了那四十万百姓……”秦长歌闭目，喃喃道，“师兄接了杀掉我的任务后，便以观风使的身份下山，他的手上不能直接染我的血，只能借刀杀人，他选择了白渊作为那把刀，他大约见过玉自熙拼命寻觅冰圈中的起舞女子，将这个消息提供给了白渊；他帮助白渊崛起，拥有了能够对付我的力量；甚至非欢当时遇上离国内乱导致没能及时保护好我，也许也有白渊和他的手笔……而且，大师兄的通玄术数窥人内心也是很强悍的……观人色而知人心，西梁皇室里那些人暗藏的心思，他大抵也看见了，所以到那时，各方势力人心被他们两个巧妙拆解运用，最后成了一个不可逃脱的杀局……”

她突然睁开眼，道：“那个机关，杀掉我的机关，谁做的？”

“我。”

这不是刚才清玄上人缥缈空寂的声音。

这声音清朗熟悉，淡淡一个字从齿缝间挤出，深深苦痛便仿若有形，扑面而来。

秦长歌手指冷了一冷，不动声色地缓缓抬头，便看见那白衣男子，手拄长剑，自楼阁后缓缓转出。

素玄。

他看起来气色不佳，神色憔悴，气息也有点儿不稳，立于楼阁匾额之下，深深看着秦长歌。

他目光云烟翻腾，如苍茫长河滚滚而来，带着无尽暗潮风浪，涛光明灭。

秦长歌向后退了一步。

碧落之巅，相对的男女，相望无言。

上次相见，还是朋友、知己，是可以生死与共信重的人，到了此刻，却天翻地覆，面目全非。

深深吸一口气，秦长歌哑声一笑，道：“师弟。”

素玄震了震，苦笑一下，没有回答。

“我差点儿以为饮雪神女是师门那个例外的不入门的记名弟子，不想，却是你。”

素玄紧紧握着手中剑柄，一字字极其艰难地道：“我……也到最近才知道。”

秦长歌愕然看着他，道：“可我觉得你好像很久之前就知道了我的身份。”

素玄回身对太微阁看了一眼，深吸一口气道：“我的意思是，我到现在才知道，原来我是千绝门的记名弟子，是你的师弟。”

他看向秦长歌：“你……什么时候知道的？”

“我怀疑得很早，确认得很迟。”秦长歌无奈一笑，“当初你说去探望师长，在郢都城郊挽阳亭你赶的那辆马车，我在机关中看出了熟悉的手法，但是又似是而非，当时我想也许你就是个机关天才，未必所有精巧的机关都出自千绝，而确认，却是因为那个九连环。”

对上素玄疑问的目光，她抬手，缓缓在发间摘下一根黑丝，道：“这个东西，是碧落山脉一个叫孤绝峰的山谷里的独有之物，其实就是一种极其坚韧的树木的树皮，经过特殊手法制作后，不惧刀砍火烧，千绝中人常常拿它做各种武器。我重生后，命人给我弄了来做成头发粗细用以制敌，那日，在那个九连环中，我看见了这东西。”

她笑了笑，道：“那个九连环，是大师兄给你的吧？千绝门中人，经常喜欢在各种器具内部弄上这东西，这样会更加坚韧不易散落，所以我一看见，便知道，你和千绝有关系，只是我不明白，既然那时没有千绝门的人在世间行走，你是怎么成为记名弟子的。”

素玄眼中突然露出悲怆之色，半晌才道：“是上官师叔救了我，治好了我的手，他说自己懒得教弟子，帮我找个好去处，但是他没有带我到碧落神山，只是拿了些秘笈给我，说是记名弟子，叫我不要问师门到底是何门派。”

“上次你离开郢都，是不是听上官师叔提起大师兄尚在红尘，想去见上一面，托他带点儿礼物给师门，结果没见着？”

“是的，差了一步，那时大师兄三年期满已经回山，上官师叔把日子给记错了，大师兄只给我留下了一封信。”

“信中要你想办法找出我？”

素玄颔首，神色无奈，道：“大师兄并没有多说什么，但是字里行间却让我觉出了不对，后来回来后，看多了陛下和楚兄的神情，看多了你的神态举止言行，我渐渐猜到了你是谁，那时我很迷惘，我不知道我的师门和你有什么仇恨，我不想伤害你，我也不愿背弃师门。”

秦长歌苦笑了下，突然不想问那个机关是怎么回事，素玄是机关天才，八成那机关是他当初学武练习时无意所做，被上官清浔拿来交给大师兄，大师兄又给了白渊，秦长歌自己记得，大师兄当初选学的武艺，没有机关之术，他是不擅长这个的。

何必再问呢，那对素玄实在也太残忍了。

素玄却自己轻轻道：“我刚才听你们说话，我突然明白了……当初师叔给我的几本秘笈里，我对机关之术最感兴趣，曾经做了一个连动机簧，还曾设计过一个多节腰带的图，可以利用机关的内部推动设关杀敌，这两件东西做出来之后，上官师叔说很好，该当拿给我师父看看，让他高兴高兴，可我不知道会……”

他不知道，他不知道他的机关被拿来对付他心心念念要报恩的女子，一次成功了，一次险些成功。

以白渊的聪明，就算只拿到图纸，做出精巧机关也是迟早的事，所以素玄的图纸落到他手里，被他发扬光大做成了绝命腰带，差点儿一举杀掉秦长歌等三人。

秦长歌看着素玄满是痛苦的眼睛，不忍地掉开目光，忽然喃喃道：“我宁愿是剑仙杀了我，为什么不是他？却要费这么大周章？”

“师叔多年前就已立誓封剑，永不杀人了……”素玄慢慢道，“因为他曾杀错了一个人，所以之后二十年，他剑上从未沾血。”

秦长歌目光流转，在四周扫视一圈，道：“剑仙人呢？千绝门碍于门规不能再杀我，但是他可以，最起码他可以打倒我。”

“不用找他了。”素玄慢慢举剑，道，“师叔不会来了。”

素玄剑平当胸，垂下眼睫不再看她，平静地道：“我知道你要进去杀师父……那不成，这场最后的争斗，就我和你来吧，反正我也算是你的敌人，我灭了饮雪族……”

他一字字道：“千绝门下素玄，请战师姐秦长歌！”

秦长歌愕然看着他，道：“你——”

素玄的神情，让她立时明白了他的气息不稳和神情憔悴不仅仅是得知真相，大约，还有一场恶战吧。

他先为了她，对自己的亦师亦父的前辈出手，再为了师门，向她邀战。

一生困于他人恩情之中的素玄，到最后，夹于那些颠倒翻覆，难以辨明的恩仇之间已不知如何抉择。

长风飞卷，卷起那对拔剑相向的男女衣袂。

她看着他满目苍凉，他看着她满心无奈。

秦长歌立于高楼飞檐的太微阁前，看着那明光四射的长剑，耀上自己的双目，本已被深重伤痕折磨得满是麻木的心，突然再次深深痛起。

耳中听着浩荡山风将廊下铁马吹得铮铮轻响，先是一声声琳琅圆润，到后来越来越急，仿若这人生开始时，都满载恩情希望、温暖甜蜜，越到后来越见森寒狰狞、悲歌萧瑟，又要到什么时候，被命运狠狠最后一撞，撞至片片碎裂，终换得千古事云飞烟灭，到头来恩怨都歇？

走到后来，命运戏弄竟至于此，想报恩的反害了恩人，上一刻的知己注定要成为下半辈子的仇人。

秦长歌微微笑起来。

自己从来不是素玄的对手，即使他先把劲敌上官清浔放倒耗费了一部分真力，她依旧不是他的对手。

那么，就死在这里吧，如果自己死了，恩怨全消，素玄以后的日子，也许会好过些。

这个一生为恩情所束缚的人啊……

缓缓抬剑，一个极其尊敬的起手式，秦长歌慢慢道："秦长歌，请战千绝门下，素玄。"

剑光如明月耀起。

素玄的剑势如满海的粼粼水光，刹那间就到了秦长歌眼前。

侧身斜腰，秦长歌一飘间已经跨越那片海到了对岸，反手一剑行云流水刺向素玄背心。

"叮叮叮叮叮叮叮。"

刹那间连响七声，七声里还有无数相撞的声音因为速度过快只凝成一声，两人转瞬间已经交手数十招。这场痛苦的决战，两个人都不想有滋有味地打下去，秦长歌不玩她那没完没了的手段，素玄不用他那举世无双的真力，两人就是以快打快地用剑，剑光兔起鹘落，却根本不想落在对方身上，总是在不停地擦身而过，不停地将四周柏树的翠叶齐齐摧毁，再化为深碧色的雨，纷纷落在素裳白衣之上，白影变成了绿影。

已经是第二百招。

秦长歌知道自己不可能在素玄手下走过二百招，现在的这种打法，只怕两千招都分不出胜负。

而太微阁，那个缥缈遥远的声音，再没响起。

多么为难的局，你杀不了我我杀不了你，却又必须要杀……素玄，我帮你早点儿解决了吧。

你是武林第一人，你还有很长的路要走，而我……我只剩下了溶儿，溶儿早慧，做个小皇帝，应当是很好的。

康熙八岁继位，溶儿也不比他笨，大抵是没问题的吧。

我……成全你。

秦长歌淡淡一笑，在素玄一剑刺向前心时，舞剑霍霍护住命门，做出滴水不露的防御。按照惯例，素玄的剑势，一般都会在最后一步才会滑开。

素玄的剑光，果然顺势滑了过来。

剑势将至前心，只差毫厘。

秦长歌突然撤剑，真力一收再一引。

白光一亮，长剑以一往无回的去势，直奔当胸。

近得已经可以感受到死亡凛冽的寒意。

秦长歌闭目，轻轻微笑。

阿玦……非欢……我来见你们了……

“呲！”

忽有真力狂涌而来，一拖一拽，拽起秦长歌撒开的手，神奇地将她手中横撤的剑抬起，向前直竖一冲！

“哧！”

剑锋入肉的细微声响，却如巨雷响在秦长歌耳边。

霍然睁眼，秦长歌震惊地发现自己的剑竟然穿在素玄的左肩琵琶骨内，直穿而过。

鲜血狂涌，自她掌中长剑流过，积起，再承载不了地不断滴落在地，迅速积了一大摊，如血月晕红铺开，染尽黑白地面。

秦长歌怔怔看着那自己抬起、刺入素玄身体的长剑，看着自己的手慢慢染上他的血殷红如许，一时只觉满眼昏乱，到处都是红斑耀眼，闪动地跳跃着，宛如枫叶片片飘落，遮蔽视线。

她踉跄退后一步，还没来得及松开长剑，素玄已经对她惨然一笑，慢慢后退，硬生生将自己的身子从剑上抽了出来。

剑锋摩擦肌骨的吱然之声，响在静寂的空气里分外清晰，听得秦长歌心头发冷，只觉得从手指到脚底都如冰彻骨。

素玄却已不再看她。

他越过她，撩衣而起，向着太微阁缓缓跪下。

“师父，此身技艺，终为千绝所付……弟子力尽于此。”

一个叩首，重重落在黑白卵石地面上。

太微阁静默无声，似是对那一对优秀弟子的无奈相拼，对着天下第一人的决然牺牲，完全无动于衷。

素玄却已不需要回答。

他叩首三次，洒然站起，缓缓回首。

远山上夕阳正好，射来无数镶着金线的绛色霞彩，在群山层云间翻腾，如金龙穿行于浩野，立于金光下的男子，于风云开合烟波万顷间慨然回首，虽半身浴血，然眉宇间又现卓然旷朗，凌云之气再起，俯仰间驭尽长风。

他朗声一笑，巍巍绝巅回声不断。

“世间恩仇快意否，从此再与我无关。”

无关无关无关……一遍遍巨鼓洪钟般响在秦长歌耳侧，她尚未及回神，素玄已经一振衣袖，从容转身。

秦长歌怔怔上前一步，想要说什么，却最终不知说什么。

素玄却突然回身，向她回眸一笑。

那笑容月朗风清，依稀是当初炽焰帮总坛初遇，将石榴一扔，姿态潇洒迎上来的素大帮主。

秦长歌湿了眼眶，喃喃道：“你何苦如此……”

“不该是你。”素玄温柔地看她，看着这个自己一生寻找、一生纪念、一生里心思为她翻涌却终究必须擦肩而过的女子，“你还有自己要做的事。”

他微笑，带着点儿小小的狡黠和得意。

“回宫吧，有人在等你。”

“陛下，这件百鸾千珠海水江牙纹正红礼服，是您等下祭天要穿的，奴才是不是现在就伺候您换上？”

秦长歌停下批阅奏章的手，懒洋洋地看了那需要两个人才能捧得动的礼服一眼，挥挥手道：“把珍珠全部摘下来，送给太子打弹子玩。”想了想又道，“顺便把中川刚进贡的千珍膏送到龙章宫，看看祁繁那家伙，这回找的药效果是不是好些，上次那个就不错。”

最后她想了想又道：“算了，我自己去。”

扔下笔，踢踢踏踏地去了，留下御衣监和司礼监的太监面面相觑，欲哭无泪地悲号：“天啊，祭天的时辰马上就要到了啊……”

那个翘班的人却根本不理这些团团乱转的太监，自顾自脚步生风地奔去龙章宫，一边扬着手中的盒子，一边道："阿玦，又有好东西啦……"

还没转过长廊，一团肉球扑过来，扒住她膝盖便去抢那盒子："我看看什么好东西。"

"没你的份，"秦长歌夺过来，"去读你的书，你又逃课了是不？"

"喂，难道你不是翘班？"萧太子鄙视地看着一丘之貉的老娘，"我记得今天是你祭天的日子，你到现在还穿着常服，要说懒，谁比你懒？"

"我看是你们懒，"秦长歌叹气，"可我有什么办法？你爹不肯做皇帝了，他好不容易才醒过来，这身体，我也不敢让他操劳了，你又不肯做，说要去离国，我有什么办法？"

包子扎在她怀里，突然静默下来，轻轻道："老娘，我不甘心，我答应过干爹我要去的，我答应过他要给他拿回他的东西，男子汉大丈夫，不能说话不算数。"

"对，不能说话不算数。"秦长歌轻轻抚摸儿子光滑的黑发，悠悠道，"就像你父皇曾经答应过好好陪我一生一样，他差点儿毁约，还好，还算他记性好，挣扎着活过来了。不然，我上天下地，也饶不过他。"

晨风清爽地吹过来，吹起母子一般黑亮的长发，吹起御花园花香淡淡，吹起更前方的一处花圃里的菜香。那里居然辟成了农家田园模样，池塘田垄，种菜养鱼，一方浓密树荫下，铺了青布毡的木椅上，坐着钓鱼的男子，阳光射在他身上，一个温暖闲适的背影。

秦长歌遥遥看着那个背影，抱着儿子，想着几个月前，赶回宫却发现萧玦未死。原来那日白渊射出的箭，因为被萧玦对射劈成四半，最后射到他要害部位时那四分之一的箭已经细了不少，再加上素玄及时赶到，用尽了身上的灵丹，又一直给他接续真气，护住了他一口游气未失，只是一直昏迷未醒，并且确实伤重，也不知道能不能活过来。素玄害怕给了秦长歌希望再让她失望，会使她强撑的一口气彻底崩溃，干脆在萧玦未醒之前，一直隐瞒到底。

秦长歌回宫后，几欲喜极而泣，当下便将释一给的灵丹和从太微阁里搜罗出来的灵药通通用上，这些绝世之药，终于救回了萧玦一条小命。

释一给的灵丹，秦长歌自己根本就没用，她原本打算死在碧落之巅，爱人已亡，要那绝世武功又有何用？

那日冲进太微阁，却发现师父在答完她的问话后也已羽化。大师兄隋霁云率领众弟子叩别师父，长叹：从此再无千绝，也自断心脉而亡。

秦长歌那时只记得素玄离去时的那句话，心急如焚归心似箭，也不想再为难和这事无关的另两个师兄。她当即匆匆下山，行至一半，听见千绝大门轰然关闭的声音。

她于半山之腰静静回首，知道从此千绝之门永无开启之日。千绝之名，终将湮于尘土，这一代名垂天下的帝师之门，终将成为传说。

也只是传说而已。

正如自己所经历的一切，连同那些惊才绝艳的男女们，那些深潜的阴谋和久伏的恩仇，那些因为爱与怀念，相思与别离而墨色淋漓走笔于苍茫历史蓝图上的抵死纠缠，在百年之后，也将成为世人口中津津乐道的传说。

故事中那些男女，爱过，恨过，来过，再以不同的方式飘然而去，留给世人一个惊艳的背影。

但是最起码现在，自己终于抓握住了最后一点儿幸福。

萧玦醒后，因伤重很长一段时间不能彻底恢复健康，他是在生死关走上一遭的人，再也无心皇权，坚决要退位。秦长歌想让儿子继位，萧太子上蹿下跳，抵死不从。

同时百官上表，请立女帝。

秦长歌无奈之下，只得先挑下了这个别人趋之若鹜，在她看来“很见鬼”的担子。

……怀里的小身体软软腻腻，秦长歌轻轻抚摸着他，想起回宫不久后那个梦。

梦里，一个若有若无的声音问她：“灵元，恩怨已了，胡不归？”

她不睬，那声音阴魂不散，声声叹息：“你们本都是九华会上人，何必贪恋红尘烟火？你和他，居然都死恋人间，该死的不肯死，该走的不肯走。”

她问：“非欢是不是在九华会上等我？”

那声音带着笑意，道：“不过人间历劫一场，怎么，你还当真了不成？”

“如何不真？”她笑，“那些爱恨生死、恩怨纠结，那些横刀向敌拔剑竖天，那些洒出的鲜血，那些付出的深情，那些一路走过的风烟血火，那些一起渡过的轮回之劫，都真切地在我心间一遭遭经过，不亲历其中苦辣酸甜滋味，你们这些永远不死、永远餐露卧云、永远超凡脱俗、不知道何为欢喜何为悲切的神仙，是不会懂的。”

那声音叹息，突然多了些神往：“听你说的，很有感觉啊……”

“所以我只好抱歉地请非欢多等些日子了，我们要迟点儿回去。”秦长歌带点儿怅然地笑了笑，“这一路走来太不容易了，而且，溶儿还太小，我舍不得。”

我舍不得。

这一路走来太过艰难，那般百死挣扎才能得来的宝贵温暖，我舍不得立即放手。

红尘多苦，但苦得真实，那些舌尖于刀锋轻尝过的滋味，痛后微甜。

就如此刻，历劫归来，每个人心里都多了几道伤口。在静夜回思时隐隐生痛，但是每个人都在努力治愈那伤口，等候某一日，云散月生，清光遍地，千里共婵娟。

这样，也很好。

晨风徐徐，前方树下钓鱼的人，仿似心灵感应一般，突然转身遥遥看过来。

秦长歌扬起脸，看向那个方向，露出温暖的笑容。

尾　声

乾元六年七月，西梁大帝萧玦禅位于皇后秦长歌。是年，改元凌霄，国号大秦，制大秦历，以乾元六年为大秦历三七一年。

大秦历三七二年，秦长歌联合北魏法王何不予，以计杀魏天祀，随即出兵灭北魏，彻底将内川大陆离海海岸东的大片国土尽归自己掌握中。

大秦历三七八年，离国大君楚溶起兵反叛，闻者景从，一路攻城略地，三月便下京城，离国国君自尽，建熹公主率百官捧降表，迎楚溶入京。

两月后楚溶登基，改年号“长欢”。修表与秦通好，约为永世友好邻邦。

两国在秦长歌和楚溶的治理下，物阜民丰，国力强盛。

大秦历三八四年三月壬戌，乾元帝萧玦驾崩。

四月庚申，天降垂虹，白气贯于天地，陆地东南，紫光如练。

龙章宫中，正阅览奏章的凌霄帝忽搁笔于案，默默微笑，然后命宫人备香汤，沐浴更衣。

浴后修书一封，交予亲信宫人，并转至国相文正廷之手，随即遣散宫人，垂幕而坐。

未几，崩，而颜色如生。

大仪殿金钟三十六响，举国缟素，万民齐哀。

有守殿宫人称，曾于帝崩之时，得闻异香，且天际隐隐有人呼喝：灵元灵元，恩怨已解，尘俗终结，胡不归？胡不归？

是以百姓皆以凌霄女帝为天女临凡，家家焚香设灵，颂圣祝祷之声，上冲斗牛。

女帝遗诏：江山一统，在吾身后，我子萧溶，天下坐拥。

萧溶数日后赶回，于棺前继位，离国国君，成为大秦朝的新主人。

次年，两国合并，修筑天堑运河，天下版图一统。

定年号“灵元”。

图书在版编目（CIP）数据

帝凰．大结局 / 天下归元著．— 南昌：百花洲文艺出版社，2019.3

ISBN 978-7-5500-3171-5

Ⅰ．①帝… Ⅱ．①天… Ⅲ．①长篇小说－中国－当代 Ⅳ．① I247.5

中国版本图书馆 CIP 数据核字（2019）第 003057 号

帝凰：大结局

DI HUANG: DA JIEJU

天下归元 著

出 版 人　姚雪雪
责任编辑　杨　旭
出版发行　百花洲文艺出版社
社　　址　南昌市红谷滩世贸路 898 号博能中心Ⅰ期 A 座 20 楼
邮　　编　330038
经　　销　全国新华书店
印　　刷　北京嘉业印刷厂
开　　本　700mm × 980mm　1/16
印　　张　19.5
版　　次　2019 年 3 月第 1 版
印　　次　2019 年 3 月第 1 次印刷
字　　数　330 千字
书　　号　ISBN 978-7-5500-3171-5
定　　价　42.00 元

赣版权登字：05-2019-6
版权所有，侵权必究
发行电话 0791-86895108
网　址 http://www.bhzwy.com
如发现图书质量问题，可联系调换。质量投诉电话：010-82069336